Modern & Contemporary Writers III

近現代作家集 III

池澤夏樹＝個人編集

日本文学全集 28

河出書房新社

目次

近現代作家集　Ⅲ

はじめに

池澤夏樹

この巻には一九六八年（昭和四十三年）から二〇一一年（平成二十三年）までに書かれた作品を収める。

これに先立つ『近現代作家集　Ｉ』と『近現代作家集　Ⅱ』では作家の生年や作品の発表の年ではなく、その作品が扱っている時期に沿って収録作を並べたが、この巻では結果としてほぼ発表の順になった。

この間は戦争などはなく、日本の社会はまずまず緩やかに推移したから、作家たちはそれぞれ目の前にある時代をそのまま書くことができた。例えば、村上春樹の『午後の最後の芝生』は「もう十四年か十五年前のことになる」と始まっていて、これが発表されたのは一九八二年だからそのまま計算すればこれは一九六〇年代のことになる。しかし、ここには特に六〇年代を示唆するものはないので、これは一九八二年の位置に置く。

大きな事象がなかったわけではない。東日本大震災は充分に大きく、あれを機に日本は大きな変貌を遂げた。あるいは別の時代に入った。そして作家たちは（『近現代作家集　Ⅱ』に収めた戦争に関わる作品の場合と異なって）あの日から間を置かずに、正に激震の中で書けること・書くべきことを書いた。川上弘美《ひろみ》の『神様２０１１』と川上未映子《みえこ》『三月の毛糸』がそれに当たる。

内田百閒《ひやつけん》

日没閉門

随筆という分野では人柄と生きかたがそのまま作風になる。私小説よりもむずかしい。

内田百閒はそれを実現した数少ない文学者だ。無目的の汽車旅を繰り返す『阿房《あほう》列車』シリーズ、愛猫を書いた『ノラや』と『クルやお前か』など、日常生活から一歩だけ出た位置での融通無碍《ゆうずうむげ》の報告記。友人であった琴の名人宮城道雄の死を書いた「東海《とうかい》道刈谷駅《どうかりやえき》」の哀切は胸に迫る。

世間に嫌われない程度のひねくれ者、拗《す》ね者《もの》で、「鰻丼《うなどん》を出前で取って、上のきたない魚は捨て、つゆの染みたおいしいご飯を食べる」とか、「牛肉には堅いのと柔らかいのがあり、安いのと高いのがあり、うまいのとまずいのがあるが、これらには相互になんの関係もない」などの名言を吐いた。

漱石《そうせき》の門弟を自覚しての初期の作に「冥途」など、『夢十夜』に連なるものがあって、これも捨てがたい。

この『日没閉門』は最晩年に朝日新聞に毎月載せていた随筆の最後に近い回だったと思う。ぼくは初出の新聞で読んだ覚えがある。

ちなみに今、熊本城に「日没閉門」の表示はない。

日没閉門

近頃はいい工合《ぐあい》に玄関へ人が来なくなって難有《ありがた》い。

何年か前から、玄関わきの柱に書き出しておいた、蜀山人《しょくさんじん》の歌とそのパロディー、替え歌の私の作である。

蜀山人
世の中に人の来るこそうるさけれ
とは云《い》うもののお前ではなし
百鬼園《ひゃっきえん》
世の中に人の来るこそうれしけれ
とは云うもののお前ではなし

葉書大《はがき》の紙片に墨で書いて柱に貼っておいたが、だれか知らないけれど何時《いつ》の間にか引っぺがして、持って行ってしまう。被害が頻頻《ひんぴん》とあるので、又書き直して紙の裏面にべっとりと糊《のり》を塗り、剝ぎ取れない様にしておいた。

しかし矢《や》っ張《ぱ》りむしってしまう。持って行く為《ため》でなく、そこにそんな事が書いてあるのが気に食わぬのだろうと云う見当がついた。

その歌の隣《とな》り、玄関の戸に楷書で面会謝絶の札を貼りつけた。そこ迄《まで》やって来た者に会わぬ為には、あらかじめ一筆ことわっておいた方がいい。

何年か前、まだ憚《はばか》りが水槽装置でなかった時、玄関前で何か言っていると思ったら、待ち兼ねたおわい屋であった。中中《なかなか》来ないのでもう一杯になっており、家の者が横町へ行って見て、艦隊は未《いま》だ来たらぬかとうろうろしていた時である。

おわい屋は玄関前の白いみかげ石の上に起《た》ちはだかり、大きな汲《く》み取《と》り用の杓《しゃく》を、弁慶《べんけい》が長刀《なぎなた》を突っ立てた様に構えて、どなった。

「もし、もし、ここに面会謝絶と書いてあるが、汲んでもいいのですか」

これは恐れ入った。面会謝絶の書き出しが彼《か》れ氏《し》の癇《かん》に触れたらしい。しかし悔い改めて爾後《じご》面会謝絶を引っ込めるわけには行かない。そこに現われる人はみんなおわい屋とは限らない。

外敵の侵入に備えるばかりではない。人の来るこそうれしけれ、の気持もあるが、これでもう机の前の仕事は一仕切《ひとしき》りと思ったところへ、向うの勝手で時切らずにやって来られては堪《たま》らない。そこで門前に「日没閉門」の札を掛けた。有楽町《ゆうらくちょう》の名札屋に註文《ちゅうもん》し、瀬戸物に墨黒黒と焼き込んで貰《もら》った。

春夏秋冬日没閉門

爾後は至急の事でない限り、お敲《たた》き下さるな。敲きゃ起きるけれどレコがない、ではなく、敲いても起きませぬぞ。春夏秋冬とことわったのは、日の永い時、短かい時、夕方六時頃であろうと、八時になろうと、暗くなったら、もう入れませぬ。私がその札を掲げた後、旅行で熊本へ廻《まわ》ったら、熊本城の城門に掲示が出ていた。

日没閉門　熊本城

梅雨の時であったので、上五《かみご》を附《つ》ければ俳句になる。

白映《しろばえ》や日没閉門熊本城

それが私の所では一つのトラブルを起こした。すでに閉門時を過ぎ、家のまわりもしんとして来た頃、門のあたりで何か物音がする。おかしなと思ったら、一人の若い男が門扉《もんぴ》のわきの柱を攀《よ》じ登り、それを足場に玄関前に通ずる前庭へ飛び降りたのであった。

胡散《うさん》な奴《やつ》、何者なるぞと誰何《すいか》すれば、「お皿を下げに来ました」と云う。

その晩、九段《くだん》の花柳地に近い出前の西洋料理屋へ註文して、一品料理を一つ二つ取り寄せた。そのお皿を取りに来たのである。

出前のお皿を下げに来ると云うのは当り前の事であるが、食べ終ったか終らないかにもうやって来た例は、市ヶ谷合羽坂《いちがやかっぱざか》にいた当時、時時註文した神楽坂《かぐらざか》の洋食屋である。馬鹿《ばか》に早いなと思うけれど、向うの心配は、一晩ほって置けば後はどうなるかわからない、お皿もよかったが、特に銀器が立派だったので、あの辺り花柳街が近いから、お勝手口などでどんな事になるかわからないと案じたのであろう。

門扉を乗り越えて侵入した若い者の店も、九段の花柳界に近い。早いとこお皿を下げておく必要があったのかも知れない。

先年家内が大病で入院し、幸い無事に退院する事が出来た。そのお祝いに、入院中、入院前後に掛けて色色《いろいろ》お世話になった諸君と会し、一献《いっこん》しようと思った。前前から度度《たびたび》出前の註文をし、家からも近いその店へ集まって、さて、みんなと一緒に祝杯を挙げようとした。

御馳走《ごちそう》の見立てより、先《ま》ず一献。外は抜け降りの雨がざあざあ音がしているが、こちらの気持は晴れやかである。

帳場に向かって先ずお銚子《ちょうし》をつけてくれと云うと、お神さんが、

「お気の毒さま、私の店ではお酒はお出し致しません。麦酒《ビール》なら御座《ござ》いますから、よろしかったらどうぞ」と云った。

気おい込んだ出鼻をくじかれて周章狼狽《しゅうしょうろうばい》、今更外《ほか》の店へ席を変えるわけにも行かず、みんなでどうしようと、ひそひそ話し合っていたら、おやじさんが、

「それではお気持がおさまらないでしょう。おい、あそこで買って来い。銘は何がよろしいのですか」と若い者に命じてくれた。

若い者が暗い雨の音の中へ馳《か》け出して行って、私共は目出度《めでた》くその席を過ごした。

さて、閉め切った門内に這入《はい》って来た若い者は、お勝手口から目当てのお皿を持ち出して、折角《せっかく》ちゃんと締めた閂《かんぬき》を内から外して出て行った。

黙ってはいられないから、その店へ電話を掛けた。お神さんが出て来た。

「だってまだ八時ではありませんか」

「八時でも外はもう暗いだろう。日没閉門だよ」

「何ですか。こちらは若い者にお皿を下げて来いと云ったのです」

「人の家で門を閉めた後、門を乗り越えて這入って来るのは困る。そんな事を言いつけるのは無茶だ」

「こちらはお皿を戴《いただ》いて来なければ困りますので、門が閉まっているかどうか知りません。どう云う札が懸かっているか私の知った事ではありませんから」

「あんたは知らなくても、若い者にははっきり目についた筈《はず》だ。あまり無茶な事をされては困る」

「いろいろ六《む》ずかしい事を云われても、お宅へお届けするのは厄介なのです。離れてはいますしね」

距離は遠くないけれど、成る程ついでの多い花柳地とは方角が違う。

「迷惑なら、よそうか」

「そうして戴きましょう」

電話の喧嘩《けんか》別れで、以来その店の出前を取らない事にしたから、それだけお膳が淋《さび》しくなった。

出前のお皿を下げに来た一品料理屋の若い者が、閉め切った門扉の脇の門柱を足がかりにして門内へ飛び込み、見つかってごたごたしたが、見つからなかった君子もいる。

朝起きて見ると、昨夜ちゃんと閉め切って寝た門の扉が、両方へパッと観音開きに開いている。大変妙な景色でびっくりしたが、あたりに何も異状はない。泥坊の訪問だろうと思われる。

その足取りを想見するに、門から続く玄関前の前庭の突き当り、隣りの屋敷と接する萬年屏《まんねんべい》をそっち側から乗り越え、私の所へ這入り込んだのだが、私の家へ来るつもりだったのか、用があったのか目的があったか、それは全くわからない。先ず隣りへ侵入したのだが、そっちは仕事に都合が悪く、しかしもとへ引き返すには何か工合のわるい事があって、犬がいるからそんな事かも知れないが、匆匆《そうそう》に私の所へ這入って来たのかも知れない。

私の所では、内側から門を開けられた以外に何事もないから、そんな事ではないかと思う。

しかしそうではなく、何かもくろみがあったのだが、玄関、お勝手口、その他どこも戸締りがちゃんとしていて、がたがたやっても埒《らち》があかないので、お帰りになったのかも知れない。

座敷の縁側の雨戸、書斎の窓等に来なかった事は、そちらへ廻るには必ず通らなければならない庭の木戸がその儘《まま》になっているところから判断する事が出来る。尤《もっと》もやって来たとして、そうやすやすとこじ開けられる様なヤワな事はしてない。

それではどう云う事になっているのか、参考の為に語れ、と云われても、防衛上の機密に属する事であるから、こうした公開の紙面の上で漏洩《ろうえい》するわけには行かない。

そもそも日没閉門の後の暗い夜はこわい。しかし仕事の都合上、又は昼夜の止《や》むを得ない順序の上から、徹夜するのはしばしばである。机を据えた正面の硝子戸《ガラスど》に鍵をかけ、しかしながら向うは素通しで暗い夜をその儘に眺めながら仕事をする。あまり面白くはないし、物騒ではあるが、こうしてこちらで起きているのだから大丈夫だろう。硝子戸にぴったりすれすれに、飛んでもない大きな顔の猫がのぞいたり、小さな半分くらいしかない泥坊が、凄《すご》い目をして這入り込もうとしたりする事を考えると、考えなくてもいいと思って止めるけれど、夜の魔がさしているのであれば止むを得ない。

庭は狭いけれど、有り明けの電燈《でんとう》が三基ともしてある。もう一つあるのだが、それはこちらからは見えない。三つの電気はみんな旧式で蛍光燈や水銀燈ではない。しかし、狭いと云っても庭には樹《き》があり、枝がかぶさっている。その下陰が真っ暗ではおちおち寝ても起きてもいられない。そこで光の力は弱くても常燈明《じょうとうみょう》の電気をともしておく。

夜が更けて、次第にしののめが近い。私が向かっている机の向うの空は西だから、すぐに白くはならないが、どこが何と云う事なく、少しずつ薄《う》っすらして来る。電気の色が赤ちゃけて、たより無い感じになる。電気を消す。庭一帯が青くなる。

もう朝である。徹夜して机の前に起きていて、仕事が捗《はかど》ったとは限らない。朝と共に悔恨を迎える事も多いが、しかしもう仕方がない。この次は昼間に戸を閉めて寝るばかりである。

日没閉門ならば即《すなわ》ち日出開門。家内が開けに行く。開ける前からすでにかつぎ屋が門の外に起って待っている。実におちおち寝てもいられない、いや寝やしない起きていたのだが、かつぎ屋のお神さんは徹夜ではなく寝て来たのだろう。向うの勝手で朝早くやって来て、気に食わない。方方《ほうぼう》を旅行していた時、京都に近づく前の駅で、別の列車がかつぎ屋専用の特別列車であった。蝗《いなご》の大群の如《ごと》くにひしめき合っていて、よそで見た目にも何となく憎らしかった。

うちへ来るかつぎ屋は千葉の在の百姓である。自分の畑の野菜物ばかりでなく、途中沿線の船橋の市場からいろんな物を仕入れて来る。ぼた餅羊羹《もちようかん》お煎餅《せんべい》、それから魚介類、小魚などはしょっちゅう持っている。

そう云えば今ははぜ釣りのしゅんである。子供の時、はぜ釣りに行く大人に食っついて行って、はぜなど釣るのは面白くないから、その小舟の中で裸になって寝ていた。秋の烈日で肌を焼き、色が黒くなるつもりであった。

その晩家へ帰ってから高熱を出し、大騒ぎになった。日射病に罹《か》かったのである。はぜ釣りの記憶は私にはそれしかない。

隣り町に父の友人の酒屋があって、そこのおじさんが色は白く、顔が平ったかったが、ひどいびっこであった。昔は何と云ったか知らないけれど、小児麻痺《しょうにまひ》だったのだろう。

父と仲よしだったらしく、一緒によくどこかへ出掛けた。そのおじさんはピストルを持っていた。からだがそんな風だったので護身用と云うつもりだったのだろう。

父とそのおじさんが、誘い合わせて一緒にはぜ釣りに行った。大川の川口から海に出たところで、おじさんはピストルを発射したと云う。

はぜが水中にいるのをねらったのではあるまい。試射したのだろう。大変な音がしたそうで、同舟の父は胆《きも》を潰したらしい。

家に帰ってからその話をすると、年寄りの祖母がおじけを振るった。何と云うあぶない事だろう。水に打ち込んだ弾は、その儘もとの筋を伝って帰って来ると云うではないか。まあまあ無事でよろしかった。

ピストルは私の旧《ふる》い友達も持っていた。彼が大阪にいた時だが、当時は珍らしかったセロリに塩をつけて噛《か》み、ウィスキーを舐《な》めて座右のピストルをひけらかした。お金持だったのでそんな事をしたのだろう。

小児麻痺なら仕方がないし、お金持でも身を護《まも》るに必要だったかも知れない。近頃になって遠縁の若い男が警視庁の巡査を拝命し、時時やって来たが、ピストルを持っている。物騒だから、座敷へ持ち込まずに玄関へ置いとけと云った。いじくって見た事もないが、気味が悪い。
今はピストルを持つ事は六ずかしいおきてになっている様だけれど、一挺手許《いっちょうてもと》に備えて置いて、徹夜の夜半の硝子戸に擦りついて来る飛んでもない大きな顔の猫や小人の凄い目をした泥坊などの魔物に、一発食らわしてやりたい。

内田百閒《うちだひゃっけん》（一八八九〜一九七一）
岡山生まれ。別号に百鬼園《ひゃっきえん》。岡山中学（現・岡山朝日高校）時代より投稿雑誌に文章を発表、第六高等学校（現・岡山大学）時代には志田素琴《しだそきん》に俳句を学ぶ。東京帝国大学独文科在学中、夏目漱石の門下生となる。卒業後、陸軍士官学校・海軍機関学校・法政大学でドイツ語を講じ、一九二二年に漱石の『夢十夜』につうじる味わいの短篇集『冥途』を刊行する。三三年の随筆集『百鬼園随筆』以降は、用のない列車旅行で全国各地を訪れる紀行文『阿房列車』シリーズ、愛猫に逃げられたペットロス体験をつづる「ノラや」など、不機嫌な笑いを湛えた随筆で、戦前戦後をつうじて多数の読者を得た。短篇集『旅順入場式』、連作掌篇集『東京日記』、短篇小説「サラサーテの盤」といった不条理な、もしくは夢幻的なフィクションのほか、長篇小説では漱石作品の猫をタイムスリップさせた続篇『贋作吾輩は猫である』がある。晩年、芸術院会員に推薦されるが辞退。

略歴作成／千野帽子（文筆家）　＊以下同

野呂邦暢《くにのぶ》

鳥たちの河口

失業した男が日数を限ってバード・ウォッチングに勤《いそ》しむ。河口の自然の描写がいい。ほとんどそれだけで成り立っている。作家になってからはずっと郷里の長崎を離れなかった人だから、これもその近くかと思う。この川が諫早湾《いさはや》に注ぐ本明川《ほんみょうがわ》だとすると（長崎から三十キロという記述はこの話の内容と合っている）、ここは野呂邦暢が亡くなった後、堤防で塞がれて干潟《ひがた》としては失われてしまった。今、行ってみてもこの光景はない。

鳥の名が美しい——

カラフトアオアシシギ
ハシブトアジサシ
コウノトリ
ツクシマガモ
ツメナガセキレイ
カスピアン・ターン

自然の抒情《じょじょう》にすっかり身を任せたような作品だが、枠としての彼の失職の事情や調子のいい印刷屋の社長の話が全体を引き締めている。物語の深いところには、いないはずの鳥を見るなど、異変の予感と不安がある。

最後の場面、妻が目当てにする焚火《たきび》の煙が視覚的にも秀逸。

鳥たちの河口

男はうつむいて歩いた。

空は暗い。

河口の湿地帯はまだ夜である。枯葦《かれあし》にたまった露が男の下半身を濡《ぬ》らす。地面はゆるやかな上り勾配《こうばい》をおびて地下水門のある小丘へつづく。

男は肩にかけた鞄《かばん》を右腕でおさえ、目的地をわきまえた者の確信をもった足どりで丘をのぼる。原野の果て数キロのあたりに市街地の燈火《とうか》が見える。街は眠っている。

星のない空をいただいて枯葦の原は一様に色彩をうしない、黒い棘《とげ》のかたちでひろがっている。丘のいただきにたどりついたとき、視界がひらけた。風が吹いてくる。海からの微風である。男は深呼吸をした。風は干潟《ひがた》の泥を匂わせた。

海には朝の兆しがあった。
すでに空と水平線が接するところは鮮かな一線が認められ、ほのかに白くなって雲のうしろに隠れた太陽を暗示している。風は一定の強さで海から干潟をこえておしよせ、たえず葦の葉をざわめかせた。

男は丘のいただきで立ちどまらなかった。まっすぐ海へむかっておりた。風に潮の香がまざった。男は足もとに目をこらして歩いた。浅い水たまりはそのまま踏みこみ、せまい流れはとびこえた。やや幅の広い水流へさしかかった。男は背をかがめて流れの一箇所にかけ渡した板を確認した。こわれた船材である。黒ずんだ水が海から逆流し、ひたひたと枯葦の根を洗う。潮が満ちる時刻だ。

用心して橋をわたり対岸に足をおろそうとしたとき、男を支えていた板が折れた。鞄をかかえてひととびに跳んだ。男は水ぎわでころんだ。その瞬間、鞄を胸元にひきよせて抱きしめ衝撃を与えまいとした。すばやく手をついておきあがる。目の前に一羽のカモがころがっている。いぶかしげに眉根《まゆね》をよせてみつめる。ひろいあげて死因を調べた。

のどから腹にかけてひきむしったように皮が裂け、肉がえぐられている。はみだした暗紫色の内臓に鼻を近づけた。まだ新しい。腐敗臭はなかった。鋭い鉤《かぎ》のようなもので裂いたとしか思えない。ハンターの仕業とは思えなかった。何か荒々しいものがカモをとらえ、死に至らしめたようである。

男は窪地《くぼち》にカモを横たえ、枯葦を折ってかぶせた。(何がカモを殺したのだろう)野犬は町にいて餌のとぼしいこの原野をうろつくことはない。かりに飢えた獣が出没するとしても、鳥が地上でおそわれて殺されることはありえない。しかしカモの死骸は湿地帯のどこかに何か兇暴《きょうぼう》な力のひそむことを教えた。枯葦がひとすじ道のかたちに踏みしだかれ海へつづいている。渚《なぎさ》へ近づくにつれて生臭い魚の匂いが濃くなった。

男は歩幅をひろげた。

今はうつむかずに目的地を見すえて歩いた。かるく息がはずむ。鳥のくちばし状に干潟へつきでた小さな岬がある。枯葦はまばらになった。岬のはずれに砂丘があった。そのふもとに半ば傾いた板小屋が立っている。

男は小屋につまれた空樽《あきだる》の一つから折りたたみ式のキャンバスチェアをとりだした。砂丘の上にはコの字形の囲いがこしらえてある。砂に板を立て、その隙間に葦の束をさしこんだ風よけは男が造ったものだ。開口部は海に面していた。その中にキャンバスチェアをおいた。鞄を膝にのせてジッパーをあける。慎重に器材をとりだした。

まず三脚を砂地に固定する。別のケースから千ミリの望遠レンズを出して三脚に装着する。カメラをとりつけ、ファインダーがしゃがんだ男の目にくるようにねじを調節した。寒気が肌を刺した。男は手に息を吹きかけた。指がかじかみ、ねじをまわすのもままならない。

沖にレンズをむけてのぞいた。手をこすり合せながら目をこらした。黒い円盤状の水がどっしりとレンズのむこうにひろがっている。空は灰色の光をはらみ、海の色をさっきより濃くしたようだ。夜明けが近い。男はレンズを右から左へ、左から右へゆっくりとまわして海をしらべた。見なれた光景である。きのうと同じだ。海は朝の色をしだいに回復しつつあった。

立ちあがって双眼鏡で干潟をながめた。泥の上にはおびただしい鳥が休んでいた。一羽の水禽《すいきん》が上昇した。チドリである。その一羽に誘われて五、六羽が、次に十数羽が舞いあがり、砂粒を撒《ま》いたように空をとびかった。空が明るくなるにつれ、ココア色の軟泥と入りまじって区別つきかねた水が見わけられるようになった。

チドリの飛翔《ひしょう》には法則がなかった。不規則な分子運動に似た上昇と下降をくりかえす水禽の群《むれ》を双眼鏡の視野にとどめておくのはむずかしかった。男の手が動かなくなった。転輪をひねり、焦点を干潟の一角にあわせようとした。何か見なれない鳥を認めたような気がする。ほの白い東の空を背景に異様な鳥がかすめたようである。

目標の位置を見定めておいて三脚付カメラに走りよった。レンズに目をあてて干潟の一点でちらちらと動くものをとらえようとする。高倍率レンズの視野はほの暗く、まだ明けきっていない干潟を凝視するにはあまりに不安定だ。男はレンズから目を離した。未練ありげに黒い杭《くい》の立ちならんだあたりに目をこらす。もはや何もそこで動く気配はない。男は鞄からビニールでカヴァーをかけたノートをとりだしてカメラのわきにおいた。

砂丘をおりて渚にうちよせられた漂着物の堆積から燃料になるものをひろいあつめる。風よけの背後にきのうの焚火跡《たきび》が黒く残っていた。板小屋にたくわえておいた枯葦を運んだ。流木をえりわけて火つきの良さそうなものを枯葦にのせた。草は湿っていた。五、六本のマッチが無駄になった。男の目がノートにおちた。ちょっと考えたあとでノートをとりあげ、ページをめくってまだ書きこんでいない白紙をぜんぶ破りとった。それをまるめて枯葦の下におしこみ、マッチをすった。焔《ほのお》があがった。茶褐色の茎は白い煙を吹きだしてくすぶり、男の目に涙をにじませた。

焚火からはなれて目をぬぐった。よごれた古毛布色の雲がたれこめている。上空は風が強いらしく、乱れた雲の塊がそろって南東へ動く。(雨になるだろうか?) 風向と鼻孔の粘膜で知る大気の湿度によって男はその日の天候も推測できるほど土地の気象に敏感になった。焚火へもどろうとして何気なく空を一瞥《いちべつ》したとき、けげんそうに眉をひそめた。

鳥のようなものが雲のかげをかすめたようである。杭のある干潟で認めた鳥とはちがっていた。鳥にしては大きかった。目のすみでちらととらえた影像にすぎなかったが、なにがなし不吉な印象をうけた。カモの死骸を思いだした。鋭い牙のようなものでえぐられた腹の傷が目にうかんだ。

しかし雲のふちをかすめた物体は一度だけ男の視界でひらめいたきり消えてしまった。男は焚火のそばにしゃがんだ。火は流木に燃えうつり橙色《だいだいいろ》の焰となって男の顔を染めた。煙はまっすぐに立ちのぼり、男の身のたけの高さで斜めにかしぎ、陸地へなびいた。こやみなくおこる微風のために枯葦の茎はおたがいに摩擦しあい針金をかき鳴らすように鳴った。男は家からここへ運んでくるはずの物を忘れたことに気づいた。

血のめぐりの良くなった手で顔をこすりながら砂丘の上を歩きまわった。檻《おり》の獣のように往復した。そうしていなければ寒気が錐《きり》をもみこむように身体《からだ》の芯に喰《く》い入り感覚をしびれさせるようである。ようやくあたたまったところでキャンバスチェアにもどり、望遠レンズで海をのぞいた。海は干潟にふちどられ、夜明けの光をあびてうす墨色から青銅色に変貌しようとしている。水平線に細長いものが動きまわっている。

鏡胴をひねって焦点をそれにあわせた。それは陽炎《かげろう》をすかして見る影のように不確かにゆらめいていたが、やがて船の輪郭をとった。漁船はそれぞれ船べりに一つの燈火をかかげていた。薄明の空と海の間でそれらはみな一様に淡い透明な光を放つだけだ。散開していた漁船の群は湾口で円を描いて一列になりへさきを河口へむけた。満潮を利用して船団は河口をさかのぼり、その奥の小さな船着場へ帰ることになる。

海は干潟に侵入し、そのゆるやかな起伏をいっそうなめらかにした。まだ水に侵されない干潟は朝の光がおりてくると象の皮膚に似た単調な色彩が濃淡さまざまの茶褐色で映えた。太陽は水平線をはなれたらしい。柔かい泥のひろがりは空の明りを反映して海獣の肌のようにつややかな光沢をおびた。

干潟が海へ沈下するにつれ水のせせらぎとも小魚のはねる音ともつかないかすかなつぶやきがおこり、何か湧きたつようなものの気配がたちこめたようである。ついに干潟は水面と一致し、海は豊かになった。男は河口をめざす漁船団にレンズの焦点をあわせた。先頭の船で黒いセーターの男が舵《かじ》をとっており、砂丘に接近したところでレンズの方をむいて手をふった。何か叫んだようだが声はききとれない。男も黙って手をふった。

河口に達した船はそこで速度をおとし、砂州に擱坐《かくざ》した廃船の残骸を迂回《うかい》して蛇行しつつ上流をめざした。けさの漁獲はとぼしかったと見えてどの船も吃水《きっすい》は浅かった。船は浅瀬の多い河口でいっせいに機関の回転をおとし航路を示す標識ブイの間へのり入れ、先行する僚船と一定の間隔をおいて葦のしげみへ没してゆく。

最後の漁船が見えなくなってからもしばらく葦原の奥からまのびしたエンジン音がひびいてきた。やがてそれも絶え、河口はもとの静寂にかえった。男はふたたび望遠レンズを干潟にむける。太陽は依然として雲の彼方《かなた》にあり、にぶい白銅貨の光でぼんやりとそのありかを告げているにすぎない。

男はさっき見なれない鳥が動いた杭のあたりを望遠レンズでしらべた。念入りにさぐった。一羽の鳥が餌をあさっている。（いた）注意深くレンズの焦点をあわせた。はっきりとそれは十字線の中央にとらえられた。

（シギ？　いや、ちがう）

　鳥はひらりと杭にとまりくちばしで翼を梳《す》いた。そこから河口の方へ舞いあがる。男はゆれ動くレンズの視野に鳥の姿を追い求めた。シギとは思えなかった。シギはこの湿地帯でありふれた鳥であり、秋いらい男には珍しい鳥ではなかった。シギよりも全体として白っぽい感じである。男はレンズの視野に鳥を見うしなってしまった。

　双眼鏡で河口をさぐった。鳥は砂州に坐礁《ざしよう》した廃船の上で旋回し、やおら折れたマストに翼を休めた。三倍の双眼鏡では二百メートル離れたこの砂丘からくちばしの形状まで観察することはできない。男は望遠レンズにもどった。ほぼ五分間、マストの周辺で羽搏《はばた》く鳥を見まもった。こまかい所はしかと見とどけられないが、翼の裏の異様な白さが気になった。

　鞄をさぐって小型の原色版鳥類図鑑をとりだした。シギ科の項をめくる。求めるページをさがしあて、その特徴を何回か読みかえした。ふたたび目を望遠レンズにあてる。廃船のマストに鳥はいなかった。男はあわただしくレンズを動かした。肉眼で干潟を見まわす。あちこちに餌をついばむ鳥がふえた。

　ツクシマガモの群が泥のくぼみに棲息《せいそく》する小魚や貝をあさっている。男は砂丘の端に歩いた。双眼鏡で廃船を中心に杭のかげや流木の堆積をさぐり、しだいに捜索範囲をひろげた。意外に近いところにその鳥は来ていた。男の位置から百メートルと離れていない水ぎわに鳥はおりて、しきりに泥をつついている。

　鳥の姿を確認しておいて鞄にかけより三百ミリの望遠レンズをとりだすのももどかしく焦点をあわせた。こんどはくちばしから羽毛の色彩まで微細に見わけることができた。男は鳥のかたわらにあるブイの残骸とくらべて鳥の体長を目測した。三十センチ前後であるようだ。くちばしは細長くとがり、背中は干潟の泥とまぎらわしい灰褐色である。白い腹から短い黄がかった脚がのびて体を支えている。男は目をぱちぱちさせ、ときどき指先で瞼《まぶた》をこすって視力の疲れをいやした。（アオアシシギ、でもない……）鳥類図鑑に目を走らせて干潟の鳥と類似の項目をさがす。ついに求める説明をさがしあてた。（カラフトアオアシシギ、あれが、まさか……）

鳥は泥にさしのべた首をもたげ短く羽搏いたかと思うと海のほうへ去った。翼をひろげて上昇するとき、その内側の鮮かな白色を男の目にやきつけた。その白さは女の腋窩《えきか》に似ていた。カラフトアオアシシギの特徴である。

（ただ一羽だけでこんなところに？）

男はノートをひろげた。ノートの終りに一枚だけ残った白いページに、19th Dec. と記入する。時計を一瞥して朝の時刻をしるし、鳥の名前をゴシック体で書きいれた。二万五千分の一地図を足もとにひろげて、鳥を発見した干潟の座標番号を書いた。

地図はよごれていた。泥と雨水がしみ、あちこちに黒い斑点をつくっている。折り目はふるびて今にもちぎれそうだ。男は鳥がとび去った空の一点をみつめた。しばらく沖合の茫漠《ぼうばく》とした灰色に目をやったあげく、カラフトアオアシシギとしるした末尾に疑問符をえがいた。

この漂鳥は世界的に珍しい鳥で、男のたたずんでいる内海の干潟にはかつて渡来した記録はなかったし、わが国で観察されたことも百年間に十例しか報告されていなかった。しかし今、眼前に見とどけた鳥の姿を鳥類図鑑と対照した結果は、たとえそれがあわただしい観察であったにせよ、まぎれもなくカラフトアオアシシギをさし示していると男には思われた。自信があった。この三カ月、干潟を見渡す砂丘ですごしてきた経験が男の自信を裏うちしていた。珍しい鳥は何もカラフトアオアシシギだけではなかったのだ。その他にもここへ立ちよるはずのない漂鳥がしばしば観察されていた。鳥の名前は繁殖地であるカラフトに由来していた。越冬地はインドである。

何かが、一つの異変のようなものがこの河口の一帯でおこっている。この湿地帯だけでなく自然界である異常な狂いが生じかけている。それが鳥たちを迷わせてこの干潟へ送りこんでいるように見える、と男は考えた。

ノートをめくった。過去三カ月の間にここで発見し観察した渡り鳥のおびただしい名前が記入してあった。几帳面《きちようめん》な字体でぎっしりと書きこんだページを男は読みかえした。

ハシブトアジサシ、コウノトリ、ハイイロヒレアシシギ、ハイイロガン、ツクシマガモ、ツメナガセキレイ……。

どの鳥をどこでいつ見たかはノートをめくるまでもなく男はそらでいうことができた。ページをめくる指がとまった。30th Nov. と日付のある欄にカモメと書いた文字を横線で消し、アジサシと書いてまた消し、さいごにオニアジサシと太い字で書いて、かっこの中にイタリック体でカスピアン・ターンと記入し、感嘆符までつけ加えている。

「カスピアン・ターン」

男は唇を動かして鳥の名前を発音した。表情がそのときなごやかになった。この鳥も有明海の一角では見るはずのない種属であった。これは望遠レンズのむこうにとらえた影像ではなく、まぢかに観察して確かめた鳥である。カスピアンという名前の通り、中央アジアの広い内海に多く棲息する鳥で、日本では沖縄の八重山《やえやま》群島で戦前に一度見つかっただけである。

モンゴルや中国大陸の南東部にもすみ、冬季にインドやタイへ渡る鳥がどうして遠く進路をそれ西九州の干潟へやって来たものか男にはわからない。赤褐色のくちばしは長く、黒い頭と白い首がカスピアン・ターンの特徴である。男は謎の漂鳥を発見した日付を再読した。30th Nov. 二十日まえのことだ。

十一月三十日の早朝、男はいつものように撮影器材をつめた鞄をさげてこの砂丘へやって来た。焚火の燃料をあつめるために波打際《なみうちぎわ》を歩いていると、流木のかげに黒い鳥がうちよせられているのをみつけた。鳥の死骸はありふれていた。またいで通りすぎようとしたが何となく気を惹《ひ》かれた。見なれた鳥のようでいて気になった。

ひきかえして体をもちあげて見た。くちばしから尾羽根まで重油にまみれ、羽毛が体表にこびりついているために裸になったようである。鳥は硬直を示さず、目には光があった。男の指がのどに触れると鳥は弱々しく啼《な》いた。渚には厚い重油が層をなして漂着物を黒く染めている。飛翔力を奪ったのは重油ではなかった。一発の散弾が翼のつけ根にめりこみ、うす桃色の肉を露出させていた。おそらくハンターがカモとまちがえて放った散弾をあびて落下し、海面で波にもまれるうちに重油をかぶって自由を失ったものらしい。

沿岸に工場はすくなかったからこの重油は前日、河口の中州に埋もれた廃船を漁師たちが燃やすのに使った残りと思われた。廃船は漁船団が河口を往来するのにずいぶん前から邪魔になっていたのだ。たかだか三十四、五トンの木造船を焼くのに漁師たちはドラム罐《かん》五本の重油を使った。

干潮時、砂州にあらわれた船体に重油をあびせ、数ガロンのガソリンをふりかけて火をつけた。

男はその日は鳥の観察ができなかった。砂丘の上につくねんとたたずんで廃船が炎上するのを見物していただけだ。

船体はどす黒い煙を吐いて河口の空を暗くした。鳥たちは時ならぬ火におびえてせわしなく啼きかわしながら湾口へ去った。焔はいっかなはげしく燃えあがろうとはせず多量の煙をふきあげるばかりだ。火がつきるまでに小半日を要した。廃船の周辺を小舟でまわりつつ火災を見守っていた漁師たちは、日が傾きかけると燃えおちるのを待たずに帰ってしまった。男は火を見て飽きなかった。河口にふりそそぐ空の光は秋の午前でさえ深海の底のような薄明を思わせる。ほの暗い灰色の海辺であかあかと燃える焔の色が男の目を慰めた。そこで誰にもみとられずに砂と同化しようとする廃船は男自身の似姿であるとも思われた。

ドラム罐五本分の重油にもかかわらず、午後おそく雨がおち始めると火勢はおとろえ、空高くたちのぼった煙もうすれた。黒い塔のようにそびえた煙は褐色になり風に煽《あお》られて散った。火がおさまってみると廃船は上部構造物と外殻の船材だけが焼けただけであった。中州にそそりたつ肋材《ろくざい》は獣の胸郭を連想させた。あとには尖端《せんたん》の欠けたマストがやや傾いて墓標のように突きだし、たそがれた河口の空を指した。

男がそこまで見とどけて帰り支度にかかったとき、廃船から流れだした重油はまだ渚に厚い層をなしてはいなかった。夜間、沖へ流れたそれが潮にのって逆流したらしい。男は瀕死《ひんし》の鳥を抱いて家へ帰った。胸が鳥の黒い油でべっとりとよごれた。

「それ、なあに」

妻が気味わるそうに訊《き》いた。

「起きてたのか」

「ねえ、それ一体なに」

「鳥だよ」

「鳥だってことはわかるけれど、どうしてひろってきたの」

男は答えなかった。洗面器にぬるま湯をみたし、中性洗剤をといて風呂場に運んだ。スポンジにしみこませた湯でていねいに鳥の羽毛をぬぐった。洗面器はたちまち黒くなった。妻がドアのかげにたたずんで訊く。

「まだ生きてる?」

「死んではいないようだ」

「元気になるかしら」

「マーキュロをもってきてくれ、それからピンセット」

何杯も洗面器の湯をかえて洗いつづけた。ひとわたり羽毛にこびりついた重油を洗いおとすと、ピンセットの尖端をガスの焰で消毒して、翼のつけ根にくいこんだ散弾をえぐりだしにかかった。湯で洗われる間は身じろぎもしなかった鳥が、ピンセットで傷をさぐると、たわんだばねの力でもがいた。

男は膝の間に鳥の体をしめつけ、妻に羽根をおさえさせて肉にくい入った鉛のかけらを抜きとった。

「とれた」

男ははずんだ声で叫んだ。ピンセットの先が少量の血液で濡れて光った。傷口をマーキュロクロ

ームで洗い、リバテープでおおって応急手当がすんだ。男は妻を見あげて、

「きょうは身体の具合どうだい」

「いつもの通りよ」

「医者は何かいってたか」

「何も」

鳥を凝視している妻の視線が気になった。

「寝ていた方がいいよ、ここはもういいから」

「トランジスター・ラジオこわれちゃった、週刊誌も二回ずつ読んだし」

「電池がきれたんだろ」

「かえてから半月とたってないわ」

「あとで修理にもって行こう。どうせ町の薬屋に用事があるから」

ガーゼにサラダオイルをしませ、ぬぐい残した重油を羽毛からふきとってしまうと一面に小麦粉をまぶした。ダンボール箱に厚く新聞紙をしきつめ、毛布を入れた上に鳥を横たえて百ワットの電球をさしこんだ。保温のためである。妻はサラダオイルの壜《びん》を運んできたあと、しばらく男のわきにたたずんで鳥を見ていた。

電球のソケットが紙箱と接触する所でかすかに熱い。鳥をタオルでつつみ、電球に針金の枠をとりつけてじかに羽毛が触れないようにした。その作業に熱中していたので、妻が自分の寝床にもどったのはいつか気づかなかった。

翌朝おきぬけに男は鳥の箱をあけた。羽毛は自然の艶《つや》をおび、鳥のものである脂肪を分泌してい

るようであった。さわってみるとそれはかすかにしめり、快いぬくもりを男の皮膚に感じさせた。翼のつけ根をしらべた。テープをはがしてみて、男は顔をしかめた。傷口は少し化膿《かのう》しているようだ。

オキシフルで洗い、昨晩外出して買い求めたペニシリン軟膏《なんこう》をつけ直した。マーキュロだけでは心もとなかったのだ。うたれて海に落ち、長時間、重油に漂っていたことを考えれば化膿も当然のようだ。抗生物質が無垢《むく》の鳥にどのように作用するか不安だった。鳥はきのうと同じように力なく箱の底に横たわり身動きしない。何か食べさせなければならない。男は家を出た。

橋を渡って船着場をひかえた漁業協同組合を訪ねた。冷蔵倉庫の前で知りあいの漁師と出会った。シバエビを陸揚げしたばかりだという。

「あんたが食ぶるとかん」

「鳥の餌にしようと思って」

「ニワトリに」

「いや、珍しい渡り鳥をひろったもんだから」

「いつもんとこでか」

「うん、あそこからちょいと天狗《てんぐ》の鼻によったところ」

「鷲崎《わしざき》じゃろ、天狗の鼻はもちっと入江よりじゃけん」

黒いセーターを着た漁師はポリエチレンの袋に水を入れ、シバエビをすくった。

「あんたがひろった鳥ちゅうのはカモかん」

「アジサシの種類なんだが」

「きのう、組合の総会があってな、渡り鳥ももうおしまいばい」

「すると漁協ぐるみ賛成派に転向というわけか」

「情勢がぐらい変ったということったい。わしを含めて反対派はたったの五人になってしもた。結局のところ組合の決議にはしたがわんば仕方なかたい」

「いや、どうもありがとう」

「餌の残りは酒の肴《さかな》にしなされ、生きとるうちがうまか」

うす桃色のシバエビは鋳造したての釘《くぎ》のようにきらめき、透明な袋の中で跳ねた。

「昔は今時分だと空が暗うなるごつガンが渡って来たもんばってん、ようけ減ってしもたなあ」

と漁師は嘆息した。空が暗くなるようにという表現に男は笑った。

「昔は知らないけれど今もいくらかは来てるよ、きのうも干潟でかなり見かけたから」

「オランダから技師ば呼んで干潟をぶっつぶしてしもたらガンも行き場のなかごつなるたい」

「鳥よりも工場が大事ということだね」

「そいばってんこぎゃん不漁つづきじゃつまらんたい。出稼ぎに行った方が銭になるやろ」

「ノリの出来はどうだい」

「されぱさ」

といって漁師は下流の方へ目をやった。海は葦原の彼方にひろがっていて船着場からは見えない。

「赤潮にはお手上げたい。あれはふせぎようがなか」

「昔はいい漁場だったって」

「そうさ、二十年ごろ前まで網さえ入れたら船が傾くごととれたばい。戦争でほったらかしとったけん。大漁旗ば立てて船べりまで水につかって帰ってきたもんたい。そいが今は朝から出かけてシバエビがたった一箱しかとれん。潮流も変ったけんのう。ハエナワば流してもかすのごたる雑魚《ざこ》しか喰いつかんごつなった」

「そんなにしけつづきでも反対派としては埋めたてて工場団地にするよりは魚をとってた方がいいというのだね」

「海から漁師があがったら食べてゆかれんもんな」

「百万年かかって出来た干潟を三年でつぶしてしまうわけだ」

「あんた、いつまであそこに坐《すわ》りこむつもりかん」

「あと少し、十二月の中旬まで」

「わしらから見ればよか身分たい。奥さんの病気はどぎゃんのう」

「いつかまた船にのせてくれないかな、網をあげるのを手伝うから」

「行こだい」

「邪魔にならんようにするよ」

「ひえて来たらカレイの時季ばい。今月の新月には沖に行こだい。分け前はすくなかばってん」

漁師は代をうけとらなかった。男はシバエビをもって帰った。橋を渡るとき何気なく下流を見た。船着場の桟橋に十歳前後の少年がたたずんでいる。川にうかべているのは手製の筏《いかだ》らしい。片足をかけてのりうつろうとしている。板切と竹を組合せたちっぽけなものである。少年はこわごわ片足で筏の浮力をためしていたが、やがて思いきって桟橋から身体を離した。棹《さお》で岸を押して中流へのりだす。筏は少年を支えるには小さすぎた。みるみるまに水がくるぶしに達し、ふくらはぎを浸した。

少年はおびえたようにあたりを見まわした。船着場には誰もいない。沈みかけた筏は川のまんなかであっけなく少年をほうりだした。少年は岸に泳ぎついた。くやしそうに筏をふりかえる。筏は少年を転落させると、かるがると浮上し、流れにのって下流へ動く。

少年は棹をひろいあげて遠ざかる筏を追いかけた。百メートルほど並行して走り、ようやく浅瀬にひっかかった筏に追いついた。棹をのばしてかき寄せようとする。筏は棹でつつかれてうきあがったかと思うと、急流の中央におし流され、ぐらりとかしいで少年の眼前を流れ去った。今度は少年は追わなかった。棹を手に岸辺にたたずんで右に左に傾きながら下流へ小さくなる筏を見送っている。

帰宅すると男は鳥のそばでシバエビの殻をむいた。妻が二階からおりてきた。

「あたしの電気アンカ、知らない?」

「あれ、ちょっと借りてる」

「眠ってる間になくなったの、足が冷えたので目が醒《さ》めたの」

「明日返すよ、それまで湯タンポを入れといてやろう」

「うちに湯タンポなんかありはしません」

「かわりになるものがあるさ」

「あなた、あたしの電気アンカどこへやったの」

「ここに使ってる」

鳥をおさめたボール箱をさした。電球では熱すぎたのだ。じかに電球がボール箱と接触した部分がうすく焦げている。鳥が身動きして針金の枠がはずれ、羽毛のちぢれている箇所もあった。男は妻が眠っている間に電球をアンカととりかえたのだった。

「たしかここいらにしまっといたんだが」

とつぶやきながら押入れをかきまわして、あッた、と叫んだ。大型の水筒を引きだす。埃《ほこり》まみれの水筒を洗って熱湯をつめ、タオルで巻いた。

「さ、これでアンカのかわりになる」

「いりません」

「そういわずに、ほら、あったかいぞ」

妻は布団にもぐりこみ、男が足もとに入れた水筒を外へけりやった。

「あたしは足が冷えたら眠れなくなるたちだくらいは知ってたくせに」

「ちょっとの辛抱じゃないか」

「あっちへ行って」

「鳥にかまけているのは遊びじゃないんだ」

「ええ、社長さんの話はうかがったわ」

「めったにない申し出だからなあ」

「あたしが二年間も病気で寝たきりなものだからあなたの弁当だってつくれないのはすまないと思ってるわ」

「そんなことどうでもいいんだ」

「会社をやめさせられてすぐに遠くへ職さがしに行けないのも、あたしが病気してるからでしょう」

男は外を見ていた。船着場に雨がおちていた。雨の日は視界が悪いので河口には出かけない。ボートの漁師が発動機の紐《ひも》をつよく引いて始動させようとしている。エンジンはなかなかかからない。

「ごめんなさいね、こんな大病をして」

「いいんだ」

漁師は発動機をいじっている。

「むかしはあたしの足が冷たいといえば、あなた一緒に寝て自分の足であたためてくれたわね」

漁師は立ちあがって腰をおとした。足を踏んばって勢いよく紐を引いた。爆発音が川面《かわも》をゆるがした。男はボートが下流へむかい、葦のしげみに消えるまで窓ぎわで見送っていた。それから階下へおりた。

箱の蓋をあけた。鳥は電気アンカにひたとよりそっている。手のひらで鳥をなでまわした。鳥は優しい、と男は思った。鳥の小さな茶褐色の瞳孔《どうこう》が濡れたビーズのように光った。うすあかい縁に隈《くま》どられた鳥の目が男をみつめ返した。鳥は完全だ、と男はつぶやいた。ポリエチレンの袋から小指ほどのシバエビをつかみだした。首と尾をねじ切って腹の殼を爪ではぎにかかった。生きたエビの体には殼が密着し、肉と離すのに手間がかかる。シバエビの体にはまだ弾力のある抵抗感があった。半透明の白い肉片を小さくちぎって鳥のくちばしにさしだした。鳥は一、二秒くちばしでふれたものが何か判じかねているようだった。次の瞬間、男の手から肉片は消えた。

「よし、よし」

男は鳥の頭をなでた。黒い艶をおびた頭を数回、指先で愛撫《あいぶ》した。本土でこの鳥を見るのは初めてのはずである。昭和二十六年ごろ、仙台の海岸でこの鳥のものらしい頭骨が発見されたことがある。それが唯一の記録なのだ。カモメ科オニアジサシ、通称カスピアン・ターン。男は明りの下でしげしげと鳥をながめ、鳥類図鑑とひきくらべた。世界的珍鳥と説明にはあった。この鳥を死なせてはならない。赤いくちばしにエビの身を近づける。カスピアン・ターンはつづけて三切の肉片をのみこんだ。

男はアンカのスイッチを点検し、目盛を中から弱に切りかえた。雨になるとやや気温は上昇したようだ。羽毛の艶が良いところを見ると、傷は鳥の生命をむしばむほどに深くはなかったらしい。うたれて長く飛ばなかったから多量の血をしたたらせなかったのだろう。海面で重油にまきこまれ、翼の自由を失って波に身をゆだねていたのがかえってさいわいしたのかもしれない、と男は考えた。多量の出血をした鳥は餌をたべる気分もないものなのだ。

(カスピアン・ターンをひろってから二十日になる)

男は30th Nov.の日付があるページをめくった。順に一ページずつ読みかえして初めのページにもどった。第一ページには10th Sep.とある。九月十日がここにカメラをすえつけて鳥の観察を始めた日である。九月十日からきょう十二月十九日までの日数を計算した。砂の上に各月の日数を書いて合計した。ちょうど百日あった。男は踏みかためられた砂丘に目をおとした。

(百日でおしまいになるわけか、ここへ来るのも二度とないだろうな)

海は今もっとも高く溢《あふ》れた。潮は頂点に達し、干潟は水底に没した。ふりかえると葦原のそこかしこに水が入りこみ、枯葦の根かたでにぶい輝きを放っている。かつて海岸堤防の一部であった地下水門のある丘にさえぎられて町の大部分は見えないが、たえず海の風にざわめく葦原のかなたに市街はあった。川をさかのぼれば町である。ここを棄《す》ててまた都会の生活に帰ることになる、と男は考えた。百日間は一つの休暇のようなものだった。

(行動報告書のいらない完全な休暇だ)

かすかに汽笛が鳴った。行動報告書という言葉が男の顔をゆがませた。男はそれを意識の外へ突きはなし二度と思いうかべまいと努力した。河口のむこう、湾口よりに細い入江があって、汽笛はその入江の奥から聞えてくる。葦原の果てにひとすじの白煙がのぼり、低く地を這《は》って移動しつづける。列車そのものは葦に隠れ、徐々に動く煙だけが列車の速度を示した。

それは内海の北にある都会を男に思い出させた。男は都市の喧騒《けんそう》から遠ざかった百日間を千年にも感じた。深夜、床についたころ、最終便の夜行列車が二キロ離れた踏切を通る音が枕もとへ届いた。その日の風向によって踏切のベルが耳のすぐそばで鳴るように聞えるときがあった。せわしなく響く金属音は都会の音でもあった。男はまんじりともせずその音に耳を傾けていた。

(鳥は自由だ)

鳥は空の道と一対の翼をもっていて大空を自由に天翔《あまか》けることができる。空に檻はない。鳥は行動報告書を要求されることもない。かたわらには妻が浅い寝息をたてていた。部屋に街燈《がいとう》の淡い光がさしこんで妻の顔をぼんやりとうきあがらせた。カーテンに漉《こ》された柔らかい光で見ると、頰骨をとがらせているやつれが目立たずに、目の隈も闇にとけこみ四、五歳若がえったようである。

自分がいなくなったらこの女はどうするのだろう、と考えた。自分はその気になればすべてを棄てて都会へ出て行ける。この女はどこへも行くことができない。男は妻をいっとき他人のように憐《あわ》れんだ。組合の連中にとって自分が重荷であったように、この女も男の重荷となっていることを本人がわきまえている。そして妻にしてみれば男もまた充分彼女の重荷となっているはずだ。たのしい夢でも見ているのか、そのとき妻の顔に微笑がうかんだ。たえて見たことのない穏やかなほほえみである。世にも珍しいものを見る思いで、男はまじまじと妻の寝顔を見まもった。

(いつでもお前がこんなに微笑しているのだったら、僕はうれしいのだ)

九月まで男は河口から三十キロほど離れた中都市の放送局に勤めていた。カメラマンだった。この春、社員の配置転換をめぐって団体交渉がおこなわれた。転勤させられる者がそろって組合の執行委員ばかりというのが争議の焦点であった。男も委員の一人である。

事故はふいに起った。三階の局長室にたてこもった管理者たちに交渉継続を求めて組合の代表者たちがつめよった。男の目の前でドアがあき、局長があらわれた。そのとき後ろから強い力でおされて、男は局長とぶつかりそうになり、思わず身体を支えようとして手を壁についた。その手が壁にとどく前に局長の肩にふれた。それは偶然だった。局長は何か叫びながら床に倒れた。男は告訴された。暴力行為というのが訴因である。組合はこれを不当処分として男を支援する会を結成した。

しかし一ヵ月後、組合は分裂し、第二組合が局内に誕生した。多数派であった組合はあいつぐ配置転換で夏までに少数派となり、いつのまにか男は局内で孤立している自分に気がついた。告訴された日から男は休職を命ぜられた。給与は六割が会社から支払われ、四割を組合が負担した。ボーナスは出なかったからそれは全額、組合のカンパによって男に支給された。

自分が組合の重荷となっていることを自覚するようになったのはいつごろからだろう、と男は考える。組合の事務室へはいるとき、先にテーブルを囲んで談笑していた連中がにわかに沈黙する。あるいはそれまでつづいていた会話が、男の登場をきっかけにそれとなく別の話題に切りかえられる。そういうことがつづいた。そんな雰囲気の微妙な変化が男にはわかった。

休職処分の男に仕事はなかったから、出社するかわりに組合機関紙のために原稿を編集し、割付と校正をするのが男の日課になった。梅雨があけるまではそうだった。第一組合の切りくずしは着実にはかどり、きのうまでの同志がきょう顔を合せると挨拶を返すことすらしなくなった。

機関紙の発行責任者である情宣部長が第二組合に移ってからは、男の仕事は何もなくなった。男は知っていた。あとで事の真偽を事情通に確かめもした。そのことを考えると笑わずにはいられなかった。あのとき局長がどうしてあっけなくひっくりかえったのか。いざとなれば局長は身がるに転倒できるように前もって練習していたのだ。

事件より二、三ヵ月前、ある取材のためゴルフ場を訪れた男は遠くのローンで談笑している局長たちを見かけた。妙なことをしている。初めはそう思った。局長と専務がゴルフはそっちのけで、しきりに地面に腰をついては起きあがる練習をくり返している。そのときは一体なにをしているのかさっぱりわかりかねた。あとでわかった。それにしても、と男は思う。前もって予行練習をしていたとしても見事なころびかただった。練習の甲斐《かい》があったというものである。

男はひまさえあれば床にひっくりかえる練習をしている局長を想像した。それは男の追いこまれた立場とは無関係に充分わらうに足る光景であった。

「行動報告書を書いてくれないか」

九月に入って、男ともっとも親しかった記者がいった。それは組合の決議事項だろうか、と男はきき返した。やめる直接の動機はこの要求だった。行動報告書を提出しなければならないほど自分が組合の信頼を失った、ということは、いいかえれば自分が彼らの重荷と化したことでもある。

二日後、会社は男に対して告訴をとりさげる代償として退職に応じさせようと提案した。男はそれを受けいれる他はなかった。形式的に依願退職ということになれば、しかるべく一時金も支給されるわけである。

人間が一つの地位を失墜するのはなんとたやすいことだろう、と男は考えた。争議がこんなかたちで終焉《しゅうえん》に至ろうとは夢にも思わなかったのだ。

身のまわりの物をまとめて会社を出たとき奇妙な発作のごときものが男をおそった。街を右往左往する人間の顔がどれも嘔吐《おうと》を催させるほどに不快なのだった。男は帰りのバスにのり、かたく目をとじた。人間がそれぞれ異った目鼻だちをもち、喜怒哀楽の表情をおびることとさえ耐えがたく思われた。彼らは何か過剰なものを顔の皮膚に分泌しているように感じられた。

かたくとじた瞼にうかんだのは、ここ十年足をむけたことのない河口の風景であった。男は湿地帯でそよぐ葦を思い、干潟の原初的な沈黙を思った。河口は懐《なつか》しかった。すべてを失っても自分には河口がある、と思った。それは男の救いになった。懐しさには少年期を回想するときの慰めもまざっているようであった。

焚火は消えかかっていた。

男は残り火をかきたてて燃料を補給した。水ぎわへおりて流木をひろい、漁網の切れはしで包んで焚火へ運んだ。夜まで焚火を消してはならない。三百メートルほど離れた渚に大きな木の根が見えた。目をつけていたものだ。砂丘の近くではひろいつくしていた。

木の根にたどりつき、それを掘りだそうとして身体をこわばらせた。鳥の死骸がある。この一帯で見なれたツクシマガモであることはすぐにわかった。反射的に空を見あげた。

雲は朝いらい一定の方向に動きつづけ、ますます空を暗くしていた。男は海面から葦原へ、河口から砂丘の方へ注意ぶかく視線を走らせた。ツクシマガモの脚をつかんでぶらさげた。泥で全身くまなくよごれている。水に浸して洗った。死後、何日かたっているようだ。鳥はかすかな腐敗臭を発した。体にこびりついた泥をおとすうちに数本の羽根が抜けて水面にひろがった。体表がそれで点検しやすくなった。外傷はなかった。

（これで十九羽めだ）

しらべ終ったツクシマガモを流木を掘った穴に埋めた。その上に渚の土をかけた。鳥には墓標はいらない。木の根を引きずって自分の砂丘へ帰った。ふりかえると木の根がひっかいた数条の痕跡が、鳥を埋葬した所から砂丘までくっきりと認められた。

焚火の中心に木の根をすえた。水で湿ってはいるが、こうしておけばいつかは乾いて長もちする薪になるのだ。砂丘の麓に古い櫂《かい》がころがっていた。それも木の根にのせた。火は青い煙をあげて櫂をなめ始めた。男はまたノートに没頭した。

（十九羽め、カモだけで十九羽めだ）

外傷のない鳥の死骸はカモだけではなかった。1st Oct. 10th Nov. 2nd Dec. という日付は潟や草原で鳥のなきがらを発見したときの記録である。十一月十三日にはユリカモメが二羽、十一月二十日にはヒヨドリとキレンジャクが、十二月五日にはハイイロガンの死骸を水ぎわで発見した。いちばん多いのはカモであった。

それにつけても気がかりなのは、けさここへ来る途中みつけたマガモである。あのような傷は初めて見たのだ。鳥にかぎらず野生の動物が死体を人目にさらすことはめったにないことである。土地の漁師にきいても首をかしげるばかりだ。空を渡る途中、力つきて落ちたとしか思えないが、そうしたことがひんぱんに鳥たちに起るとは思えなかった。

飛ぶ力を道程の半ばで喪失するような弱い鳥は成鳥となるまでに淘汰《とうた》されるものである。男にわかりかねるのはこの河口で見るはずのない鳥類がしばしばあらわれることであった。けさのカラフトアオアシシギがそうだ。男の家で傷を癒《いや》しているオニアジサシがそうだ。

渡り鳥は体内で分泌されるある種のホルモンに刺戟《しげき》され、強力な直感と本能で進路を定めて空の道を飛ぶのである。星と太陽の高度が彼女たちの羅針儀であるらしい。台風でおし流されて本来のコースをそれることはままあった。地形の変化で鳥が錯覚をおこし、進路をあやまることがあるというのも知っていた。

しかし大陸を南下する鳥がこの列島の西端へあらわれる事実は、台風で説明がつきそうになかった。大陸沿岸から直線距離で千キロ以上もあるのだ。男はツバメチドリを発見した日をしらべた。すべてのページにその日の新聞から切り抜いた気象欄がはりつけてある。ツメナガセキレイを見た日もムネアカタヒバリを見た日も、天気図はつよい風力を示していなかった。

大陸北東部をおおった高気圧は渡り鳥をおし流すほどに高い示度《しど》ではなかった。地形で迷うということもまず考えられなかった。大陸とこの列島の間には海しかないのだ。渡来するはずのない鳥たちがここへやって来て、しかもその群の一部が墜落して死んでいる。このような現象は、いつかハマチの養殖場で網にかかった奇形の魚と関連させて考える他はなかった。

くの字に折れまがったハマチは怪しむには足りなかった。餌にまぜた抗生物質が背骨を変形させたのだ。あるいは養殖場付近の農薬工場が排出する工場廃水がいけないのかもしれなかった。この内海でハマチにおこったような変異が、漂鳥の世界にも生じたのだと考えざるをえなかった。鳥の体内に蓄積された毒物がしだいにその脳細胞をむしばんで精密な方向感覚を狂わせるように作用したのだと思った。

「方向感覚……」

男はつぶやいた。鳥が進路をあやまったように、男も人生の半ばで道からそれてしまったのだ。(しかし自分は鳥とはちがう。鳥のように外界の理不尽な暴力でコースをそれたんじゃない。窮地に追いこまれたもともとの原因はつまるところ自分があえてした自発的な行為の決算なんだから。いつかはこうなったのだ。それにしても方向感覚は正しかっただろうか。自分はあやまっていない、と信じたいが、鳥にしても墜落して絶命するまで道を迷ったことを自覚しなかったはずだ)

木の根は焰でくるまれ濃い煙をあげ始めた。男の目に涙がしみた。焚火からしりぞいて目をぬぐった。

「……………」

黒い影が雲をかすめたようである。男はしきりに目をこすって影がひらめいた上空を凝視した。目の迷いではないようだった。何かが瞬間的に雲のきわを縫ったのは確かだ。男は頭上のどこかから自分をみつめる鋭い視線を感じた。それが何であるかわからないが何か得体のしれない物が雲の上にいるのだ。男は心細げに周囲を見まわした。海に突き出した砂丘の上には男は今たった一人だ。前は海、うしろは平坦《へいたん》な葦原で身を隠すよすがとなるものは何もない。

男は今朝見たツクシマガモの死骸を思った。鉤のようなもので引きさかれた傷はまだ目に鮮かだ。

空を見あげた男の顔に一滴の雨がおちた。男はカメラに防水布をかぶせた。ポケットからきのうの新聞をとりだし、気象欄を読みかえす。「ところによってはにわか雨」という天気予報を信じることにした。

雲の動きから判断すると、雨が降りつづきそうにないことは予想できた。天気図はここでは鳥類図鑑の他に男が読みふける唯一の印刷物であった。雨滴は一度だけ男の顔を濡らしたきりだ。それが空の不吉な影で生じた緊張を解いた。にわかに空腹を覚えた。

男は鞄から紙包みと魔法壜をとりだした。最初のサンドイッチをのみこむときは、目をあげて上空をみつめることもあった。しかし三つめのサンドイッチをコーヒーで流しこみにかかるころは、すっかり空の視線を忘れてしまった。弁当の包み紙をねじって火をつけた。タバコをくゆらしながら妻とのやりとりを思い出した。

「いつも一人で弁当を食べるの」

「そうだ」

「だれもいないところで？」

男は写真を分類していた。四つ切大に引伸した写真に番号をうち、日付と場所を記入したラヴェルを裏にはる。正体不明の鳥は別にわけた。

「一度行ってみたいわ」

「どこへ」

「それを撮影した河口のあたり」

「行ってもつまらないよ、葦が生えていて干潟があって水があって、それだけ」

「あなたにはつまらなくはないでしょう?」

「これも仕事のうちだし」

「たった一人で弁当たべるの淋《さび》しくはないの」

「え?　何が……」

男はうわの空だ。正体不明の鳥を拡大鏡でしらべ、鳥類図鑑と対照するのに熱中していて妻のいうことは半分もきいてはいない。

「あたしをつれていって」

「歩けやしないじゃないか、四キロも」

「このごろはわりといいの」

「よくなったらつれて行く」

「去年の秋にバスにのって遠足に出かけたでしょう、海岸の城跡で弁当を食べた、バスケットに入れた弁当とてもおいしかった、ね、あの城跡なんていうところ?」

「うん」

「きいてるの」

「きいてる」

男は二枚の写真を明りにかざして見ていた。拡大鏡で頭をしらべる。一羽はツグミ科、一羽はシギ科の鳥である。望遠レンズでとっているので、脚のかたちが正確にわからない。もし男の観察が正しければ、これはオジロトウネンとオオノゴマのはずだ。男女《だんじょ》群島と五島《ごとう》列島で一、二羽が確認されたきりで、日本本土で認められた記録はこれまでにない。

男の手からすいと写真が奪われた。寝床に上半身をおこした妻が二枚の写真をひったくり、いくつかに引きさいた。

「あたしたちがハイキングに行ったあそこは何てところ?」

「やぶかなくてもいいじゃないか」

男はルーペをほうりだして畳の上にあおむけになった。

「あのころは楽しかったわ」

男は写真の断片をつなぎ合せた。鳥は頭のところで三つに裂けている。男はうつぶせになって片耳を畳におしつけた。そうすると妻のすすり泣く声がいくらか弱まって聞えた。船着場の気配が伝わって来た。夜のうちに海へ出て網を入れ、早朝帰るのがころごろのきまりだ。漁師たちの叫び声にエンジンの音がまざった。男はあいている片耳で船の音をむさぼった。エンジンは一つずつ規則的な爆発音をとどろかせ下流へ遠ざかって行く。船着場はまもなく静かになった。

男は寝返りをうって妻を見た。そのとき初めて男はこの夜、妻がうす化粧していたことを知った。涙を流しつくしてはれぼったくなった瞼が墨でよごれている。九月いらい河口へ通うようになってから、妻は一度としてそこがどんな所か訊かなかったので、男はやや物足りなく思っていた。妻の無関心になれ、それを好都合にも思うようになった今となって、妻が男の通う場所に興味を示しても、もはやどうということはないのだ。わずらわしく思うだけである。妻は手鏡で顔を直し始めた。

(いつからこんな生活になったのだろう)

六畳の空間が狭苦しく感じられてきた。河口の漠としたひろがりが懐しくなった。そこへ誘われるのは妻といさかいをした今が初めてではなかった。会社をやめた日、男はまっすぐこの河口へ急いだ。そこで二時間、渚をゆきつもどりつしてこれからの計画を練った。波の単調なつぶやきに耳を傾けていると、ともすれば思考はなおざりになり、心もうつろになっていつのまにか快い放心状態になってしまう。

日が暮れるまでに男はスケジュールを決定した。秋から冬にかけて干潟における時間の移り変りを撮影すること、泥海に棲息する魚類の生態を記録すること、渡り鳥を観察し、フィルムにおさめること、などであった。人間の顔を見ないですむことがありがたかった。鳥を撮影したからといって、それを生活の糧にするというあてはなかった。あの日、社長が登場するまでは。

初めの二つは日がたつにつれて興味がうすれ、渡り鳥の観察だけにうき身をやつすようになった。やめるときに支払われたいくばくかの金は、失業保険金と合せればほぼ三カ月の生活費には足りるようであった。四カ月めからどうするか、男にあてはなかった。それはつとめて考えまいとした。やめるとき、都会の友人たちからいくつか新しい仕事をもちかけられた。大学時代の同期生はすぐに上京すればあるデザイナーの工房に世話しようといった。男より先に会社をやめていた同僚は東京のある写真学校講師の口を紹介してよこした。カメラマンとしての技能にただ忠実でありさえすれば、さしあたり新しい就職口を心配することはないようであった。男は自分にいいきかせた。

(しばらくじっと坐りこんで待ってみよう)

顔を直した妻は目深《まぶか》に布団を引きあげて不規則な呼吸をしている。眠りこんでいないのは息づかいでわかった。

不意に男は身をおこした。ある声を空のどこかに聞いたようだ。全神経を耳にあつめた。かすかにガンの声が聞えた。この年初めて聞くものだ。敏捷《びんしょう》に跳ねおきて窓をあけた。間髪を入れず妻がとがめた。

「しめてよ。寒いじゃないの」

男は戸外へかけ出した。北西の空にガンの群が見えた。月が空を明るくしていた。北よりの風が吹き、ガンはそれに乗って飛翔しているらしかった。群はくさび形の幅広い列を維持していてその尖端は南をさしていた。

男は隊列の前後に目を配った。いつのまにか群から脱落しているガンを探している自分に気がついた。列は整然として、鳥たちは正確な隊形を崩さず、群におくれている鳥はないようであった。


男は空を見あげた。

太陽は依然として雲に隠れている。夜明けから朝をすぎても、男のまわりに漂っている光線はつねに午後のそれであった。男は両手をこすり合せた。寒気は朝よりもきびしくなった。漂着物のうちで燃えそうなものはひろいつくしていた。男の目が板小屋にとまった。（もっと早く気がつけば良かった）足早に板小屋を一巡した。砂丘の前方にノリ養殖場があったころ、見張り番が寝泊りした場所と思われた。養殖場が河口の北に移ってからは見すてられたのだ。潮流が変ってノリがここでは栽培できなくなったのだ。

男は小屋の空樽《あきだる》を焚火の方へ運びあげた。頭上にもちあげて投げおろす。タガがゆるんだ。靴で二、三回けると板はばらばらになった。（潮流ってやつはいつかは変るのだ）こわれた樽を焚火にくべた。こびりついたタールが溶けて刺戟的ないい匂いを放った。火が継続的に燃えることを見とどけておいてカメラにとりついた。

水は沖へしりぞきつつあった。レンズでのぞくまでもなくそれがわかった。ココア色の泥が水の下からあらわれ、しだいにその面積を拡大してゆく。水に追われて葦原へにげた鳥たちが群をなして干潟へ舞いもどり、泥の中にひそむ生物をあさり始めた。小エビや貝の肉は鳥の好物なのである。

一羽ずつ望遠レンズの視野におさめて観察した。見なれた鳥である。ひとわたり鳥をしらべ終ると、ふたたびノートに没頭した。1st Nov. という日付のページはハイイロヒレアシシギを見た記録で埋められていたが、その日、ここを訪れたのはヒレアシシギではなかった。湾口で操業する漁船団を望遠レンズで見物するのに夢中になっていたので、その男が近づくのを知らなかった。うしろに人の気配がし、声をかけられて初めて気がついた。

「何か見えるかね」

五十代の半ばに見えた。以前から会いたかった、といい、マニキュアをした指でタバコをつまみ出してすすめた。その人物は男が勤めていた放送局のある町で、かなり大きい印刷会社を経営していた。局内の印刷物を一手に引きうけていた関係で、何回か顔を合せたことがあるけれど、二人だけで話すのは初めてだった。

「こないだ局へ行ってあなたのことを尋ねたらやめちまったときいたんで少しびっくりしたよ。どんな事情にしろ会社をやめてまで鳥の撮影にうちこむのはちかごろ見上げた生き方だとわたしは思ったたな」

男は鼻白んだ。会社をやめたのは鳥のためではなかった。しかしそれを説明するのも億劫《おっくう》だった。

「二、三度お宅にうかがったけれど留守のようで、もっとも毎日ここへ出かけて来てたんなら会えないわけだ」

写真集を出したい、と訪問者はいった。それは結構だ、と男は如才なく相槌《あいづち》をうった。

「いや、あんたの写真集を出したいといってるんだよ、わたしは」

説明してもらいたい、と男はいった。社長はうむ、といってカメラをのぞき、干潟におりた鳥の群をしばらく黙って観察した。カメラから目を離さずに、

「あれはどうもイワミセキレイのようだね」

男は自分の双眼鏡で確かめ社長の言葉を肯定した。社長は溜息《ためいき》まじりに、

「イワミセキレイが今じぶんねえ」

このごろの鳥は季節をえらばなくなったのだと男は答えた。

「そうなんだよ、十一月にならないと見られないユリカモメが十月初旬にちらほらしたり、それから一月の白鳥が五月ごろ空を飛ぶのをわたしは見たことがある。なにしろめちゃくちゃなんだ」

「コースをそれる鳥も目立ちますね」

この人物が、「郷土の散歩」というシリーズで放送する十五分のローカル番組に登場して、自分の趣味である鳥の生態観察について語ったことを思い出した。二年ほど前である。鳥は狂ってるのだ、と社長はいった。

「そしてだれも鳥の世界でおこっている異変に気づかない」

社長は昂奮《こうふん》した。砂丘の上を歩きまわりながらしゃべりつづけた。

「四、五日前にコウノトリを見たよ」

コウノトリはとっくに絶滅したと思っていた、と男がいうと、十月の季節風にのって大陸から渡って来たのだろう、と社長はいった。「どうですか」と社長は干潟をさして、

「ここは鳥にしてみれば地上の楽園だよ、それが五年以内に埋めたてられて石油コンビナートか何かそんなものになっちまう。渡り鳥もそうなったら寄りつかないね。そこでひとつどうですか、ここへやって来る鳥たちの記録写真を一冊くらい残してやってもいいと思うんだが、天草の羊角湾《ようかくわん》ね」

社長はあっちかな、いやこっちの見当かといって湾口を指した。

「羊角湾を埋めたてて淡水湖にしちまったらさっぱり鳥が寄りつかなくなったんだそうだ」

かなりネガはたまっている、と男はいった。印刷はまかせてくれ、と社長はいった。

「グラビアにはうちとしても自信があるし、取次店にも話をつけるからその点はご心配なく。カラー印刷の機械も入れたばかりでね、新しい機械を」

刊行するとしていつごろの予定だろうかと男はきいた。

「そうだな、十二月いっぱいで一応とりだめたネガを整理してもらいたいね。印刷はいつからでもかかれるから」

買う人がいるだろうか、と男は懸念した。

「長期間のうちにぼつぼつ売れたらいいじゃないか。それよりあんたの手間に見合うだけの印税をたっぷり支払えたらいいと思うんだが」

男はあわてて印税をあてにしてはいないこと、それより自分の写真集をもつことができたら倖《しあわ》せだといった。

「あなたの写真集でもあり鳥たちの写真集でもあるわけだ。鳥と潟海の記念碑、いや鳥のための墓標というべきだろうか」

社長は湾口に目をそそいだ。つかのま夢みるような表情になって両手をひろげ、二、三歩海へむかって歩いた。そこで腕を上下にゆるく動かした。男は社長が鳥に化身したのではないかと一瞬いぶかった。社長はひろげた両腕で潟海を胸に抱きとるような身ぶりをして、陽気に叫んだ。
「海が埋めたてられても写真集が出来たらその中に鳥も海も生きることになるんだよね」

男はあの日、砂丘の端で社長がしたように両腕を水平にひろげた。――写真集が出来たらその中に鳥も海も生きることになるんだよね。なんという芝居気たっぷりのせりふだったろう、と男はにがにがしく回想した。

二回目の会見まで社長はのり気だった。判型や紙質の打合せをした。三回目は不在で、四回目には営業部の係長が応対した。社長から何もきいていないという。噂《うわさ》によれば新式のカラー印刷用機械を購入したために多額の不渡りを出して、工場は債権者団体に差しおさえられているという。よくあることだ、と男は思った。またしても一つの潮流がむきをかえただけのことだ。

焚火にくべた木の根は長い間、海中にあったらしく表面が水と砂の摩擦でなめらかになっていた。樹皮はむけてしまい肌は色褪《いろあ》せて女の腰のように白い。空樽は乾ききっていてタールのこびりついていない部分はほとんど煙もあげず透明な焰をゆらめかせた。

男はぼんやりと焚火に目をそそいでいる。火というものは人を夢見心地にするもののようで、うずくまって焚火の中心を見まもっていると、いつのまにか焰に溶けこみ火と一体になり、心がからっぽになるようである。時間は停止し、永遠そのものであるような海のざわめきと葦のそよぎしか聞えない。男はしかし眠りこんだのではなかった。時おり火から目を離してカメラをのぞいた。潮がひき、露《あら》わになった干潟には見なれた鳥がおり、見なれない鳥もいた。新しい特徴をもった鳥をみつけても、男はもうシャッターをおさなかった。望遠レンズでつぶさに観察するにとどめた。

「きょうが終りだ」

ひとりごとをいうのは癖になっていた。砂の上にはさっき計算した数字があった。百日の休暇を自分は有効にすごしたのだ、と思った。（渡りの途中で、鳥も翼を休めるのだから）水辺に墜落した鳥を思いだした。自分は群から脱落した鳥の一羽かもしれぬ。しかしまだ飛ぶことはできる。写真集がふいになったとわかっても男は河口へ通うことをやめなかった。初めからそれほど期待はしていなかったのだ。退職金はまだいくらか残っていた。しかしそれも十二月十九日がぎりぎりの日限であった。明日から新しい生活のために都会へ出発することになる。

男はカスピアン・ターンが回復するのをひたすら待ちつづけた。治癒はおそく餌もはかばかしく食べない日があった。ようやく傷は癒え、身動きが活潑《かっぱつ》になった。夜ふけしきりに箱の中でもがいて短い啼き声をもらすことがあった。これをきょう河口へ運んで放すつもりだったのだ。帰ったら船着場のあたりででも離してやろうと男は考えた。

男はキャンバスチェアを立って足踏みした。両腕を鳥のようにばたばたさせて身体《からだ》を叩《たた》き血のめぐりをさかんにした。素手で頬をこすりかるく跳躍した。さっき雨滴をおとした雲は空に濃淡の縞《しま》を織っていた。西空でもつれあった断雲のさけ目からまばゆい真鍮色《しんちゅういろ》のきらめきが洩《も》れでるときがあった。

太陽はいつのまにか西に移動していた。風によって雲のさけ目がひろがると日光の束も太くなった。男は息をのんだ。夕日が今、黄金色の列柱となって葦原に立ちならび、壮大な宮殿がそびえたようであった。日に照らされた枯葦はまぶしい黄と白に映えた。葦の茎は一本ずつ鮮明な影をおび、よくみがいた櫛《くし》の歯の鋭い輪郭をもった。

雲が閉じると宮殿は消えた。枯葦はもと通り黒い棘の原にかえった。男は海と対面した。干潮の海は痩せ、さっきより暗くなった。時計を見るまでもなく時刻は知れた。潮の干満でそれは明らかだ。河口上流の町で育った男は、川の水位によって時刻をはかった。季節と月齢をあんじて時を推定することができた。灰を溶かしたようなたそがれが干潟をおおい始めた。物の輪郭がぼやけ干潟も鳥たちも一つの画面でかたちを喪失し、おたがいに浸蝕《しんしょく》しあった。そのような夕暮の光景は現在を忘れさせ、男を少年時代につれもどした。

男は見た。九歳の男自身が水平線の彼方から現れ渚の方へ近づいてみるまに大きくなるのを見た。パンツ一枚の半裸体である。泥の上をかるがると走りよってくる。手に丸い網をさげている。少年は男の目の前で直角におれて渚に沿い河口の方へ走った。一刻も休まずに上流へ川面をすべるようにのぼってゆく。男の視覚は少年を追った。

上流には二十五年前の町があった。町は夜である。少年は川が彎曲《わんきょく》した箇所に達するとある石垣のほとりに立ちどまった。岸の柳につかまって水ぎわをのぞきこむ。男は少年に呼びかけた。

——そう、そこだ、ちがう、もう少し左へ寄って。

少年は身軽に左へ寄って、男の指示する場所を確認した。石垣の水面下に手の丸網をおろした。網の中央にさしわたした針金に魚の内臓がとりつけてある。少年は紐の間にはみだした内臓を指でおしこんだ。血まみれの指を川に浸して洗った。男は少年と共に魚の腸《はらわた》の匂いを嗅いだ。

網は四つあった。それぞれ四、五メートルの間をおいて石垣の水に沈め、その紐を岸の柳にゆわえた。柳の下にうずくまって少年は待った。目をひたと黒い水面にそそぎ、膝の上に顎をのせて身動きもしない。家々の燈火は消えた。数刻がたった。身をおこした少年は紐を引いた。かすかな手応えをしらべるように用心深く紐の緊張度を確かめた。そろそろとたぐりあげた。円形に水が盛りあがる。水滴が驟雨《しゅうう》のようにしたたって川面をはじいた。星明りに網をすかして見た。獲物はいた。菱形《ひしがた》の甲殻類が二、三四餌袋にとりついている。濡れた甲羅がつややかに光った。蟹《かに》がうごめくと泥と水藻の匂いがたちこめた。少年は獲物を魚籠《びく》に移した。餌袋の内臓を蟹ははさんでいるので、無理に引き離すと爪が腸をちぎりとってしまう。内臓のかたまりは水につかって平べったくなり、もはや血の匂いは淡い。魚籠におしこめられた蟹は硬い脚で竹の編み目をかきむしる。少年は網に新しい餌をつける。手が内臓の分泌するもので濡れる。足もとの砂をすくってなめらかになりすぎた手をこすり合せる。指の股に砂をまぶし皮膚がむけるほど強くもむ。その手がうすれ、腕が、次に頭がぼやける。青い燐光《りんこう》のような微光を放っていた五体はしだいに透明になり、闇に溶けこんでしまう。男の視覚は現実にかえった。

男は焚火に燃料をくべた。

砂丘をくだって渚に沿い河口の方へ歩いた。泥にミシンでかがったような蟹の足跡がある。このあたりの蟹は小さくて食用に適さないが、上流の蟹は大きくて泥臭さがなく、食物の乏しい時代は重宝したものである。

見おさめに河口一帯をぶらつく気になった。きょうは終りの日である。夜までにはいくらかゆとりがあった。双眼鏡を首にかけ、アノラックのポケットに両手をつっこんでゆっくり歩いた。男は左右のしげみに気軽な視線を投げ、足もとの水流にも目を配って歩いた。水のほとりは明るい。昼の光が川に残っているようである。河口でふりかえった。小さく砂丘が見えた。カヴァーをかけたカメラが砂丘のなだらかな稜線《りようせん》に鋭いピラミッド型の直線を与えた。

河口を三百メートルほどさかのぼると葦の密度が大きくなった。堤防では草が浸水することはなく植物はつねに乾いており、枯葦の茎に男の足がふれると張りつめたピアノ線のように鳴って折れた。川の屈曲部にたどりついたところで出発点へもどることにした。

何気なく上流を見た。水上に小さな黒点を認めた。川を下って来るものがある。双眼鏡でのぞいた。レンズの視野にうかびあがったのは小さな筏である。見おぼえのある少年が筏に立って棹をあやつっている。カスピアン・ターンをひろった翌日、船着場で見た少年である。彼は新しい筏を建造したのだ。

男は微笑を禁じえなかった。筏はひとまわり大きくなって遠目にも頑丈そうな構造に見えた。マストが中央にとりつけてあり、三角の旗がゆれている。少年は浅瀬に近よるとすかさず棹をふるって筏を遠ざけた。手なれた棹さばきは自信に溢れていた。そうやって男の前方百メートルほどの所まで下ると今度は上流へもどりにかかった。

すでに潮はしりぞくのをやめた。川の流れはゆるやかになっている。それでも溯航《そこう》は少年の腕には重荷であると見え、筏の進み方は遅々としてはかどらない。しかし少年はかたときも休まず確実に規則的に川底を棹でおして筏を流れにさからわせ上流へむかわせた。

少年はしだいに小さくなりやがて川辺の葦に没した。マストの赤い三角旗が筏のありかを示した。男にはそれが少年のあげる声のない凱歌《がいか》であるように見えた。

葦の葉末にまたたくものがある。上流の町にともった明りである。男は河口へもどった。（あの子は失敗した日にすぐ二番目の筏にとりかかったのだろう）

男も自分自身の筏を建造しなければ、と思った。くっきりと泥にめりこんださっきの足跡にもう水がたまっている。男はカメラを囲んだ風よけを倒した。杭を抜いて焚火にほうりこんだ。ちらかった弁当の包み紙を火にくべ、罐詰《かんづめ》やジュースの空壜《あきびん》を砂に埋めた。

カメラにかぶせたカヴァーを四つに畳んでしまいかけたとき、黒い影が頭上をかすめた。なまぐさい風のようなものが鼻をうった。本能的に危険を感じた。首をすくめて身構えた。そいつは男の上空へかけあがり、たっぷり二メートルはある翼を羽搏かせ、男を中心に円を描いている。たくましい骨格をもったハゲワシである。朝のツクシマガモを思いだした。無慙《むざん》に裂かれた腹が目にうかんだ。

西の山際にかかった断雲が隙間をひろげ、まばゆい光線を吐きだした。そいつは夕日の方向から襲いかかった。男はぴたりと砂丘に伏せて第二撃をかわした。ハゲワシは飛びすぎると、カメラの三脚をひっつかみ、はるかな高さまでさらってから投げおろした。

男は武器をさがした。ナイフも猟銃も携帯していない。ハゲワシは小さな点になり、らせん状に舞って高度をとり、そこから西へ移動し次の攻撃点へつこうとしているようである。男は砂丘をかけおりた。カメラをひろい手早く三脚をとりはずした。ハゲワシは夕日の光輝に包まれまっすぐ男めがけて突き進んで来る。逆光を背にした猛禽《もうきん》は正確な位置を測定することができない。

声もなくそいつはとびかかって来た。男は三脚をふりまわした。手応えはなかった。

重い三脚で鳥を叩きそこねて男は倒れた。男の上に数本の羽根が嘲笑するように散りかかった。

三脚は手からすべりおち葦のしげみにとんで見えなくなった。男は砂丘の焚火の方へかけあがった。同時にハゲワシがおおいかぶさって来た。男は地面に身を投げかけるや、焚火にさしこんだ櫂をつかんだ。

倒れたままあおむきになって燃える櫂でハゲワシにたちむかった。鳥はひるんだ。男の鼻先で翼をばたつかせて地面の砂をまいあがらせた。男は立ちあがった。櫂の平たい部分にまつわりついた焰が、かぎ裂きになった旗のように風で煽られた。男は両手でしっかりと櫂の柄を握りしめてハゲワシの動静をうかがった。

ハゲワシは西へ移動しつつあった。まばらな断雲の隙間から夕日が冴《さ》えざえとした光線を葦原に送りこんだ。櫂を握りしめた男の手が汗ですべった。男は櫂をおき、ハゲワシから目をそらさずに素早く両手を砂にこすりつけて汗をぬぐった。のどがひあがり、汗が顔に滲《にじ》んだ。

今となって雲間から光の矢を放つ太陽を男は憎んだ。この干潟と葦原に出没するすべてのものが敵にまわったようであった。ハゲワシは夕日の中にひそむ微小な点にすぎなかった。男はふとそいつがこのまま襲撃を諦めてどこかへ飛び去ってしまうのではないかと考えた。ハゲワシは地を低く這うようにして接近して来た。男の前方三百メートルあまりに達するとおもむろに羽搏いて上空へ舞いあがり、攻撃に必要な高度を獲得した。男はそいつが充分に近づくのを待った。空中でいったん静止したかに見えたハゲワシは真一文字に砂丘へかけおりて来た。それは翼を縮小し、首を頂点とした紡錘《ぼうすい》形に変った。そのとき男は山の稜線に沈みかけた夕日があかあかと自分を照らしだすのを感じた。

渾身《こんしん》の力をこめて櫂をふりまわした。

手ごたえがあった。何か弾力のある物を叩いたようである。男は頭上をさがした。ハゲワシはかき消したように見えなくなった。櫂の尖端は折れて砂丘の麓にころがっている。鳥を打った衝撃で火は消え、枯葦の根もとにおちて白い煙をあげている。

男の全身から力が抜けた。膝を折って地面に坐りこんだ。肩で息をつき数分間そのままの姿勢で慄《ふる》えていた。やがて二つに折れた櫂をかたく握りしめているのに気づき、ほうり出そうとした。しかし指が男の意志にかかわりなくしっかりと櫂の柄をつかんで放さない。男は白くうき出た指関節をみつめた。初めて恐怖を覚えた。やっとのことで指をもぎはなし、首すじを撫《な》でた。

赤いものが手についた。首すじは鳥の爪で浅く引き裂かれていた。ガーゼで傷口をぬぐい、タオルを巻いた。

日がおちると雲は薄くなり空はかえって明るくなった。萌黄《もえぎ》色《いろ》の夕映えに満ちた天にハゲワシの姿はなかった。

地下水門のある丘に動くものが見える。男は目をこらした。丘にまず頭があらわれ、胸と腹がせりあがった。何か角張ったものを抱いた女の姿が丘の上に立った。それは男を認めて手をふった。手をふりながら砂丘をくだり、葦をかきわけてこちらへ近づいてくる。

男は自分の砂丘をおりて妻を迎えた。かかえているのは柳の枝で編んだバスケットである。妻は男と肩を並べて砂丘へのぼり、焚火のそばで肩をすくめて、「こんなに」という。身体をひねるようにして片脚をもちあげて見せた。

「ストッキングが枯草にひっかかって、こんなにやぶけちゃった」

「だいじょうぶなのか、起きて」

「ね、これ何だと思う」

バスケットを目の高さにさしあげて見せる。弁当か、と男はきいた。

「ほうら、見てごらん」

妻は留め金をはずした。回復したカスピアン・ターンがうずくまっている。鳥は頭をおさえつけていた蓋をとられると、しなやかな首をのばした。妻はいった。

「これをつれて行くのを忘れたでしょう」

翼のつけ根をしらべた。一時は化膿して鳥を弱らせた傷も完全に塞がっていた。鳥は男の手に抱きとられるときゅうくつそうにもがき、しきりに首を空にさしのべて翼をばたつかせた。鳥は優しい、と男は今思わなかった。二十日間、見なれたカスピアン・ターンが何か不気味な異形の物に変身したかのようである。

「あたしにも抱かせて」

男は妻に鳥を渡した。葦の間をさがしまわってカメラと三脚をひろいあげた。泥をぬぐっていると、妻がいぶかしそうに、

「どうしたの、そんなところに」

「いや、なんでもない」

レンズは割れていなかった。ていねいに土をおとしてケースにしまった。

「よくここがわかったな」

「遠くから火が見えたから、焚火の煙を目じるしにして歩いて来たの」

焚火は消えかかっていた。夜が濃くなると火は鮮かなオレンジ色をおびた。男は地図を火に投じ

た。それが燃えつきるのを待たずに百日間の観察ノートを一枚ずつ破り、まるめて火にくべた。妻は黙って見ている。

「この鳥、あたしが放していい？」

男はうなずいた。

妻は両腕でやわらかく抱いていた鳥を空にむかって押しあげるようにした。白い鳥は砂丘上でとまどったように羽搏いた。ぐるぐると大小の円を描いて旋回し、しばらく方角を案じているようである。鳥はまず葦原へ飛び次に河口と砂丘を結ぶ線を数回往復した。やがて飛翔の方向に確信をもち、南東の海上へ去った。夕闇がすぐに鳥をのみこんだ。

妻は気づかわしそうに鳥の行方へ目をやっている。空をみあげていった。

「もう迷わないかしら」

「方向をかい」

あちらが、と妻は鳥の去った海上をさして、

「あちらが鳥の故郷なんだわ、故郷に帰れたらいいのだけれど」

鳥に故郷はない、と男はいった。

野呂邦暢《のろくにのぶ》（一九三七〜一九八〇）
長崎に生まれ、諫早《いさはや》で育つ。諫早高校卒業後、一時京都に下宿。上京後、ガソリンスタンド、喫茶店、ラーメン屋などで働く。佐世保の陸上自衛隊に勤務中、諫早大水害で自宅が全壊。北海道千歳で除隊後、諫早で中学生の家庭教師をする。一九六二年ルポルタージュ「兵士の報酬第八教育隊」が「日本読書新聞」二〇周年記念論文に入選。六五年「ある男の故郷」で第二一回文學界新人賞佳作。六七年諫早市教育功労者。六九年諫早市の成人大学、七〇年鎮西短期大学で文学講座を担当。七四年、自衛隊体験をもとにした「草のつるぎ」で第七〇回芥川賞。翌年清新な青春小説「一滴の夏」を発表。歴史小説『諫早菖蒲日記』、自衛隊員向け会誌に連載した批評『失われた兵士たち　戦争文学試論』などの著作で歴史を再検討し、古代史についての発言もある。『文彦のたたかい』『水瓶座の少女』などのジュニア小説（女子向けライトノベルの先駆形態）のほか、ミステリやSFに属する短篇も執筆。他に小説集『十一月 水晶』（『壁の絵』と改題）『海辺の広い庭』『鳥たちの河口』、詩集『夜の船』など。歿後、歴史小説『落城記』が刊行された。

幸田文《あや》

崩れ（抄）

これが書かれた頃にはまだ「ネイチャー・ライティング」という言葉はなかった。今の日本にだってないに近いからカタカナのまま使われているのだろう。

しかし、七十歳を超えた女性の作家が日本各地の現場に赴いて書いたこの『崩れ』という本はネイチャー・ライティングの名作である。自然に対する畏怖の念、その前における人間の無力と努力。そこに幸田文その人の思いがたくさん混じる。崩れる山とそれに向き合う人間、その構図を見て感動している一人の作家、この全景が優れた文章に包み込まれている。

立山《たてやま》砂防はこの人が行った十三年後にぼくも取材に行って同じ砂防用軌道車に乗っている。この時の報告は『南鳥島《みなみとりしま》特別航路』という本に収めた。

比べて読むと自分が理系の思考に偏って、その分だけ人間的な驚きに鈍感であったという気がする。主観と客観の比率が違う。

幸田文は幸田露伴《ろはん》の娘だが、露伴自身がまず優れた観察者であった。世界に対する強い好奇心を持っていた。その意味でリアリストであったが、それを娘は正しく引き継いでいる。

崩れ（抄）

一

ことし五月、静岡県と山梨県の境にある、安倍峠《あべとうげ》へ行った。これは県庁の自然保護課で、ふとした雑談のうちに、その峠に楓《かえで》の純林があり、秋のもみじもさることながら、初夏の芽吹きのさわやかさはまた格別ときき、ぜひ見たいと願って、案内していただいたのである。

その日、楓は芽吹きにはちと時期が早すぎたが、林はいい風情で見ごたえがあり、山気に身も心も洗われて、私は大満足の上機嫌で、秋にはもう一度と思いつつ下山した。私にはこうした旅がいちばんうれしい。名所をめぐる遊覧旅行も、それはそれで楽しいが、山道を歩いて樹木に逢《あ》ってくる小旅行は、最も心に叶《かな》うものなのだ。

といっても植物のことを知っているわけでもなし、また、これから勉強しようなどという気もないし、強いていうなら、なんとなく樹木とは相性がいいのだ、といったらよかろうか。動物とちがって植物は愛想がわるく、ただすとんと突立《つった》っているばかり、つきあいいい相手とはいいがたいが、そこが相性というもので、つまりは虫が好くのである。あるいは、一つには幼い頃の記憶、もう一つにはいまの環境が、樹木に心をむかわせるのかもしれない。生れが農村なので、近所にはともかく多少の木々があり、自分の家にもまた若干の木があって育ったので、それが遠い影響になっている節もあり、いまは長く町に住んで、年々木は減るばかりの環境にいることも、近い反映になっているのだろう。ともあれ、私は自然の林の中に入ると、飢えが満たされ、不足したエネルギーが補給されたような、そんな充足感があって、気持がのびのびとやさしくなる。若いころは、好きなひとに逢ったあとは、気持がしっとりして、我ながら気恥ずかしく思うほど、物事にやさしくうち向ったが、いま木々に逢えば、それとは違って、もっとずっと軽快なやさしさになる。ひとに逢えばからまるような重味のある情感、木に逢えば粘らないさらさらと軽い情感を、おもしろく思う。

その夜の宿は梅ケ島温泉だった。峠をおりてなお暫《しばら》く下った、山間《やまあい》の静かな湯宿で、宿の前を渓流が走っている。安倍川餅《あべかわもち》でおなじみの、安倍川の上流、今日のぼった安倍峠は、安倍川の源である。今日は一日中、安倍川にそってあそんだことになる。今回の旅の目的は、これで済んだのだが、催主側はなおもてなしに心くばりをし、あすは梅ケ島から近い安倍川支流の大谷川《おおやがわ》を溯《さかのぼ》って、大谷崩れを一見、そのあたりで山菜採りをする手筈《てはず》がしてあった。昨日からすっかり寛《くつろ》いでいるところへ、山菜摘みときけば、もう大喜びで、正直なところ年齢も忘れるし、留守宅のことも忘れるし、その他その他のせねばならぬ事どもも、みな忘れて、眼前の楽しい時間にとけいってしまう。よろこびたがる人間なのだ、と自分でも思う。折柄上天気で、山裾を右に巡り左に巡る車窓には、浅みどり濃みどり、黄緑赤緑がふんだんに流れて、目があきることを知らない。快く緩んだ最高の気分だった。

プツプツと小石を噛《か》んだような具合で車がとまり、ドアがあけられた。妙に明るい場所だなという感じがあり、車から足をおろそうとして、変な地面だと思った。そして、あたりをぐるっと見て、一度にはっとしてしまった。巨大な崩壊が、正面の山嶺《さんれい》から麓へかけてずっとなだれひろがっていた。なんともショッキングな光景で、あとで思えばそのときの気持は、気を呑《の》まれた、というそれだったと思う。自然の威に打たれて、木偶《でく》のようになったと思う。とにかく、そこまでは緑、緑でうっとりしていて、突如そこにぎょっとしたものが出現したのである。

そこは昨日の安倍峠から西方へむけて続く山並だが、尾根を境にして向側はやはり山梨県になる。南を開放部にして、弧状一連《ついれん》につらなる山並のうちの、大谷嶺《おおやれい》（標高約二〇〇〇メートル）の山頂すぐ下のあたりから壊えて、崩れて、山腹から山麓へかけて、斜面いちめんの大面積に崩壊土砂がなだれ落ち、いま私の立っているところもむろんその過去いつの日かの、流出土砂の末なのである。五月の陽《ひ》は金色、五月の風は薫風《くんぷう》だが、崩壊は憚《はばか》ることなくその陽その風のもとに、皮のむけ崩れた肌をさらして、凝然と、こちら向きに静まっていた。無惨であり、近づきがたい畏怖があり、しかもいうにいわれぬ悲愁感が沈澱《ちんでん》していた。立ちつくして見るほどに、一時の驚きや恐れはおさまっていき、納まるにつれて――いま対面しているこの光景を私はいったい、どうしたらいいのだろう、といったって、どうしてみようもないじゃないか――というもたもたした気持が去来した。

山菜採りにはまだもう少し徒《かち》で登るのだそうで、足の弱い私たちは別れて沢を下りながら、沢のものを摘むことにした。ゆっくり歩く林の中は興ふかい。識別のできる木は杉檜《ひのき》くらいなもので、知らない木だらけだから、私は忙しい。だまって行き過ぎたのでは、愛想がわるかろう。だから、はじめましてとか、一寸《ちょっと》通して下さんセとか挨拶をする。ことに細い沢水のせせらぎに、野生のわさびを見たのはうれしかった。わさび田に栽培されているのは、何度か見ているが、いうならばそれは旧知のわさび、いまはじめて見る野生のは、旧知わさびの大親御さんといえようか。これはこれは思いがけなく、と巡りあいの縁に喜びをのべれば、なにやらひどく懐《なつか》しい。

しかし、目の前のそうした楽しさのうちにも、忘れかねるのは、あの崩れの憂愁だった。さしかわす新緑の枝を仰ぎ、いたどりの芽はこんなにも赤いのかと感嘆し、あちこちと渡って囀《さえず》る小鳥のうたをきき、走り下る谷水に手をひたす。この上ない林の中の散策である。ゆっくりゆっくりと、距離にすれば何程もないところを下るうち、山菜組の連中が早くも戻ってきて、わさびをもう少し探そうという。私もついていった。手をのばしたのでは少し届かないあちら岸に、幾株かを見つけた。男ならひとまたぎ、女でもちょっと跳ねれば、難なく越せる狭い水である。そのとき、ダメ、と声がかかった。こんなに狭い谷だけれど、この種の谷は用心が必要で、沢の石は不安定なものが多いから、考えなしに乗れば、ぐらりと動いて足を外されるし、ころんだら、ほら、見てごらんなさい、こういう角ばった石では案外な怪我《けが》になる時もある、と教えられた。聞いてやっと気がつけば、沢の石は丸いものより、割れた形をしたものが多かったし、灌木《かんぼく》やつる草に覆われた下には、流木がはすにかかっていた。遅鈍にわかってきたのは、この沢はあの崩壊が押し出した土砂岩石で出来たものだ、ということである。おそるおそる、この水はどこから湧くのか、ときいた。

「たどって行けば、崩れに突当ります。崩れはいくつもの谷を刻んでいますから、天気つづきの今日はここもこんなにきれいな細流れだが、雨が降れば相当カッカとねえ」

崩壊を頭にいただいた谷水なのである。崩れから生れた流れなのである。山の憂愁に加えて、また一つ、この川の生い立ちが心にしみ、なにかは知らずいたましいのやら、いとおしいのやら、ふり返りふり返りする思いで下山の車に乗った。

もうそうなっては、昨日の目昨日の気持と、今日の目今日の心は、まるで違ってしまった。昨日の目は山又山の緑の美しさに酔い、心は寛いでなだらかだった。いまは川の蛇行に、水量水勢に、川床の石に、防災堰堤《えんてい》にとひそかに目を配り、土肌の露出した傾斜面にも気がつき、なんとなく小意地のわるいような、咎《とが》めがましい気になっていた。実際にもまた、遠慮しきれずに、山はどこも崩れ易《やす》いんですかとか、この川は雨のときにどんな災害を起こすんですかとか、荒廃河川の部類に入っているんですかとか、ずけずけしたことをきいた。そして知ったことは、一言につづめていえば、手をやかされる山と川なのである。機嫌のとりにくい川、荒れる性質の川、地質がひどく複雑に揉《も》めている山だという。

「それじゃ率直にいって、困りもの、もてあましものというわけですか」

「――もてあましているひまなんかないんです。ずうっと国でも県でも、担当の者は努力し続けてきた結果、昔よりずっとましになったんです。でも人の力は自然の力の比じゃないし、その点がどうも仕様のないことです」

私は不遠慮にもてあましものといったけれど、県の人は笑うばかりで、その言葉を避けて言わなかった。言わないだけにかえって、先祖代々からの長い努力が費されたのだろうと、推測せずにいられなかった。人も辛《つら》かったろうが、人ばかりが切なかったわけでもあるまい。川だって可哀想《かわいそう》だ。

好んで暴れるわけではないのに、災害が残って、人に嫌われ疎じられ、もてあまされる。川は無心だから、人にどう嫌われても痛痒《つうよう》はあるまいが、同じ無心の木でも石でも、愛されるのと嫌われるのとでは、生きかたに段のついた違いがでる。安倍川は人を困らせる川といえようが、私には可哀想な川だと思えてならなかった。

人のからだが何を内蔵し、それがどのような仕組みで運営されているか、今ではそのことは明らかにされている。では心の中にはなにが包蔵され、それがどのように作動していくか、それは究められていないようだ。そういうことへかりそめをいうのは、おそれも恥もかまわぬバカだが、私ももう七十二をこえた。先年来老いてきて、なんだか知らないが、どこやらこわれはじめたのだろうか。あちこちの心の楔《くさび》が抜け落ちたような工合《ぐあい》で、締りがきかなくなった。慎しみはしんどい。締りのないほうが好きになった。見当外れなかりそめごとも、勝手ながら笑い流して頂くことにして、心の中にはもの種がぎっしりと詰っていると、私は思っているのである。一生芽をださず、存在すら感じられないほどひっそりとしている種もあろう。思いがけない時、ぴょこんと発芽してくるものもあり、だらだら急の発芽もあり、無意識のうちに祖父母の性格から受継ぐ種も、若い日に読んだ書物からもらった種も、あるいはまた人間だれでもの持つ、善悪喜怒の種もあり、一木一草、鳥けものからもらう種もあって、心の中は知る知らぬの種が一杯に満ちている、と私は思う。何の種がいつ芽になるか、どう育つかの筋道は知らないが、ものの種が芽に起きあがる時の力は、土を押し破るほど強い。

先年私は奈良のお寺の三重塔建立の手伝いをしたが、こんな柄にもない、自分にも意外なことをしたのも、私が先立って念願したのではなく、心の中の種が芽を吹いてしまったから、もう止まりようがなかったといえる。また、あの時は五十歳にもなっていたろうか、捕鯨のキャッチャーボートに乗って、李承晩《りしようばん》ライン近くの海へ出たことがある。幼いとき私は父になつかず、母も早くに亡くなっていたし、強情っ張りな子だったから身近の人たちにも愛されず、愛されないから自分も承知の上で人を避け、ますます嫌な子ときめつけられた。それを時折来る船乗の伯父だけがやさしくしてくれ、お前ならきっといい船乗になれる、男ならすぐにでも貰《もら》って行くんだがといってくれた。海は広くていいぞ、その代り町も家も親兄弟もなんにもない、あるのは空と風と波と、波の中のさかなだけだ、お前なら我慢できるし、いい船乗になるさ、といった。伯父の評価がどんなに嬉《うれ》しかったろう。だから五十にもなってから、偶然に得たほんの些細《ささい》なつてにとびついて、捕鯨船に乗せてもらい、空と風と波の外は何も見えない海へ出たとき、伯父の懐しさに目がうるんだ。伯父は北海の護《まも》りや漁に心をつくした人だから、玄海灘《げんかいなだ》の捕鯨では見当ちがいだし、船乗として価値をつけてくれたのに対して、見学者として一日二日だけ海上にいたのでは、これもまた釣合のとれない話だけれども、この期を外してはまたの折はないように思い、我武者羅《がむしやら》に頼んで、敢《あ》えてこういう行動をとったのも、種の急な発芽によるとしか思えない。塔はもともと父親の代からあった種であり、生れて以来、つかず離れず、塔の種は身辺にあったわけで、いずれも種の存在はわかっていたが、発芽如何《いかん》は私の推察範囲ではないものだった。ただ思うのは、心の中には知る知らぬを問わず、ものの種が包蔵されているのではないか、ということである。

今度のこの崩れにしろ、荒れ川にしろ、また種が芽を吹いたな、という思いしきりである。あの山肌からきた愁いと淋《さび》しさは、忘れようとして忘れられず、あの石の河原に細く流れる流水のかなしさは、思い捨てようとして捨てきれず、しかもその日の帰途上ではすでに、山の崩れを川の荒れをいとおしくさえ思いはじめていたのだから、地表を割って芽は現われたとしか思えないのである。

だが、ここで早くも困難に出逢っている。文字では、こうした大きな自然を書くことのできがたさだ。むろんそれは書く者の素養や、能力や精進の未熟によるものであって、書けなければやめて、書けることを書くほかないのである。でももう今は、ほかへ振替える気はない。この崩れこの荒れは、いつかわが山河になっている。わが、というのは私のという心でもあり、いつのまにかわが棲《す》む国土といった思いにもつながってきている。こんなことは今迄《いままで》にないことだ。私は自分がどんなに小さく生き、狭く暮してきたか、そしてその小さく狭い故に、どうかこうか、いま老境にたどりつけたと、よくよく承知している。だから何によらず、大きく広いことには手も足も出ない。今迄のうちに何度か、拡《ひろ》がってみたらさぞ快いだろうと、謀叛気《むほんぎ》を抱いたことはあるが、その都度、考えてみた末にでる答は、本性はなにか、ということだった。狭く細いのが本性だ、と私は判断している。それがいま、わが山川わが国土などと、かつて無い、ものの思いかたをするのは、どうしたことかといぶかる。しかし、そう思うのである。

本来はこんなごたくは書くべきではなく、自分ひとりの中で始末するのが道ときまっている。ただお詫《わ》びとおゆるしを乞いたいのである。私にはどう足掻《あが》いてみても、崩れだのあばれ川だのという、大きな自然は書く手に負えないのである。でも、その姿を私はどうかして、お伝えしたいと切に思う。思いくれて気付いたのは、専門の方の書かれた文章に頼らせていただくことである。

たとえばこの章のはじめに書いた、崩れの現場状況である。正直にいって、あれしか私には書けない。あの通り見たし、思ったし、感じた。だがこれでは地形も、大きさも量も、何もお伝えできていない。じれったくてたまらないが、能力のなさは如何ともしがたい。専門家の書かれたものをみると、それが実にすらっと、よく呑みこめるようにできている。これを頼りにして、大谷《おおや》崩《くず》れという、日本三大崩れの一つといわれる現場をお伝えしたいのである。

大谷崩れの歴史

大谷崩れについては明確な記録はないが、梅ヶ島村誌の記録からみると一五二八年に洪水があり、この時に崩壊がはじまり漸次崩れ、その後度々地震と洪水が起き、その都度崩壊度を増し、一七〇二年の大地震に崩れの規模はひろがり、多量の土砂の押出しがあった、といったくらいの記載しかないが、原因は地震と洪水によるものと考えられる。

地形

大谷崩れは山梨県と静岡県との県境をなす分水界標高二〇〇〇メートル内外の山稜《さんりょう》に発し、水平面積一八〇ヘクタールに及ぶ崩壊地である。安倍川最上流部に位置している。安倍川は上流部梅ヶ島新田《しんでん》付近で、北東側と北西側の二川に分岐し、北西側を大谷川という。大谷崩れはこの大谷川本谷の最上流部、すなわち谷の頭部にあたる。大谷崩れはほぼ南に口をあけ、東、西、北を急斜面で囲まれた擂鉢《すりばち》状の形態をなし、三方の斜面が極度の崩壊を発生している。この周壁をなす斜面は、大部分が三十度以上の急峻《きゅうしゅん》な傾斜をなし、五十度以上の懸崖をなすところもあり、崩壊地のうちには一ノ沢から五ノ沢まで四本の谷が刻まれ、本谷と一ノ沢合流点付近では扇状性緩斜面がひろがり、扇の要と称されている。大谷嶺の標高は約二〇〇〇メートルであり、扇の要付近では標高一三〇〇メートル、最大比高差七〇〇メートルである。

以上は県の工事概要の記録から、私が抜き綴《つづ》りしたものであるが、崩れの規模と、安倍川支流の大谷川が崩壊地を源としていることがわかって頂けたとおもう。このごろは分譲宅地の広告もみな平方メートルで示されているくらい故、どなたもヘクタールの広さはすぐ思当てることができると思うが、私は都会住みの古人間だから、とてもとてもアールもヘクタールも見当はつかない。でもあるいは私のように、見当つけにくく思われるかたがあるとすれば、どうしたらいいかと困っている。崩れの話をお伝えしようとして、大きさを納得して頂けなければ、その荒涼もその不気味さも、なぜ私がショックを受けたか、みな絵空事になってしまう。どうしたらいいか、お知恵を借して頂ければ有難いのである。私はこの目で実際を見てきているから、自分だけの納得はいっているが、読んで下さる方にお伝えするよい方法がないものかと申訳ない思いをしている。自然を伝えるのは面積も量も高さも、深さも凸凹も私にはほんとうに困却である。

八

十月なかば、富山県も常願寺川《じょうがんじがわ》をさかのぼって、立山連峯《たてやまれんぽう》のうちの一つ、鳶山《とんびやま》の崩壊を見にでかけた。

ここは砂防のメッカといわれる難所であり、崩壊も荒廃も凄《すさ》まじいものだときいている。それならなおのこと、とにもかくにも、行ってこの目で実際に見ないことには、話にもなににもならないのである。しかし、そんな険峻《けんしゅん》な場所へ、はたしてこの老軀《ろうく》が耐えられるか、どうか、正直のところ不安とためらいがあった。でもまた別に、えらくいきいきした気持もあった。今迄に想像したことすらない、大自然の威力に見参できるのだと思うと、なけなしの勇気もひとりでに絞れ出てきて、見て、書いて、わが住む国にはこういう山、こういう川があり、人はそこへどう応じているかを、伝え、訴えることができたらと思う。と、さもよさそうなことをいうが、実はこの元気、正真正銘、純粋に自分の力だけによって出てくる勇気ではない。この旅は、むろん私ひとりで出来る旅ではない。関係省庁にねがい、現地の立山砂防工事事務所に受入れの準備すべてを整えていただき、その上に山歩きに経験ふかいY氏に、東京からの全行程を介添ねがった万全の旅なのだった。こうした大勢の方々の配慮を得てこそ、絞りだせる勇気なのだと思う。

なにしろ名だたる立山なのである。しかし近年は、立山、黒部《くろべ》アルペンルートがひらけ、乗物を乗り継ぐだけで、歩かずとも立山を眺め、黒四《くろよん》ダムも見てこられるから、きっと観光旅行で立山のすばらしい姿を、ご存じの方も多いとおもうし、立山駅と室堂《むろどう》間のバスの途中では、落差三五〇メートルという、長さ日本一の称名滝《しょうみょうだき》（ここを流れる称名川は常願寺川の大きな支流）や、弥陀ケ原《みだがはら》では道路からすこし入って、展望台から眼下一望にひろがる、カルデラというか、立山の爆裂火口をご覧になったかと思う。これらはいわば、ルートのうちの一つ一つの名所である。ちょっとバスをおりて眺める滝であり、ちょっとひとバス遅らせて、見ておくカルデラであり、そう心にひっかかるものではない。観光はそれでもいいのである。観光道路は快く美しく、危げなく整備されているのが主旨だし、自然に観光客の気分は、快適にゆるみを誘われており、滝の落差の大きさを見ても、爆裂口のひろさを見ても、別になんということなく、名所として見て過ぎ去る。もしここで谷の深さにぎっくりと恐れ、火口の荒涼にぎっくりと驚く人があるなら、それはよほど地形地理に醒《さ》めた目をもつ人といえる。観光には一種の酔いがつきものであって、いつかしらとろんとしてしまいやすい。私も以前にここを観光で通っているのだが、やはりとろんとしていたのである。

ところが、今度は、そんな滝をもつ谷深い称名川を筆頭に、いくつもの谷から流れ出るいくつもの支流を呑む、常願寺川の本川を遡って、弥陀ヶ原から見下すその爆裂口の中へとたどる旅なのである。富山市からは営林署の方に送られて、乗用車で千寿ヶ原《せんじゅがはら》の旅宿へつく。部屋に通されて、まず第一に、窓の下を流れくだる常願寺川の様相をながめわたす。川床は大小の岩石ごろごろ、水勢のつよい水が岩々にさからいつつ流下し、絶間なくつめたい音をたてている。見ていると、水が岩に抗《あらが》うのか、岩が水に抗っているのか、どっちがどうだかわからなくなる。水と石は、よくせき性の合わない間柄なのだろうか。それともこうして、いつも相伴って離れずにいるところをみると、切っても切れない仲なのかとも思う。木火土金水の五行は、時に相生《そうしょう》し、時に相剋《そうこく》するとかいうが、急流の水と石は、そもそもの源頭部から海に流れ入るまでの長い流路を、さぞ複雑に、気むずかしい付合いをしてくるにちがいないと見る。暗く暮れてくるなかで、水の音はやや鋭くなったような気がしたが、それはこちらの思いなしというものか。

翌朝は建設省立山砂防の、砂防用軌道車にのせてもらう。千寿ヶ原出張所と、上流水谷《みずたに》出張所を結ぶ、十八キロに及ぶ軌道で、工事の資材と人手を運ぶ大切なラインである。何輛《なんりょう》かの編成で、すでに人も荷ものっていた。意外だったのは、山行きの仕度をした女性の働き手さんが何人か乗っていたことで、会釈をするとみんな人なつかしげな笑顔で答えてくれた。音にきくこの難所のどこに、どんな、女のひとの働き場があるのか、まるで想像もできなかった。

車にはしっかりした屋根と、造付《つくりつ》けのベンチがついていたが、箱型ではなく、風は吹抜けの筈《はず》である。その朝は気温が下っていた。事務所では、裏にフワフワのついた新しい防寒上着をすすめてくれた。大きくゆるやかで、襟も袖もたっぷりとしていて、軽くて温かだった。真冬に着るものだと思うが、それを着てちょうどいいほどの冷えだった。鞄《かばん》の中に自分も用意は持っていたが、このほうが着心地がよく、現地の知恵にまさるものはないとおもう。

軌道は常願寺川にそって、川をはるか下に見おろす崖の上に、レールがつけられている。よくもよくも、こういうところへ、こう急勾配な道がつけられたものだ、とこの工事を計画した人の度胸のほどと、従事した工夫さんたちの労力とを、思わないわけにはいかない。道は必要なだけの幅しかなく、ごく狭い。崖を削ってつけた道ゆえ、余分な広さなどをもたせる甘い気は、これっぽっちもない心境で、設計されたにちがいない。時には袖を摺《す》るほどにもなる狭さである。それにしても勾配があまりきつくて、一度には上りきれない個所は、行きつ戻りつ、乙字形に登るスイッチバック方式を施しているが、それが十八ヵ所もある。はじめのうちこそ行きつ戻りつ、確実に高くのぼっていくことが興ふかくおもしろいが、やがて道というものの有難さ、尊さにうたれて、ものがいえなくなる。天然には、おのずから足掛りというべきものはあるかも知れない。しかし、道はただにはできない。人が作って出来る。しかも、何をするにも先《ま》ず最初に、なくてはならないのが道であり、その道は人の労役の積重ねといえる。そのことがこういう道を行くとき、身にしみる。

軌道車はところどころで止まって、女のひとが一人、また一人とおりる。見ると崖はなに、小さい事務所ふうの建物があり、無人の様子である。きくとそこで、軌道の見張りをし、通過報告をそれぞれの要所へ、通信する役目を負うているのだそうで、夕方、役を終って、その日最終の下り電車に乗るまでは、人気《ひとけ》のない山の中で、終日ひとりきりで過ごすのだという。雨風の強い日もあろうに、と思いやると同時に、都会ものの自分のひ弱さに気がひけた。

ひ弱いといえば、私は高いところが苦手で、弱い。高くても、下がみえさえしなければいいのだが、切立った下がみえると、三階の屋上くらいなところでももう、ちょっと困ってしまう。梯子《はしご》はすけすけだから、軒先の樋《とい》の掃除もできない始末だ。ましてこのような、何十メートルか下に岩を嚙む急流がみえるとなると、年の功でさりげなくおさえてはいるものの、人知れず首や腰の骨が硬直する。けれどもひどく見たい。そういう場所には、必ず独特の魅力ある風景がひらけている。こわさと美しさの入混じった、見ごたえのある景色なのだ。軌道から木の間ごしにちらちら見おろす常願寺川の風景は、総じて迫力のある風景といったらよかろうか。荒廃も急流も、いずれも大きな迫力として私は見る。

「常願寺川は流路延長五十七キロ、日本でも有数の荒廃急流河川である。荒廃の発端は、安政《あんせい》五年（一八五八）の大地震であるといわれている。この地震で、鳶山が大崩壊し、その際の土量は四・一億立方（霞ケ関《かすみがせき》ビル八二〇個分）にも及ぶと推定されている。このように上流山地が荒廃しているため、常願寺川は名うてのあばれ川となって、下流に災害をもたらしてきた。現在でも常盤《ときわ》橋付近の河床は、富山市内の高層ビルの高さにも達し、土石流の発生と、ダムの決壊があれば、今でも富山市一帯を濁流が、思うままに突き進むことになろう」

これは昭和五十年十月に、建設省立山砂防工事事務所から発行されたパンフレットから、書抜いたものだが、これでこの川がいかに恐るべき破壊力を秘めているか、その故に風景にもまた、ひとりでに見応えある迫力を漂わせていることが、おわかり頂けたかと思う。高所が苦手の私でさえ、電車の支柱をにぎりしめながらも、身をのり出して、その迫力ある景色を飽かず見むかえ、見送りしたのである。水はどこでも踊ってはねていた。とろりと休息している水はいない、みな弾みきって流れおりていた。ゆうべ夕暮の宿でみた、不平を抱いているかのような雰囲気を漂わせつつ、岩石に抗っていた水とは、まるで違って、今朝は折柄秋晴の上乗のお天気のせいか、水は屈托《くったく》なく上機嫌にきらきらと光る。まるで体操のとび箱をはね越えるように、つぎつぎの岩をのりこえている。心あって軽快に戯れているかに思われる姿である。いったい、何十段を飛びこえれば、気がすむというの？　と問いかけたいような弾みかたをしている。

明治のはじめのむかし昔、オランダ人のデレーケさんという、土木技術者が日本にきている。この人は二十九年もの長い間を滞在し、諸処方々を歩いて、近代砂防技術の基礎を築いてくれた恩人だが、この川を見て、「これは川というものではない、滝である」といったという話が今も語り伝えられている。もちろんその頃には軌道などある筈はなく、歩いて視察したのだろうが、外《と》つ国《くに》の青い眼《め》の人が、感慨ふかくこの暴れ川をみつめていたであろうことを思い合わせれば、そのいうところも無理はないと合点する。私たちははっきりした落差をもつものしか滝とは思わないが、飛びこえおどりこえして走り去るこの川の水は、いわば小さい滝の連続ともいえる。明治何年にここを歩いてくれたのか知らないけれど、軌道車の車上で私は、デレーケさんに感謝し、ひどくなつかしく思う——これは滝である——感情のみえるいい言葉だ。

終点の水谷は、平地だった。軌道十八キロのうちに、こういう平地は一つも見なかった。崖を切って平地にしたのではなくて、自然だという。崖ばかりを通ってきたあとで、平地を歩くことができ、平地の上に事務所の明るい建物を見れば、なにかほっと気がゆるむし、首や背の凝りがほどけて、今更ながら平地のよさを味わう。しかしここも、何百年かの以前に、山の崩壊から押し出されてきた土砂が堆積してできたものであり、いまもって雨や雪どけで、少しずつ削ぎ減らされつつも、こうして残っている平地なのだという。つい何年か前までは、この崖の先にまだテニスコートが二面もあったんですが、ざっとばかり持っていかれちゃってねえ、だんだん小さくなっているんです。それじゃあぶないんじゃありませんか。ええ、まあ今後、堅固になっていくことは決してないでしょうけれど、かといって急に一度に崩壊してしまうとも思えませんし、まあ、もし留めどなく崩れだすような場合には、危くならないうちに前もって逃げますからね。笑いごとではないことを、笑って話せる闊達《かつたつ》な人たちだった。きっと細心な用心が、いつも身についているのだろう。話のついでである。それじゃその削られぶりを見せて下さいませんか。ええ、そこの崖はなは雨のたびに少しずつ、ずり落ちて減るんですよ。

こわごわ行ってみる。もしも自分の体重五十二キロで踏んだとたんに、ざっときたらと思うとおっかない。手をかしてもらって、のぞくとぞっとした。ざらざらの、見るからに粘り気の乏しそうな土が、急角度に切立って、表面から小さい砂粒をほろほろところがし落していた。今さっき、平地の安らぎを喜んだばかりなのに、その平地も脆《もろ》いと知らされた。

平地の川へむいて落込む崖はそんなふうだが、後はこれはまた、えらく堅そうにそびえ立つ崖で囲われている。崖肌はいろいろな樹木に覆われ、それらはいま秋のいろどりの真っ最中、紅もあれば黄もあり、樺《かば》いろもあり、そこへ針葉の青がうまい工合に綴りこまれている。織りなす錦というのはこのこと、見惚れるばかりの大壁面である。稜線にくっきりと秋の空。これ以上のもてなしがあろうか。軌道から見おろした深い谷の水といい、ここに見上げる錦といい、目に福を授けられること多き日である。

「でもねえ、ここへ雨が降ると、崖は切立っているから、降った雨を受止めてくれないんです。だから雨は滝のように落ちて、崖の裾を地中へもぐると、この平地の下を通って、川のほうの崖へふきだす。そのとき、がさっと崩れるんでねえ。たしかに秋の上の崖は、きれいだと思いますけれど、呑気《のんき》に眺めてばかりもいられなくて——もっともこの辺はどこにしても、油断はできないところだらけだから、うっかりもしていられない代り、こわがってもいられなくて——」

またしても私の貧弱な頭は、水と岩石泥土との相性を思う。土は水に勝つのか、負けるのか。荒廃の山地河川では、いつも水と土のことがせり上ってくる。

九

ひと休みして、鳶山の崩壊へでかける仕度をする。事務所でいちばん気にしていてくれたのは、日和というか天気のことだそうだ。これぱかりは当日の運というほかなく、しかもここでは好天の日は少ない。それが今日は誂《あつら》えてもこうはいかない秋晴だ、とひとごとでなく喜んでくれた。副所長さん先立ちの案内であり、ヴェテラン揃《ぞろ》いが配慮されていた。出発のとき、「着るものは大丈夫かな」と誰かがいい、すぐにまた誰かが答えた。「大丈夫。今日は一日中、天気もかわらないし、気温の変化も心配いらないよ」それでも副所長さんは私の前へきて、ずうっと足許《あしもと》まで目で点検し「いいかな」といった。私を負うて下さるという、中年のがっしりした人が寄ってきて、やはり目で点検し、「これだけ着ていれば、心配なことはない」と決定した。軌道はここまでだから、あとは自動車で行けるところまで行き、その先はあるきだという。

水谷の出張所をでると、くるまはすぐにトンネルにはいる。ヘッドライトに窺《うかが》えばこのトンネルの幅の狭さ、天井のひくさ。目のわるいせいか、それともはじめて行く道で、多少神経過敏になっているせいか、とにかく揺れるライトに見るかぎりでは、通るに必要ぎりぎりいっぱいな、狭い穴の道だった。こわいなと思う。こんなに堅固に造られているトンネルで、なにがこわいことのあるものかと、不安感をつつしみはするものの、ついトンネルの外の景色を想像してしまう。およそ山地の道で、人が二人並んで行けるほどの幅をもつものはない、ときいたことがあるが、山地の道の狭さは、しばしば嶮岨《けんそ》、危険に通じている。さっき乗ってきた軌道の、袖をするような狭い道は、何十メートルの下に激しい流水が見えていた。こわさと同時になんともいえぬ美しさがあった。しかしトンネルはなんにも見えないし、暗いから、自分勝手な想像をする。此処《ここ》は外から見れば、きっとぞっとするような急峻な地形なのだから、こう狭いトンネルになったのだろう、とこわさをこしらえあげる。

ふと、狭いという言葉の〝底〟に思い当たった気がした。普通なににでもよく使う言葉である。公園が狭い、住居が狭いから、人柄、学歴交際、趣味嗜好《しこう》、背広の襟から眉がしらの開き具合まで、狭いの広いのという。然《しか》しこれが間違っているなどというのではさらさらない。ただ平地の日常に使う狭いという言葉には、まだ幾何《いくばく》の余裕があり、多少のゆるみが含まれているのではなかろうか、と気付いたのである。山地の道の狭さは、通るに足るだけのぎりぎりいっぱいの狭さであり、そこにはゆとりもあそびも余されていない、気の許せないぴたりときびしい狭さである。一歩半歩をずれれば、どんな事態も起きかねない狭さの上に、設計の自信と工事の誠実を以《もっ》てして、敷設し掘鑿《くっさく》して作った、安全な狭さといえる。背広の襟や食物の嗜好も、ここの軌道やトンネルも、ともに狭いものは狭いのだから、それはそれで何をいうこともないが、常願寺川ぞいの道は私に、いわば危険を裏打ちにしたような、ぎりぎり決着の〝狭い〟という言葉を教えてくれたと思う。

そんなわが思いに心それていて、迂闊《うかつ》にもきき漏らして、残念千万に思っているのだが、そのトンネルの外は、白岩ダムのあたりに当たると思う。この砂防ダムは日本で一番の高さをもつもので、暴れ川の代表である常願寺川の、いうならば治水砂防の要害要塞ときく。もとより素直に、らくに出来たダムではないし、その後も安泰に経てきたダムではない。このダム一つについても、話の種はつきないほどあるが、今は鳶山の崩れを見にいそぐので省く。いずれにしても、大自然の大破壊力の前に、数知れぬ大勢の人たちが、ある時は柔く従い、ある時は剛気に立向かって、辛苦辛苦の持続のうえに成立ち、いまこうしてこの名にしおう崩壊地と荒廃河川を鎮める、かなめになっているダムなのである。

さて、程なくくるまの行ける道は尽きた。おりれば足許はざらざら、ごつごつだった。崩壊山地というのは、どこもこうなのだろうか。大中小の岩と、礫《こいし》と、石屑《いしくず》と、砂とで、土の量が少ない。私は町に住んでもう五十年、ずっとコンクリの道を歩いてきたが、それでも育ちは郊外の農村だから、本性のところ、大地というものは土で成立っている、という観念がついていて、こうした大小はとにかくとして、石ばかりで出来ている場所へくると、正直に、そしていささかオーヴァーにいうなら、なみの世ではないところは、こうもあろうかというような気がして、しばらくは神経がざわつくので難儀をする。然し、それにしてもどうしてこう、岩というものは際限なくたくさんあるのだろうと思う。崩壊地をたずねるとき、私はいつも反射的に子供心にしみている、石のない農地、村道、住宅地、原っぱを思い、この岩石の多さに圧迫をおぼえる。しかもそのことを誰に話しても、山や川に石があるのは当然でしょ、と少しも不思議がる人はいない。

その土なき石だらけの道をそろりそろりと、手をひいてもらいつつ行くこと十分ほど、私はもうふうふういってしまった。呼吸も鼓動も足の筋もまいったのだが、困ったのは、石の道を用心するために、絶えず足許を見ていなければならず、それをすればあたりの風景へ目をむけることもできない。それでは来た甲斐《かい》というものがないと、ちらっと眺めやれば、たちまち足の下がぐらりとする。転んでくるぶしでも挫《くじ》いては一大事、すべてご破算になるし、大谷崩れの時も大沢崩れの時も老いを切なく思い知らされたが、今度はまた一段と老化が恨めしかった。思いこんで、勇んで、でかけてきたのに、その念願のとば口まで到着していながら、他ならぬ自分の老軀が行手をはばむとは、なげきのあまり腹が立つ。でも仕方がない。たった十分歩いただけで休憩してもらった。

こんな快晴は稀《まれ》だという青い空のもと、ぐるりと四方を囲む山々は、襞《ひだ》のかげをもくっきりと、澄みきった姿を見せていた。遠い山も近いのも冴《さ》え冴《ざ》えとみえていた。遠くて高い山は、すでに雪を頂いていた。その雪が光っている。近い山にはまだ緑を乗せた所もあり、あちこちには紅や黄に化粧した木々もある。といえば錦繍《きんしゅう》の秋の風景に思えるだろうが、そうではない。木々があるのはところどころで、あとの大部分はすべてこれ崩壊の傷あと、なま皮のむけたままの、見る目も苦しい様相である。しかもそれがよく見れば、それぞれに肌の質がちがうようなのだ。眼鏡をかけてもはっきりとはしないが、ざくざくした感じの崩れ、なにやら粘り気のない砂礫《されき》ようのものと見える崩れ、それよりももっと細粒でねばい土と推察される崩れ、がっぽりと一時に抜落ちたような形の崩れ、ざらざらどっと押し出したような形の崩れ、表層の樹木を残して、その下から刳《く》れた崩れ——そしてそれ等の崩れの中には、胸のあたりに突き出して、大きな岩石を危ないバランスで抱えているものもある。どちらを向いてもすべて崩壊ならざるところはない。異様というか、奇怪というか、神秘というか、自然の威厳というか、生れてはじめて見る光景である。

先に大谷崩れ、大沢崩れ、由比《ゆい》、大崩れ、男体山《なんたいさん》の薙《なぎ》と見てきて、崩壊はそれぞれに原因も異なるし、崩れぶりもちがうし、崩れたあとの風趣も同じではないといったが、立山のこのカルデラの崩壊は、これはまた別格のものである。大谷は弧状を描く山並から落ちる三日月型の崩壊であり、孤峯《こほう》富士の大沢崩れは、一筋鋭く落ちくだる崩れであり、男体山も孤峯のあちこちが崩れている。ここはぐるりとどちらこちらない、どこもかしこもの崩れである。岩石の多さを見ても、恐れを感じる虚弱な私の精神からは、これはみだす景色であり、ただもう腑抜《ふぬ》けででもあるような、呆然《ぼうぜん》漠然として、とりとめのない目を移しながら、体を休めていた。

私の足のだめなのを見て、そこからは背負うて下さるという。山歩きには予定の時間割を守らねばならない。人の都合で太陽は待ってはくれない。私自身ももう、負うてもらって、敢えて人の労力にたよっても、今後多分二度とは持てないであろうこのチャンスは外せない、と心をきめた。

その人は大柄で、筋骨たくましく見え、そして柔和だった。名刺を見ると建設会社社長の肩書きがあり、土地生れ土地育ちで、常願寺川の砂防工事には、青年のときから特に心を入れて協力し続けてきた経歴をもつという。そんな功労者に負うてもらう迷惑をかけるのはと、今更ながら私は恐縮したが、現場の人たちは誰もカラリとした気風で笑っていう——そんなことといったって、あなたをおぶえるのはこの人をおいて、ほかに間に合うものはいませんよ。

そのMさんは背負紐《せおいひも》を用意していた。真新しい大幅の白モスリンである。わざわざ用意したものであることはすぐわかる。私は老女で目は確かでない。だが、その大幅のモスリンの裁ち目がきちんと三ツ折ぐけに仕立てられているのは、見逃さなかった。お宅の方か、あるいは誰か、とにかくおんなのひとの手をわずらわせたものであることは確かだった。これはまことになんという心づかいか。行届くというか、ありがたいというか、拝謝して五十二キロの重量を負うて頂くことにして、前進した。

十

負うてもらって行けば、驚いたことに、私が自分の足で行くより、ずっと速いのだった。私の重量は正味五十二キロ、そこへ寒くないようにと、しっかり着込んだ風袋を加えれば、負う人にとってはそう楽な重さじゃないと思う。それを背負ってこの崩壊地をのぼろうとするのだから、いかに頑丈な人であっても、相当手間ひまはかかるものと思っていたのに、それが逆に実に足早なのだからおどろいた。ひょいひょいと軽く行き、のしのしと強く行く。幅のせまくなった川を左に渡り、また右に渡りするのだが、そういう時には、流れにさからって頭をもたげている石の上を、ひょいひょいと軽々渡って行き、多少勾配のゆるい所を行くときは、のしのしと歩幅をひろげて、強く行く。状況に従って、おのずから歩度にはリズムがあるもののようで、しかもそのリズムを崩さないほどの、平均した速度がたもたれていた。だから私がおぶわれてからは、一行の行進速度はずっと速くなった。山を行くときには、一行全員の脚力がほぼ同等でなければいけないことが、よくわかって恐縮した。

といえば、負うて下さる社長さんの体力がどんなに秀抜で、足腰全身のバネがどんなに強靭《きょうじん》で、五十二キロなどなんのこともないのかといえば、そうじゃない。五十二キロはやはり五十二キロであって、ひょいひょいと行くとき、のしのしと行くとき、負う人の肩へその重さは喰込《くいこ》んでいた。それが負われている私にも、はっきりと伝わった。大幅モスリンのおぶい紐に、五十二キロの重さがかかって、紐が締まるのだった。迂闊なことだが、負われてみてはじめて知る、五十二キロという自分の目方の重量感である。紐かけおんぶは、一本の紐で、負う人と負われる者を固定するのだが、その一本の紐のたわみに、はっきりと負われる自分自体の重量が、実感として伝わってくる。私は社長さんの労力を思ってはらはらしたが、それは所詮は言っても甲斐ないことで、見れば自分にはとても歩き得ないひどい道だった。

いいえ、道などというものではない。大小さまざまな岩石が、底知れず堆積し、しかもかなりな急傾斜を形作っているところをのぼるのである。人の踏んだ跡とおぼしいものは何処《どこ》にも見出《みいだ》せず、したがって道と呼べるようなものはない。ただ、荒くれた岩石が積り積っているだけだった。が、負われた肩越しにじっと目を凝らせば、ありやなしやに点々と、かすかなしるべともいうべきものがあるようにも見えた。一歩を踏んで、更に次の一歩を置くべき、ちょうど頃合いのところに、うまい具合にちゃんと、しっかりした石が置かれているかのように思えたのである。人のこしらえる道は、条線をもって導かれているが、こうしたすさまじい自然の中に用意されている道ともあらぬ道は、点をもって示されているのだろうかと気付く。これも負われたおかげで、目の位置がいつもより高くなっていたせいで、わからせてもらったことだと思う。ながく都会に住めばいつのまにか、道は線であり筋であるとばかり思いなれているが、もともと道は一歩一歩の点々が踏み固められた故に出来た線なのである。そのことを忘れていたと思い返す。

砂防堰堤の袖を、こちらとあちらと二ヵ所のぼるのだ、という。いうまでもなく袖はコンクリートの壁であり、見たところ垂直に近い切立ちである。その壁へ、鉄製の一文字型の足場が、十何段かしつらえてある。この一文字が手掛りであり、同時に足場であり、身を支える唯一つのものといえる。なにしろ切立った十何段の高さをのぼるのだから、のぼらぬ先からもうおじける。私は三、四段の脚榻《きゃたつ》へあがるのすら苦手の、高いところ嫌いなのだ。こんなところを登るなんて、一人でのぼるのも、負われて登るのも、どちらも恐しく、さりとてどうしても避けてはいられないし、せっぱ詰って正直に、こわいといった。大丈夫ですよ、すいすいと上っちゃいますよ、と皆さんが笑う。見ていると本当に皆さん、すいすいと上った。でも五十二キロの加重を背負っている社長さんは慎重にこちら側の壁面を登り、ついであちら側の壁面をのぼりきった。ああ済んだ、と思うともう私はこらえられず、休みましょう、おろして下さい、とわめいた。が、社長さんは泰然として、もう少し足場のいい、平らな場所をさがしてから、という。そして探したのはちょっと段になった所で、私はそこへ負われたなり腰かけさせられた。紐が解かれると、社長さんはかがんでうしろ手にこちらの足首をつかんで土につけ、さあ立ってもいい、といった。

なるほど、と感嘆するばかりの行届きかただった。こわいこわいで緊張して、私のからだは全く柔軟を欠き、ごわごわになっていた。こういう時もっとも危く、しかもふっと用心を忘れるのは足もとである。心なしに立上れば、このぞろぞろと崩れ落ちそうな斜面で、私はきっと前にのめったかもしれない。うしろ手に足首を握っていてもらえば、よしんばバランスを失ったにせよ、ずり落ちる危険からはまぬがれる。山の人の心の深さというか、技術の行届きかたというか、感にうたれて学んだ。人と連立つ、とはこういうことかと知らされた。労力も心づかいも技術も、すべて惜しみなく尽くすのである。足を地につけてもらった——つまり身も気も平常を取戻したのであり、これ以上のいたわりあるもてなしが、ほかにあろうか。

よく晴れているので、ぐるりを囲む峯々《みねみね》がくっきりと浮きでている。佐々成政《さっさなりまさ》の埋蔵金がかくされているという伝説のある鍬崎山《くわさきやま》もよく見えている。副所長さんがいろいろ話して下さるが、山容というものは、見る場所によってずいぶん姿がちがう。小さい山襞《やまひだ》一つめぐっただけで、もう違う山のようにも見えるし、方角も間違ってしまう。なにしろ刺激的な風景なので、至るところへ目が散って、焦点が結べないのだろう。遠いぐるりには高い峯々がおごそかだし、近いぐるりは行く先ざきのどこもかしこも、ただひたに、崩れに崩れているばかり、山も崩れ、谷も崩れ、崩れから押出した土砂岩石は自然に溜《たま》り場《ば》に溜り、その溜り場もまた漸次崩れだしている。大きな声をだせば、とたんにどっとどこかが崩れおちてきはしまいかと思うほど、あぶなく保っている四囲の山肌なのだった。なにせいまいるところは、もう全く旧爆裂火口の中の、盆地様の底といえる。見る限りのぐるりがすべて崩れであっても不思議はないのだった。

すこし平坦《へいたん》なところへでた。ここには珍しく林があり、なにやら鳥の声もあり、下草に花も見られ、ひどく懐しいことに細道が一本、くねくねと奥へ続いていた。これはまさしくここを通った人びとによって残されてきた道だ。いつ、どういう人達が、ここを通ったのだろうと想像する。けさ山に入って以来はじめて見る、道と呼んでさしつかえない道だった。ひとりでに心が安らぎ、ほっとする思いがある。しかしこの林も道もまもなく尽きて、出抜けたところが目的の、鳶山の崩壊をまのあたりに見る場所だという。

鳶山はもと大鳶山小鳶山と二山あったときく。立山連峯に含まれる。安政五年（約百二十年前）にこの二山が地震による大崩壊を起こし、大量の土砂を押出し、このため下流にあたる常願寺川はひどい洪水になり、以来、山も川もずっと暴れ続けてきた、という歴史をもつ。その時、二山のうちの一山は崩れつくして消えてしまい、残って今なお土砂を出しているものを、大小なく、ただ鳶山と呼ぶのだという人もあり、地図を見ても鳶山は一つだけで、大鳶小鳶二山の記載はない。ただしかし、鳶の近くに鷲岳《わしだけ》というのがあり、古く地図作成の折に鳶を鷲に間ちがえ、その間違がいつのまにか定着して現在に至っているという人もあるというし、その辺のことはどうも私にはわからない。いずれにせよ、いま鳶と呼ばれ、なおまざまざとした崩壊の肌を見せている山が、この林の切れるところに見えるわけである。

鳶は富士山大沢崩れとも、静岡大谷崩れともまた様子がちがう。憚らずにいうなら、見た一瞬に、これが崩壊というものの本源の姿かな、と動じたほど圧迫感があった。むろん崩れである以上、そして山である以上、崩壊物は低いほうへ崩れ落ちるという一定の法則はありながら、その崩れぶりが無体というか乱脈というか、なにかこう、土石は得手勝手にめいめい好きな方向へあばれだしたのではなかったか――私の目はそう見た。そして同時に耳が、なにか並外れた多数の打楽器が乱打されるのを想像していた。大谷でも常に小さい落石は続いていて、ずっと裾のほうでも時には、かさこそという音をきくそうだし、大沢ではもっと大きな落石が、カラカラと音たてて下るのがきこえるという。ここではどんな音がたつのか知らない。ただ私の耳が仮想したのは、ダンドンガンゴンといったような濁音のミックス――非常に反響の強烈な轟音《ごうおん》である。おそらくここはその昔の崩れの時、人が誰もかつて聞いたことのないような、人間の耳の機能を超えるような、破壊音を発したのにちがいなかろう、と思わされたのである。気がついたら首筋が凝っていた。腰の骨も突張り返っていた。長く佇《たたず》んでいるべきところではない。こわいところだ、と思った。程よく皆さんが促してくれ、負うて頂くような大きな迷惑をかけてはるばる来たにしては、早々にして帰途についた。あとで反芻《はんすう》して思ったことだが、あれはきっとからだ中で、あの風景に呑まれまいとして抵抗していたのかと思う。目と耳は奪われていたと思う。目と耳は引ずられたのだから、ここが私の弱さだろうし、いい方をかえれば、感覚過敏だったといえる。首と腰は突張ってこらえたのだから、多分目や耳より頼もしかった——逆にいえば、それだけ鈍感だったのだろう。鈍感で仕合わせした。首も腰ももっていかれてしまっては、それこそ私の崩壊になってしまう。五感は私のただ一つの大切なよりどころだが、五体もまた大切な防護の役をしてくれる。

帰途についたといっても、来た道はかえらず、ほかをまわって戻るコースである。秋は日暮れが早いし、ましてこういう地勢の場合は、先をいそぐのが賢い。だが、鳶山はまだ見えている。削ぎとられて切立ったところ、ひん剝《む》かれてだらりとしたところ、角度をかえれば、また違って映る。二度とは来られない場所だと思うと、一方には長くいるべきところじゃないと思いつつも、つい足をゆるめて見やる。道は鳶山から押出した土石流にそって下る。これはおかしな皮肉である。もちろん林の中の道のように、明瞭な道ではなく、あるようなないような、道なき道なのだが、土石が好んで流れ下った道は、人もまた下りよき道なのだろうか。土石にしろ人にしろ、下るということについては同じじゃか。

「あの石、一寸見て下さい。大きいでしょ。あれ、もとはあそこの崖にはまっていたんです。それが〇〇年（記憶不確実なので）の土石流のとき、ここまで押出されてきたんです。どんなふうにして動いてきたのか、誰も見た人はいないからわかりませんが、推定ではたぶん、生《なま》コン状というか、生プラスティック状というか、粘土状というか、とにかく濃い泥が潤滑油的な役目をして、運んできたのだろうといわれています。ねばねばの泥が下敷になって、連れてきたんだろう、ということです」

あそこの崖はなと指さされたところからは、相当な距離である。それを泥が運んだ？

「あの崖にあったことは確かなんですか」

「ええ、これほど大きい石だと、それは見て知ってる者が多いし、いうならまあ、戸籍がわかってるんです」

土石流といえば流という字の印象から、水と土石とが一緒になって流れるものと思うが、水分はごく少なく、石または石の流れなのだという。しかもこの身許《みもと》のはっきりした大岩石を運んだものは、濃い泥だという。泥といえば、水気を含んでベタベタした土のことをさす。土とは石がこまかくこまかく砕けたものだ。石はまた岩が砕けて小さくなったもの、とすれば泥と岩とは代々の親子関係のようなものといえるか——その最も末端につながり、最も微細な泥が、大先祖の大岩石を、苦もなく運んでしまうとは、これはなんといったらいいのか。いと小さきものの集りは、実になんというえらい力をもつものか。へええ、と感嘆するばかりだった。

「この石、もちろん、ちゃんと寸法は記録されています。古い人達は、学校より大きい石とか、学校のように大きい石とかいってますがね」

学校より大きい石。突如として学校という言葉が出てきておどろいたが、なるほどと思う。古い人達といえば、きっと私くらいな年配の人をさすのだろうが、思えば身にしみる表現である。五十年六十年前の人間が、学問ということをどう思い、学校をどう思っていたかが、この大岩石をみて自然に口にでたことだと思う。私にも覚えがある。学校は大きく、学問ときくと身をひきしめた覚えがあるのだ。近々五、六十年のことだが、いま私たちの教育はずっと進歩している。が、失ってしまったものもある、この石を見て、学校を思う素朴さ、純粋さはとうにもう忘れてしまっている。この崩壊と荒廃の中できく学校という言葉には打たれた。

また負うてもらう。登りより下りのほうがきついというが、私の足はもうまるでバネが作動しなくなっていた。予定よりだいぶ遅れているらしかった。立山温泉をはるかに見おろすところへ出た。もとはここに湯宿があったのだが、今は廃屋になっているのがみえる。地図にも立山温泉と記されているが、閉鎖なのである。崩壊危険地だからだろう。見るかぎりでは、樹木もあり平坦でもあり、いかにも山の湯というい感じだが、ここがカルデラの中であり、温泉がふき出しているのだと思うと、つい地の下はどんなふうになっているのかと恐れる。またそれ故に、かつては人が住んだ跡のなつかしさに、見返り見返りした。

日は低くなった。皆さん早足になる。勾配は急になったし、やたらとちょろちょろ水が流れているし、草や灌木が行手の邪魔になるし、社長さんは、足にきをつけていて下さい、という。棘《とげ》のある下草にさされないよう、両側の岩角にぶつけないよう、足を縮めているようにとの注意である。だいぶ負われてきて、ようやく今朝見おぼえのある川原へでた。日はもう落ちてしまって、西の空に余光だけであるが、まだ昏《く》れきってはいない。気温はさがっている。ここまで来ればもう安心だから、おろしてもらって歩く。社長さんは汗である。申訳なくて恐縮する。

「あ、迎えのくるまがきて、合図してます。遅くなったから、きっと心配してたんでしょう」

土手で手を振る人とくるまが、逆光に黒く浮きだしてみえた。正直のところ、無事に帰りついた、という思いがあり、安堵《あんど》と一緒に今日はひどく長い一日だったという気がした。その時なんということなく心ひかれて、もう一度別れを惜しんでおこうとして、振り返った。とたんにどきっとした。今朝も見、いまもまた通りつつ見てきた、ぐるりの崩壊の襞々である。それがまるで面変りして、ぐいっとこちらへ迫りだしている。鋭角三角形に幾重にも重なった崩れは、夕暗の片明りを抱いて巨大な棘を植えたように並びたち、陰々滅々と、この世のほかの凄惨な気をあたり一面に漂わせて、私を見送っていた。あまりのおそろしさに、こわあい、と声をあげた。

「どうしたんです？　大丈夫ですよ、あそこにもう迎えが来てますから、心配ありませんよ」

たしかに、崩れは追いかけてくるものじゃなし、私へ手をのばすのでもない。みんなもいるし、迎えもきている。が、恐るべき迫力だった。迎えのくるまは目の前なのだが、その手前に瀬音の激しい流れがあって、丸木が橋にしてある。それを渡る気力がもう私にはなかった。またしても負うてもらった。すっかり昏れていた。くるまの中は暖かかった。事務所まではすぐなのだが、その何分もない間に、ふうっと深く居眠りをして、鳶山ゆきを了《お》えた。

幸田文《こうだあや》（一九〇四〜一九九〇）

東京生まれ。父は小説家・幸田露伴。女子学院に通いつつ、父の知人に『論語』素読も習う。卒業後、掛川和裁稽古所に通う。結婚後、会員制の小売酒屋を経営。離婚し娘（のちのエッセイスト青木玉）を連れて父のもとに戻る。一九四七年に露伴が歿すると、「雑記」を皮切りに亡父の介護や看取りまでを含む回想記を発表し、四九年以降『父　その死』『こんなこと』として刊行するいっぽう、幼少期・少女期の自伝的回想『みそっかす』『草の花』を連載。このころ一時置屋に住み込み女中として働く。五六年小説集『黒い裾』で第七回読売文学賞。置屋での経験をもとにした長篇小説『流れる』で同年第三回新潮社文学賞、翌年第一三回芸術院賞を受賞、七三年結核病棟を舞台とする長篇小説『闘』で第一二回女流文学賞、七六年芸術院会員。後半生をつうじて旺盛に執筆したが、生前に単行本化されなかった作品多数。短篇集『台所のおと』、ネイチャーライティング『崩れ』『木』などが歿後つぎつぎに刊行された。和服や日々の献立にまつわる随筆でのちの「生活系エッセイ」の先駆者のひとりとも見られる。

富岡多恵子

動物の葬禮《そうれい》

初めは詩人であった。それから巧緻な小説を書き、筋の通った評論を描いた。その全体に生地大阪の色が濃い。更に芸能の匂いが加わる。秋田實《みのる》の評伝を書き、上方お笑い大賞の選考委員を務めるだけの素養が作品に滲《にじ》み出る。

この『動物の葬禮』の基調は「おばはんのしゃべくり」ではないだろうか。愚痴まじりの報告。

もう一歩だけ踏み出せば落語。これを桂枝雀《かつらしじゃく》や桂米朝《べいちょう》の高座で聞いてみたかったという気がする。ものを貰《もら》う、ものが到来する、という場面の繰り返しだけでも笑える。

落語には上方起源の「らくだ」という話がある。乱暴で嫌われ者だった「らくだ」という綽名《あだな》の男が河豚《ふぐ》の毒に当たって死んだ。兄弟分という男がそれを見つけたところへたまたま入ってきた屑屋《くずや》が嫌々ながら葬礼《ソーレン》を手伝わされる。この気弱な屑屋が酒が入って人格が変わるところが口演の節目。

この話も中心にあるのはキリンの御遺体である。サヨ子の獅子《しし》奮迅《ふんじん》の働きは果たして後家のがんばりと言えるかどうか。

そう言って落語の「らくだ」を下敷きにしながら読み、しかしそんなことは偶然の一致で、作者の頭には「らくだ」などまるでなかったかもしれないとも思う。

御遺体が話の中心にあるところはこの巻の河野《こうの》多恵子《たえこ》作『半所有者』と重なる。

動物の葬禮

それはたいてい土曜日であるが、一週に一度はかなり遠い知り合いの家へヨネはいく。家から、バス、地下鉄、私鉄を乗りついで一時間以上もかかるのに、ヨネがかならずいくのは、その知り合いが、大阪北部の郊外へ引越しするずっと前からのお得意さんであったからであるが、その一軒だけでは勘定高いヨネが出向くはずがなく、じつは当の知り合いよりも、その隣りに患者が何人もおり、またそこが口をきいてくれたためについたお客さんがその近所のあちこちにできたためであった。ヨネは五十五、六歳の指圧師である。

ヨネの出店のようになってしまった知り合いは、そこの主《あるじ》が銀行の支店長になったために、郊外の門構えの家へ引越してきたのであった。支店長の家のひとたちはヨネのことをおヨネさんと呼び、センセとは呼ばなかった。支店長の家の隣りのひとたちは、ヨネを林田さんと呼んだ。かれらもセンセとは呼ばなかった。他の二、三軒いく家のひとたちはみんなヨネをセンセと呼んだ。

支店長の家では、おくさんだけがヨネのお客さんであったが、そのおくさんは亭主が支店長に出世して郊外の家に住むようになってからはなぜか元気ハツラツとしてきて、じつはあまりヨネの指圧の必要がなくなっていた。しかし、昔、といっても郊外にくる前にはヨネの住むところとわりあいに近かったこともあって、引越しとかとりこみごとのある時にはヨネに手伝いをいつも頼んでいたし、なにやかやの相談にものってもらって便利にヨネを利用していたという思いがあるので、一週に一度やってくるヨネに迷惑だという顔はできなかった。

ただし、自分ひとりの治療代ではヨネの日当にはならぬから、おくさんは隣りの家を紹介した。隣りの家は、鉄工所に毛のはえたような工場の社長であったが、社長は二号さんとどこかで暮していて、家の中には怒りのカタマリたるおくさんと娘とふたりの息子がいた。この工場主のおくさんは、亭主への怒りがからだのあちこちから噴出してくるからか、年中どこかしこが痛むのであった。医者にずい分奉公した揚句、西洋医学には絶望して、あらゆる民間療法をこころみていた。普通の鍼《はり》、灸《きゆう》はいうに及ばず、ヤキ印のような長い柄のついた妙な鉄製の鏝《こて》を火でやいて、それを患部に置いた経文《きようもん》入りの和紙の上からあてるという灸の変種のごときものもやったことがあるし、粘土かゴムかわからぬ薄桃色の大きなダンゴをくぼませた中にモグサを山のようにのせて火をつける灸の一種をしてもらったこともあり、汽車に乗って、美濃《みの》の大垣《おおがき》というところまで指圧の名人に治療を受けにいったこともあるくらいのひとである。

だからこのひとは指圧師が背中をひと撫《な》でしただけで、その上手下手がわかった。

〈林田さんは上手や〉と工場主のおくさんがいったことは、ヨネにとっては光栄というべきで、おかげでそこの娘も息子も、まだ高校生や中学生だというのに、健康のためにヨネの指圧を受けることになったたし、おくさんは知り合いにヨネを紹介したのである。

ヨネは小柄ではあるが、多少ふとり気味でがっしりしたからだつきだから、貧相な女には見えなかった。いつも、支店長宅にやってくる時は、黒いズボンをはいて黒っぽい上っぱりを着ていたが、治療をする時は真白な割烹着《かっぽうぎ》を着た。多分それはヨネの白衣であった。元来が働き者のためか、働きつづけねばならなかったためかわからないが、腕も指もふとく、商売に適したからだをしていた。親指の先はヘラのように固くひろがっていた。

支店長の家が引越してきて半年ぐらいは、ヨネはまず出店たるその家へいって、おくさんの治療をし、ヨモヤマ話をしてから隣りへいくことにしていたが、次第に隣りの工場主のおくさんの家へいくのが先になり、そこで夕食をよばれることが多くなっていった。それは、工場主の家の方が指圧のお客さんが多いから実入りがよいし、なんといってもアルジのいないことは気が楽だった。それに、支店長のおくさんはあちこちからだが痛んで困っているわけではないから、指圧をあまりありがたがらないが、工場主のおくさんの方は、よくきくとか上手だといってくれるし、指圧師にしてみればここが痛い、あそこが痛い、おかげでここは痛みがとれたといってくれる方がやりがいがあった。

さらに、工場主のおくさんの方は、もともと、郊外の門構えの住宅の並ぶようなところに住むのが似つかわしくないというか、喋《しゃべ》ることばもヨネと同類でザックバランであるから、ヨネはつき合いやすいのである。

〈支店長にならはったら、やっぱりぎょうさんきますな。歳暮《せいぼ》の品物が玄関の脇の三畳に積んだありますよ。開けてもみんうちから、なんやまた外国のウイスキーか、なんやまたこれかいうて、ポンと放ったあるんやから〉とヨネは工場主のおくさんに喋るようになっている。

〈娘さんは、もう何べんも見合いしてはるんですけど、縁談がまとまらんのは、みんな女の方からことわりはるからですよ。なんでも、此間《こないだ》のひとは、ええ学校は出てはるけども背ェが低いからいややいうてね。その前は小姑《こじゅうと》が三人もいるのいややいいはるし、その前は学校がなんでも私立やからいうてことわりはりましたんやそうで〉とヨネはいったりする。

ヨネの噂話《うわさばなし》は、支店長の家からだんだん他へもひろがっていく。工場主のおくさんが紹介してやったお得意さんの話も出るようになってきた。

〈あそこの年とったおくさんはお上品なええお方ですな。そやけど、いかず後家の娘さん、もう三十五ぐらいですか、あの娘さん小さい時ケガしはって左の方の足をちょっとひきずってはりましてね、やっぱり悪い方の足をかばいはるから、いつも足をおさえてくれいいはってね。お気の毒です。足をゆっくり指圧してあげたら、あんまりええ按配《あんばい》で、センセ天国にいるみたいや、いうてよろこびはりましてな〉とヨネは喋っている。

〈林田さん、あないにヨソのこと喋るいうことは、うちのことも、ヨソでいうてはるいうこっちゃ〉と工場主のおくさんはヨネが帰ると娘に警戒心を喚起している。

この娘は、高校二年生で、根はやさしい子であるのだろうがその年頃によくある皮肉屋で、ヨネに向って、林田さんはやっぱり指圧師の学校でいろんなこと習って、免状もらうのに試験なんか受けたの？　なんてきいたりするから、ヨネはあまり好感をもっていない。

〈実地と学科があるんでしょ？〉と娘はヨネにたずねる。

〈学科は、わたしら無学な人間にはようわからんのでね、実地だけですわ〉とヨネは困る。

〈林田さんも娘さんいるってホント?〉

〈ええ、お嬢ちゃんより二ツか三ツ上の娘がひとりいましてな〉

〈そのひとなにしてはるの?〉

〈つとめてますよ〉

〈どんな仕事?〉

〈化粧品の宣伝とセールスマン〉

こういう会話を聞いていると、工場主のおくさんが娘に警戒心を呼びおこすのも無理はない。しかもこの娘、体質が母親に似ているのか、十七や十八で、寒くなるとあちこちに神経痛が出る。

たしかに林田ヨネにはひとりの娘があったが、その娘が中学を出てから自分をずい分困らせ、今も困らせているのは他人にはいわない。

ヨネの娘はサヨ子といったが、中学を出るとすぐ、勝手に近くの喫茶店につとめ、そのうち歌手になるのだといって歌謡学院へ通ったかと思うと、それもやめて、化粧品の宣伝ガールになって、それがいちばん長くつづいた。多分、サヨ子は、近所のひとがヨネにサヨちゃんは美人だというくらいだから、十人並みよりは美人の方で、その自尊心と自己顕示欲が、他人の前で自分の顔にものをぬりたくったり、マツ毛をつけたり、また他人の顔をいじくりながら説明したりすることで満足させられるところがあったのだろう。

しかし、その仕事も二年もつづかなかった。今ではヨネの二間《ふたま》しかない長屋から出ていってどこに住んでいるのかわからない。時たまぶらりとヨネのところに帰ってきたが、それはたいていなにかモノをもらうためか、ていよく金をせびるためであった。

支店長のおくさんや、工場主のおくさんがくれる、余りものの日用品や、娘さんの着なくなった服や、古い洗いざらしの反物や、はては不要の座蒲団《ざぶとん》カバーまで、ヨネはサヨ子に見つからぬようにかくしているが、結局たいていはとられてしまう。思えば、支店長の家が、あの郊外へ栄転して引越していく時手伝って、ヨネはじつにさまざまなモノをもらったのだ。いらなくなった台所のこわれかけた椅子までもらい、古い電気アンカやら、娘さんの古い靴や、網のやぶれた鳥籠までもらってきたのだ。それらもいつの間にかみんなサヨ子がもっていった。いったいそんな、古い、こわれかけたものをなにに使うのかわからないが、サヨ子はみんなもらっていった。

〈キリンがねてるのよ〉とサヨ子は或《あ》る時ふともらした。

どうやら、キリンというのは、サヨ子がいっしょに住んでいるらしい男であるのは、ヨネにはわかっていた。そうか、キリンとはうまいことというたもんや、とヨネは思っている。一度、偶然、仕事にいくのに地下鉄に乗ろうとして階段を降りていく時、前方のホームにサヨ子と背の高い男の後姿を見かけたことがあった。サヨ子は男の肩ぐらいしかなかった。サヨ子も女にしたら背の高い方で、一メートル六十五センチぐらいあるが、そのサヨ子が肩までしかないのだから、六尺以上ある、とヨネが判断したのは正確だった。しかも男はたいへん痩せていた。丸坊主ではないが、髪はきわめて短かった。

〈キリンさん、どこが悪いの〉とヨネはさり気なくいった。

〈どこでもええやないの、そんなこと〉とサヨ子はいい、親にも自分の男のことはあまり喋らない。

サヨ子は、ヨネが見る時はいつも、化粧品の宣伝ガールをしていたためか、濃い化粧であるが上手にしているために、感じが悪いというほどでなく、着るものもその時の流行のものを安物ながらも着ている。しかし、ヨネは、自分が働いているから、いくらまだハタチそこそこで若いといっても、娘のサヨ子が働いて疲れているのは顔を見ればわかるのである。といっても、もう男のできた娘に、幼い子供に向ってするようにこまかいことを問いただすことも叱ることもできない。

〈アホらしい。お母ちゃんが治療したら、いっぺんに治るわ〉とヨネはいった。

〈お母ちゃんの、インチキの指圧で治るような病気ばっかりとちがうで、世の中は〉とサヨ子はいう。

〈けったいなことときくけどな、キリンさんて、いったいなにしてはるの?〉とヨネはたずねる。

〈男一匹、なにしてでも食うていけるわよ〉とサヨ子はいった。

サヨ子は、毛ばだったきたない畳の上に、白いパンタロンをはいた両足を投げ出し、それから上半身をごろりと横たえる。長い髪を、ネッカチーフでくるんでいたが、横たわった拍子にネッカチーフがはずれて、髪が畳の上にひろがった。

〈ああ、しんど〉とサヨ子はなげやりな声でいった。

〈西田さんのおばちゃんとこ、支店長にならはったんでしょう? お金かしてくれへんかなあ、あそこのおっちゃん〉とサヨ子は寝そべったままでいう。

〈なにをいうてるねんな。なんぼ支店長やいうたかて、銀行もってるのとちがうで。西田さんとこかて、月給とりや〉とヨネはいう。

〈そうや、なんぼ支店長やいうてえらそうにしてたかて、安月給とりやんか、あそこかって。アホくさい〉とサヨ子はいった。

〈あんなんに比べたら、キリンは甲斐性《かいしよう》あるからね、貸しがあるんやからね、あっちこっちに〉とサヨ子は起き上って、煙草《たばこ》を喫《す》った。

〈お母ちゃん、灰皿！〉とサヨ子はいった。

サヨ子は裾幅の広い真白なパンタロンでアグラをかいて坐《すわ》り、組んだ足の中に灰皿を置く。

〈女だてらに、なんちゅう恰好《かっこう》しなはる〉とさすがにヨネはサヨ子の姿を見て文句をいった。

〈キリンなあ、だんだん痩せて細うなってきてなあ。ホンマのキリンみたいやで、このごろ〉とサヨ子は口からふわりと煙を出しながら、他人事《ひとごと》のように喋っている。

サヨ子の顔の表情には、ハタチくらいの女のかがやきも幼さもまったくなくて、他人事のように、気を入れない喋り方を見ていると、年よりもはるかに老けた感じがする。

ヨネのところに、サヨ子が時折こうしてふらりとやってきて、しばらく喋ったり、うどんとかなにかちょっとしたものを食べては帰るのであるが、ヨネの気にかかる肝腎《かんじん》のことは喋ってくれない。ヨネは若い時からいろいろな仕事をしてきたが、水商売はしたことがない。しかしそのヨネにだって、サヨ子がどうも水商売をしているらしいということぐらい、娘の態度を見ればわかるのである。もっとも、水商売といってもピンからキリまであるが、サヨ子はスナックかキャバレーかバーかにつとめているとヨネは思っているのであって、まさか肉体という元手に手をつけているとは思っていない。

支店長の家が郊外へ引越してかれこれ一年もたつと、ヨネは工場主の家をはじめ、最初よりもまたふえたお得意さんとも親しくなっていた。土曜日だけでお得意さん全部をまわることができず、支店長の家へ泊めてもらうこともある。

しかし、商売繁盛とは逆に、最初のお得意さんになった工場主のおくさんのところからそろそろヨネの文句や悪口が出はじめていた。

〈このごろ、林田さん、指圧してる途中でいねむりしてはるよ。首がこるいうたら首ばっかりで、前みたいにたっぷり一時間上から下まで指圧してくれはれへんわよ〉と高校生の娘が文句をいう。〈あのひとは、腐ったようなもんでも、なんでもくれくれいうて、乞食《こじき》根性のあるひとやわな。しまいに、わたしの着てる着物の袖をつかんで、じいっと手でさわって、これええ品物ですね、なんていうんやから、うっかり着物も着てられへんがな〉とおくさんは娘に喋っている。

この家へヨネは或る土曜日泊めてもらうことになった。隣りの支店長の家では、おくさんがねているので遠慮したのだという。

〈これは、ここだけの話ですけどな、隣りのおくさんね、コドモおろしはったんですよ。上のお嬢ちゃんが嫁にいくとかいかへんとかいう年頃で、おくさんは四十二になっておなかが大きなるの恥かしいいうてね。なにも、他の男でおなかが大きなるのとちごて、ご夫婦のコドモやから恥かしいこともないと思いますけどね。それでおくさん、お嬢ちゃんやら坊ちゃんの下のお子には内緒でねてはるんですよ〉とヨネは説明した。

〈お隣りのご主人、えらいカタイおひとやなあ。うちのお父さんに聴かしてやりたい話やわ〉と工場主のおくさんは笑った。

このおくさんも四十五、六で、あまり隣りのおくさんと年齢は変らないが、一方が妊娠《にんしん》し、一方が、もはや更年期障害ではないかと、指圧や薬やと、ウツウツとしているちがいがあった。

〈やかましいねえ！　静かにしてよ！〉と二階で受験勉強している娘が階段の上から茶の間で喋っ

ている母親とヨネに向って叫んだ。

〈ぼんぼんはおとなしいけど、お嬢ちゃんはしっかりしてはりますなあ〉とヨネは小声でいった。

〈はじめての女の子やから気儘《きまま》に育ててしもた〉と母親も低い声でいった。

〈うちのサヨ子も――〉とヨネはいいかけて口ごもった。

それは、二階で勉強中の高校生の娘がまたどなるから喋るのを控えたところもあるが、うっかりとは喋れぬ話であるからだった。

〈林田さんの娘さんはいくつ？〉とおくさんはいった。

〈ハタチになりましたわ〉とヨネはいった。

〈おそい子やねえ、あんたの年から見ると〉とおくさんはいった。

〈ええ、まあな――〉とヨネはまた口ごもった。

ヨネはサヨ子のことがのどの奥から出かかっているのを感じていた。隣りの支店長のおくさんはうすうす知っているかもわからないが、サヨ子のことを喋れる相手ではないように思っていた。ところがこの工場主のおくさんは、現に夫が家を留守にし、昔から夫に苦しめられたらしく、いわば苦労人であるから喋ってもわかってくれそうに思えるのであった。しかし、ヨネは、のどの奥からとび出そうとする声をおさえつけた。

〈腰でもおさえましょか〉とヨネはおくさんにいった。

ヨネがこういう風に自分からいうのは、商売抜きであるのを意味していた。

サヨ子がしばらくあらわれないのはヨネには不安を感じさせた。サヨ子がやってきて、それとなく自分の生活を喋るのは、いわばサヨ子のヨネに対する甘えの表現であった。ヨネのかくしているモノをかっさらっていくのは、サヨ子のもってゆき場のない怒りをあらわしていた。そのサヨ子が、ふた月近くもやってこない。あのキリンとかいう男は、カタギの人間ではないかもしれない、とヨネはふと思った。

もしも、キリンとかいう男がカタギの人間でなくて、ひとから毛虫のようにあしらわれる男であっても、サヨ子を大事にしておればそれでいいではないかと、ヨネは思った。よしまたキリンがサヨ子を大事にしていなくても、サヨ子の方がキリンに惚《ほ》れているのならば、これもまた仕方のないことだと、ヨネは思っていた。

前にきた時から三カ月ぐらいたって、夜も十一時近くになって、ヨネの家の前に自動車のとまる音がした。もうヨネはねていた。

〈お母ちゃん、キリンつれてきた〉と入口の戸を開けたサヨ子が、声は低いがどなるようにいった。

〈蒲団敷いて、蒲団を!〉とサヨ子は叫んだ。

寝まきのまま立上ったヨネはうろうろしていた。

〈お母ちゃん、キリンを運ぶから手伝うて〉とサヨ子はヨネに命令した。

ヨネはサヨ子にいわれるまま、毛布にくるまれた長い足をもち、自動車からキリンをひきずり出して家の中へ運んだ。キリンの胴体の方は、自動車を運転してきた若い男がかかえていた。

いつの間にかサヨ子が、ヨネのねていた蒲団に新しいシーツをかけて、キリンを横たえる場所をつくっていた。

サヨ子は、ネッカチーフで鉢巻きのように頭をしばっていたが、せっかくの美しいピンクのネッカチーフも、なにやら決死隊のハチマキに見えた。

〈あんたね、わたしがさっきいうたこと忘れたらあかんよ。忘れたらどうなるかわかってるでしょ〉とサヨ子は自動車を運転してきた若い男にいった。その男はすぐに帰った。

〈医者は?〉とヨネはいった。

〈アホやねえ、お母ちゃん、キリンはもう死んでるんやで!〉とサヨ子はいった。

〈そんなムチャクチャな!〉とヨネは驚いて蒲団から離れた。

〈死亡証明書もろてきたとこや。まだ死んでホコホコやねんで!〉とサヨ子は怒りを投げつけるように、ヨネにどなった。

〈お通夜と葬式、ここでさしてもらうわ〉とサヨ子はいった。

〈ここから葬禮《ソーレン》出すいうても——〉とヨネは、不思議な恐怖におびえながらいった。

〈明日、話するわ、この事情は。とにかくお母ちゃんはあっちの間でねてよ。もう一組、蒲団あったでしょ〉とサヨ子はいった。

〈そうかて、お通夜やいうたやないか〉

〈お通夜はわたしひとりでええやないの。お母ちゃんはなにも、このひとに関係あらへんもの〉とサヨ子はいった。

　ヨネはつい先程まで自分がねていた蒲団に毛布に巻かれて横たわっている男の姿の全体を見た。足の方が敷蒲団からはみ出している。やはりキリンだ。そのキリンをくるんでいる毛布を、サヨ子は頭の方から少しずつめくっていく。

〈このひとなあ、やっぱり胃ガンやったのよ——〉とサヨ子はキリンの顔を見ながらはじめてやさしい声でいった。

〈殺されたんとちがうんやな〉とヨネはつぶやいた。

〈なんで殺されんならんの？〉とサヨ子はまた怒るようにヨネにいう。

〈若いとねえ、早いことすすむんやと、この病気は〉とサヨ子はいいながら、毛布を半分ほどはぎとり、横たわる痩せ細った、ひょろ長い男の上半身を眺めた。

〈このひとなあ、お父さんもお母さんもいてへんのよ〉とサヨ子はひとり言のようにいった。

〈親も兄弟も、親戚もいてへんのよ、このひとは――〉とまたサヨ子はいった。

〈みんなね、このひとのこと、キリンキリンいうてね、心安う呼んでバカにしてたけどね、キリンはバカにされるような男とちがうよ、ホントは〉とサヨ子はヨネのことを忘れたようにひとりで喋っている。

〈このひと、いくつで死にはったん？〉とヨネはいった。

〈え？　いくつ？　二十五やいうてた〉とサヨ子はいった。

ヨネはキリンの顔をその時はじめて見た。肉が落ちて頬骨《ほおぼね》がとがり、目もくぼんでガイコツのようであるが、元は男前であっただろうとヨネは思った。サヨ子はキリンの片方の手をとり、指を撫でていた。そのキリンの指は、男にしたらずい分細くて長かった。

〈お母ちゃん、オミキない？〉とサヨ子はいった。

〈そんなもん、あるかいな〉とヨネはいった。

ヨネはふいの災難にうろたえ、落着きを失っていた。

〈角のスナックなら十二時までやってるわ。あそこでウイスキーでもビールでもええから買《こ》うてきて〉とサヨ子はいったが、それは命令のようにヨネには感じられた。

ヨネが寝まきの上から上っぱりをひっかけて近所までオミキを仕入れにいっている間、サヨ子はキリンのそばに坐り、まるでキリンが昼寝して、目をさますのを待っているような風情で煙草をふかしていた。

明くる日、いつものように朝早くヨネは目をさましたが、さすがに疲れたのか、ウイスキーで酔いつぶれたのか、サヨ子はキリンのそばの畳の上で服を着たままねむっていた。サヨ子が明け方の寒さで無意識にひっぱって自分の胴体にかけたらしく、キリンをくるんできた毛布は半分はぎとられていた。サヨ子のそばにあるウイスキーのビンは、ほとんど空っぽになっていた。

表の通りのもの音で、サヨ子は八時ごろはね起きた。ヨネは、それまでの人生で、何度かひとの死ぬのに立会い、死人を見てきたが、やはり、狭い家の中に、他人の死体があるのはいい気持がしなかった。ヨネは、一刻も早くキリンが家の中から消えてくれることをのぞんでいた。とつぜん、自分の家から葬式を出すのを、近所のひとにどういう風にいい訳しようかという困惑よりも、男の死体が家の中からなくなる方を強くのぞんでいた。ヨネはその死人に、手の出しようがないのであった。その死人は、サヨ子のもってきたものであり、サヨ子のものであった。

〈葬禮《ソーレン》出すいうても、どないする？〉とヨネは起きたサヨ子にたずねた。

〈葬式は今日とちごて、明日〉とサヨ子は断定的にいった。

〈そやけど、早いことした方が――〉とヨネはいった。

ヨネはとにかく早くかたづけてしまいたかった。

〈今日はね、することがぎょうさんあるのよ、わたしは。キリンには、まだ、ここにいてもらわんと困るのよ〉とサヨ子はいいながら、顔を洗い、簡単な化粧をしている。〈葬式屋にはね、明日いうて頼んどいて。お金は、わたしがつくるんやから。もしも、葬式の上中下のどれにしましょうかいうたら、中ですいうてね〉とサヨ子はいう。

サヨ子は、キリンにめくれあがった毛布をていねいにかけてやった。もうキリンの顔は見えない。〈さあ、キリンのカタキ討ちや〉と漬け物で茶漬けをかきこんだサヨ子は立上った。また、例の決死隊のピンクのネッカチーフの鉢巻きをしている。髪が全部うしろにいって、むき出しになったサヨ子の顔は化粧をしても蒼黒《あおぐろ》い。

〈どこへいくの、キリンさんを放っといて〉とヨネはうろたえている。〈お母ちゃんはね、キリンの番しててよ。わたしが留守の間は、だれがきたかて家に入れたらあかんよ〉とサヨ子はいい残して出かけてしまった。

ヨネは、キリンの枕元に線香をたてて火をつけた。狭い家の中に、線香のにおいがひろがっていった。ヨネは、思いついたように、キリンの枕元に水をいれた茶碗《ちゃわん》をおいた。しかし、これはなんだか変な気がしてすぐにとりのけた。そうだ、花の一輪もない、と思い近所の花屋へ花を買いにいった。ヨネは、今までの人生で出会った、他人のお通夜や葬式を思い出そうとしていた。お通夜や葬式の様子を思い出し、今、自分がそれらに似たようなことをしなければならぬと思ったのである。お通夜には、たいてい食べものが出たから、食べものをたくさん用意しなければならないと思った。ヨネは、自分の家から葬式を出すのははじめてなので、なにからしていいのかまったくわからないのであった。お通夜や葬式のために、知人の台所を手伝ったことはあるが、自分が当事者になるのははじめてだった。

当事者は、サヨ子ではないか、とヨネは思った。そのサヨ子がいない。ヨネは心細く、サヨ子のことが不安になって落着けなかった。サヨ子は、キリンのカタキ討ちにいくといった。それはなにをすることなのか、ヨネには想像もつかぬ。ただ、サヨ子が帰ってくるまで、近所のひとに、家の中に死人がいるのを知られないようにしていなければならないと思った。しかし、家の中で、死人とふたりきりでいるのはどうも薄気味が悪い。ヨネはなるべく死人を見なくてもいい台所で、お通夜のにぎりめしでもつくろうとうろうろしていた。

ヨネには、サヨ子がキリンの死にうろたえて泣きわめかないことも不思議であった。人間はあまりにかなしみのまっただ中にいる時は泣かないものだというくらいは、五十年以上も生きてきたヨネにもわかるが、サヨ子の態度にはわからぬことが多すぎた。家を出てから二年か三年しかたたないが、その間にサヨ子はヨネにはわからない人間になってしまっていた。

葬式には金が要る、と台所で思いついたヨネは、一瞬愕然《がくぜん》とした。娘のつれてきた男、おそらくそれまでいっしょに暮していたらしい男であるから、まったく縁もゆかりもない他人とはいえぬかもしれないが、死んではじめて顔を拝ませてもらった、どこの馬の骨かわからない男の葬式を出すのに、なぜ自分が金を使わねばならないのかと、ヨネは身構えた。やはり、キリンは縁もゆかりもない他人だとヨネは思いたかった。一銭の金も、そんな他人に出すことはない、とヨネは自分を納得させた。そう思うと、なんだか急に、お通夜のためににぎりめしをこしらえるのも惜しい気になった。

昼ごろになって、サヨ子は戻ってきた。白と黄色の大きな花束をかかえていた。

〈葬式屋頼んでくれた？〉とサヨ子はいった。

〈いや、まだ。お通夜のにぎりめしつくってて〉とヨネはいった。

〈なんで、にぎりごはんつくるのよ。お通夜の食べものはね、もってきてくれる〉とサヨ子はいった。

〈だれが?〉

〈だれでもええやないの。とにかくね、夕方に仕出し屋からごちそうがくるから、心配せんでええの。お母ちゃんは、キリンの番して、葬式屋に、中の葬式頼んでくれたらええのよ〉とサヨ子はいいながら、ヨネのつくったにぎりめしを頬ばっている。

〈お通夜には何人ぐらいひとがくる?〉とヨネはサヨ子にたずねた。

〈だあれもけえへん、だあれも。アホらしい、だれをこさせるかいな〉とサヨ子はいった。

サヨ子は緊張しているためか、気が立っているためか、あまり食べない。ただ、むやみにお茶をがぶがぶ飲み、切れ目なしに煙草を喫う。

〈喪服あらへんわなあ〉とヨネはいった。

〈そんなもん、お母ちゃんが着ることないやないの〉とサヨ子はヨネを軽蔑したようにいってのけた。

〈そうかて、キリンはあんたの――〉

〈このひとはなにもお母ちゃんの身内やないよ〉とサヨ子はキリンの死体には振り向きもせずにいう。

サヨ子はまた出ていって夕方おそくなるまで帰らなかった。

ヨネは治療にいく約束が、二、三軒あったが、キリンがいるために外へ出かけられない。えらい損や、とヨネは思う。サヨ子のいった通り、夕方、仕出し屋から、十人前はあると思われるサシミの盛合せと幕内弁当がとどけられた。酒屋が、日本酒とビールとウイスキーをとどけにきた。ヨネはそれらを、キリンの枕元におそるおそる置いた。

まだ火の気がいるほどの寒さではなかったが、夕方になると家の中にいても肌寒かった。日の暮れるのも早くなって、家の中はすぐに暗くなった。ヨネはキリンの枕元に、線香だけでなく蠟燭《ろうそく》もつけねばならぬと思ったが、家の中をさがしても蠟燭はないし、その光はきっと家の中をさみしくさせるような気がした。

ヨネは元来、忙しく働いて生きてきたせいか、家の中に丸一日もひとりでじっとしているのはたいへんな苦痛であった。その日は一日中、サヨ子の命令に従って家の中にじっとしていたので、働いている時よりも疲労を感じていた。畳の上に寝そべりたい気がするが、どうも死人と同じ畳に横たわるのは気分がよくない。サヨ子がおれば横たわれるが、自分ひとりだとそれもできない。サヨ子が帰ってくるのを待っている間、ヨネはただひたすら、キリンが一刻も早く家の中から消えていなくなってくれることを思っていた。とにかく明日の午後になれば、家の中は元通りになり、仕事にもいける、とヨネは思っていた。それに、支店長の家の娘が結婚することにきまったらしいから、そのための手伝い仕事もあるはずで、娘が古い家具や服を整理すれば、それをもらえると期待していた。あさってには支店長の家へいかねばならない。

暗くなってからサヨ子は帰ってきた。疲れているためか、ものもいわずにどたりと坐りこんだ。

〈明日、朝十時に葬式屋がくるいうてたけど——〉とヨネは疲れた声でいった。

サヨ子はキリンの枕元に並んでいる幕内弁当や酒のビンを眺めた。

〈何人前きてる?〉とサヨ子はいった。

それは幕内弁当のことらしかった。

〈十人前や思うけど〉

〈だましよったな、あのおばはん〉とサヨ子はいった。

〈二十人分いうたんやで〉とサヨ子は弁当の山に近づいて、いちばん上の弁当のフタを開けて中をのぞいた。

〈ほら、お母ちゃん、いちばん高いやつよ〉とサヨ子は弁当の中身をヨネに見せた。

〈なにしてんの、食べるのよ、お母ちゃん〉とサヨ子はいいながら、その弁当をヨネに押しつけるように渡した。

〈ええ?〉とヨネはうろたえた。

〈お通夜やないの〉とサヨ子はいった。

〈十人前も食べられるか?〉

〈残ったら明日食べたらええやんか〉

サヨ子の表情も態度も、昨夜よりも普通だとヨネには思われた。たしかに、一段落したという気のゆるみがサヨ子の態度には見えた。サヨ子はビールを飲んでいる。

〈キリンは変りないねえ――〉とサヨ子はいった。

〈当り前や、死んだひとが変るかいな〉とヨネもサヨ子が無事帰った気のゆるみで、やっと普段のようにことばを返せた。

〈葬式屋はくるけど、坊《ボン》さんはきてくれへんねえ〉とサヨ子はいった。

〈坊さんはお寺に頼まんときてくれへん〉とヨネはいった。

〈明日、だれか坊さん呼んでくるわ、わたしが〉とサヨ子はいいながらビールをひとりでどんどん飲む。

〈お母ちゃんも、キリンのために、なにか飲んだってよ。お酒にするか?〉とサヨ子はいった。

サヨ子は、キリンにかけてある茶色の毛布を、頭の方から少しめくって、キリンの顔をのぞきこんだ。ヨネはそれを見ない。

〈キリンにはね、ホントはお母さんいてたのよ。そのひとキリンをまだ小さい時放っといて、再婚してはんの。その幕内弁当はそのお母さんの香典や。ケチな香典やけどね、自分の子に〉とサヨ子はいった。

〈あんた、そこへいってきたん?〉

〈当り前やないの。自分は金持ぶって暮してはって、息子が死んでも知らん顔しよう思うてもそうはいかんわ。わたしはね、お母さんに、息子の死んだん知らしにいってあげたのよ。香典ぐらい出すの安いと思うけどねえ〉とサヨ子は平然といった。

〈ユスリやがな、そんなん〉とヨネは驚いてサヨ子を見る。

〈ゆすってどこが悪いの〉

〈ほんなら、この酒やビールも――〉とヨネは不安で声がつまった。

〈キリンにはいろいろ貸しがあるからね。キリンはそんなこといちいちいわへんかったけど、わたしは知ってるからね。キリンの親分かて――〉

〈え? 親分?〉

〈社長よ、社長。その社長にもちょっと貸しがあったんよ。まあ、ええやんか、お通夜ができて。それに葬式出すお金もあるしね〉とサヨ子はハンドバッグをひきよせて、パチンと口金を開けた。その中から封筒を三ツとり出して、ヨネの目の前にちらつかせた。

〈どう？　キリンは甲斐性あるでしょ〉とサヨ子はにっこりした。

〈ねえ、キリン！　あんたの貸しはみんな返してもろたげたよ！〉とサヨ子は毛布をかけられた死体に向って叫んだ。

〈それにしても、キリン、あんたのつき合いはみなドケチやねえ。いざとなったらジタバタして、ちょっとでも安うに済まそうとするからあきれたよ〉とサヨ子はキリンにいう。

〈人間のクズや、ほんまに！〉とサヨ子はいった。

〈わたしが、どうやって、そのドケチどもから香典ふんだくったか、キリンは知らんでしょう！聴きたい？　いうたげようか。いやや、そんなこといわれへんよ！　アホくさい。あんたはね、おとなしいに死んでたらええねん。あんたがアホやから、ナメられてるのよ。あんないじぎたない人間のクズに！〉とサヨ子はいったが、じっと同じところに坐って、からだは動かさなかった。声の高低だけが、ゆらめいて、キリンの上に波となって押しよせてはかえってきた。

しかし、サヨ子の上半身はそのうちにすこし動き出した。サヨ子は泣いているのではなかった。ただ、上半身が、ほんのすこし前後左右に動いていた。なにか音楽に合わせて調子をとっているようにも見えた。ヨネはまだ上等の幕内弁当を食べていた。

化粧のおちたサヨ子の顔は、四十か五十くらいの女の顔に見えた。瞳の色は沈んで、動きはにぶかった。疲労困憊《こんぱい》が、髪の毛の先にまであらわれているように、髪もべったりと首筋にくっついて、からだの動きで前や後に流れていかなかった。サヨ子はまだ、最初のひと口を飲む時のように、ごくりごくりとうまそうにビールを飲んでいたが、それは、サヨ子の全身が乾燥しているために、いくら水分を流しこんでもまだ足りないという風に見えた。

〈キリンは無茶苦茶やってたんやで。わたしがいくまでは、部屋代もずっとためてたしねえ。パチンコばっかりしてね。チューリップが開いてもうれしそうにもせえへん。いつでも黙ってたわ。お医者さんにもいけへんかったしねえ。喋るのいややいうて。恥かしがりやったんやわ、きっと。アホや、男のくせに〉とサヨ子はとりとめないことをひとりでいつまでも喋っていた。

明くる日の葬式は簡単にすんだ。サヨ子が坊さんを頼みにいく前に葬式屋がきて、バタバタと引越荷物をかたづけるように葬式はすんだ。昨日までとちがうところといえば、家の中に死人がいなくなり、白い布でつつんだ骨箱があるだけだった。サヨ子は、多分、キリンと住んでいたところを片づけるためか、もう午後からいなかった。ヨネも、近所のひとと顔をあわすのがいやだから仕事に出た。家の中には、キリンの骨が箱に入って留守番をしていた。それと、家の中には、まだ五人前ほどの上等の幕内弁当と酒があった。通夜にも葬式にも、だれひとりこなかった。

ヨネは葬式の明くる日には、もう支店長の家にあらわれていた。ヨネはいつもとまったく変らず、キリンの葬式のことは喋らなかったので、支店長のおくさんはなんにも知らないし、勘づかなかった。支店長の家では、娘さんの結婚相手がきまり、結婚式の日どりを話し合っているところだとかで、おくさんにも家の中にも、いつもよりはなやかな空気が感じられた。当の娘さんは、結婚のための買物か、いつものお稽古ごとのためかで家にはいなかった。

〈おくさんとこには、まだ前のお寺さんがくるんですか〉とヨネはたずねた。

〈え？　お坊さん？　このごろ遠いから法事でもないと頼まへんけど、どうして？〉とおくさんは不思議そうな顔でヨネを見た。

〈いえ、まあ、ちょっと親戚にかなしみごとがありましてな〉とヨネはいった。

ヨネは、家の中から死人が消えてくれてほっとしたのであるが、まだ骨がおいてあるのが気にかかっていた。あの骨も家の中から消えてほしい。陰気くさいというより、どうもそこに骨があるだけで気になって仕方がないのである。いくら赤の他人の骨とはいっても、それが箱の中にあると思うと、落着かないのだ。サヨ子はいったい、あれをどうするつもりなのだろう。またキリンの母親をたずねて、骨をひきとるか金を出すかとゆするつもりなのだろうか。それとも、自分のそばにずっとおくつもりなのだろうか。サヨ子は、これからどうするつもりなのか。ひとりでどこかに住むつもりなのか。またあの狭い長屋に帰ってくるつもりなのだろうか。ヨネはおくさんの背中を、上から下へ指で押しながら、考えまいとしてもサヨ子のことが思い浮ぶ。

いくら小さい時から負けん気が強かったといっても、短い間でもいっしょに暮した男が死んでひと粒の涙もこぼさなかったのも、ヨネにはおかしなことに思えた。あの態度はなんだ。死人の枕元に両足を投げ出して坐り、ひっきりなしに煙草を喫いながら、ビールをがぶがぶ飲み、ひとりでなにやらわけのわからぬことを喋っていたが、あの全体的に気のぬけたような感じはなにごとなのか。人間には、もう少し情というものがあっていいではないか。それに、死人をダシにして、飲み食いの品物ばかりか、葬式代までゆすってきたとは。なんと、なさけないことをしてくれたことか。自分は、他人から要らないというものをもらってはきたが、他人をゆすってものや金を出させたことはない。ヨネはだんだん腹が立ってきた。そして、キリンが家に運ばれてきてから消えるまでの間、ずっとサヨ子の得体の知れぬ、素っ気ないけれども一種の圧力に、自分がまったく無抵抗で、たんにおびえていたことが、ますます腹立たしく思われてきた。

〈昨日は出歩いて疲れたからか、どこ押えても痛いわ〉とめずらしく支店長のおくさんがいった。

ヨネの指に力が入りすぎていたのかもしれない。

その日ヨネは、娘さんの要らなくなったものはなんにももらえなかった。

支店長の家に泊めてもらわずに、他のお得意さんへも寄らぬまま急いでヨネが帰ったら、家の中には白い布でつつんだキリンの骨を入れた箱も、幕内弁当も酒も消えていた。骨が消えてくれたのはありがたかったが、幕内弁当がなくなったのにはがっかりした。ヨネは急に空腹を感じた。

〈一人前だけは残していってもええのに〉とヨネはいった。

勿論《もちろん》、キリンの骨と幕内弁当と酒をとりにきたのはサヨ子にちがいなかった。

〈勝手な時だけさわいだくせに〉とヨネはひとりでつぶやいた。

早く家に帰って、昨日とはちがって逆に高飛車に出て文句をいおうと勢いこんでいたのがアテはずれになった。それでもまだ、サヨ子がくるにちがいないと、ヨネは風呂にもいかないで家にいた。

サヨ子は明くる日の朝九時ごろにやってきた。やはりまだ若いためか、もう蒼黒い疲れた顔色でなく、いつもの元気があった。例のハチマキをしていないから、髪の長さが美しくまっすぐにのびていた。

〈これとっといてよ〉とサヨ子はハンドバッグから葬式の前の日に見せた封筒のひとつをヨネに押しつけるように渡した。ヨネはその封筒の中身を、瞬間のうちにのぞいて見た。新しい札が十枚ぐらいは入っていた。ヨネは黙って、その封筒を上っぱりのポケットへ急いでねじこんだ。早くかくしてしまわないと、だれかにとられてしまうかのようだった。

〈お骨は？〉とヨネは金の受け渡しの一件はまったくなかったような口調でいった。

〈ああ、あれ？　当分わたしのとこにおいとくわ〉とサヨ子はいった。

〈あんた、ようキリンさんのことやってあげたなあ〉とヨネはいった。

そのことばは、昨夜からサヨ子を見たらいおうと思っていたことばとはまったくちがっていた。金の入った封筒をポケットへねじこんだあと、まるでそんなことがなかったように喋ったのとよく似ていた。しかし、サヨ子をいたわり、ほめたことばが、サヨ子が金を出し、それをポケットへねじこんだから出てきたものであるのは、ヨネにはわからなかった。

〈あんだけのことしたげたら、キリンさんも成仏できるわな〉とまたヨネはいった。

〈キリンのことはもうええのよ〉とサヨ子はすこし恥かしそうにいった。それはきっと、ヨネからそんな風にやさしくいたわられたり、ほめられたりしたのがはじめてだったからであろう。それともやっと、キリンのことがゆったりとした気分で思い出されたからかもしれない。

サヨ子は、キリンが死んでからずっと、キリンのことを考えている暇はなかったのだ。身寄りのないキリンの身寄りをさがし出すことや、キリンが貸しのある人間から借りを返してもらう算段に忙しかったのだ。あの唯《ただ》ひとりの身寄りである母親からも、キリンの代りに借りを返してもらわねばならなかった。とにかく、当然キリンがすべきこと、いやキリンはしようと思えばできたけれども、キリンの妙なアキラメか、絶望か思いやりでしなかったことを、自分がしなければ気がすまなかったのだ。サヨ子は、キリンの代りに、正義のために立上ることを余儀なくされたのだった。キリンを他人だといい切るキリンの母親に、それじゃあ、死んだキリンをつれてきて見てもらうといわねばならなかった。それじゃあ、これからいっしょにいって、キリンをたしかめてもらうといわねばならなかった。それがいやなら、線香の一本もあげていただくといわねばならないのであった。生きていたキリンがいうべきことは、死んだキリンにはいえないのだから、サヨ子はキリンの代りにいっただけだったのではないか。もしも死んだキリンが生きていて、自分の死体を見たら母親に同じことを申したてると思うことをサヨ子はいったのだ。あの小料理屋の親方だって、自分のまちがいをキリンにおっかぶせて罪を背負わせたのだから、線香の一本では安すぎるのだ。キリンは気が弱かったのではなく、すべてめんどうだったのだ。多分、キリンは、薄墨《うすずみ》色の世界にいたのだ。まっ暗闇でもなく、さりとて光のあふれるところでもなく、いつも薄墨のかかったようなところにいて、そういう色彩を見ていたのだ。キリンには、天気予報なんてなかったのだ。明日は晴れるでしょうということも、明日は雨でしょうということもなく、いつもくもり空の色にかこまれ、キリンの瞳にはそんな色の膜がかかっていたのだ。だってそうじゃないか、二十五歳で死んだんだから、なんにもいわずに。

キリンは、モヤシみたいに死んでしまった、とサヨ子は思った。細くて、長くて、白っぽくて、ほんの少しだけ黄色っぽかった。あんなに背が高く瘦せていたのは、太陽にあたらなかったからだとサヨ子は思った。キリンがすこし猫背だったのは、背が高いために遠慮するのが癖になったのではなくて、太陽にあたらなかったからモヤシみたいに全体が曲っていたのだとサヨ子は思った。キリンは酒飲みでもないのに胃ガンになって死んでしまった。キリンは焼ソバぐらいしかごちそうを食べたことはないのに、胃ガンになった。キリンはきっと白いスーツを着れば似合っただろうに、白いスーツはおろかネズミ色のスーツも着ないで死んでしまった。キリンは、学校へもいかず、手に職もつけぬまま死んだ。小さい時からどうして暮してきたかも喋らぬままに死んだ。

　街の中を歩きながら、サヨ子はキリンのためになにもしなかったように思われた。あのカタキ討ちはいずれもキリンのためではなかった。もしもキリンのためであったならば、キリンは迷惑に思っただろうとサヨ子は感じた。そんなことははじめからわかっていたが、改めてそう感じた。キリン自身は、一度も他人に貸しがあるとは思っていなかっただろう。あの社長――キリンはその社長のもっている安キャバレーのボーイを一時していたことがあった――だってキリンに借りがあるとは思ってもみなかっただろう。他のボーイにはちゃんと苗字を呼ぶのに、なぜかキリンには社長はいつもキリンと呼んだ。ひと前でもキリンと呼んだ。それを何度かサヨ子は聞いたことがあった。キリンはひょろ長いからどこにいても目立つな、といつか大声で笑った。これだけでサヨ子は社長にキリンのカタキ討ちしなければならなかった。

　サヨ子が自分のアパートの部屋へ帰ってしばらくすると、若い男がやってきた。キリンの死体をヨネの家に運んできた男である。

〈カン太郎、なにしにきたん〉とサヨ子はいった。

　キリン同様、この男もカン太郎とひとびとに呼ばれているが、本当の名前はだれも知らない。

　カン太郎はしばらく黙っていたが、あきらめたように切り出した。

〈あの時のクルマ代ねえ――〉とカン太郎はいった。

〈あんた、ようそんなことといえるねえ。キリンにあれくらいのことしてもええやないの。クルマ代は香典や、香典。あんたも香典ぐらいわかるでしょ〉とサヨ子はいった。

〈あのクルマ貸してくれた奴《やつ》がうるそうてね。なにもぼくがお金請求しているのとちがいますよ〉

とカン太郎はいった。

カン太郎はまだ十八くらいの、小料理屋の追いまわしである。大きな目を見開いてキョトンとしている。

〈あんたにね、キリンのセーターあげるわ。形見やで、これは。そやから、クルマ代は帳消し、わかったね〉とサヨ子は高飛車にいった。

〈それでええでしょ〉とサヨ子はいいながら、小さな簞笥《たんす》の上においてあるキリンの骨箱の方に目をやった。

それは、カン太郎の視線をうながすためだった。カン太郎は骨箱を見た。

〈けったいなこときますけれどね、キリンさんはなんで死にはったんですか〉とカン太郎は大きな目をパチパチさせながらいった。

〈なにいうてるのよ、今ごろ。胃ガンで死んだんやないの〉とサヨ子はいった。

〈それはわかってますけどね。胃ガンやけど、なんで死んだんやろ〉とカン太郎はいった。

〈そんなん、知らんよ、わたしかて〉とサヨ子はいった。

〈けったいな感じやなあ。此間まで、キリンさん、ここにいたのになあ〉とカン太郎はいった。

カン太郎は、薄いセーターの上からサヨ子のやったキリンのセーターをかぶって着た。

〈キリンさん、ええひとやったですか?〉とカン太郎は上目づかいでサヨ子を見た。それは老成した男の態度を思わせた。

〈なんで?　ええひとやったからいっしょにいたんやないの〉とサヨ子はいった。

〈そやけどねえ——〉とカン太郎はからだをくねらせた。

〈社長のおくさん、困ってはりましたで。それに、うちの親方かて。サヨ子さんのつとめたとこも、ほんまは先にキリンの手がみんなまわってましてんで。キリンの前のコレね〉とカン太郎は小指をさし出した。

〈あのひとかて、ひとのヨメさんやのにさんざんな目に会いはってね。サヨ子さんも、キリンが病気で死んだから、今こうして生きておれるんとちがうかなあ――〉とカン太郎は、わけ識《し》り顔に喋る。

〈あんた、いったいなにしにここへきたん？〉とサヨ子は坐り直した。

〈いや、もうクルマ代はええんですよ〉とカン太郎はいった。

〈キリンは死んだんやからね、わたしはもう、いっさいあんたらとは関係ないのよ〉とサヨ子はいった。

関係ない、ということばを、サヨ子はもう一度心の中でくりかえした。もう、あんな人間のクズどもとは関係ない、とサヨ子は思った。しかし、いくら自分が関係がないと思っても、人間のクズどもは向うから勝手に関係をつけてくるかもしれないと直感した。サヨ子はあの安キャバレーをやめねばならないと思った。やめてどうするという考えはなにひとつ浮ばなかったが、もうやめることをサヨ子は決めていた。サヨ子は、中学校を出てから、幾度こうしてひとりでさまざまな決心をしたかしれなかった。決心したらすぐに実行してきたのだ。迷っている暇はいつもなかった。追いかけられるように決心し、ずっと昔からそうであったように次のことをすでにやっていた。そういう風にして、二十一歳になったのであった。

明くる日には、サヨ子はもうアパートから荷物をヨネの狭い家に運んでいた。今までにヨネからもらったものはガラクタであるからか、すべてアパートの裏の空地にすてた。ベビー箪笥のような、小さな箪笥と、洋服と、あとはトランクにみんな入ってしまう荷物しかなかった。さすがに骨箱はすてられなかったが、キリンのものはみなガラクタといっしょに空地《あきち》へすててきた。すてる時のサヨ子は、思いがけぬくらいにいさぎよかった。いつも、決心する時は、それまでをすてることであり、それまでもっていたものをすてることでもあったのだ。すてたものをヨネが見たら、あわててひろいにまわるだろう。

荷物をかたづけて一段落したところへ、ヨネが帰ってきた。ヨネは、昨日から支店長宅へいって、そこへ泊めてもらってきたのだった。ヨネは大きな風呂敷包みを両手にさげてきた。ふたつの大きな風呂敷包みはかなり重かったらしく、ヨネの額には汗がにじみ、息が荒かった。

〈半分しか、もって帰られへんかったわ。あとの分は今度もってくる〉とヨネはいった。

風呂敷の中は、支店長の娘の古い靴や古い洋服だった。もっとも古いといっても、ボロボロのものでなく、嫁入りには新しいものをもっていくので、それまで娘が使っていたものであった。

ヨネは早速、風呂敷包みをほどいて、中のものをひろげようとしたが、サヨ子が運びこんだ荷物に気がついた。わずかの荷物であるが、狭い部屋の様子がいつもと変っているからである。

〈どないしたん?〉とヨネは部屋の隅に置いた小さな箪笥を見た。

〈ここにいたらいかん?〉とサヨ子はいった。

〈荷物はこんだけかいな〉とヨネは驚いている。

〈キリンのものはみんなほかしてしもたわ〉とサヨ子はいった。

〈アホやな、あんたは。ほかすのやったら売ったらええのに〉とヨネはいった。

ヨネは大きな風呂敷包みをおもむろにほどき、中の品物を畳の上に並べた。

〈うわあ！　ええ靴やんか！〉とサヨ子は箱から靴をとり出した。

サヨ子は三足あった靴を次々に自分の足に合わせ、畳の上に立上って歩いてみたりしている。

〈この合コート、ええ色やねえ。ちょうど誂《あつら》えたみたいにぴったりやわ！〉といいながら、サヨ子は薄手のウールのコートを着て、また歩きまわる。

ヨネはもうひとつの風呂敷包みの中身もひろげた。そこには、古い毛糸のセーターや、こまごました衣類、古い裁縫箱まであった。狭い部屋は、モノでいっぱいになり、まるで昼店の古着屋のようになった。

サヨ子は、自分の足に合った靴やからだにぴったりした衣類を片方へ寄せてまとめた。

〈なにをするねん〉とヨネはサヨ子の素早いやり方を見てにらみつけた。

〈これ、みんなわたしに合うからもらうのよ〉とサヨ子はにたりと笑った。

〈あかん、あかん、あんたにもろたんとちがう！〉とヨネは叫んだ。

サヨ子は靴や衣類を風呂敷に包んだ。

〈これ！　なにをする！　ぶんどる気か？　だれがあんたなんかにあげるかいな！〉とヨネは滑稽なくらいに真剣に叫んだ。

〈これはもろたよ。わたしのもんやで〉とサヨ子は笑いながら、風呂敷包みを軽々ともち上げて立上った。サヨ子はふざけて、おどけていた。ひょっとしたらサヨ子は母親にじゃれていたかもしれないのに、ヨネにはそれがわからなかった。

〈あかん！　だれがあんたにやるいうた。ここへおきなはれ〉とヨネはいいながらサヨ子の腰にぶらさがるようにして、ひきずり倒した。

〈なにするのん！　危いやないの！　欲ボケ！〉とサヨ子は叫んだ。

〈なにが欲ボケや、あんたこそ、ひとのもの黙ってとって、ドロボーやないか！〉とヨネはいった。

〈なんやて！　もういっぺんいうてみい！　欲ボケの娘がドロボーでどこが悪いねん！〉とサヨ子はヨネを押し倒した。

　ふたりは、狭い部屋の、品物の散らばった上にころげながらつかみあっていた。その間に、ヨネとサヨ子の、かわるがわるの短い叫び声が聞えた。仕事できたえたヨネの腕の力と、若いサヨ子のからだ全体の力が、そこで衝突したりねじれたりしていた。

富岡多恵子《とみおかたえこ》（一九三五〜）

大阪生まれ。大阪女子大学（現・大阪府立大学）英文科在学中小野十三郎《とおざぶろう》に師事、一九五七年詩集『返禮《へんれい》』を刊行（翌年大学卒業後に第八回H氏賞）。私立高校英語教師を経て上京、六一年長篇詩『物語の明くる日』で第二回室生犀星詩人賞。六八年篠田正浩、武満徹とともに映画脚本『心中天網島』を執筆。七四年小説『植物祭』で第一四回田村俊子賞、『冥途の家族』で第一三回女流文学賞、七七年『当世凡人伝』中の「立切れ」で第四回川端康成文学賞、九四年評伝『中勘助の恋』で第四五回読売文学賞、九七年小説『ひべるにあ島紀行』で第五〇回野間文芸賞、二〇〇一年『釋迢空《しやくちようくう》ノート』で第一一回紫式部文学賞、第五五回毎日出版文化賞。〇四年第六〇回芸術院賞、『西鶴の感情』で〇五年第一六回伊藤整文学賞（評論部門）、〇六年第三二回大佛《おさらぎ》次郎賞。〇八年芸術院会員。上野千鶴子・小倉千加子との鼎談『男流文学論』はフェミニズム批評を身近なものとした。他に詩集『女友達』、小説集『丘に向ってひとは並ぶ』『動物の葬禮』、長篇小説『波うつ土地』『逆髪《さかがみ》』、大津事件を題材とする歴史小説『湖の南　大津事件異聞』、評伝『室生犀星』『漫才作者　秋田實』、翻訳にG・スタイン『三人の女』など。

村上春樹

午後の最後の芝生

この優れた短篇《たんぺん》について言うべきことは二つある。

一つはここに日本という要素がまったくないこと。わずかに経堂《きょうどう》と読売ランドと世田谷という地名が出てくるだけで、風景も、食べ物・飲み物も、人の立ちふるまいも、すべてアメリカ。この舞台を例えばサンディエゴに置き換えたところで何の齟齬《そご》も来さない。

手法においても戦後アメリカ文学のそれをそのまま踏襲しているから、これがアメリカの文芸誌に載っていたとしても読者は違和感を覚えないだろうし、実際この作家の書いたものはしばしば「ニューヨーカー」に載った。彼が世界中で読まれる理由の一つはここにある。日本が戦後四十年ですっかりアメリカになったように世界各国はそれぞれアメリカ化した。アメリカは世界文化の共通分母なのだ。

もう一つは、これが喪失を描いていること。それまでの文学は何かを得ること、あるいは得られないことを主題としてきた。高度経済成長を遂げた時期に村上春樹が登場したのは、われわれの社会が何かを失える段階に達したからだ。実際、『国境の南、太陽の西』や『スプートニクの恋人』など、失踪の話を彼は何度となく書いている。読者は喪失の文学として『武器よさらば』や『グレート・ギャツビー』を思い出すことができる。

この話の娘は家出だろうか、死んだのだろうか？　死別だとしても彼女は幽霊となってこの家にいるという気がする、同じ作者の「レキシントンの幽霊」のように。

午後の最後の芝生

僕が芝生を刈っていたのは十八か十九のころだから、もう十四年か十五年前のことになる。けっこう昔だ。

時々、十四年か十五年なんて昔というほどのことじゃないな、と考えることもある。ジム・モリソンが「ライト・マイ・ファイア」を唄《うた》ったり、ポール・マッカートニーが「ロング・アンド・ワインディング・ロード」を唄っていたりした時代――少し前後するような気もするけれど、まあそんな時代だ――がそれほど昔のことだなんて、僕にはどうもうまく実感できないのだ。僕自身あの時代から比べてそれほど変《かわ》っていないんじゃないかとも思う。

いや、そんなことはないな。僕はきっとかなり変ったんだろう。そう思わないと、うまく説明のつかないことがいっぱいありすぎる。

オーケー、僕は変った。そして十四、五年というのはかなり昔の話だ。

家の近所に——僕はこのあいだここに越してきたばかりだ——公立の中学校があって、僕は買物に行ったり散歩したりするたびにその前を通る。そして歩きながら中学生たちが体操をしたり、絵を描いたり、ふざけあったりしているのをぼんやり眺める。べつに好きで眺めているわけじゃなくて、他に眺めるものがないからだ。右手の桜並木を眺めていてもいいのだけれど、それよりは中学生を眺めていた方がまだましだ。

とにかく、そんな風に毎日中学生を眺めていて、ある日ふと思った。彼らは十四か十五なのだと。これは僕にとってはちょっとした発見であり、ちょっとした驚きだった。十四年か十五年前には彼らはまだ生まれていないか、生まれていたとしてもほとんど意識のないピンク色の肉塊だったのだ。それが今ではもうブラジャーをつけたり、マスターベーションをやったり、ディスク・ジョッキーにくだらない葉書《はがき》を出したり、体育倉庫の隅で煙草《たばこ》を吸ったり、どこかの家の塀に赤いスプレイ・ペンキで「おまんこ」と書いたり、「戦争と平和」を——たぶん——読んだりしているのだ。

やれやれ。

僕はほんとうにやれやれと思った。

十四、五年前といえば、僕が芝生を刈っていたころじゃないか。

＊

記憶というのは小説に似ている、あるいは小説というのは記憶に似ている。

僕は小説を書きはじめてからそれを切実に実感するようになった。記憶というのは小説に似ている、あるいは云々《うんぬん》。

　どれだけきちんとした形に整えようと努力してみても、文脈はあっちに行ったりこっちに行ったりして、最後には文脈ですらなくなってしまう。なんだかまるでぐったりした子猫を何匹か積みかさねたみたいだ。生あたたかくて、しかも不安定だ。そんなものが商品になるなんて――商品だよ――すごく恥《はず》かしいことだと僕はときどき思う。本当に顔が赤らむことだってある。僕が顔を赤らめると、世界中が顔を赤らめる。

　しかし人間存在を比較的純粋な動機に基《もと》づくかなり馬鹿げた行為として捉えるなら、何が正しくて何が正しくないかなんてたいした問題ではなくなってくる。そしてそこから記憶が生まれ、小説が生まれる。これはもう、誰にも止めることのできない永久機械のようなものだ。それはカタカタと音を立てながら世界中を歩きまわり、地表に終《お》わることのない一本の線を引いていく。

　うまくいくといいですね、と彼は言う。でもうまくいくわけなんてないのだ。うまくいったためしもないのだ。

　でもだからって、いったいどうすればいい？

　というわけで、僕はまた子猫を集めて積みかさねていく。子猫たちはぐったりとしていて、とてもやわらかい。目がさめて自分たちがキャンプ・ファイアのまきみたいに積みあげられていることを発見した時、子猫たちはどんな風に考えるだろう？　あれ、なんだか変だな、と思うくらいかもしれない。もしそうだとしたら――その程度だとしたら――僕は少しは救われるだろう。

　ということだ。

＊

僕が芝生を刈っていたのは十八か十九のころだから、ずいぶん昔の話になる。そのころ僕にはおないどしの恋人がいたが、彼女はちょっとした事情があって、ずっと遠くの街に住んでいた。我々が会えるのは一年にぜんぶで二週間くらいのものだった。我々はそのあいだにセックスをしたり、映画をみたり、わりに贅沢《ぜいたく》な食事をしたり、次から次へととりとめのない話をしたりした。そして最後には必ず派手な喧嘩《けんか》をし、仲直りをし、またセックスをした。要するに世間一般の恋人たちがやっていることを短縮版の映画みたいな感じでやっていたわけだ。

僕が彼女をほんとうに好きだったのかどうか、これは今となってはよくわからない。思い出すことはできるが、わからないのだ。そういうことって、ある。僕は彼女と食事をするのが好きだったし、彼女が一枚ずつ服を脱いでいくのを見るのが好きだったし、彼女のやわらかいワギナの中に入るのも好きだった。セックスのあと、彼女が僕の胸に顔をつけてしゃべったり眠ったりするのを眺めるのも好きだった。でも、それだけだ。そのひとつ向こうのことなんて何ひとつわからない。

彼女と会う二週間ばかりをのぞけば、僕の人生はおそろしく単調なものだった。たまに大学に行って講義を受け、なんとか人なみの単位は取った。それから一人で映画をみたり、わけもなく街をぶらぶらしたり、仲の良い女ともだちとセックス抜きのデートをしたりした。何人もで集まったり騒いだりするのが苦手だったせいで、まわりではもの静かな人間だと思われていた。一人でいる時はロックンロールばかり聴いていた。幸せなような気もしたし、不幸せなような気もした。でもあのころって、みんなそういうものではないのだろうか。

ある夏の朝、七月の始め、恋人から長い手紙が届いて、そこには僕と別れたいと書いてあった。あなたのことはずっと好きだし、今でも好きだし、これからも……云々。要するに別れたいということだ。新しいボーイ・フレンドができたのだ。僕は首を振って煙草を六本吸い、外に出て缶ビールを飲み、部屋に戻ってまた煙草を吸った。それから机の上にあるＨＢの長い鉛筆の軸を三本折った。べつに腹を立てたわけじゃない。何をすればいいのかよくわからなかっただけだ。そして服を着替えて仕事にでかけた。それからしばらくのあいだ、僕はまわりのみんなから「ずいぶん明るくなったね」と言われた。人生ってよくわからない。

僕はその年、芝刈りのアルバイトをしていた。芝刈り会社は小田急線の経堂《きょうどう》駅の近くにあって、なかなか繁盛していた。大抵の人間は家を建てると庭に芝生を植える。あるいは犬を飼う。これは条件反射みたいなものだ。一度に両方やる人もいる。それはそれで悪くない。芝生の緑は綺麗《きれい》だし、犬は可愛い。しかし半年ばかりすると、みんな少しうんざりしはじめる。芝生は刈らなくてはならないし、犬は散歩させなくてはならないのだ。なかなかうまくいかない。

まあとにかく、我々はそんな人々のために芝生を刈った。僕はその前の年の夏、大学の学生課で仕事をみつけた。僕の他にも何人か一緒に入った連中もいたが、みんなすぐにやめてしまって、僕だけが残った。仕事はきつかったが、給料は悪くなかった。それにあまり他人と口をきかなくて済む。僕向きだ。僕はそこに勤めて以来、少しまとまった額の金を稼いでいた。夏に恋人とどこかに旅行するための資金だ。しかし彼女と別れてしまった今となっては、そんなものはどうでもいい。僕は別れの手紙を受けとってから一週間くらい、その金の使いみちをあれこれと考えてみた。というより、金の使いみちくらいしか考えるべきことはなかった。なんだかわけのわからない一週間だった。僕のペニスは他人のペニスみたいに見えた。誰かが――僕の知らない誰かが――彼女の小さな乳首をそっと噛《か》んでいるのだ。なんだかすごく変な気持だ。

金の使いみちはとうとう思いつけなかった。誰かから中古車――スバルの1000CC――を買わないかという話もあった。ものは悪くなかったし値段も手頃だったが、何故《なぜ》か気が進まない。スピーカーを新しく買い換えることも考えたが、僕の小さな木造アパートでは無理な相談だった。アパートを引越しても良かったが、引越す理由がなかった。アパートを引越してしまうと、スピーカーを買い換えるだけの金は残らないのだ。

金の使いみちはなかった。夏物のポロシャツを一枚とレコードを何枚か買っただけで、あとはまるまる残った。それから性能の良いソニーのトランジスタ・ラジオも買った。大きなスピーカーがついていて、FMがとてもきれいに入る。

その一週間が経ったあとで、僕はひとつの事実に気づいた。つまり、金の使いみちがないのなら、使いみちのない金を稼ぐのも無意味なのだ。

僕はある朝芝刈り会社の社長に仕事をやめたいんですが、と言った。そろそろ試験勉強もしなくちゃいけないし、その前に旅行もしたいんです。まさかもう金がほしくないなんて言えない。

「そうか、残念だな」と社長（というか、植木職人といった感じのおじさんだ）は言った。それからため息をついて椅子に座り、煙草をふかした。顔を天井に向けてこりこりと首をまわした。「あんたはほんとうにとてもよくやってくれたよ。アルバイトの中じゃいちばんの古株だし、お得意先の評判もいいしな。ま、若いのに似合わずよくやってくれたよ」

どうも、と僕は言った。実際に僕はすごく評判がよかった。丁寧な仕事をしたせいだ。大抵のアルバイトは大型の電動芝刈機でざっと芝を刈ると、残りの部分はかなりいい加減にやってしまう。それなら時間も早く済むし、体も疲れない。僕のやり方はまったく逆だ。機械はいい加減に使って、手仕事に時間をかける。当然仕あがりは綺麗になる。ただしあがりは少ない。一件いくらという給料計算だからだ。庭のだいたいの面積で値段が決まる。それからずっとかがんで仕事をするものだから、腰がすごく痛くなる。これは実際にやった人じゃなくちゃわからない。慣れるまでは階段の上り下りにも不自由するくらいだ。

僕はべつに評判を良くするためにこんなに丁寧な仕事をしたわけではない。信じてもらえないかもしれないけれど、ただ単に芝生を刈るのが好きだったのだ。毎朝芝刈ばさみを研ぎ、芝刈機を積んだライトバンで得意先に行き、芝を刈る。いろんな庭があり、いろんな芝があり、いろんな奥さんがいる。おとなしい親切な奥さんもいれば、つっけんどんな人もいる。ノーブラにゆったりしたTシャツを着て芝を刈る僕の前にかがみこみ、乳首まで見せてくれる若い奥さんだっている。

とにかく僕は芝を刈りつづけた。大抵の庭の芝はたっぷりと伸びている。まるで草むらみたいだ。芝が伸びていればいるほど、やりがいはあった。仕事が終ったあとで、庭の印象ががらりと変ってしまうのだ。これはすごく素敵な感じだ。まるで厚い雲がさっとひいて、太陽の光があたりに充《み》ちたような感じだ。

一度だけ——仕事の終ったあとで——奥さんの一人と寝たことがある。三十一か二、それくらいの年の人だった。彼女は小柄で、小さな堅い乳房を持っていた。雨戸をぜんぶしめ、電灯を消したまっ暗な部屋の中で我々は交《まじわ》った。彼女はワンピースを着たまま下着を取り、僕の上に乗った。胸から下は僕に触れさせなかった。彼女の体はいやに冷やりとして、ワギナだけが暖かかった。彼女はほとんど口をきかなかった。僕も黙っていた。ワンピースの裾がさらさらと音をたて、それが遅くなったり早くなったりした。途中で一度電話のベルが鳴った。ベルはひとしきり鳴ってから止《や》んだ。

あとになって、僕が恋人と別れることになったのはその時のせいじゃないかなとふと思ったりもした。べつにそう考えなければいけない理由があったわけではない。なんとなくそう思っただけだ。応えられなかった電話のベルのせいだ。でもまあ、それはいい。終ったことだ。

「でも困ったな」と社長は言った。「あんたがいま抜けちゃうと、予約がこなせないよ。いちばんのシーズンだしね」

梅雨のせいで芝がすっかり伸びているのだ。

「どうだろう、あと一週間だけやってくれないかな？　一週間あれば人手も入るし、なんとかやれると思うんだ。もしやってくれたら特別にボーナスを出すよ」

いいですよ、と僕は言った。さしあたってとくにこれといった予定もないし、だいいち仕事じたいが嫌いなわけではないのだ。それにしても変なものだな、と僕は思う。金なんていらないと思ったとたんに金が入ってくる。

三日晴れがつづき、一日雨が降り、また三日晴れた。そんな風にして最後の一週間が過ぎた。夏だった。それもほれぼれするような見事な夏だ。空には古い思い出のように白い雲が浮かんでいた。太陽はじりじりと肌を焼いた。僕の背中の皮はきれいに三回むけ、もう真黒になっていた。耳のうしろまで真黒だった。

最後の仕事の朝、僕はTシャツとショートパンツ、テニス・シューズにサングラスという格好でライトバンに乗り込み、僕にとっての最後の庭に向《むか》った。車のラジオはこわれていたので、家から持って来たトランジスタ・ラジオでロックンロールを聴きながら車を運転した。クリーデンスとかグランド・ファンクとか、そんな感じだ。すべてが夏の太陽を中心に回転していた。僕はこまぎれに口笛を吹き、口笛を吹いていない時は煙草を吸った。FENのニュース・アナウンサーは奇妙なイントネーションをつけたヴェトナムの地名を連発していた。

僕の最後の仕事場は読売ランドの近くにあった。やれやれ。なんだって神奈川県の人間が世田谷《せたがや》の芝刈りサービスを呼ばなきゃいけないんだ？

でもそれについて文句を言う権利は僕にはなかった。何故なら僕は自分でその仕事を選んだからだ。朝会社に行くと黒板にその日の仕事場がぜんぶ書いてあって、めいめいが好きな場所を選ぶ。大抵の連中は近い場所を取る。往復の時間がかからないし、そのぶん数がこなせるのだ。僕は逆になるべく遠くの仕事をとる。いつもそうだ。それについてはみんな不思議がった。前にも言ったように、僕はアルバイトの中ではいちばん古株だし、好きな仕事を最初に選ぶ権利があるからだ。

べつにたいした理由はない。遠くまで行くのが好きなのだ。遠くの庭で遠くの芝生を刈るのが好きなのだ。遠くの道の遠くの風景を眺めるのが好きなのだ。でもそんな風に説明したって、たぶん誰もわかってくれないだろう。

僕は車の窓をぜんぶ開けて運転した。都会を離れるにつれて風が涼しくなり、緑が鮮やかになっていった。草いきれと乾いた土の匂いが強くなり、空と雲のさかいめがくっきりとした一本の線になった。素晴《すば》らしい天気だった。女の子と二人で夏の小旅行に出かけるには最高の日和だ。僕は冷やりとした海と熱い砂浜のことを考えた。それからエア・コンディショナーのきいた小さな部屋とぱりっとしたブルーのシーツのことを考えた。それだけだった。それ以外には何も考えつけなかった。砂浜とブルーのシーツが交互に頭に浮かんだ。

ガソリン・スタンドでタンクをいっぱいにしているあいだも同じことを考えていた。僕はスタンドの横の草むらに寝転んで、サービス係がオイルをチェックしたり窓を拭いたりするのをぼんやり眺めていた。地面に耳をつけるといろんな音が聞こえた。遠い波のような音も聞こえた。でももちろんそれは波の音なんかじゃない。地面に吸い込まれた音がいろいろとまざりあっただけなのだ。目の前の草の葉の上を小さな虫が歩いていた。羽のはえた小さな緑色の虫だ。虫は葉の先端まで行くと、しばらく迷ってから同じ道をあともどりしていった。べつに、とくにがっかりしたようにも見えなかった。

虫もやはり暑さを感じるのだろうか？

わからないな。

十分ばかりで給油が終った。サービス係が車のホーンを鳴らして僕にそれをしらせた。

＊

目的の家は丘の中腹にあった。おだやかで上品な丘だ。曲《まが》りくねった両脇にはけやきの並木がつづいていた。どこかの家の庭では小さな男の子が二人、裸になってホースの水をかけあっていた。空に向けたしぶきが五十センチくらいの小さな虹を作っていた。誰かが窓を開けたままピアノの練習をしていた。とても上手《うま》いピアノだった。レコード演奏と間違えそうなくらいだ。

僕は家の前にライトバンを停め、ベルを鳴らした。返事はなかった。まわりはおそろしくしんとしていた。人の姿もない。スペイン系の国によくある昼寝の時間みたいな感じだった。僕はもう一度ベルを鳴らした。そしてじっと返事を待った。

こぢんまりとした感じの良い家だった。クリーム色のモルタル造りで、屋根のまん中から同じ色の四角い煙突がでていた。窓枠はグレーで、白いカーテンがかかっていた。どちらもおそろしいくらい日焼けしていた。古い家だが、古さがとても良く似合っていた。避暑地に行くと、よくこういう感じの家がある。半年だけ人が住み、半年は空き家になっている。そんな雰囲気だ。建物の存在感が生活の匂いを散らせてしまっているのだ。

フランスづみのれんがの塀は腰までの高さしかなく、その上はバラの垣根になっていた。バラの花はすっかり落ちて、緑の葉がまぶしい夏の光をいっぱいに受けていた。芝生の様子までは見えなかったが、庭はなかなか広く、大きなくすの木がクリーム色の壁に涼し気な影を落としていた。

三度めのベルを鳴らした時玄関のドアがゆっくりと開いて、中年の女が現われた。おそろしく大きな女だった。僕も決して小柄な方ではないのだが、彼女の方が僕よりも三センチは高かった。肩幅も広く、まるで何かに腹を立てているみたいに見えた。年はおそらく五十前後というところだ。美人ではないにしても、顔つきは端整だった。もっとも端整とはいっても人が好感を抱くようなタイプの顔ではない。濃い眉と四角い顎は言い出したらあとには引かないという強情さをうかがわせた。

彼女は眠そうなとろんとした眼《め》で面倒臭そうに僕を見た。白髪が僅かにまじった固い髪が頭の上で波うち、茶色い木綿のワンピースの肩口からはがっしりとした二本の腕がだらんと垂れ下がっていた。腕は真白だった。「なんだい?」と彼女は言った。

「芝生を刈りに来ました」と僕は言った。それからサングラスをはずした。

「芝生?」と彼女は首をひねった。「芝生を刈るんだね?」

「ええ、電話をいただきましたので」

「うん。ああそうだね、芝生だ。今日は何日だっけ?」

「十四日です」

彼女はあくびをした。「そうか。十四日か」それからもう一度あくびをした。「ところで煙草持ってる?」

僕はポケットからショート・ホープを出して彼女に渡し、マッチで火を点《つ》けてやった。彼女は気持良さそうに空にむけてふうっと煙を吐いた。

「やんなよ」と彼女は言った。「どれくらいかかる?」

「時間ですか?」

彼女は顎をぐっと前に出して肯《うなず》いた。

「広さと程度によりますね。拝見していいですか?」

「いいともさ。だいいち見なきゃやれないだろ」

僕は彼女のあとをついて庭にまわった。庭は平べったい長方形で、六十坪ほどの広さだった。額あじさいの繁《しげ》みがあり、くすの木が一本はえていた。あとは芝生だ。窓の下に空っぽの鳥かごが二つ放り出されていた。庭の手入れは行き届いていて、芝生はたいして刈る必要もないくらい短かった。僕はちょっとがっかりした。

「これならあと二週間はもちますよ。今刈ることもありませんね」

「それはあたしが決めることだよ。そうだろ?」

僕はちょっと彼女を見た。まあたしかにそのとおりだ。

「もっと短くしてほしいんだよ。そのために金を払うんだ。いいじゃないか」

僕は肯いた。「四時間で済みます」

「えらくゆっくりじゃないか」

「ゆっくりやりたいんです」と僕は言った。

「まあお好きに」と彼女は言った。


僕はライトバンから電動芝刈機と芝刈ばさみとくまでとごみ袋とアイスコーヒーを入れた魔法瓶とトランジスタ・ラジオを出して庭に運んだ。太陽はどんどん中空に近づき、気温はどんどん上っていた。僕が道具を運んでいるあいだ、彼女は玄関に靴を十足ばかり並べてぼろきれでほこりを払っていた。靴は全部女もので、小さなサイズと特大のサイズの二種類だった。

「仕事をしているあいだ音楽をかけてかまいませんか」と僕は訊《たず》ねてみた。

彼女はかがんだまま僕を見上げた。「いいともさ。あたしも音楽は好きだよ」

僕は最初に庭におちている小石をかたづけ、それから芝刈機をかけた。石をまきこむと刃がいたんでしまうのだ。芝刈機の前面にはプラスチックのかごがついていて、刈った芝は全部そこに入るようになっている。かごがいっぱいになるとそれを取りはずしてごみ袋に捨てた。庭が六十坪もあると、短い芝でも結構量を刈ることになる。太陽はじりじりと照りつけた。僕は汗で濡《ぬ》れたTシャツを脱ぎ、ショートパンツ一枚になった。まるで体裁の良いバーベキューみたいな感じだ。こんな風にしているとどれだけ水を飲んでも小便なんか一滴も出ない。全部汗になってしまうのだ。

一時間ほど芝刈機をかけてからひと休みして、くすの木の陰に座ってアイスコーヒーを飲んだ。糖分が体の隅々にしみこんでいった。頭上では蟬《せみ》が鳴きつづけていた。ラジオのスイッチを入れ、ダイヤルを回して適当なディスク・ジョッキーを探した。スリー・ドッグ・ナイトの「ママ・トールド・ミー」が出てきたところでダイヤルを止め、あおむけに寝転んでサングラスを通して木の枝と、そのあいだから洩《も》れてくる日の光を眺めた。

彼女がやってきて僕のそばに立った。下から見上げると、彼女はくすの木みたいに見えた。彼女は右手にグラスを持っていた。グラスの中には氷とウィスキーが入っていて、それが夏の光にちらりと揺れていた。

「暑いだろ？」と彼女は言った。

「そうですね」と僕は言った。

「昼飯はどうするね？」と彼女は言った。

僕は腕時計を見た。十一時二十分だった。

「十二時になったらどこかに食べに行きます。近くにハンバーガー・スタンドがありましたから」

「わざわざ行くことないさ。あたしがサンドイッチでも作ってやるよ」

「本当にいいんです。いつもどこかに食べに行ってますから」

彼女はウィスキー・グラスを持ちあげて、一口で半分ばかり飲んだ。それから口をすぼめてふうっと息を吐いた。「かまわないよ。どうせついでだからさ。自分のぶんだって作るんだ。食べなよ」
「じゃあいただきます。どうもありがとう」
「いいさ」と彼女は言った。それからゆっくりと肩をゆすりながら家の中にひきあげていった。

十二時まではさみで芝を刈った。まず機械で刈った部分のむらを揃《そろ》え、それをくまでで掃きあつめてから、今度は機械で刈れなかった部分を刈る。気の長い仕事だ。適当にやろうと思えば適当にやれるし、きちんとやろうと思えばいくらでもきちんとやれる。しかしきちんとやったからそれだけ評価されるかというと、そうとは限らない。ぐずぐずやっていると見られることもある。それでも前にも言ったように、かなり僕はきちんとやる。これは性格の問題だ。それからたぶんプライドの問題だ。

十二時のサイレンがどこかで鳴ると、彼女は僕を台所にあげてサンドイッチを出してくれた。広くはないがさっぱりとした清潔な台所だった。巨大な冷蔵庫がうなっている他はとても静かだった。食器もスプーンも古い時代のものだった。彼女はビールを勧めてくれたが、僕は仕事中だからと言って断った。彼女はかわりにオレンジ・ジュースを出してくれた。ビールは彼女が飲んだ。テーブルの上には半分に減ったホワイト・ホースの瓶もあった。流しの下にはいろんな種類の空瓶《あきびん》が転がっていた。

サンドイッチは美味《うま》かった。ハムとレタスときゅうりのサンドイッチで、辛子《からし》がぴりっときいていた。とてもおいしいです、と僕は言った。サンドイッチだけは上手いんだよ、と彼女は言った。

彼女はひときれも食べなかった。ピックルスをふたつかじっただけで、あとはビールを飲んでいた。

彼女はべつに何も話さなかったし、僕の方にも話すことはなかった。

十二時半に僕は芝生に戻った。最後の午後の芝生だ。

僕はFENのロックンロールを聴きながら芝生を丁寧に刈り揃えた。何度もくまでで刈った芝を払い、よく床屋がやるようにいろんな角度から刈り残しがないか点検した。一時半までに三分の二が終った。汗が何度も目に入り、そのたびに庭の水道で顔を洗った。何度かペニスが勃起し、そしておさまった。芝を刈りながら勃起するなんてなんだか馬鹿げている。

二時二十分に仕事は終った。僕はラジオを消し、裸足《はだし》になって芝生の上をぐるりとまわってみた。満足のいく出来だった。刈り残しもないし、むらもない。絨毯《じゅうたん》のようになめらかだ。

「あなたのことは今でもとても好きです」と彼女は最後の手紙に書いていた。「やさしくてとても立派な人だと思っています。でもある時、それだけじゃ足りないんじゃないかという気がしたんです。どうしてそんな風に思ったのか私にもわかりません。それにひどい言い方だと思います。たぶん何の説明にもならないでしょう。十九というのは、とても嫌な年齢です。あと何年かたったらもっとうまく説明できるかもしれない。でも何年かたったあとでは、たぶん説明する必要もなくなってしまうんでしょうね」

僕は水道で顔を洗い、道具をライトバンに運び、新しいTシャツを着た。そして玄関のドアを開けて仕事が終ったことを知らせた。

「ビールでも飲みなよ」と彼女は言った。

「ありがとう」と僕は言った。ビールぐらい飲んだっていいだろう。

我々は庭先に並んで芝生を眺めた。僕はビールを飲み、彼女は細長いグラスでレモン抜きのウォッカ・トニックを飲んでいた。酒屋がよくおまけにくれるようなグラスだ。蟬はまだ鳴きつづけていた。彼女は少しも酔払《よっぱら》ったようには見えなかった。息だけが少し不自然だった。すうっという歯のあいだから洩れるような息だ。

「あんたはいい仕事をするよ」と彼女は言った。「これまでいろんな芝生屋呼んだけど、こんなにきちんとやってくれたのはあんたが初めてさ」

「どうも」と僕は言った。

「死んだ亭主が芝生にうるさくってね。いつも自分できちんと刈ってたよ。あんたの刈り方とすごく似てる」

僕は煙草を出して彼女にすすめ、二人で煙草を吸った。彼女の手は僕の手よりも大きかった。右手のグラスも左手のショート・ホープもとても小さく見えた。指は太く、指輪もない。爪にははっきりとした縦の線が何本か入っていた。

「亭主は休みになると芝生ばかり刈ってたよ。それほど変人ってわけでもなかったんだけどね」

僕はこの女の夫のことを少し想像してみた。うまく想像できなかった。くすの木の夫婦を想像できないのと同じことだ。

彼女はまたすうっという息をはいた。

「亭主が死んでからは」と女は言った。「ずっと業者に来てもらってんだよ。あたしは太陽に弱いし、娘は日焼けを嫌がるしさ。ま、日焼けはべつにしたって若い女の子が芝刈りなんてやるわきゃないけどね」

僕は肯いた。

「でもあんたの仕事っぷりは気に入ったよ。芝生ってのはこういう風に刈るもんさ」

僕はもう一度芝生を眺めた。彼女はげっぷをした。

「来月もまた来なよ」

「来月はだめなんです」と僕は言った。

「どうして？」と彼女は言った。

「今日が仕事の最後なんです」と僕は言った。「そろそろ学生に戻って勉強しないと単位があぶなくなっちゃうものですから」

彼女はしばらく僕の顔を見てから、足もとを眺め、それからまた顔を見た。

「学生なのかい？」

「ええ」と僕は言った。

「どこの学校？」

僕は大学の名前を言った。大学の名前はべつに彼女にたいした感動を与えなかった。感動を与えるような大学ではないのだ。彼女は人さし指で耳のうしろをかいた。

「もうこの仕事はやらないんだね」

「ええ、今年の夏はね」と僕は言った。今年の夏はもう芝刈りはやらない。来年の夏も、そして再来年の夏も。

彼女はうがいでもするみたいな感じでウォッカ・トニックを口にふくみ、それからいとおしそうに半分ずつ飲み下した。汗が額いっぱいに吹き出ていた。小さな虫がはりついているみたいに見えた。

「中に入んなよ」と女は言った。「外は暑すぎるよ」

僕は腕時計を見た。二時三十五分。遅いのか早いのかよくわからない。仕事はもう全部終っていた。明日からはもう一センチだって芝生を刈らなくていいのだ。とても妙な気持だ。

「急いでんのかい?」と女が訊ねた。

僕は首を振った。

「じゃあうちにあがって冷たいものでも飲んでいきな。たいして時間はとらないよ。それにあんたにちょっと見てほしいものもあるんだ」

見てほしいもの?

でも僕には迷う余裕なんてなかった。彼女は先にたってすたすたと歩き出した。僕の方を振りかえりもしなかった。僕はしかたなく彼女のあとを追った。暑さで頭がぼんやりしていた。

家の中は相変らずしんとしていた。夏の午後の光の洪水の中から突然屋内に入ると、瞼《まぶた》の奥がちくちく痛んだ。家の中には水でといたような淡い闇が漂っていた。何十年も前からそこに住みついてしまっているような感じの闇だ。べつにとくに暗いというわけではなく、淡い闇だった。空気は涼しかった。エア・コンディショナーの涼しさではなく、空気の動いている涼しさだった。どこかから風が入って、どこかに抜けていくのだ。

「こっちだよ」と彼女は言って、まっすぐな廊下をぱたぱたと音を立てて歩いた。廊下にはいくつか窓がついていたが、隣家の石塀と育ちすぎたけやきの枝が光をさえぎっていた。廊下にはいろんな匂いがした。どの匂いも覚えのある匂いだった。時間が作り出す匂いだ。時間が作りだし、そしてまたいつか時間が消し去っていく匂いだ。古い洋服や古い家具や、古い本や、古い生活の匂いだ。

廊下のつきあたりに階段があった。彼女は後を向いて僕がついてきていることを確かめてから階段を上った。彼女が一段上るごとに古い木材がみしみしと音を立てた。

階段を上るとやっと光が射していた。踊り場についた窓にはカーテンもなく、夏の太陽が床の上に光のプールを作っていた。二階には部屋は二つしかない。ひとつは納戸《なんど》で、もうひとつがきちんとした部屋だった。くすんだ薄いグリーンのドアに、小さなすりガラスの窓がついている。グリーンのペンキは少しひびわれ、真鍮《しんちゆう》のノブは把手《とつて》の部分だけが白く変色していた。

彼女は口をすぼめてふうっと息をつくとほとんど空になったウォッカ・トニックのグラスを窓枠に置き、ワンピースのポケットから鍵の束を出し、大きな音を立ててドアの鍵を開けた。

「入んなよ」と彼女は言った。我々は部屋に入った。中は真暗でむっとしていた。暑い空気がこもっている。閉め切った雨戸のすきまから銀紙みたいに平べったい光が幾筋か部屋の中に射し込んでいた。何も見えなかった。ちらちらと塵《ちり》が浮かんでいるのが見えるだけだった。彼女はカーテンを払ってガラス戸を開け、がらがらと雨戸を引いた。眩《まぶ》しい光と涼しい南風が一瞬のうちに部屋に溢《あふ》れた。

部屋は典型的なティーン・エイジャーの女の子の部屋だった。窓際に勉強机があり、その反対側に小さな木のベッドがあった。ベッドにはしわひとつないコーラル・ブルーのシーツがかかっていて、同じ色の枕が置いてあった。足もとには毛布が一枚畳んである。ベッドの横には洋服ダンスとドレッサーがあった。ドレッサーの前には化粧品がいくつか並んでいた。ヘアブラシとか小さなはさみとか口紅とかコンパクトとか、そういったものだ。とくに熱心に化粧をするというタイプではないようだった。

机の上にはノートや辞書があった。フランス語の辞書と英語の辞書だった。かなり使いこまれているように見える。それも乱暴な使われ方ではなく、きちんとした使い方だった。ペン皿にはひとおりの筆記具が頭を揃えて並べられていた。消しゴムは片側だけが丸く減っていた。それから目《め》覚《ざま》し時計と電気スタンドとガラスの文鎮《ぶんちん》。どれも簡素なものだった。木の壁には鳥の原色画が五枚と数字だけのカレンダーがかかっていた。机の上に指を走らせてみると、指がほこりで白くなった。一カ月ぶんくらいのほこりだ。カレンダーも六月のものだった。

全体としてみれば部屋はこの年頃の女の子にしてはさっぱりしたものだった。ぬいぐるみもなければ、ロック・シンガーの写真もない。けばけばしい飾りつけもなければ、花柄のごみ箱もない。作りつけの本棚にはいろんな本が並んでいた。文学全集があったり、詩集があったり、映画雑誌があったり、絵画展のパンフレットがあったりした。英語のペーパーバックも何冊か並んでいた。僕はこの部屋の持ち主の姿を想像してみたが、うまくいかなかった。別れた恋人の顔しか浮かんでこなかった。

大柄な中年の女はベッドに腰を下ろしたままじっと僕を見ていた。彼女は僕の視線をずっと追っていたが、何かまったくべつのことを考えているように見えた。目が僕の方を向いているというだけで、本当は何も見ていなかった。僕は机の椅子に座って彼女のうしろのしっくいの壁を眺めた。壁には何もかかっていなかった。ただの白い壁だった。じっと壁を眺めていると、それは上の方で手前に傾いているように見えた。今にも彼女の頭上に崩れかかってくるような感じだった。でももちろんそんなことはない。光線の加減でそんな風に見えるだけだ。

「何か飲まないか?」と彼女が言った。僕は断った。

「遠慮しなくったっていいんだよ。べつに取って食やしないんだから」

じゃあ同じものを薄くして下さい、と僕は言って彼女のウォッカ・トニックを指さした。

彼女は五分後にウォッカ・トニックを二杯と灰皿を持って戻ってきた。僕は自分のウォッカ・トニックを一口飲んだ。全然薄くなかった。僕は氷が溶けるのを待ちながら煙草を吸った。彼女はベッドに座って、おそらくは僕のよりずっと濃いウォッカ・トニックをちびちびと飲んでいた。時々こりこりという音をたてて氷をかじった。

「体が丈夫なんだ」と彼女は言った。「だから酔払わないんだ」

僕は曖昧に肯いた。僕の父親もそうだった。でもアルコールと競争して勝った人間はいない。自分の鼻が水面の下に隠れてしまうまでいろんなことに気がつかないというだけの話なのだ。父親は僕が十六の年に死んだ。とてもあっさりとした死に方だった。生きていたかどうかさえうまく思い出せないくらいあっさりした死に方だった。

彼女はずっと黙っていた。グラスをゆするたびに氷の音がした。開いた窓から時々涼しい風が入ってきた。風は南の方からべつの丘を越えてやってきた。このまま眠ってしまいたくなるような静かな夏の午後だ。どこか遠くで電話のベルが鳴っていた。

「洋服ダンスを開けてみなよ」と彼女が言った。僕は洋服ダンスの前まで行って、言われたとおり両開きのドアを開けた。タンスの中にはぎっしりと服が吊《つ》るされていた。半分がワンピースで、あとの半分がスカートやブラウスやジャケットだった。全部夏ものだ。古いものもあれば殆《ほと》んど袖の通されていないものもあった。スカート丈は大部分がミニだ。趣味もものも悪くなかった。とくに人目につくというわけではないけれど、とても感じはいい。これだけ服が揃っていれば一夏《ひとなつ》、デートのたびに違った服装ができる。しばらく洋服の列を眺めてから僕はドアを閉めた。

「素敵ですね」と僕は言った。

「引出しも開けてみなよ」と彼女は言った。僕はちょっと迷ったがあきらめて洋服ダンスについた引出しをひとつずつ開けてみた。女の子の留守中に部屋をひっかきまわすことが——たとえ母親の許可があったにせよ——まともな行為だとはとても思えなかったが、逆らうのもまた面倒だった。朝の十一時から酒を飲んでいる人間が何を考えているかなんて僕にはわからない。いちばん上の大きな引出しにはジーパンやポロシャツやTシャツが入っていた。洗濯され、きちんと折り畳まれ、しわひとつなかった。二段目にはハンドバッグやベルトやハンカチやブレスレットが入っていた。布の帽子もいくつかある。三段目には下着と靴下が入っていた。何もかもが清潔できちんとしていた。僕はたいしたわけもなく悲しい気分になった。なんだかちょっと胸が重くなるような感じだった。それから引出しを閉めた。

女はベッドに腰かけたまま窓の外の風景を眺めていた。右手に持ったウォッカ・トニックのグラスは殆んどからになっていた。

僕は椅子に戻って新しい煙草に火を点けた。窓の外はなだらかな傾斜になっていて、その傾斜が終ったあたりから、またべつの丘が始まっていた。緑の起伏がどこまでも続き、そこに貼りつくように住宅地がつらなっていた。どの家にも庭があり、どの庭にも芝生がはえていた。

「どう思う?」と彼女は窓に目をやったまま言った。「彼女についてさ」

「会ったこともないのにわかりませんよ」と僕は言った。

「服を見れば大抵の女のことはわかるよ」と女は言った。

僕は恋人のことを考えた。そして彼女がどんな服を着ていたか思い出してみた。まるで思い出せなかった。僕が彼女について思い出せることは全部漠然としたイメージだった。僕が彼女のスカートを思い出そうとするとブラウスが消え失《き》せ《う》、僕が帽子を思い出そうとすると、彼女の顔は誰かべつの女の子の顔になっていた。ほんの半年前のことなのに何ひとつ思い出せなかった。結局のところ、僕は彼女についていったい何を知っていたのだろう?

「わかりません」と僕は繰り返した。

「感じでいいんだよ。どんなことでもいいよ。ほんのちょっとでも聞かせてくれればいいんだ」

僕は時間を稼ぐためにウォッカ・トニックをひと口飲んだ。氷は殆んど溶け、トニック・ウォーターは甘い水みたいになっていた。ウォッカの強い匂いが喉もとを過ぎ、胃に下りてぼんやりとした暖かみになった。窓から吹き込んだ風が机の上に煙草の白い灰を散らせた。

「とても感じのいいきちんとした人みたいですね」と僕は言った。「あまり押しつけがましくないし、かといって性格が弱いわけでもない。成績は中の上クラス。学校は女子大か短大、友だちはそれほど多くないけれど、仲は良い。……合ってますか?」

「続けなよ」

僕は手の中でグラスを何度か回してから机に戻した。「それ以上はわかりませんよ。だいいちいま言ったことだって合っているかどうかまるで自信がないんです」

「だいたい合ってるよ」と彼女は無表情に言った。「だいたい合ってる」

彼女の存在が少しずつ部屋の中に忍びこんでいるような気がした。彼女はぼんやりとした白い影のようだった。顔も手も足も、何もない。光の海が作りだしたほんのちょっとした歪《ゆが》みの中に彼女はいた。僕はウォッカ・トニックをもう一杯飲んだ。

「ボーイ・フレンドはいます」と僕は続けた。「一人か二人。わからないな。どれほどの仲かはわからない。でもそんなことはべつにどうだっていいんです。問題は……彼女がいろんなものになじめないことです。自分の体やら、自分の考えていることやら、自分の求めていることやら、他人が要求していることやら……そんなことにです」

「そうだね」としばらくあとで女は言った。「あんたの言うことはわかるよ」

僕にはわからなかった。僕のことばが意味していることはわかった。しかしそれが誰から誰に向けられたものであるかがわからなかった。僕はとても疲れていて、眠りたかった。眠ってしまえば、いろんなことがはっきりするような気がした。しかしいろんなことがはっきりすることで何かが楽になるとは思えなかった。

それっきり彼女はずっと口をつぐんでいた。僕も黙っていた。十分か十五分、そんな風にしていた。手もちぶさただったので、結局ウォッカ・トニックを半分飲んでしまった。風が少し強くなって、くすの木の丸い葉が揺れていた。

「ひきとめて悪かったな」としばらくあとで女は言った。「芝生がすごく綺麗に刈れてたからさ、嬉しかったんだよ」

「どうも」と僕は言った。

「金を払うよ」と女は言ってワンピースのポケットに白い大きな手をつっこんだ。「いくらだい?」

「あとでちゃんとした請求書をお送りします。銀行に振り込んで下さい」と僕は言った。

「ふうん」と女は言った。

我々はまた同じ階段を下りて同じ廊下を戻り、玄関に出た。廊下と玄関は往《い》きと同じように冷やりとして、闇につつまれていた。子供のころの夏、浅い川を裸足でさかのぼっていて、大きな鉄橋の下をくぐる時にちょうどこんな感じがした。まっ暗で、突然水の温度が下がる。そして砂地が奇妙なぬめりを帯びる。玄関でテニス・シューズをはいてドアを開けた時には本当にほっとした。日の光が僕のまわりに溢れ、風に緑の匂いがした。蜂が何匹か眠そうな羽音を立てながら垣根の上を飛びまわっていた。

「すごく綺麗に刈られてるよ」と女は庭の芝生を眺めながらもう一度そう言った。

僕も芝生を眺めた。たしかにすごく綺麗に刈れていた。

女はポケットからいろんなもの——実にいろんなもの——をひっぱり出して、その中からくしゃくしゃになった一万円札を選《え》りわけた。それほど古くない札だったが、とにかくくしゃくしゃだった。十四、五年前の一万円といえばちょっとしたものだ。少し迷ったが、断らない方がいいような気がしたので受けとることにした。

「ありがとう」と僕は言った。

女はまだ何か言い足りなそうだった。どう言えばいいのかよくわからないみたいだった。よくわからないままに右手に持ったグラスを眺めた。グラスは空だった。それでまた僕を見た。

「また芝刈りの仕事を始めたら家《うち》に電話しなよ。いつだっていいからさ」

「ええ」と僕は言った。「そうします。それからサンドイッチとお酒ごちそうさまでした」

彼女は喉の奥で「うん」とも「ふん」ともわからないような声を出し、それからくるりと背を向けて玄関の方に歩いていった。僕は車のエンジンをふかせ、ラジオのスイッチを入れた。もうとっくに三時をまわっていた。

途中眠気ざましにドライブ・インに入ってコカ・コーラとスパゲティーを注文した。スパゲティーはひどく不味《まず》くて、半分しか食べられなかった。しかしどちらにしても、べつに腹なんか減ってはいなかったのだ。顔色の悪いウェイトレスが食器をさげてしまうと、僕はビニールの椅子に座ったままうとうとと眠った。店は空《す》いていたし、良い具合にクーラーがきいていた。とても短い眠りだったので夢なんか見なかった。眠り自体が夢みたいなものだった。それでも目が覚めた時には太陽の光は幾分弱まっていた。僕はもう一杯コーラを飲み、さっきもらった一万円札で勘定を払った。

駐車場で車に乗り、キイをダッシュボードに載せたまま煙草を一本吸った。いろんな細々とした疲れが僕に向って一度に押し寄せてきた。結局のところ、僕はとても疲れていたのだ。僕は運転するのをあきらめてシートに沈みこみ、もう一本煙草を吸った。何もかもが遠い世界で起《おこ》った出来事みたいな気がした。双眼鏡を反対にのぞいた時みたいに、いやに鮮明で不自然だった。

「あなたは私にいろんなものを求めているのでしょうけれど」と恋人は書いていた。「私は自分が何かを求められているとはどうしても思えないのです」

僕の求めているのはきちんと芝を刈ることだけなんだ、と僕は思う。最初に機械で芝を刈り、くまででかきあつめ、それから芝刈ばさみできちんと揃える――それだけなんだ。僕にはそれができる。そうするべきだと感じているからだ。

そうじゃないかい、と僕は声に出して言ってみた。

返事はなかった。

十分後にドライブ・インのマネージャーが車のそばにやってきて腰をかがめ、大丈夫かと訊ねた。

「少しくらくらしたんです」と僕は言った。

「暑いからね。水でも持ってきてあげようか?」

「ありがとう。でも本当に大丈夫です」

僕は駐車場から車を出し、東に向って走った。道の両脇にはいろんな家があり、いろんな庭があり、いろんな人々のいろんな生活があった。僕はハンドルを握りながらそんな風景をずっと眺めていた。背中では芝刈機がかたかたかたという音を立てて揺れていた。

＊

それ以来、僕は一度も芝生を刈っていない。いつか芝生のついた家に住むようになったら、僕はまた芝生を刈るようになるだろう。でもそれはもっと、ずっと先のことだという気がする。その時になっても、僕はすごくきちんと芝生を刈るに違いない。

村上春樹《むらかみはるき》（一九四九〜）

京都に生まれ、西宮、芦屋で育つ。早稲田大学第一文学部演劇専修在学中ジャズ喫茶を開店。一九七九年『風の歌を聴け』で第二二回群像新人文学賞、八二年『羊をめぐる冒険』で第四回野間文芸新人賞、八五年『世界の終りとハードボイルド・ワンダーランド』で第二一回谷崎賞、九六年『ねじまき鳥クロニクル』で第四七回読売文学賞、九九年オウム真理教信者インタヴュー集『約束された場所で』で第二回桑原武夫学芸賞。二〇〇六年カフカ賞、朝日賞、『海辺のカフカ』で世界幻想文学大賞、「めくらやなぎと眠る女」でフランク・オコナー国際短篇賞。〇九年エルサレム賞、スペイン芸術文学勲章、『1Q84』で第六三回毎日出版文化賞。一一年カタルーニャ国際賞、一二年共著『小澤征爾《おざわせいじ》さんと、音楽について話をする』で第一一回小林秀雄賞、一四年ヴェルト文学賞、一六年アンデルセン文学賞。二〇世紀米国文学の影響を受けた語り口で、消費社会を舞台に、心理療法を思わせる神話的・黙示的ストーリーを展開させ、日本語の小説に新局面を開いた。他に『ノルウェイの森』『ダンス・ダンス・ダンス』、エッセイ「村上朝日堂」シリーズなど。フィッツジェラルド、カーヴァー、サリンジャーなどの翻訳でも知られる。

鶴見俊輔

イシが伝えてくれたこと

ぼくにはこの人ほど思想家の名に価する人はいないと思われる。人はいかにして生きるべきか、何を指針とすべきかをずっと求め続け、実践を重ねて、それを明晰《めいせき》な美しい言葉で綴《つづ》った（この全集の第二十九巻『近現代詩歌』の巻には彼の詩がある）。自分と母との関係を極端な事例として、しかしそれを基点に、人間一般の倫理を考えた。

これはイシと呼ばれたアメリカ先住民のごく短い評伝であり、そこから広がってイシと親しく交わってその生きかたを学んだ文化人類学者の夫婦と、長じて作家になったその娘の物語でもある。イシは人が生きる原理をすべて自分の中に完備していた。一族の最後の一人として、アメリカ合州国の中に自分だけの国（ネーション）を作って生きた。

ベトナム戦争の最中にアメリカ軍からの脱走兵を支援する活動をしていた時期、鶴見俊輔《しゅんすけ》は仲間と共に日本国とは別の、日本国憲法により一層忠実な自分たちの国（ネーション）を作っていたのだろう。

イシが伝えてくれたこと

西洋哲学史は、その全部をプラトンに対する注として読むことができるという。その傾向は中国にもあって、あらゆる著作は『論語』に対する注として読めるというふうに、新しい発見は全部新しい注として発表される。

これはおもしろいかたちなのだが、哲学史の書き方は、必ずしもそうでなくてもいい。自分がすでに採用している生き方に対するコメンタリーとして、哲学を書くこともできる。どちらかといえば、私はそちらのほうを採りたい。哲学というものを、個人が自分で考えて動くときの根元の枠組みとして考えたい。

哲学とは、当事者として考える、その考え方のスタイルを自分で判定するものだ。ある当事者の前に開かれている一つの視野がある。独特の遠近法、パースペクティブというようなものがある。

その遠近法の中に他人の視野が入ってきて、他人の視野もその中に配列する。それが、私の定義するところの哲学だ。自分の視野の中に置かれる他人もいるということから、人類の視野というものまで考えることができるかもしれない。

アイザヤ・バーリンが、なぜ哲学論文は難しくなるかという問題を出している。哲学の根本の考え方は、単純だという。ところが、同業の哲学者が読んで反論を加えるだろうことを考慮にいれて、反論に対して守ろうとしていくから難しくなっていく。これはだれが既に言ったとか、それをこういうふうに発展させたということを、引用していくことによって難しくなっていく。その上、哲学者の駆使する言語を用いないと、「あんなやつは哲学者じゃない」というふうになっていく。

私は、専門哲学の外にいる哲学者が人類の中にいると考え、むしろそこから、その哲学を考えてみたい。

たった一人の「国家」のメンバー

そのもとになるのは、イシというヤヒ族最後の人だ。ヤヒ族は、カリフォルニア北部のミル川・ディア川流域に棲《す》んでいた原住アメリカ人の小部族である。彼らは、白人が侵入してくる直前には、三、四百人いたといわれる。たび重なる大殺戮《だいさつりく》の結果、イシ一人を残して一族は全滅していった。

イシと親しくつきあった文化人類学者アルフレッド・L・クローバーは、ヤヒ族のことを、「類のない忍耐力と強固な性格によって、有名なジェロニモの率いるアパッチ族より二十五年も長く文明の流れに抗し続けた世界で最小の自由国家」と表現している。

イシは、一八六〇年から一八六二年の間に生まれた。亡くなったのは、一九一六年三月二十五日。

シオドーラ・クローバー著『イシ――北米最後の野生インディアン』（行方昭夫訳、岩波書店・同時代ライブラリー。のちに岩波現代文庫）という伝記が出ている。

シオドーラ・クローバーは、死んだ亭主だったアルフレッド・クローバーの考え方を受け継いで、「イシは、彼のその国家の最後の人」……「国家」（ネーション）という言葉を使っている。

私は、カナダにいたとき、モーホーク・インディアンの居留地に行ったことがある。その時、ロオレンスという名の酋長《しゅうちょう》が、参謀二人を連れて現れた。彼も、「自分たちの『国家』とカナダ政府と対等に話し合いたい」と言っていた。その力というのは、なかなか日本人にはわからない。

国家と言うと、現代の最新のテクノロジーを使いこなすものでなければいけないとか、核兵器を持っていないものは国家ではないというふうに、現代日本人の多くは、技術への信頼で国家というものを決めているのではないか。これに対してクローバーは、国家というものを言葉と主権から考えていく。言葉が違うし、最高の政治決定をその部族として行うのだから、国家なのだという考え方だ。そういう考え方でいくと、ヤヒ族はもちろん一つの国家だった。十五万人ないし二十五万人いたといわれる原住アメリカ人は、総計二百五十以上に及ぶ部族や小部族に細分化していた。だから、北米の中に、非常に多くの国家があったと考えるのだ。

イシは、仲間たちを白人に殺されて、最後に残った四人の仲間と何年も何年も生きていた。五人の中にはイシの母親と、イシの女きょうだいもいた。その仲間の最期を看取《みと》って、たった一人になって二年暮らして、一九一一年八月二十九日早朝、意を決して文明の前に姿をあらわす。それは、オロヴィルという町の外にある畜殺場だった。この時、イシは石器時代文化の人として、たった一人の国家のメンバーとして、現代文明と初めて正面からあいまみえた。

シオドーラ夫人は、孤独の二年間の暮らしを、大変なものだと評価する。

「長い潜伏」は種族の生命を保持するという目的においては失敗したが、その心理や生活技術においてはすばらしい成功を収めたように思える。(『イシ』)

先に行っても勝つ見込みはない、悪化する展望の中で生きるというのは、心理的には大変な労力だ。女と男の分業を越え、老人と若者との立場を逆転させて、五人で暮らしていたのだろう。そして、平然と五人のうち四人の死を見送った。

二年間潜伏していたわけだから、重大だと思うあらゆる生活技術を、彼は一人で見つけた。袋を繕うとか、食べ物を取ってきて料理するとか。母親と女きょうだいが生きていたときはおそらく分担していたのだろうが、その後はあらゆることを一人でやる。そういう人間に、最後の二年間で自分を鍛え上げた。

潜伏の間には、心理的、内面的な葛藤があるが、それは自分でおさめる。生活技術があったから、自分を無限にいのち永らえさせていくことができた。その点では成功をおさめたように思えるというのは、シオドーラ夫人の哲学的評価だ。彼の伝記を書く人において、イシは大変に恵まれていた。

イシは潜伏と孤独の暗い人生を通ったにもかかわらず、快活だったという。写真を見ると、魅力のあるいい顔をしている。

もう一つの文明をもつ者

偶然、オロヴィルというところは、ゴールドラッシュの町だった。フォーティーナイナーズという言葉があるが、一八四九年に金が出て、たくさんの人たちがこの町にきた。その思想、哲学というのは、金がたくさんとれれば人を殺したって構わないという、全く金本位のものだった。そして、どんどんインディアンを殺していって、自分たちの場所を確保する。

そのフォーティーナイナーズとイシとを比べてみると、同じ時代に生きていて、ゴールドラッシュで呼び寄せられた人びとは、精神が荒廃している。イシはそうではなかった。一人になっても卑屈ではなく、今、自分の考えていることを表現する。

たとえば、イシは、白人たちは自然の理解に欠けていると評価した。そういう意味で、イシには文明批評があった。

> イシは自分からすすんで白人の生き方を批評したりしなかった。……彼は白人を幸運で、創造性に富み、とても頭がよいと考えた。しかし、望ましい謙虚さと、自然の真の理解——自然の神秘的な顔、恐ろしさと慈悲の入り混じった力の把握において幼稚で欠けるところがあると見ていた。(『イシ』)

このように、イシには生産本位、金本位でない見方があった。この道徳というものの保ち方、それは人類の最後のときへの一つのパラダイム、手本になると思う。市井《いちい》三郎《さぶろう》は、自分にいわれなく与えられた苦痛を少なくするのが文明の進歩だと考えていた。（『歴史の進歩とはなにか』岩波新書）その進歩の定義を尺度にすると、ゴールドラッシュで集まってきた白人とイシとでは、明らかにイシのほうが進歩している。

それを進歩と見る尺度が、クローバーにはあった。ところが、それを進歩と見ない人もたくさんいる。その中でイシと直接に会ったのは、ヤナ族とマイドゥ族との混血のバトウィという人。ヤナ族といっても、ヤナ族が四つにわかれて、その一つがヤヒ族だしバトウィは別の部族だから、違う国家だ。

バトウィは、自分がイシよりも早く、先輩として白人の生活様式を見慣れていたから、それをイシに教えるために自分は雇われたという自負心を持っている。「こういうふうにしろ」「こうやれ、ああやれ」と命令した。だから、イシはバトウィと気が合わなかった。似たような言語を使っていたのに、それで価値観が通じるということがなかった。

バトウィは、自然科学、技術本位に考えるから、アメリカは高度の文明を持っていると信じていた。イシはそういう意味の進歩を信じなかった。

文明社会に現れてから、その後五年間、博物館の一室に住み、主任小使の助手としてイシは生きた。自分で働かないと金をもらうわけにいかないと考え、イシは喜んで働いた。居留地に置いてもらいアメリカ政府から補償金をもらうのではなく、それを拒絶して、自分で給料を稼ぎ出した。そのようにして、イシは、アメリカ文明の内部にあって、対等のもう一つの文明を持つ者として生きて、揺らぐところがなかった。そういう対等性を貫くのは難しいことだ。

「現場」で見るということ

バトウィは別のところに移っていく。後で引き受けるのは、ウォーターマンという、まだ博士号を取っていない若い人類学者と、もう一人は博物館の館長だったアルフレッド・クローバー。イシはこの二人と対等につき合ったという記憶がある。同時に、アメリカ人の側もイシと対等につき合ったと考えている。

どうして、ウォーターマンとクローバーは、自分のほうから対等性を築き上げることができたかというと、これは「現場」という考え方があったからだ。現場で見なければ、その人の働きはわからない。二人は、イシに連れていってもらって、ヤヒ地方のミル川・ディア川流域に行った。そして、イシが生きていた現場でどういうふうに暮らしていたかを見た。

自分のつくった弓、自分のつくった矢、つまりイシは全部自分でつくる。森の中や川の中に入っていって、食べられるものを取ってきて、自分で料理する。それからカヌーもこぐ。また、イシの計測術というのは、指で測る、掌《てのひら》で測る、身長で測る。それで目算を出して、弓で獲物を取ったりする。動く場合には、自分の歩数で測る。

それらにおいて、驚くべき熟練と美しさを持っていることを、クローバーは現場で見て知る。それからは、そのような人間としてイシに対して脱帽する。そこから対等性が現れる。

よく見ると、イシの卓越した能力は、博物館での仕事にも現れている。たとえば、掃除ひとつとってもきちんとしていた。

展示期間中は日に数時間、参観者の残したごみ、とくに学童が見物した後のごみを清掃した。数日練習した後で、ベテランの掃除夫のようにほうき、はたき、モップなどを手にして、陳列箱や標本に非常に注意しながら、朝早く忙しく働いていた。手先が器用である上に、他の作業と同じく、クローバーが「進んでやろうとする温順さ」と評した態度が見られた。(『イシ』)

また、博物館では物の修理などで、物をつくっている人がいろいろいる。それらの人たちとイシが隣り合わせて物をつくることによって、その人たちもまた学ぶところがある。言葉を越える交流がそこにうまれた。

文明人にとっての知識と知恵

イシは石器時代から鋼鉄時代へといっぺんに飛んだ。そこには、ものすごい不安があったはずだが、それをなし遂げた。そして、文明によって与えられた位置に適応して、しかも文明に振り回されなかった。

たとえば、オロヴィルからサンフランシスコの博物館に移る時のエピソードにも、それがよくあらわれている。

サンフランシスコに移るときに着て行く服は篤志家の寄付したものであり、また様々のサイズの靴が何足も送られて来た。イシは感謝して下着、Yシャツ、ズボン、上着は着たけれど、靴をはくことには首をふった。……靴をはくとつまずいてしまう。彼にはいつも地面に直接触れている必要があり、それによって体のバランスを保ち、足の下や前方にあるものを知ることができるのであった。その上、足の親指は何かにしがみついたり、物を摑《つか》んだりするために、自由にしておかねばならない。(『イシ』)

イシは、白人のものをたくみに使うことを覚えた。ハンマー、鋸《のこぎり》、斧《おの》、ナイフ。だが、覚える必要のないものは覚えなかった。彼が白人の発明の中で一番評価したのはマッチだった。ウォーターマンは、イシから火をつける道具をもらって実演をやるときに、よく失敗した。道具が完全に乾いていなければできない。また、穴が小さいので、そこに突っ立てて、瞬発的にものすごい速さでやらないと火はつかない。だから、雨のときに火をつけるのは、大変な技術なのだ。マッチだとそういう失敗がないから、これはいいところがあると、イシは思ったわけだ。

ただ、イシは全体として、文明人は知識はあるが、知恵のない人たちだと見ていた。彼は文明社会の病気である結核で死ぬのだが、最期の言葉は、「あなたは居なさい、ぼくは行く」。死に対する感じ方においても、平然とした態度を崩さない。これは文明人にはまれなことだ。

イシの死を悲しんだ博物館の人たちは、イシの死者に対する見解を思い出しあった。彼は死者の話をするのは危険だと言っていた。

生者と死者とは別の世界を持っているのだから、死者は放っておけばよいので、あまり考えたりするのもよくない……。悲しみはもちろんあるだろうが、すべての感情と同じく、程々にしてそれに溺れてはならない。(『イシ』)

哲学者としてのイシの影響力

哲学者としてのイシの影響力を受けとめることができた三人の人がいて、一家をなしていた。すなわち、それはクローバーからシオドーラ夫人に、さらには娘へと伝わった。

アルフレッド・L・クローバーは、一八七六年に生まれて一九六〇年に八十四歳で死んだ。ニューヨークに住んでいたドイツ系の移民である両親は極めて裕福だった。両親は、息子を学校にやらず、三年ほど家庭教師をつけて教育した。それから、彼はコロンビア大学に行く。学風としてはフランツ・ボアズの系統、ルース・ベネディクト、マーガレット・ミードに近い。

夫人のシオドーラ・クローバーは、一八九七年に生まれて一九八〇年に八十三歳で死んでいる。彼女は、六十歳になってからタイプライターを覚えて、『アルフレッド・クローバー伝』など五冊ほど本を書いた。なかでも『イシ』は名著だ。書こうと思う動機は、彼女が会ったこともない、イシとの遭遇にあった。伝記を書くのには会わないほうがいいということもある。

アルフレッド・クローバーは、家に帰ると、食卓の話題に決してイシを登場させることはなかった。だが、ものすごく悩んでいた。イシとつき合ってから悩むということが多かった。その自責の念が家の空気の中でも、バイ菌のように、カビのようにたまってくる。

イシが死んだとき、クローバーは、ヨーロッパに行って博物館にはいなかったので、「解剖はさせるな」という手紙を出した。ところが、その手紙が着くのが遅れたために、実際は解剖されてしまう。そのときクローバーには、「これだけ苦労した人間を、なぜ死んでから解剖するんだ」という爆発的な怒りが起こる。そして「科学なんて犬に食われてしまえ」という言葉を発している。つまり、自然科学という名前でイシを解剖するということは、クローバーにとっては耐え難かった。クローバーは、イシと話をし、イシの体験を追体験するという仕方で、白人が原住アメリカ人に対してやった凄惨なことを自分で背負ってしまった。そのことをクローバーは、大変に悩んでいた。その悩みが細君に伝わり、彼女はイシの伝記を書くのだが、それはさらに娘にも伝わっていく。娘は一九二九年生まれで、フランス人と結婚した。アーシュラ・K・ル＝グウィンという名前で、『ゲド戦記』その他、SFを三十冊も出している。クローバーの悩みがこれらの作品を書く上で力になっている。そのことを、ル＝グウィンは、『イシ』の序文にきちんと書き込んでいる。

母はイシにじかに会ったことがないので、父の味わった激しい感情を直接感じなくて済んだのだ。執筆中、母は父の助力を仰いでいたが、本の出版を見ずに父は他界した。カリフォルニア征服の身の毛のよだつ物語を語り、人間が「文明、進歩、明白な天命」の美名のもとに行う悪事を再確認するというのは、母にとって困難で時間を要する仕事であった。（『イシ』序文）

その一家の中にたちこめている空気が、SF作家を育てているのだ。

ハビットとハビット・チェンジ

アルフレッド・クローバーは思想を習慣としてとらえる。クローバーの著作には、個人が出てこない。クローバーの遺著の序文を書いたレッドフィールドは、大きな人類学の会議の中で、「ソーシャル・アントロポロジー（社会人類学）の方法が、クローバーの考え方に全然入ってこないのはどういうわけか」と言う。そうすると、クローバーは「社会人類学というのは、今このときに結びつけられすぎている。自分は、顕微鏡ではなくて、望遠鏡で見たい」とこたえた。

習慣というのは、ものすごく長い時間をかけて伝わってくるもので、原住アメリカ人だったら、アジア大陸からずっとベーリング海峡を通ってアメリカに達し、終わりはアルゼンチンまでいく。その間を通じて保たれている習慣もある。そのように伝わっていくものを、望遠鏡で見るのがクローバーの方法だ。だから、一人の生涯というものについて、クローバーは書いたことがない。

ところが、シオドーラ夫人は、一人の生というものをクローバーの伝記において書き、またイシの伝記において書いた。クローバーにとっては習慣＝ハビットが重要だという、ハビットの思想なのだが、シオドーラ夫人の場合には、ハビット・チェンジが重要なのだ。習慣をどういうふうにして変えるか。思想というのは無意識の層につめこまれている習慣ではなく、習慣をどういうふうに変えていくかだというのが、パースの定義だ。

イシにとっての習慣の変革は、大変なドラマだった。それを現場で見て、現代社会の一人としてイシがどう生きているかを書くわけだから、どういうふうに習慣の変革がなしとげられたかをシオドーラ夫人は、アメリカ原住民の生活と現代アメリカ人の生活と、両方から調べることができた。

太古の言葉、子供の言葉

娘のアーシュラ・K・ル＝グウィンになると、父親と同じように文明を再び望遠鏡で見る。生物、動物、そして人間が、どういう文明をつくったかを遠くから見て、現代人の生き方そのものを想像することができる位置に自分を置いて、『所有せざる人々』や『闇の左手』といったSFを書いていった。

ル＝グウィンは「太古の言葉を掘り出したい」と『ゲド戦記』を書いた。結局「太古の言葉とは、今も竜が話している言葉である」と言う。太古の言葉というのは、我々の暮らしの中で言えば、生まれたばかりの子供がしゃべっているものなのだ。

文明社会の中で生きていると、だんだんにその文明が入っていってしまうが、それ以前に子供は、非常に強い問題を、太古の言葉で、哲学的な質問として投げかけてくる。これに対して、「子供は黙っていなさい」とか、「大人になりゃわかる」なんて言い返すのは間違っている。子供の質問は、極めて哲学的なものなのだ。それを子供の言葉で答えようとすれば、これはル＝グウィンの作中人物である魔法使いと竜の対話みたいになる。その状況は私たちの毎日の生活のなかで繰り返し起こっている。

私が体験したことで、そのことの意味を考えてみたい。一九三八年の秋に、私は、アメリカの寄宿学校に行った。あるとき、夜、寝る前に歯を磨いていたら、そこに生徒が二人来た。彼らは、なぜか興奮していた。私は「何だ?」と聞いた。私は英語をしゃべる能力は持っていなかったが、聞く能力はある程度あった。すると、「こいつに話したってわからないよ、むだだ」と一人が言う。その相手は「ゆっくり話せば必ずわかる」と言って、二人で論争している。そのとき、言葉のしゃべれない者は知恵のない者だという、そういう信仰を片っ方が持っていることがわかった。知恵とは、そんなものではないのだ。

私の子供が、幾つの時だったか、遊びをやめてやって来て、「お父さん、お母さんが死んだら、僕はどうなるんだ」と、ものすごい恐怖をこめて言う。私は、「いや、死んだら、この頭の後ろの熱い感じになって残っているから、いつでもいるから心配ないんだ」と言った。それはうそじゃない。私が、今もっている感覚だ。

権力者に支配された空間

私に最も影響力があった人間は、母親以外にはいない。だから、あらゆる著作は、私にとっては、母親に対する答えなのだ。母親は、三階建ての家を上から下まで突き通すような意志の力を持っていて、一種の磁場だった。私は、子供のとき、自分の呼吸をはかられているという生理的な恐怖感におちいって、地下室まで布団を持っていって、ボイラーの隣に寝たことがある。また、私は電車の中でパニックに襲われた。おふくろが私の引出しを出して検査しているのではないかと、ものすごく胸を締めつけられるようなおそろしさだった。父兄会のときに、私の机の中を見たら、紙飛行機がいっぱい入っていたというので、家へ帰ってものすごく怒られた。声涙ともに下って、「あなたが悪いのは私の責任だから、あなたを殺して私も死にます」と言うのだから、すさまじい人物だ。

どんなに大きな空間でも、私にとっては、おふくろによって支配されている空間だった。だから、私にはスターリンがすぐわかる。つまり、プラグマティズムの言葉で言えば、筋肉と内分泌の反応で、私はスターリンがわかるのだ。その恐怖から、私はマルクス主義者になったことはない。

また、私は女をばかにしたことがない、おそろしいという感じがある。私は、年がいってから結婚して、四畳半と六畳の部屋に細君と一緒に住んだのだが、私の細君というのは、手帳があったってそれを開いて見ることはしないし、私あてに来た手紙を開けて見ることもしない。おふくろと全く違うタイプの人間なのだ。おふくろと違う女の人に出会ったことによって、三階建ての家よりはるかに小さくても、ここに自由はありうるとわかった。

しかし、ずっと考えてみて、おふくろは、それが人間というもので、私はそこから派生したものなのだから、おふくろの大きさと重さというものは、ほかの人びとの影響を超えている。

問題は、私がおふくろを愛していたことにある。愛していなければ突き放せるのだから、たいした問題にはならないが。だから、愛の試練だ。これは、おそろしい。

自分を失わずに生きる条件

とにかく、母親の私に対する影響が私の哲学の原型になっている。私はおふくろのこうしろということについて、常にノーと言ってきた。つまり、子供のときは、決定的に弱い立場に立たされて、弱者の抵抗をしていた。犯罪的になることによって、辛うじて抵抗を保っていた。犯罪者として生きれば自殺に追い込まれないのではないかと思った。それは、自分の中にある知恵ではないかと思う。

個別的な命題については、常にノーと言って反発しているのだが、それらの束として見るメタ言語レヴェルでは、おふくろの正義の基準を受け入れていた。それはダブル・バインドということなのだ。だから、ベイトソンを読んだときに、「あっ、これは、精神が引き裂かれる、まさにその瞬間だったんだ、今で言う統合失調症を培うところにいたのだ」とわかった。自殺するか、精神が引き裂かれるかのすれすれのところを通ってきた。今でも危ないところを通ったなと思って、生きていることを祝福している。

私が置かれていた状況は、居留地に閉じ込められたアメリカ・インディアンと、基本的に似ている。白人の文明を全部押しつけられたんだから。クローバーのような人間がいて、イシと対等につき合うことによって、アメリカ社会の中で、イシが自分を失わずに生きる条件をつくった。

イシとル＝グウィンがともに言っていることなのだが、自分の名前は自分だけが知っていればいい、ということがある。『ゲド戦記』の主人公ゲドはかなり高い魔法を身につけたけれども、彼の名前を知っているのは六人しかいなかった。それで十分なのだ。

イシは、自分の名をクローバーにさえ言ったことがない。自分の名を明かすことなしに、つまり自分を失うことなしに終わりまでいって、死んだ。クローバーは、踏み込んでイシのほんとうの名前を聞こうとはしない。イシという名前はクローバーがつけた。イシというのは「人間」ということだから、イシが人間なのだ。そういうものとしてクローバーは見た。だから、クローバーのこの名づけの中には深い哲学的な知恵がある。

物を見て形を見ることができる力

娘のル＝グウィンの『ゲド戦記』は、ある意味では欧米文明への批評になっている。それを子供の言葉で語ろうとした。そこがおもしろい。欧米の文明というのは、少なくとも現代文明は、死んだ者を呼び戻す力を忘れた文明だ。だから、「未開人から何かを学ばなければいけない」とか、「サルから人間への道」とか、いろいろなことを考えるのだが、そういう抽象語で死者を呼び戻せるものか、それが問題だ。

たとえば、物に対する扱いがある。イシの場合には、弓も矢もほんとうに手にくっついたように動かせるのだが、そういう関係を我々は物に対して持っているだろうか。物調査をやると、アメリカ人に比べても、イギリス人に比べても、日本人のほうが家の中にある物が多種類にわたっている。でも、物と自分とは、たとえば、使いこなされたグラブのように、ほんとうに混合物、アマルガムになっているだろうか。イシにとっては、そうなっていた。

亡くなった高取正男《たかとりまさお》が、「形見」という言葉を分析している。物を見て形を見ることができる、そうすると呼び戻せるという。ある物を形見にするというのは、その形を見る力を持っていなければ、母親の遺品も形見にはならない。そういう力がおとろえていけば、形見は意味がなくなって、何の形見もない暮らしになっていく。その点では、イシの持っている世界に比べて、我々は明らかに貧しい。そのことは現代文明に対するイシの批評であり、イシを受け継いでいるル＝グウィンの批評なのだ。

クローバーは、死ぬ前の講演で、ピカソを非常に高く買っている。ピカソは違う種類のスタイルを、次から次へ試みた人の一人であり、全部自分から出たもので、模倣ではないという。日本文化はそれに当たるのではないかと、クローバーは考えた。そうかなと、私は思う。イシは、欧米の文明に対して、自己選択の態度を保って対した。日本文化はそう対しえたか。それは疑わしい。

柳宗悦《やなぎむねよし》が「日本の眼」という文章を書き、世界のさまざまな民芸品を日本の目で見て、陳列、配列を考える。これは偉大なことなのだが、科学技術に対しても同じように日本の頭は自分の必要にあわせて対することができるだろうか。それは、イシが日本に対して出している問題だ。私は、クローバーのように楽観的ではありえない。

人間と魔法と宇宙の均衡

『ゲド戦記』のゲドが魔法学校に行くと、その達人が教えてくれる。

長《おさ》は、また、この術が多くの危険をはらんでいることを語り、なかでも、魔法使いが自分の姿を変える時には自らの呪文から逃れられなくなる危険を覚悟しなければならないと注意した。

（『ゲド戦記』）

これは、現代の自然科学技術がほとんど惰性でどんどん進歩していく、そのことを望遠鏡で見ている。

魔法学校を出て、大変な秀才で魔法使いになったゲドはふるさとに戻って、かつて魔法の手引きをしてくれた人に会うと、もとの先生は大変に喜ぶ。「やあ、来たか」。ゲドの答えは、「はい、出ていったときと同じ愚か者のままで」。これはすばらしい。

これを読んで、日本の知識人の場合のどんどん上がりっぱなしになっていくという進歩の階梯《かいてい》についで考えてしまった。精神科医の中井久夫《なかいひさお》の、成熟の定義がある。「退行の泉に湯浴みして、もとのところに帰ってこられるもの」、それが成熟なのだ。自分が愚か者であるところまで繰り返し行く。それができない者は成熟していない。大変に未熟な状態で、原爆をつくって投げたりするようなことになるわけだ。これが、ル＝グウィンがイシからくみ取った知恵だ。

魔法使いの自戒は、あることを変えたら、宇宙の均衡をそれで破ることがあるということだ。宇宙の均衡をもと通りにできないようなことをすることができるのは、人間だけなのだ、ということを一生懸命魔法学校で教えている。だが、現在の日本では、そういうことを教えない。

ゲドは、ある時、何とか自分を救い出そうとしてある魔術をかけた、そのことについて先生である魔術師はこう言う。

今度のは、どう見ても均衡を正そうというのではなくて、それを狂わそうという動きだ。そんなことができる生物は、地球上には一種類しかない。（『ゲド戦記』）

それは人間なんだと。また、こういうふうに教わる。

魔法というのは、その土地土地と密接にかかわりあっているという意味なんだ。

（『ゲド戦記』）

土法、その土地その土地の法だ。それはクローバーがイシについて、イシが最後の年月を送った現場でイシの動きをみるのととても似ている。

そのもとの場を越えて、天下どういうところでもやってはいけない。つまり、「ロードス島でとべ」というのは考えてみると、マルクスにはその予感はなかったことは確かだ。ロードス島ではとてもうまくとべた。だから、「ここがロードス島だ、ここでとべ」と今いるところで言う。でも、そこはロードス島ではないのだからそういうふうにはいかない。

西田幾多郎《きたろう》の無の哲学というのは、大変おもしろいものだと私は思っている。だが、西田は、大東亜戦争の真っただ中に、矢次一夫《やつぎかずお》の呼び出しに負けて、大東亜戦争を擁護するような声明を書いた。西田哲学は、自分のつくった魔法をどういうふうにかけるのか、その土地の状況とどういうふうに絡んでいくのかということを考えていなかった。魔術師としては、まだちょっと不足という感じはある。

結局、現代社会の魔術といえば、科学がある。そのほかには、名声と権力と金だ。科学、名声、権力、金、そのどれにもイシは乗せられなかった。これは、ものすごい知恵だ。名声を得ると、自分が偉くなったような気がして、それに乗っかって、次々ものを書いたり演説したりする。それがおそろしい。

文明は何に囲まれているか？

ル＝グウィンには『夜の言葉』というエッセイ集がある。『世界の合言葉は森』という一九七六年の本もある。イシは森にいて気配を読む。狩りのときにはそうする。気配を読む力は文明にも必要ではないか、文明はそのテクニックを失ったというのがル＝グウィンの考え方だ。

『夜の言葉』でル＝グウィンは、サイエンス・フィクション（SF）はアメリカで起こったにもかかわらず、アメリカで量産されるSFには、今、自分たちの住んでいる文明、その外に対する気配への感覚がないと言っている。むしろアメリカでないところ、H・G・ウェルズ、オルダス・ハックスリー、オーウェル、以上はイギリス人。それからザミアチン、これはロシア人だけど、これらにはあると言う。

その考え方は、イシの影響なのだ、黙っていても。黙っていることは非常に重大だ。ル＝グウィンには、ＳＦを書くときに使う文鎮が一つある。それは、イシの石斧《せきふ》で、ル＝グウィンに対するイシの遺産なのだ。これを見て書くということは、つまり、現代の文明が何に囲まれているのか、ということに対するル＝グウィンのセンスなのだ。

クローバーはトマス・ハックスリー賞を受けた。トマス・ハックスリーは、動物からの進化をずっと考えて、その中に人間を位置づけるのだが、人間の持っている倫理観を、動物と同じようなものにする必要はないと言っている。これまで人間の編みだしてきた倫理に沿うて、自分の今日と未来を律すればいいという。

日本では加藤弘之がはやらした国家本位の弱肉強食を説く社会ダーウィニズム、これは国家間の関係を動物社会の弱肉強食の側面になぞらえて考えた。トマス・ハックスリーはそれにくみしなかった。社会ダーウィニズムはイギリスではやらなかったからそこで止まって、ドイツに渡り、ドイツから日本に来た。「宇宙における人間の位置」、それが、トマス・ハックスリーのエッセイの題なのだが、クローバーはその考え方を受け継いでいる。

日本で考えると、今西学は、その規模を受けついだ。今西錦司《きんじ》は中国から引き揚げてきて、戦争が終わってから、オルダス・ハックスリー（トマス・ハックスリーの孫で、祖父の考え方を受けついでいる）の『すばらしい新世界』を読んで、見事な書評を書く。今西さんは昆虫の研究から始めて人類学までいく。そのコースはトマス・ハックスリーや、その孫のオルダス・ハックスリーと形は似ている。文明は何に囲まれているか。未来はどこかという気配の感覚がここにあるという意味だ。

鶴見俊輔《つるみしゅんすけ》（一九二二～二〇一五）
東京生まれ。祖父は政治家の後藤新平、父は政治家・著述家の鶴見祐輔。ハーヴァード大学でカルナップとクワインに哲学を学ぶ。無政府主義者の容疑でFBIに逮捕され、メリーランド州ミード要塞の収容所に抑留中に卒業論文としてウィリアム・ジェイムズ論を完成。帰国後海軍軍属としてジャカルタの海軍武官府、シンガポールの輸送船団、横浜の海軍軍令部で情報・通信・英独語翻訳に従事。一九四六年姉の社会学者鶴見和子や丸山眞男らと「思想の科学」を創刊。京都大学人文科学研究所を経て東京工業大学助教授となるが六〇年日米安全保障条約決議に反対して辞職。その後同志社大学文学部社会学科教授となるが七〇年大学紛争での警官隊導入に抗議し退職。プラグマティズムや論理実証主義を紹介しつつサブカルチャー研究でも活躍。八二年『戦時期日本の精神史』で第九回大佛次郎《おさらぎ》賞、九〇年『夢野久作』で第四三回日本推理作家協会賞（評論その他の部門）。九四年朝日賞、二〇〇七年『鶴見俊輔書評集成』全三巻で第六回毎日書評賞。護憲派の平和運動にコミットしたリベラル系「戦後知識人」でありながら、思想の科学研究会編『共同研究 転向』など多くの著作で知識人のありかたを批判した。

池澤夏樹

連夜

自分の作品だから、書くに至った過程について記そう。初めのアイディアは「憑依《ひょうい》による恋」ということだった。ずっと昔の不運な恋人たちが現代の男女の身体を借りて欲望を満たす。まずは詩にした――

過去三千年のあいだにこの町で愛しこの町で死んだ
無数の恋人たちが夜の空に星を押しのけて犇《ひし》めきあい、
ほかならぬわれわれの唇を通じて彼等の日々の短い
悦楽と長い不運を語り、われわれの乾いた唇を借り
て口づけの苦さを思い出そうとするので、夜のこの
刻限にははるか昔に死にたえた彼等の力があまりに
強いので、われわれは嫌々ながら夜の町で待ちあわ
せ、暗い道をたどり、エリニュエスに追われるあの
母親殺しの若者のように、おびえきってみじめに、
蔭《かげ》から蔭をうろつきまわる

「夜の街」

小説に仕立て直すべく、舞台を沖縄に移した。歌物語を伴う琉歌《りゅうか》を探して『琉歌大観』でこの歌を見つけた時は嬉《うれ》しかった。その歌をこの全集の第三十巻『日本語のために』の琉歌の項に収めた。

連夜

いや、平凡な人生だったと思うよ。

お前だってそうだろ。十五年ぶりに会って、こうやって飲んで喋《しゃべ》って。ともかくここまでやってきたって、振り返ってもそんな印象しかない。革命もなければ戦争もなくて、大きな事故にもあわず、そこそこの仕事をしている。会社もまあ安泰だし、子供も二人ちゃんと育っている。

それはね、内地からこっちに来たってのは俺の人生において大きなことだったよ。しかし、それだって決断なんてものじゃなかった。あっちで就職口がなくて、なんとなく流れてきた。好きな土地でしばらく遊んで暮らして、そのうちなんとかなるだろうと思って。結果、なんとかなったわけだ。

ああ、花は成長産業だよ。なんといってもここは暖かい。露地で作れる時期が長いし、内地との季節の差を利用できる。世間全体が贅沢《ぜいたく》になっているから花も売れる。

不思議な話？　ないねえ。俺は何も経験ないよ。そう、沖縄だって、住んでみれば普通の土地だよ。妻は二つ年上、こちらの者だけど、普通の女だ。

まあ、そういうことさ。

いや、待てよ。ないと言い切れるものでもないかな。一つだけ妙なことがあったな。

うーん、話していいものかどうか。

なんといっても相手のある話だから。

まあ、いいか。この場だけの話と思ってくれ。

卒業した後、東京周辺では就職口がなかった。それは知ってるな。しばらくは浪人。農大に行ったんだし、都会に職を見つけるつもりはなかったけれど、大学院の試験に失敗して、気がついたら就職の時機を逸していた。

それで、しばらく沖縄で遊ぼうと思った。好きだったんだよ、ここが。ひょっとしたら農業試験場か何かに入れるかなと思った。しかし、世の中そんなに甘くはない。

農大の時の仲間がこっちに戻っていたんで（それが、仲間って苗字《みょうじ》の奴《やつ》なんだ）、そいつのところに転がり込んで、しばらくバイトで暮らすことにした。人生遊ぶ時期もあってもいいと思ったのさ。だいたいここは仕事の口も少ないところなんだが、運がよかったのか南部の方の大きな病院で働けることになった。時給で比べれば東京の七割かな、出費の方はもっと少ないから、その時はそれで充分だと思った。

仕事はトラフィック。名前はかっこいいけど、要するに院内の運搬屋だ。一日中ずっとキャスターのついたカートを押して歩いていた。今の病院の中ってのはずいぶんたくさんのものが動いている。薬局と医薬倉庫の間に物流室というのがあってね。そこを中継点にして、薬品や資材を各科へ運び、各科からは検体を取ってきて物流室の分析屋さん宛《あて》の棚へ、廃棄物は裏口から外へ出たところにある専用のコンテナーへ分類して。郵便物は事務室から各科へ。そういうものを、それでなくても忙しい看護婦さんたちに代わって運ぶのが俺の仕事。科に顔を出してものを渡し、受け取り、また次の科に行く。時には患者の車椅子やストレッチャーも押したし、二人部屋を一人使用に換える時はベッドを運び出しもする。場合によっては死体を霊安室までしずしずと押していくこともある。そういう仕事。

単純そうに見えて、なかなか頭をつかう。バイオとは無縁だけど、いい仕事だった。病院はおもしろいよ。人を見ているのがおもしろい。いろんな人の人生が詰まっている。

看護婦？　いや、それは違うな。たくさんいて、からかったり笑ったり、なかなかいい気持ちのもんだけど、特定の一人に関心が行くことはなかった。あっちも遠巻きにして見ているだけ。俺も集団として見ているだけ。しかし、若い女の子がたくさんいて、その気になればひょっとしてなんとかなるかもしれないという状態がずっと続いている。これは悪いもんじゃないよ。

しかし、そこに女医さんが一人登場する。

いや、本当にそうだったんだ。

内科のノリコ先生。姓は言わないでおこうか。沖縄にはたくさんある姓で、その時は内科に同じ姓の先生が二人いたからさ、内部ではゼンコウ先生とノリコ先生と呼んで区別していた。

歳《とし》は三十代後半と俺は思っていたけど、本当はもう少し行っていた。なにしろこっちは一日中病院の廊下をうろうろしているんだから、院内の人みんなと会う。この先生が白衣の胸に聴診器をぶらさげて、背筋を伸ばして廊下を歩いている姿もよく見かけたさ。色は白い方ではなかったね。はっきり言って、ずいぶん黒い。それが白衣のせいかいよいよ黒く見えてね。背が高いし、豪快なものさ。

いや、沖縄の女は日焼けをずいぶん気にするんだ。黒いってのは絶対悪だって思っているのが多い。人によっては夏でも長袖に日傘で外を歩く。車を運転する時は右手だけ手袋をはめる。しかしノリコ先生は平気だった。テニスやってたっていうし。看護婦たちはずいぶん尊敬している風だった。

美人ではない。男っぽい顔かな。目も鼻も口もくっきりしている。愛想がなくて、口のききかたがぶっきらぼうで、それで患者には評判がよかった。信頼感だろうか。要するに、女である以上に医者だったんだろ。医者としては優秀。この人は信じられる。

よく見かけたけれど、口をきいたことはほとんどなかった。内科に顔を出して、置くものを置いて、運び出すものをワゴンに積んで、外に出ようとしたところへちょうど先方が何か持ってきて、「これもお願いね」って言われたことが一、二度あったぐらい。向こうはトラフィックの男の子というだけで、俺の名も覚えていなかったと思うな。お互いにとって院のスタッフ二百人のうちの一人というだけ。

そうしたら、ある日、廊下でたまたますれちがった時に、声を掛けてきたんだ。

「齋藤《さいとう》君、今晩、何か用事ある?」

いきなりだから、びっくりした。

「別に」って答えた。内地から来た貧乏なバイト浪人に夜の用事なんか何もないさ。その頃は前に言った仲間の部屋に居候《いそうろう》していた。帰って、当番なら飯を作って、食って、あとはテレビを見るか、あいつと喋るか、たまには専門誌に目を通すか。まあ、夜もバイトするほど困ってはいなかったってことだけど。

「そう。じゃ、ご飯食べよう。いつもみたいにバス停で待っていて。車で拾ってあげる」

それだけ言って、こちらが返事する間もなく、行ってしまった。俺の通勤の足はバスだった。仲間が借りていた部屋は南風原にあった。そう、南風の原って書いて「はえばる」って読む。きれいな地名だよ。

いつもみたいにって言うんだから、ノリコ先生はたぶん俺がぼんやりバスを待っている姿を前に見ていたんだろうな。衝動的に俺を誘ったんじゃなくて、もう少し計画的だったんだと後になってわかったけどね。

仕事を終えて、バス停に行った。他にもバスを待っている人がいるし、夕方で日勤のみんなが帰る時だから知った顔も何人かいる。車で拾ってくれるといっても、ちょっと離れていた方がいいだろうと思って、バス停から十メートルほど戻って、待った。バスが一台来て、待っていた人たちはみんなそれに乗って行った。いい具合だと思った。若い看護婦ならばともかく相手がノリコ先生なんだから別に隠す必要はないんだが、なんだか恥ずかしいしね。

そこへノリコ先生の車がきて、俺の前に停《と》まった。ドアを開いて、先生の横に乗り込んだ。

「どうも」って言って、後が続かない。

どういうわけでこういうことになったのか、わからないんだよ。先生の方も何も言わないまま発進させて、たまたますぐに右折する道で、対向車の隙間をねらっていたせいもあるけれども、ずっと黙っている。ようやく右折してから、ちらっとこっちを見たね。

「アメリカ料理、食べる?」

「ええ、なんでも」

言ってから、なんでもってのはまずかったなと思ったけれど、ノリコ先生は気にしていない。

「じゃ、泡瀬《あわせ》まで行きましょう」って言って、そのまま三二九号線を走る。女にしてはと言ってはなんだけど、きびきびした上手な運転だよ。南部から泡瀬は遠い。途中で、生まれたところとか(俺はほら、三浦半島の生まれだろ)、沖縄の感想とか、少しは話をしたけどね。あとは院内の仕事のことかな。あの病院がなかなか好きだって言ったと思う。

先生は自分のことは何も言わない。なぜ俺と食事をする気になったかも言わない。こっちは一種の恩恵だと勝手に思ったりして。トラフィックとして優秀だから院長命令でノリコ先生が俺を接待することになったなんて、バカなこと考えていると自分でも思ったよ。

泡瀬ってのはコザの先、東海岸に面したところでね、そのヨットハーバーの横にサムズ・バイ・ザ・シーっていう店がある。とことんアメリカ風の店。笑っちゃうほどさ。高い天井に大きな扇風機が回っていて、テーブルとテーブルの間が広くて、ウェイトレスが若いのも老けたのも一様にミニ・スカートに白いエプロン。料理も量があって、アメリカ味。マルガリータなんか一杯でコカ・コーラ一缶分ぐらいある。そういう意味ではおもしろい店さ。

でも、気まずいよ。相手の意図がまるでわからない。また内地から沖縄に来ての感想とか、病院の中のこととか、どうでもいいことをぽつぽつ話しながら一所懸命食べた。うまかった。そう、基本的にはうまい店なんだ。客の半分ぐらいはベースから出てきたアメリカの軍人と家族だし。

「きみは花が専門なの?」と先生が聞く。

「自分は農大では花卉《かき》を専攻しましたから、一応専門ということになると思います」と答えた。

「花と言っても今はバイオ技術でいろいろなことができるし、圃場《ほじょう》やビニール・ハウスの中をうろうろしているだけじゃないんです」

医学だって生物学の一種なんだから、バイオの話ならわかるかもしれないと思って、なるべくそっちへ話を持っていこうとした。ひょっとして病院の花壇でも造らせてもらえるかななんて考えた。病院は多角経営を目指していて、その花卉園芸部門の責任者として自分が抜擢《ばってき》されたらと夢想した。そうだよ、昔から俺は考えが変な方へ流れる癖があっただろう。しかし、ノリコ先生はあんまり花のことは考えていないみたいだ。話はやっぱり続かない。

食事を終えて、席を立った。

帰りの車も先生が運転。やっぱり話題がない。まあ、俺は巨大なグラスのマルガリータでいい気持ちになって鼻唄を歌っていたから、あんまり気にならなかったけれど。

やがて那覇《なは》の近くまで戻った。

「うちに寄って、コーヒー飲んでいかない?」と先生が言う。

食事の席で出なかったこの招待の本当の目的がわかるかもしれないとも思ったから、「ええ」って答えた。ともかく男なんだから、こういう場合に身の危険なんてことは考えなくても済むわけだし。いや、その時にそう考えたわけじゃないんだ。頭はからっぽだったたね。

家は首里《しゅり》の県立博物館の裏の大きなマンションだった。地下の駐車場に車を入れて、そのままエレベーターで五階の部屋まで上がれるようになっていて、広くはないけれど、やっぱり女の人の部屋ってのはきちんとしていると思った。南風原の仲間の八畳一間とは大違いだ。バルコニーの外に首里城が見えて、それをライトアップしているから、なかなかの風景だし。

先生がコーヒーをいれてくれて、首里城がよく見えるようにと室内の電気を消して、ソファでそのコーヒーを飲んだ。夜中の室内に男と女が二人だけでいて、酒も少し入っていて、それでも、ロマンチックとか色っぽいとか、そういう方面に頭が向かわなかったのは、やっぱり相手がノリコ先生だったからかな。俺の方に女をそういう目で見る習慣がなかったのもいけない。肉体的な魅力があるかないか、声をかけてなんとかなる見込みがあるかないか、そういうことを考えて相手を見ない。ノリコ先生が年上の医者だからでなくて、だいたい俺はそっちに頭が回らないんだな。美人とか色っぽいとか、そういう人でないということもたしかにあった。およそ誰もこの人と色恋ということを結びつけて考えないような人なんだ。

それで、コーヒーを飲みおわった。やっぱり話がない。ノリコ先生にもそれがわかっていて、どことなく緊張している。俺の方は、この後どうやって南風原の家まで帰ろうかと、そればかり考えていたんだ。タクシーを使うような贅沢はしたくないし、まさか先生に送ってくれとも言えない。夜中にバスはない。そのうち、歩いたところでせいぜい一時間の距離だと気づいて一種安心したのを覚えているよ。なさけない話だが、あの頃の俺の経済状態って、そんなものだったんだ。ま、歩くのは好きだから。

「齋藤君」と先生が俺の顔を見て言う。考えてみれば、あの晩、正面から顔を見て先生が何か言ったのはそれがはじめてだったんじゃないかな。すごく緊張した顔。

「齋藤君……こういうことってすごく言いにくいけど……このまま、今晩、泊まっていかない？」

たしかに俺はびっくりした。うーん、そういうことだったのか。でも、意外っていう思いが顔に出たら先生は傷つくと考える余裕はあったね。異性を相手には誰だってリスクを承知でアプローチするものだから、聞く側もそれを考えて柔らかく受け止める。断るか受けるかの判断はともかく、気は遣う。そういうものだろ。違うか？

「いいんですか？」

我ながら間抜けな答えだ。ある意味では実に失礼な答えだとも思った。そして、そう思った瞬間、ようやく、自分と先生が男と女なのだとわかったんだ。相手に身体《からだ》があることが理解できた。今この場でそういうことが可能な二人なのだとわかった。要するに、俺はものすごく迂闊《うかつ》だったわけさ。

「いいって、わたしが誘っているのよ。お願いしている。恥ずかしいけど、そういう気持ちなの」

いや、お前が知っているとおり、俺はもてる方じゃないよ。だいたい女には縁がなかった。農大の頃はガールフレンドがいた時期もあったし（一度会っているよな？）、まさか童貞じゃないけれど、それでも全体に俺の性生活は地味なものだったね。あの彼女とはすぐにうまくいかなくなって、それも沖縄に来た理由の一つだったわけさ。

誘いってのは、考えてみれば、魔法の言葉だよ。誘われたとたん、目の前の人がまったく違って見えてくる。歳とか立場とか美醜とか周囲の人間を分類していたのがとっぱらわれる。自分と相手しかなくなる。

性欲とも違うね、ああいう時は。一人でいて、女が欲しいと思った時に頭の中に妄想として浮かんでくるのは、あれはたしかに性欲だよ。あるいは、それを背後で動かしているのは性欲。でも、あの時は、人と人のつきあいの、普段は開けない扉を開けたみたいで、わくわくとおずおずが半分ずつ。そんな感じだった。これはただ実行するというのとは全然違う話だってわかったんだ。身の上話に似ている。人に話さなかったことを全部言ってしまうみたいな。だから恥ずかしい。信頼関係かな。慣れた奴ならそんなこともないのかもしれないけれど、俺もあの人も不慣れだったから。

それで、泊まっていくことにしたんだよ、結局。

詳しく話すわけにはいかないだろ、こんな話。二人とも不器用だから、なかなかことがうまく運ばない。そういう相手だというのはすぐにわかった。幼稚園の子供たちが運動会の練習をしているみたいだ。不器用に触って、ゆっくり始めて、半分照れながら、それでも少しずつ脱いで脱がせて、どこかで止まらなくなる。だけどあの人の方もどうしていいのかわからなかったみたいで、途中で笑ってしまったり、ぼんやりしたり。自分から言いだしたのにおかしいなと思ったよ。

それで、隣の寝室に移動して、ベッドがあったからその上で、その、なんて言うんだ、交わったわけですよ。そう、やっぱり楽しいことだった。こんないいことがあるかと改めて思ったね。世界中に固いものや柔らかいものや熱いものや冷たいものがあって、そういう中で女の身体だけは別の素材でできている。別の温度と柔らかさとすべすべ感と匂いがある。潤いかたがある。熱さがある。そういうものさ。今さら俺がお前に教えることでもない。

終わってから、二人で横になって天井を見ていた。

「ああ、私、どうなってるんだろう?」って先生がぽつんと言った。

「どうしたんですか、先生？」

「先生はやめて」

「じゃ、ノリコさんですか？」

「よくわからないの、自分で」

そのままあの人はずっと黙っている。後悔しているという風ではなくて、ただ途方に暮れているみたいでね。俺の方だってそれに近かったけれど。でも、女の人ってああいう時はそんなことを言うものかなって思って。

それでも、ともかく二人で裸でベッドの上にいるんだから、またお互い手が出る。触りあって、乗り掛かって、だいたい朝までずっとそんなことをしていた。

お前が相手だから正直に言えば、あれはいいもんだよ、男と女って。さっきも言ったか？ あの時はじめてそう思ったね。身体があって、なんの邪魔するものもなく、お互いの身体を使って快楽を引き出すことができる。引き出すことはそのまま与えることでもある。それぞれの心のことは忘れていられる。二人でやっていることに心の方を合わせればいいんだ。

なにがどうなっているのかわからないけれど、愛しているとはどちらも言わなかった。自分が道具として使われ、自分も相手を道具として扱う、かな。それでも快楽を共有することができる。そういう一夜だった。

朝、五時ぐらいになって、俺は帰ることにした。人に見られると困ると思ったし、やっぱり人の寝室って落ちつかないから。お休みなさいって言って、玄関のドアをそっと閉めて、エレベーターで降りて、それで、南風原の仲間の家まで歩いて帰った。妙に興奮して、いろいろ考えながら、少しずつ明るくなる街路を歩いたのを覚えている。

しかもこれが一晩だけではないらしかった。

「今晩、またあのバス停でね」

帰りがけにドアのところであの人がそう言ったんだ。

「あの先を右折したあたりの方がいいですよ。人が見ない」と俺も答えた。

「わかった。それから、病院ではお互い知らん顔」

「もちろん」

だからその晩も同じようなことになった。実はそういうことが十日間続いたんだ。二人ともだんだん欲張りになった。二日目の晩は泡瀬のような遠いところに行かないで、首里の小さな料亭で食事をした。住宅街の中にある目立たない店で、うまい琉球《りゆうきゆう》料理だということは覚えているけれど、本当の話、心の中では二人とも料理どころではなかった。早くあの部屋に行ってすることをしたい。ゆっくりと上品に間を置いて出てくる料理を待ちながら、二人とも同じことを考えていたわけだよ。

部屋に戻って、前の晩と同じようにして、それでもすることの一つ一つが初めてみたいに新鮮で、なにもかもがきらきらしている。まるで地球の上に最初に生まれた男と女みたいだ。一度終わって、うつらうつらしているうちにどちらかが相手を起こしてまたはじめて。途中で風呂に入って、互いの身体を丁寧に磨いて、その途中からまた……。はは、思い出すと恥ずかしい。

あの時はやれるかぎりのことをやろうという、なにか探究心のようなものがあった。どこをどうすればどんな感覚が味わえるか、全部知りたかった。ゆっくり、しつこく、じらして、唇と唇を触れるか触れない位置でとめて、かすかに舐《な》める。我慢できなくなるまでそれを続ける。部屋のこっちとあっちに坐《すわ》って、手が届かない位置で、一枚ずつ脱ぐ。見せる。玄関に入ったところで、外出姿のまま押し倒して、半裸でころげまわる。廊下に敷いた小さな絨毯《じゆうたん》の触感が実によかったりする。要するに身体を使ってできることをぜんぶやった。心の話はない。こちらもその気にならないし、あの人も話さない。

「どうして俺を誘ったんですか?」と聞いたことがあった。

「わからない。そういう気持ちになったの」

「時々そうなる?」

「バカなこと言わないでよ。離婚してからはじめて。それだって自分で信じられないぐらいのこと。よくあんなことがやれたと思うわ」

「そう、こっちも驚いた」

「一生に一度の勇気よ」

その言葉のとおりなのだろうと俺は思った。俺が選ばれたというよりも、たまたま俺だったという感じがどこかにある。しかし、それはこっちにしても同じことなんだ。なにか、学校の特別講習にでも通っているみたい。毎日いろいろなことをして、優等生だからレッスンはおもしろいけれども、いずれはすべてのカリキュラムを終えるのかもしれない。二人とも生徒みたいな気分でね。そうだとしたら、誰が教師だったんだろう?

昼間、病院では申し合わせどおりまったく知らん顔をしていた。それだって芝居かゲームみたいで楽しかった。あの白衣の下にあの身体があると想像すると困ることになる。それを夜になって告白する。それでも昼間はお互い厳格に知らん顔を通した。その気になればやれたかもしれないが

(なにしろ病院だもの、ベッドならたくさんあるさ)、さすがにそこまではしなかった。ただひたすら夜を待った。あの人の夜勤の翌日は俺も病院を休んで、昼間からずっと籠もった。ほとんど食事もしなかった。

翌日からはまた夜。その一夜が明けて、朝になってあの部屋を出て、南風原まで歩いて帰る。それも変わらなかった。疲れていることを嬉《うれ》しいと思いながら、歩いて帰った。元気だったんだよ、あの頃は。

それにね、歩いて帰っていることは言ってなかったんだ。妙な意地みたいなものかな。歩いているうちにようやくあの奇妙な騒ぎの場から降りて、もともとの自分に戻ったような気持ちになる。仲間の部屋に勝手に入って、自分の寝床でぐっすり眠る。あいつはうすうす知っていただろうけど、何も聞かない。言う時には言うだろうと思っていたようだ。結局最後まで言わなかったけれど。二年後に仲間の姉さんと俺は結婚したんだから、言わなくてよかったのかもしれない。

十一日目の夕方、俺が車に乗ると、あの人は俺の顔をじっと見た。

「泡瀬に行きましょう」と言う。

変だなと思ったけれど、それもいいだろう。あるいは連夜のことに疲れたのかもしれない。店は最初の晩と同じサムズ・バイ・ザ・シー。

同じように巨大なマルガリータを飲んで、メキシコ風のチキンか何か食べていると、また俺の顔をじっと見る。

「齋藤君、これでおしまいにしよう」

いきなりだったね。

「え？」

「今日でおしまい。この間からのことは二人とも全部忘れよう。これっきり」

「どうして？」

「だって、いつか終わるしかないでしょう」

ああ、そうなのかと思った。はじまった時、つまり泊まっていってと言われた時、意外感と納得感が同時に来たのとよく似ていた。いきなりはじまり、いきなり終わる。意外でもあるけれども、わからないことではない。こんなことがいつまでも続くはずがない。続けることに意味がない。そうなんだ。

あの人は、自分たちは愛し合っていない、なぜか始めてしまったけれど、愛でない以上長くは続かない。続けるべきでない。いずれは傷つけ合う。お互い一人に戻った方がいい。そう言った。

俺は返事のしようがなかった。実を言えば、俺も同じように思っていたんだ。かと言って、あまり速やかに承諾するのは、なにかあの人を傷つけるような気がした。少しは未練を見せた方がいいとも思った。いずれにしても、俺は黙ったままあの人の言うことを聞いていただけだったけれど。

自分の方から声をかけて、また自分の方からこんなことを言うのは本当に勝手だと思うかもしれないけれど、でもわかってほしい（とあの人は言った）。決して気まぐれに男の子を釣ったわけではなくて、誰かと寝るのは本当に離婚の後で初めてだった。結婚している時だって、極《ご》く地味な性生活。でも、あの時はどうしても齋藤君を抱いて、抱かれてみたくなった。自分が抑えられなかった。それはわかっているでしょ？

わかっている、と言った。理屈としてはそれはよくわかる。自分だって愛しているなんて言葉を軽々しくは使いたくない。男と女の仲だって、寝たら愛するようになったなんてものじゃないでしょう。ただ、目の前にいるこの人のこの身体にもう触れられないというのが、現実として辛《つら》いわけですよ。隅から隅まで知っていて、どこをどうすればどういう反応が返ってくるかもわかっている親しい身体がその時から無縁なものになる。それに耐える覚悟をしなければならない。毎晩寂しく一人で寝なければならない。その覚悟のことを考えているだけですよ。

それは同じ、とあの人も言う。自分の方がもっと辛いとお互いに競り合っても意味はないけれど、私にすれば一生で最後の男かもしれないと思ってしまう。でも、やっぱりおしまいにした方がいいの。

それで、俺は、わかりましたって言ってしまった。

「ありがとう」

「いえ、こっちもありがとうです」

そのまま二人とも何も言えなくなった。黙って食事を済ませて、車を出して、そのまま送ってもらってどこかで降りるつもりだったんだけど、比屋根《ひやごん》の総合運動公園のところで海側の埋立地に車を入れて、ずっと先の方の誰も来ないところに車を停めて、それで、車の後ろの席で抱き合って名残を惜しんで、それが最後だった。

南風原の家の近くまで送ってもらって、車を降りたら、それで本当におしまい。そこから仲間の家まで二百メートルほどの距離を歩いているうちに、これでよかったんだっていう実感が湧いてきた。歳が違うとか、立場がどうとか、そういうことじゃなくて、最初から何の関係もないんだから。

愛なんかないんだから。たまたまこういうことになって、どちらもいい思いをして、それが終わって別れる。それでいいんだって納得したんだな。変に後へひっぱったら、どっちももっと嫌な思い、辛い思いをするだろうと考えた。二人ともそれで納得して別れられるようなさらっとした性格だったんだろ。だから、それでよかったんだ。夏休みのレッスンは終わったんだよ。

その後は院内で会ってももちろん知らん顔。いや、どこかにいたずらっぽくお互いを認める目つきがあったかもしれない。しかし、こっちはバイトの坊や、相手は偉い内科の先生、という形に戻ったことはまちがいない。未練がなかったはずはないけれども、二人ともちゃんと耐えたよ。一か月ほどした時かな、たまたま今の会社が蘭《らん》をバイオで育てるという計画を立てている話を聞いて、東京の農大を出たバイオの専門家だって売り込んで、見習いみたいな形で就職できることになった。病院を辞める時も事務室と各科のナース・センターに顔を出して挨拶しただけで、あの人には何も言わなかった。それ以降も一度も会っていない。

いや、それで終われば、オクテの青年と不器用な女医さんの十日間の情事でいいわけだ。でも、その後で手紙をもらって、それが不思議な話でね。本当のことだろうかと、俺は今もって決めかねている。それがあるから、こんな話をお前にしたんだ。憑依《ひょうい》による恋とか、はるか昔の恋人たちに身体を使われるとか、そういう話、信じるかい？

それに、この手紙をもらってから、俺は本当にこの人のことを好きになったみたいなんだな。ああ、いい人なんだなって思った。いや、また連絡を取るようなことはしなかった。終わったことは終わったこと。だけど、何か大事なものを手に入れそこなったという気もしたのさ。

ああ、手紙、まだ持っている。後からコピーを送ってやるよ。今晩のところは話の前半だけで我慢しておけ。

齋藤君

元気ですか？　新しい仕事がうまくいっているらしいという噂《うわさ》を看護婦たちから聞きました。よかったね。

手紙、書こうかどうしようか迷ったけれど、やっぱり書いておきます。あの十日間のこと、感謝しています。感謝って言葉、なんだか変だけど、やっぱり私の気持ちは感謝ね。それとは別に、なんであのいうことになったのか、あれからわかったことがあって、私なりに説明しておきたいと思って、それで手紙を書くことにしました。

病院で君が働くようになって、姿をしばしば見かけても、私は何も感じなかった。ああ、新しいバイトの男の子だなというだけでした。バイトにしては少し歳だけど、感じのいい子だと思った。それ以上ではない。ずっとそうでした。お互い似たようなものでしょ。だいたい私は異性の魅力には鈍感な方だから、離婚の後もずっと一人で暮らして寂しくもなかったし、苦労とも思わなかった。

それが、ある日、ああやって誘う数日前のこと、ナース・センターで若い看護婦たちが君の噂をしていて（実は君はずいぶん彼女たちに人気があったのですよ）、君が農大を出て本当は花を作るのが専門だということを小耳に挟んだ時、何か急に心が動いたのね。君への強い関心がいきなり生じた。後になっていろいろと考えてみても、自分の側にそんな理由はないのです。

花が特別好きではなし、花作りの人に熱を上げたこともないし、だいたい若い男の人に気持ちが向くってことがなかったんだから。

しかも、その君への関心は毎日どんどんふくらむのです。廊下の角から君の後ろ姿をずっと見ていたり、庶務に行って他の件のついでに君についての情報を仕入れたり、帰りのバス停で君の姿を見てしっかり記憶にとどめたり（まさか車でバスを追跡することまではしなかったけれど）。そういうことをしている自分がよくわからなかった。我ながらバカだなと思いました。まるで女学生の初恋。その関心が君の肉体の方へ向かっていった時には、自分でも困惑しました。ともかく君に触りたい。触られたいと思う。廊下ですれちがった時に、身体の中を熱い風が吹き抜けるような強いショックを受けて、角を曲がったとたん廊下の壁に身をあずけてしばらくぼーっとしていたこともありました。

私はあの坊やに抱かれたがっている。それを認めるしかない。そう気づいて、愕然《がくぜん》としました。院内の自分の立場とか、歳の違いとか、そういうこともあるけれど、それよりも自分の中からそういう思いが出てくるということに驚いたの。

それで、ずいぶん迷ったあげく、どうしてもその思いを自分の中に収めておくことができないと思って、意を決してああやって声を掛けました。君は応じてくれたし、深夜の提案にも応じてくれた。あんなに嬉しいことはなかった。あんなに楽しい十日間もなかった。それは君が知っていることだし、お互い恥ずかしいから詳しくは書きません。

そして、正直に言うと、十日目に私は覚めたのです。君が嫌いになったわけではない。ただ、もう終わった。これで充分という声がして、身体の中から湧いてくるあの熱もゆっくりと冷めてゆくようで、ここでおしまいにしていいんだとわかりました。一方的にはじめて、一方的に終わらせる。

君は私のいうことを承知してくれた。君には済まないことをしたと思っています。心の優しい相手でよかったとも思いました。

そうして君と別れて、君が本島北部の会社に就職して、いい仕事をしているらしいとまた看護婦たちの噂で聞いて、その頃になって、あれはいったい何だったんだろうと改めて不思議に思いました。

ずっとそういう思いはあったんです。私たちのあの欲望は本当に自分たちの中からでてきたものだったのか。すごく変な考えかただけど、私たち、誰かに使われたんじゃないだろうか。私たちは誰かの道具だったんじゃないだろうか。そういう理屈に合わない考えが湧いてきて、どうしても気になる。なぜ急にはじまって急に終わったんだろう。恋って普通はそんなものではないでしょう。なぜ身体ばかりだったんだろう。正直な話、君の生い立ちや仕事や考えには何の興味もない。精神的な恋が崇高だとは思わないけれど、あんなに身体ばかりというのも何かおかしい。どうしてもこのままほうっておいてはいけないと思いました。本当のことを知りたい。

そういう気持ちが自分の中でやいのやいのと急《せ》かして、我慢できなくなって、私は何をしたか？　笑わないでください。ユタのところに行ったのです。

ユタは知っていますよね。この島の人たちが何か身辺に不幸が続いたり、家族のことで困ったり、そのほか心配ごとを抱えて一人ではどうしようもない時に、行って相談する霊的なコンサルタント。だいたい先祖にまつわる原因を教えられて、その障害を除くために拝所《はいしょ》を何か所かまわって御願《うがん》をするよう指示される。時にはユタも一緒に回ってくれる。

私はユタの意義を認めます。精神医学にもかなったことです。ユタ買いに行く人に信じる心があれば、たしかに効果があるでしょう。一種の療法ね。しかし、ユタムニー（ユタの言うこと）が科学的な意味での真理だとは思いません。あれはあくまで主観的な真理にすぎない。少なくとも近代医学の徒である私としてはそうとしか考えられない。

それでも、自分の身に起こったことがあまりに不思議なので、どんな方法に頼ってでもあれが何だったのか知りたいと思ったのです。その時、ユタという考えが頭に浮かんだ。家の近くや病院の近くでは人目もあると思って（見栄《みえ》かもしれないけれど、人に知られれば私のユタ買いはずいぶん評判になったでしょうから）、わざわざ宜野湾《ぎのわん》の方まで行きました。そのユタのことは、遠い親戚のおばあに、他人に頼まれたからと言って電話で教えてもらったのです。

しかし、そのユタは私の相談に乗ってくれませんでした。行ってざっと事情を話すと、お盆の上に載せた米粒を指でさばきながら、しばらく何かぶつぶつ呟《つぶや》いていましたが、やがて顔を上げて、これはわたしの手には負えないと言ったのです。どうやらユタにも力に応じてクラスがあるらしい。私はもう一級上のユタを紹介されてそちらへ行きました。

そちらは首里の私の家のすぐ近くでした。ためらいがないではなかったけれど、ここまで来た以上は戻るわけにはいかないと思って、夜勤明けの日の夕方、そこへ徒歩で行きました。一級上と聞いていたせいもあるのか、とても立派な顔をしたお婆《ばあ》さんに見えました。

私は自分の身に起こったことを話しました。患者が私に病状を話す時の気持ちを思い出しながら、その時にこちらが聞きたいと思っている大事なことを隠す心理と、そこが聞きたいという医者の側の両方を自分の中に再現しながら、二重の自分になって話しました。そう、私は病人になったのです。ずいぶん素直に話せたと思います。

ユタのおばあは、途中何度も質問を挟んで、熱心に聞いてくれました。気がつくと私はそのユタをすっかり信頼していたのです。話しているうちに心の中で凍っていたものが溶けてゆくようで、とても気が楽になりました。自分が心の中では君に対してとても済まないと思っていたこともわかった。つまりそういうことが心の底から表面まで浮上してくるようなのです。抑えていた思いが出てくる。話すことで気が楽になるというユタの第一効果を実感しました。その上で、やっぱり自分は何かに使われていたという印象が強く残る。私たち二人が使われていた。

ユタのおばあは話を聞き終わってから、しばらく目を閉じてものを考え、何か聞こえないものを聞くように耳を澄まし、正面の祭壇に向かってウチナーグチで、それもずいぶん大きな声で私のことを話し、助言を願いました。それからお盆と米粒を使ってまじないのようなことをしました。それから、ずっと長い間そのまま黙っていました。そしてようやく私の方を向き直って、私の顔をじっと見ました。

ユタが話してくれたところによると、やはり私たちは誰かに身体を使われたらしいのです。乗り移りとか憑依ということでしょう。それが誰なのか、手掛かりの一つは私の名前、徳子という名の徳の字だとおばあは言います。もう一つは、君が花を作る若者だったということ。もう一つは首里。私が住んでいる場所。私たちが毎晩あんなことをした場所。そして、この人の霊は何十年かに一度このようにして誰かに憑《つ》くことでユタの間では知られているとも言いました。自分は名前までは知らないけれども、首里の昔の王様の一族で、時おり出てきて女に憑いてこういういたずらをする。憑いた相手の身体をつかって、男と女の楽しみをぞんぶんに味わって、消える。同じ女に二度憑くことはない。首里のお城に縁のある高貴な人で、ものの本にはその名もあるはず。いや、私は無学だからその名までは知らないけれど、あんたは判《わか》るはずよ。いずれにしてももう大丈夫。この先は何の心配もない。それから、あんただって相手のニーセー（若者、君のことね）だって、いい思いをしたんだから、決してこの人を恨んではいけない。ありがとうという気持ちで思い出しなさい。その人は心の優しい人で、辛い恋をして寂しい死にかたをした。だから、何百年たってもまだ思いがこの世に残っている。その人を慰めてやれて、あんたはとてもいいことをしたんだよ。

そこまで教えてもらって、私は家に帰りました。ユタの言葉を私は全部ではないけれど八割ぐらい信じる気持ちになっていました。だから、次に何をしたかというと、歴史の本を読んだのです。それまでは琉球の歴史なんてまるで関心がなかったのに、ともかくその人の名が知りたいばかりにいきなり勉強をはじめたわけ。

首里の王様の一族というのは、つまり尚《しょう》王朝です。途中クーデタで交代しているので、第一尚氏と第二尚氏と呼びます。海外貿易で大いに栄えた時代がありました。途中で薩摩《さつま》の軍隊が来て、琉球はさんざ苛《いじ》められました。そういうことはよくわかった。学生に戻って復習をしました。でも、歴史の本には王家の女の悲恋のようなゴシップは出ていないのです。ものの本にはその名があるはず、というユタの言葉を信じて、次に私は『おもろさうし』を読みました。

これもむずかしい。同じようなことの繰り返しで、呪文のようで、もっぱら土地を褒める言葉の連続で、やはりゴシップはないのです。

そこで私は琉歌へ行きました。『琉歌全集』の、本文はむずかしいから、現代語訳を手がかりに毎晩あっちこっち何十首かずつ読んでいきました。歌の内容は抽象的で今一つつかみきれなかったりするけれど、作者の名は具体的な人の名です。浦添王子《うらそえおうじ》朝熹《ちようき》とか、与那原《よなばる》親方《うえーかた》良矩《りようく》とか、喜舎場《きしやば》親雲上《ぺーちん》朝張《ちようちよう》とか、いかにも実在の人という気がします。そういう名の人が何百年か前にこの地に暮らして、嬉しい思いや悲しい思いをしたのだという実感は伝わりました。名歌人として有名な吉屋《よしや》思鶴《うみちる》や恩納《おんな》なべの歌も読みました。三千首近く入っているのですから、毎晩読みつかれて眠くなってそのまま寝るという夜が続きました。夜《よ》毎《ごと》おなじことをして寝るというのは、君と一緒のあの時みたいと思って懐かしかった。

数日後、目当ての歌はいきなり来ました。

花当の里前　花持たちたばうち
花持たさよりか　御胴いまうれ

花の係が花を持ってきてくれた、でも、花よりも御本人が来てくれた方が嬉しかったのに。

声に出して読めば（というのも私が夜中に何度となく声に出して読んだからですけれど）、「はなたいぬ　さとぅめ、はなむたち　たぼち、はな　むたさ　ゆいか、うんじゅ　いもり」。

御胴はうんじゅ。あなたということです。

作者の名は尚徳王女でした。これが私に憑いた人の名前です。第一尚氏の最後の王様だった尚徳王のお嬢さん。解説の方にその悲恋の話が書いてありました。

彼女は王女でありながら、身分の低い花当《はなたい》、つまり花園係の役人の幸地里主《こうちぬさとぬし》という若い男に夢中になった。職務として花を届けてくれたのはうれしいけれど、花よりもあなたの方が欲しかったというのは、ずいぶんはっきりとしたものの言いかたです。私は琉歌のことはよく知りませんが、こんなにまっすぐものを言っている歌は少ないみたい。そういう性格の王女だったのでしょう。

そして二人はこっそり会う仲になった。たぶん私たちと同じような快楽を味わったのでしょう。でも長くは続かなかった。尚徳王女の恋はやがて城中に知れて、幸地里之子（サトヌシは二つ書きかたがあるみたい）は罪に問われました。二人はもう会えなくなった。

そういうことだったのかと思いました。真夜中に、君と一緒にいろいろ楽しいことをしたベッドに腹這《はらば》いになって大きな琉歌の本を読んでいってこの歌に行き当たった時、不思議な気持ちになりました。いきなり何百年か前に飛んでいったみたい。君の身体が飛行機だったみたい。そのおかげで、本当にその尚徳王女さんが出てきて、私の横に同じように腹這いになって、昔々の自分の歌を読んで感慨に耽《ふけ》っている。辛かったでしょうねと私が言うと、そう、とても辛かった、でも、こっそりでも、ほんの短い間でも、会えた時の喜びだってよく覚えている、あなただって知っているでしょう、この間ちゃんと味わったでしょう、そう言っているみたい。

どんな顔の人だったのか。私とちがって王女だからやっぱり美しかったのか。気の強いお嬢さんだったのか。もしも同じ時代に生まれていたら、私と友だちになれるような人だったのか。

私は王家の侍医になって、この人の身体を見てあげることになったのか。いや、その頃は女の医者なんていなかっただろう。私はせいぜい侍女。

私に王女が憑いていたのなら、君には幸地里之子が同じように憑いていたことになります。しかし、ことは私の側からはじまった。王女の方がきっと気が強い人だから、彼女の方があの人にしましょうって言って、それであんなことが始まる。なんだか君は二重に使われたみたいなことになってごめんなさい。でも、君だって楽しんでいたものね。私は女として自信が出ました。もっとも、また王女さまの霊が憑いてくれなければ、二度とあんなことはできそうにないけれども。

本当に私たちに憑いたのが尚徳王女と幸地里之子の霊だったのか、魂がそうやって時間を超えて渡ってくることがあるのか。『琉歌全集』を繰ってこの歌を見つけた時の興奮から覚めてしばらくたった今の私にはよくわかりません。自分の意思とは別のものに動かされて君を誘い、ああいう毎晩を過ごし、別れてまだ納得がいかずにユタのところに行って、最後にこの歌に行き合った。不思議なことをしたものだと思いますし、させられていたとも思います。

でも、他の土地ならばともかく、ここ沖縄ではそれもあるかもしれないとも考えるのです。私は子供の頃からご先祖のことを聞いて育ちました。いろいろ憑くものや、マブイ（つまり魂ね）を落とす話も聞きました。実際ここは、お盆にもなれば夏の青空に先祖の霊がずらっと並んでいるようなところですからね。

それで、もしも悲恋の二人が私たちの身体を借りてあんなに大きな悦楽を得たとしたら、私たちもそのお相伴にあずかったとすれば、それはやっぱりいいことだったのでしょう。君が私の言うことを信じないのならば、つまりいい歳をしたおばさんの色事の相手をさせられて、その後始末にこんな話を読まされたと思うのなら、それはそれでしかたがないと思います。ここまで書いてきて、私はなんとなく弱気になっています。こんな話、信じろという方が無理かもしれない。それならそれでいいですけれど、それでもこの歌はいいでしょう。笑ってくれてもいいけれど、四十二歳で私は文学少女になりました。

お元気でね。

――徳子

大事なことを忘れるところでした。

この二人の恋は露顕して、幸地里之子は処刑され、王女の方は嘆きのあまり首里城の城壁の上から身を投げて死んだということになっています。でも、昔からの琉球人の性格を考えると、私は幸地里之子はひそかに遠隔の地の別の職務に就けられ、王女は一人嘆きの人生を送って老いたという気がするのです。

池澤夏樹《いけざわなつき》（一九四五〜）

帯広生まれ。父は小説家・福永武彦、母は詩人・原條あき子。東京で育ち、埼玉大学理工学部物理学科中退後、翻訳家となる。ギリシア在住中に詩を発表しはじめ、一九七八年詩集『塩の道』を刊行。八四年長篇小説『夏の朝の成層圏』を発表、「スティル・ライフ」で八七年第一三回中央公論新人賞、翌年第九八回芥川賞、九二年『南の島のティオ』で第四一回小学館文学賞、九三年『母なる自然のおっぱい』で第四四回読売文学賞（随筆・紀行賞）、『マシアス・ギリの失脚』で第二九回谷崎賞、九四年『楽しい終末』で第五回伊藤整文学賞、九六年『ハワイイ紀行』で第五回ＪＴＢ紀行文学大賞、二〇〇〇年『花を運ぶ妹』で第五四回毎日出版文化賞、〇一年『すばらしい新世界』で第五一回芸術選奨文部科学大臣賞。〇三年第七回司馬遼太郎賞、『言葉の流星群』で第一三回宮沢賢治賞、〇四年『静かな大地』で第三回親鸞賞、〇五年『パレオマニア』で第八回桑原武夫学芸賞。一〇年「池澤夏樹＝個人編集 世界文学全集」の編纂で第六四回毎日出版文化賞（河出書房新社・企画部門）、一一年朝日賞。沖縄、フォンテーヌブロー、札幌に住む。文明史的視点から小説を書き、ネイチャーライティングや時評でも活躍。

津島佑子

鳥の涙

いくつものテーマが交響する音楽的な短篇である。

始まりは強制労働に連れ出された父が、気持ちのいい軽い風が海から吹いてくる日に鳥になって帰ってくる、というお伽《とぎ》ばなし。しかし群の先頭を飛ぶその鳥には頭がない。伽とは話などで誰かの無聊《ぶりょう》を慰めること。子どもが相手ならば寝かしつけることになる。それが母から姉と弟の二人に語られ、母もまたその母から聞かされたのがわかり、その背後からイフンケ（アイヌの子守歌）が聞こえてくる。

青森から北海道へ津軽海峡を越えて、和人とアイヌの境界を越えて、砂浜を息せき切って走る二人の少女が見える。その二人の間で歌が伝えられる。

父を失った子の嘆きに弟を失った姉の嘆きが重なる。

祖母の夫は工場で機械に頭をおしつぶされて死んだ。それならば頭のない鳥となって飛来するのもわかるし、そこにない目から流れる涙もわかる。

このまま長篇小説になりそうで、長篇にも巧みだった津島佑子《ゆうこ》の全仕事がそのまま凝縮されたような作品である。

鳥の涙

——おまえのお父さんはまだ帰らない。……

こんな言葉から、私の母の「お話」ははじまった。私と弟は二つ並んだふとんに寝ている。私が七歳のころ、とすると弟は四歳だったことになる。とてもこわいお話だったので、私と弟は眼《め》をつむり手をつないで聞いていた。眠る前の子どもに聞かせるにはあまりにこわいお話だと母もやがて気がついたのか、いつの間にか、私たちは別のお話しか聞かなくなっていた。

——これは子守り歌だったっていうんだけど、どんな歌だったのか、わたしにはさっぱりわからない。あんたたちのおばあさんにも、もう、わからなくなっていた。子守り歌だったから、自分の赤ちゃんに聞かせるお話なの。

お話をはじめる前に、母はこのようなことを言ったような気がするのだが、これもはっきりしない。あとから私がこのお話のもとを知って、それで自分の記憶をすりかえてしまっているようにも思える。弟に念のために聞ければいいのだけれど、弟はずっと前に死んでいる。

――おまえのお父さんはまだ帰らない。……

母は話しはじめる。

――……毎日、私はおまえを泣きながら育てています。おまえのお父さんはとなりの国の人たちに連れられて行きました。そこに行けば必ず死んでしまうと言われる、おそろしいところ。冷たい海には、たくさんのさかなたちがいます。そのさかなを一日中、おまえのお父さんは集めつづける。海の波。お父さんは転ぶ。となりの国の人たちがお父さんを棒で打つ。体から血が流れる。足も手も海の冷たさでぼろぼろになって、血だらけになっている。お父さんは食べるものももらえない。寝る時間ももらえない。お父さんは病気になる。となりの国の人たちは病気になったお父さんを棒で打つ。病気のお父さんは体中に血を流しながら、冷たい海のなかに戻って行く。海のなかには、人間の血のにおいが大好きなサメもいる。そんなおそろしいところ。

おまえのお父さんは行きたくなかったのに、命令に従わないと殺されてしまうので、ある日、船に乗って、となりの国の人たちの村へ出かけて行きました。そのとき、おまえのお父さんはおまえを抱いて泣いている私に言いました。

「もし私がずっと帰って来なかったら、気持のいい軽い風が海から吹いてこないか、気をつけるんだよ。そうしたらおまえは海辺に出て、遠い沖を見つめるんだ。すると鳥の群れが陸に向かってくるのが見えてくる。いいね、その先頭に首のない鳥が一羽飛んでいる。それが私なんだ。ちゃんとその私を見つけて、拝んでくれるね。」

それにしても父親のいない私たちに、母はなにも思わずにこの「お話」を聞かせていたのだったろうか。私たちの父は弟が赤ん坊のころに母のもとを去って、母よりもっと若い女と暮らし、そうして、当時、東欧と呼ばれていた国のひとつに行って、それ以来、消息がわからなくなった。父と母は結婚していなかったので、私たちはもともと、法律上、父のいない子どもたちだった。父は私が生まれたころ、まだ学生だったという。私が大学に入ったとき、母が父との生活のありのままを、でも最低限の範囲で教えてくれた。それから十年以上経《た》っているけれど、私は父について母になにも聞かないし、母も言わない。三歳までの父親が父と言えるのかどうかさえ、私にはわからない。少なくとも、私はその存在を、自分がこの世に生まれてくるきっかけとしか感じなくなっている。父という言葉とは無縁の、ただのきっかけだ。まして、母は私が大学を卒業してからある年上の男と生活をともにしはじめ、今でも老夫婦として一緒にいるので、私にも母たちに対して家族らしい思いが育ち、父という言葉を聞くと、今の母の相手を自分から思い浮かべるようにさえなっている。と言って、お父さんと呼んだこともないし、遠慮のないロゲンカをしたこともないのだけれど。

なにしろ自分でさえ首をかしげたくなることがあるほど、私は自分の父についてなにも特別な思いを持たずに、この年まで過ごしてきた。結婚して、子どもを持っても、その無関心は変わらなかった。子どものころ、父がいなくて心細いとか、物足りない、と感じたおぼえがない。でも、母はどうだったのだろう。このごろになって、そんなことが気になりだしている。私と弟を寝かしつけるときに、あの「お話」を聞かせてくれた母は父と別れてからまだ、四年しか経っていなかったのだし、たったの三十歳だったのだ。母こそ心細い思いで、「お話」の私と自分を重ね合わせ、でも自分の相手はだれかに強制されて離れていったのではなく、殺されて首のない鳥になったのでもない、と溜息《ためいき》をついていたのではなかっただろうか。それとも、当時の母は生活費をだれにも頼れなかったから、私たちの世話をしながら働くのに忙しすぎて、なんの感傷もなく、自分も一日の疲れで半分眠りながら、子どもたちのために「お話」を寝言のように語っていただけだったのか。母の知っている話といったらひどく数が限られていた。モモタロウやタニシ長者、ツルの恩返しなど、くり返し話してしまうと早くもタネ切れ、という状態に追いつめられ、そこでむりやり記憶から引きずりだしたのが、「鳥のお話」だった。そういうことだったような気がしてならない。

そうそう、こんな話を私のお母さんから聞いたことがあったっけ。とても変な話だった。

母はある夜、不意に思い出した。もっとほかのおもしろいお話、聞かせてよお、という私たちの不満に悩まされながら。

——おまえのお父さんはまだ帰らない。……

そうだわ、この言葉で話ははじまるんだった、と母は自分の母親の声に耳を傾けるようにして、新しい「お話」をゆっくり語りはじめる。

——……毎日、泣きながら私はおまえを育てています。となりの国に連れて行かれたおまえのお父さんはいつまでも帰ってこない。でも、おまえのお父さんが言い残していった通りに、今、気持のいい軽い風が海から吹いてきた。なんてさわやかないい風なんだろう。私は急いで、海辺に走って行きます。海の波が白く光っています。沖のほうから鳥の群れが飛んで来ます。私は息もできなくなり、鳥の群れを見つめます。ようやく、先頭の鳥が見えてきた。でもまだはっきりとは、その姿を見届けられません。私は心臓も止めて、先頭の鳥を見つめつづけます。白い羽根が大きく上下するのが見える。そして、白い胴からまっすぐ伸びているはずの頭がない。ほかの鳥たちには白い頭がついていて、黄色いくちばしも先端に光っているというのに。首のない鳥は私の頭のうえに輪を描いて飛び、そうしてまた、沖のほうに向けて飛び去って行く。

あれがおまえのお父さんなんだろうか。本当にそうなんだろうか。

私にはただ泣くことしかできない。砂浜に倒れ伏し、私は泣く。おまえのお父さんは鳥の神さまになった。首のない鳥の神さまでは、だけど、おまえが見えない。私の姿も見えない。鳴き声も出せない。そんな鳥の神さまに、おまえのお父さんはなったので、もう私たちのところには二度と戻ってこないのです。

私の母は私たちの頭を交互に撫《な》でながら話し終え、自分で納得いった思いになって一人でうなずく。

この子どもたちの父親は自分で自分の頭を切り捨てたのだった。私たちを見なくてもすむように。私たちを忘れ去るために。切り捨てたときは、多少の痛みがあっただろう。血も流れただろう。切り落とされた頭に付いた二つの眼からは、涙が流れただろうか。泣き声が洩《も》れただろうか。あのひとは、頭を失った鳥になって私たちに別れを告げ、飛び去って行った。私たちに一日も早いあきらめと忘却を与えるために。そう、私があのひとを思い、心細さと怒りに泣かなくなったのは、そのせいだった。おそろしいとわかっていながら避けられない「冷たい海」に引きずりこまれていったあのひとに、私は同情さえおぼえるようになった。かわいそうなひと。あなたはとうとう、頭のない鳥になってしまった！

私の母は私たちの顔を長い間、見つめつづける。私たちは寝床で眼をつむっているけれど、まだ眠ってはいないので、ときどき薄眼を開けて、母がまだ自分たちのそばにいるのを確かめてはくすくす笑っていた。母の顔はすこしも悲しげではなく、ただ眠そうにぼんやりしていた。

最近になって、私は母から聞いたこの話がどこから来たのか気になりだし、あれこれと民話の本をのぞきはじめた。中学生になった私の子どもに、あの「首なし鳥」の話さ、あれ、だれに聞いても、知らないっていうよ、なんで、あんな話を知ってたんだよ、とあるとき、言われて、本当になぜなんだろう、とうろたえてしまった。老いた母にも、なにげなく聞いてみた。母はいとも簡単に答えただけだった。

私のお母さんが話してくれたから、私もあんたに話してやったんですよ。

私の祖母は青森から東京に出てきた人だった。祖父は埼玉に生まれ、東京の学校を卒業して以来、東京の会社で働き、私の母がまだ赤ん坊のころに、事故で死んでしまった。それだけのことを思い出し、私はまず青森に伝わる民話の本を買ってきた。私の探す「鳥の話」は見つからなかった。つづけて、埼玉の民話集を買い求めた。やはり、「鳥の話」は見当たらない。岩手、秋田の民話も同じように調べてみた。どこにも、「鳥の話」に似通った話すら見つけることができなかった。

祖母が自分で作りあげた「お話」だったのだろうか、とも考えてみた。それとも、祖母の近くにいただれかが創作したのか。でも、私にはどうしても、そのようには思えなかった。だれかの思いつきで作られたにしては、あまりに風変わりな「お話」ではないか。なぜ、「ある男が」と言わずに、わざわざ「おまえのお父さんは」と言わなければならないと決められているのだろう。なぜ、首を失った海鳥が悠々と空を飛びつづける姿を想像できたのだろう。ふつうに考えれば、こんな残酷な姿はないのに、どうして「お話」のなかでは、それが美しい姿にさえ感じられてしまうのだろう。

祖母の生まれた青森のすぐ北には、北海道という、島とは呼べないほどに大きな島が存在していることに、私はふと気がつかされた。祖母の家は太平洋に面した古い漁村の網元だったという。それならば、北海道の海辺になんらかのつながりがあったのではないか。北海道は、アイヌの人たちの土地だった。

もしかしたら、という思いで、私はアイヌの民話集を図書館で探して、眼を通してみた。アイヌの歌を集めた本も調べてみた。そして、私はとうとう、あのなつかしい「お話」とそっくりな話と巡り合うことができたのだった。

それは短かい子守り歌だった。泣きつづける赤ん坊をあやすために、母親が今は亡き父親について語り聞かせる。

——おまえのお父さんは生きていたのです。……

子守り歌はこの言葉ではじめられていた。

赤ん坊の父親は「和人」の村から来た呼び出し状に渋々とながら出かけていく。もし自分が帰れなくなっても、きっとそよ風とともに鳥の群れが飛んでくる。その先頭に首のない鳥がいる。それを見届けたら、充分におそなえをしてほしい、と言い残して。いくら待ちつづけても、父親は「和人」の村から帰ってこない。でも、父親の言った通りに、ある日、鳥の群れが飛んでくる。そこで赤ん坊の母親は先頭を飛ぶ首のない鳥のために、いろいろな料理をおそなえして、見送った。父親はその料理をおみやげにして神々の村にたどり着き、神々と暮らしはじめることができた。……

このような内容で、父親が殺されたという言葉は一言も出てこなかった。「となりの国」とは、「和人」つまり「日本人」の国だったのか、と私にはそれがいちばん、意外な発見だった。いつごろにできた歌なのかわからないけれど、日本人が北海道に住みはじめ、アイヌの人たちをこき使ってニシンやコンブで大もうけをしたという背景が、ここにあることはまちがいない。「和人」がどれほどいばっていたのか、アイヌの人たちがどれだけ犠牲になっているのか、私にはそこまでの知識はない。でも、こんな子守り歌が伝えられているほどに、「和人」が恐怖の代名詞になっていたのだろう、とそれだけははっきりと思い知らされる。

祖母はいつ、どこでこの子守り歌を聞いたのだったろう。アイヌ語をまったく理解できない祖母に、だれがその意味を伝えてくれたのだろう。

……まだ七、八歳の祖母が海岸を走っている。

祖母の子どものころの顔など、私には思い浮かべようもないから、写真で見たことのある母の子どものときの顔を私はあてはめてみる。おかっぱの頭に、丈の短かい着物。祖母は親に連れられて、北海道まで船で渡り、ある浜辺で親の仕事が終わるのを待っている。どこの海も、たいしたちがいはない。でも、ここでは砂浜のなんと長くつづいていることだろう。海の水、空の光がなんと重たげに見えることだろう。風の音が四方にひびき、生きものの群れのように走り過ぎていく。祖母は風を追って走りだす。走りださずにはいられない。風が祖母の体を包みこむ。

〈あんた、どこの子?〉

風に突然、話しかけられ、祖母はびっくりして立ち止まる。すこし離れたところに、祖母よりも年上の少女が立っている。祖母と同じような丈の短かい着物に、長い髪を三ツ編みに編んでいる。それで祖母は安心して、息切れのする声で答える。

〈南の青森から来たっす。ここ、あんたの浜なんすか？　知らねえで遊んでいたはんで、許してけれ。〉

当時の祖母はこのように話していたのだったろうか。祖母の言葉が、歯切れのよい日本語を使う三ツ編みの少女にどこまで通じたのかもわからない。けれど多少聞き慣れない言葉でも、子ども同士のこと、なんとなく互いに理解できてしまったにちがいない。

〈そうよ、ここはあたしたちの浜なんだから、早く出て行ってよ。でも、ちょっとだけならいいよ。あたしのあとから走っておいで。〉

三ツ編みの少女はこう言うなり、祖母が今まで走ってきた方向に走りだす。祖母は二本の三ツ編みが揺れるのを見つめながら、懸命にあとを追って走って行く。三ツ編みの少女は自分の浜を走るのだから、さすがに速く走る。いくら走っても、まわりの風景は変わらない。灰色の波打ち際がゆるい弧を描いて、眠たげにつづく。二人の少女は黙って走りつづける。

祖母の息が苦しくなり、眼がまわりそうになったとき、三ツ編みの少女は浜から小高く盛りあがった草地に駆け戻り、そこに坐《すわ》りこむ。祖母もそこにたどり着くと、少女の傍《そば》にうつ伏せに倒れこんでしまう。少女の笑い声が祖母の耳を打つ。

〈青森の子もよく走るねえ。あしたもあんた、ここにいる？　そしたら、また一緒に走ろう。〉

祖母は体を起こし、首を横に振る。体がまだ息の弾みで波打っている。

〈あしたは、もう、いねえ。船で夜、青森に、帰るっす。〉

〈ふん、なんだ、そうか。……〉
少女はすこし黙りこんでから、唐突に高く澄んだ声で、不思議な歌をうたいはじめる。
〈アウホットゥ　ロー、エ　コㇽアイヌ、
アウホットゥ　ロー、アナ　コㇽカ
アウホットゥ　ロー、トノ　イレンカ
アウホットゥ　ロー、ホカムパ　クス
アウホットゥ　ロー、トノコタン　ワ……〉
くりかえし耳にひびく、舌の震える「ロー」の音を祖母は心地よく聞きつづける。やがて、祖母も少女とともに、「アウホットゥ　ロー」というくり返しの部分だけを歌いはじめる。少女のように巧みに舌を震わせて「ロー」とうたうことは、とてもできはしないが。一緒に歌いだした祖母に、少女は微笑を見せてから、眼の前の空を一心にながめて、不思議な歌をうたいつづける。
なにも意味がわからないのに、一緒に空を見つめて歌ううちに祖母は海に自分が溶け消えていくような悲しさを感じ、いつの間にか、少女の体にすり寄り、その日焼けした細い脚をつかんでしまう。
歌いはじめたときと同じように、少女は急に歌いやむ。そして祖母の、まだ幼ない顔を睨《にら》みつける。祖母はあわてて、少女の脚から自分の手を引込める。
少女は重々しい口調で祖母に言う。
〈あんたはシサムの子だけど、いい子だから特別にこの歌の意味を教えてやる。よくおぼえとくんだよ。あたしもこれはフチから聞いておぼえたんだ。でも、まだ完全にはうたえないんだ。もっとあたしの頭がよかったらいいんだけどねえ。……じゃあ、いいかい。まず、アウホットゥ ローは赤ちゃんをあやしている声、ああ、よしよし、ネンネネンネってとこかな。子守り歌なんだよ、これは。あたしたちは、イフンケっていうんだ。フチのイフンケなんだよ。……〉

そして祖母は少女の語る話に耳を傾ける。

〈……おまえの父さまは生きていらした、でも殿さまの命令がきびしくて、殿さまの村から夏の六年、冬の六年、呼びだしの手紙が来た、おまえの父さまは殿さまの村へ船出もしないで暮らしていたけれど、とうとうおまえの父さまは殿さまの村へ行く決心をなさった、その出発の前に、こんなことをおっしゃった、「殿さまの村に私が行って、万一帰ってこなかったら、次のようなことが起こるだろう、ある日、いい凪《なぎ》の風が沖から吹きあげてくるだろう、そうしたらおまえは外に出て遠い沖を見渡す、するとこんなものが見えるだろう、たくさんの鳥の群れが陸をさして飛んでくるだろう、その鳥の群れの先頭に首のない鳥の神が混じっているが、それが私なのだ、どんな煮込み料理でも野草料理でもいいから、おまえが作ったものをそなえて鳥の神の私を拝んでくれたら、それを持って神々の村へ行って、神々と一緒に暮らすことになるだろう」、こんなふうにおまえの父さまは言い残して船出なさったんだよ、ねえ、その話を聞きたくて、おまえは泣いてむずかっているんだろうね、それから毎日、私は泣きながらおまえを育てていた、ある日、おまえの父さまがおっしゃった通り、凪のそよ風が沖から吹いてきたので、私は外へ出てながめると、遠くの海の上にたくさんの鳥たちが陸をさして飛んできた、そして首のない鳥の神が、そのなかに混じっていた……〉

よくおぼえておけと少女に言われたから、祖母は少女の口もとを一心に見つめながら聞き入った。

自分の顔や腕についた砂をときどき、指で払い落とすと、その砂が海の風にさらわれてうしろに吹き飛ばされていく。海からの風が肌に冷たい。

こうして、私の祖母は一つの不思議な「お話」を自分にだけではなく、私の母、そして私、おそらく私の息子にまで刻みこんだのだった。


もちろん、こんな私の想像とちがって、実際には、この子守り歌を知った日本人がどこかにいて、それが祖母の家族に伝わり、ついでのように祖母もそれを聞き知っただけだったのかもしれない。いずれにしても、祖母はいつごろからか、この「お話」とともに生きはじめた。女学校のころともなると、「殿さまの村」が日本人の村を意味することも、「呼びだしの手紙」が強制労働を意味することも、祖母はさすがに知るようになったにちがいない。日本人が気楽に語っていい「お話」ではないことも感じとっただろう。祖母はその後、東京に出て、看護婦になり、それから祖父と結婚した。でも三人めの子ども、つまり私の母が生まれてすぐに、祖父は死んだ。祖母は再び、看護婦になって、一人で子どもたちを育てはじめた。独身のままでいた自分の妹に助けられながら。

家に戻る祖母は、いつも疲れきっていた。でも、子どもたちの顔を見届けずには、茶の間に坐りもしなかった。子どもたちが眠る時間に祖母が家に帰っていれば、子どもたちの枕もとで必ず、「とっておきの話」を聞かせてやる。そのお話が、子どもたちに対する母親のしるしだったのだ。と言っても、祖母はそれほどたくさんの話を知っているわけではなかった。あるとき、祖母はアイヌの人たちの、不思議な「お話」を思い出した。日本人が勝手に、自分たちのなぐさめに語ってはならない「お話」。

子どもたちの枕もとで、祖母はためらった。でも、この子たちのお父さんだって、日本人に殺されたわけではないけれど、工場の機械に殺されたのだから、今の私が子どもたちに聞かせるのなら許されるのではないかしら。今の私にとって、なんてふさわしい「お話」だったろう。

——おまえのお父ちゃんは生きていたのです……。

祖母は自分の記憶を慎重に探りながら、低い声でうたうように語りだした。

——……このお父ちゃんの話を聞きたくて、おまえはきっとそんなに泣くんだね。おまえのお父ちゃんはある日、となりの国にむりやり連れて行かれたのでした。寒い、寒い国です。凍りつく海で、おまえのお父ちゃんは働かなければなりません。それに、となりの国の人たちはとても残酷で、お父ちゃんを容赦なく棒でぶちます。おまえのお父ちゃんはおまえと私がいるから、そんなところには行きたくなかったのに、ある日、とうとうお父ちゃんはとなりの国の船に乗せられることになりました。……

祖母はこのように「お話」を進める。

出発前の、お父ちゃんの予言。うちのお父ちゃんもあのころ、よく言ってたっけ。祖母は「お話」に重ねて聞こえてくる自分の夫の声にも耳を傾ける。おれはなにが起こったって、ここに戻ってくるからな。たとえ死んだって、戻ってくるから、おまえはここで待っているんだぞ。

労働争議がつぎつぎに起こってはつぶされていく時代だった。ストをしたからといってまさか殺されはしないだろう、と思っていたけれど、運のわるいあの人は、すでに調子の狂っていた機械に頭を押しつぶされ、呆気《あっけ》なく死んでしまった。現実に起きたことが私には理解できないまま、簡単な葬式が済み、骨だけが残った。

それから、私は待ちつづけた。あの人は戻ってくる。必ず、戻ってくる。自分であの人がそう、言っていたのだから。私は毎日、泣きながら、おまえのお父ちゃんを待ちつづけた。まだ、帰ってこない。明日には帰ってくるのだろうか。

ある日、外から風が吹いてきた。なんて気持のいい風。私は風に誘われて外に駆け出た。お父ちゃん！　私は思わず、叫んでいた。早朝の薄い青空に、白い鳥たちが飛んできた。お父ちゃん！　私はもう一度、声を出した。首を切り落とされた、ひときわ大きな鳥が一羽、先頭を飛んでいた。あんな死に方をしたから、お父ちゃんは首のない鳥の神さまになるしかなかった。首なんかなくたって、お父ちゃんのことだから困りはしない。あの大きな翼がお父ちゃんの眼なんだ。あの体全体がお父ちゃんの声なんだ。首がなくても、あの鳥の美しさはかえって際立っているではないか。そうだねえ、頭なんて持っていたってやっかいなだけの代物なのかもしれないねえ。鳥は静かに飛び去って行った。私は涙を流して、鳥たちを見送った。お父ちゃんは死んだ。もう、二度と戻ってこない。本当に、死んでしまったんだ。お父ちゃん、私も首のない鳥になりたい！　私はお父ちゃんが死んでから、はじめて大声で泣きじゃくった。……


祖母のこの「お話」を聞いて育った私は、夫を失ってはいないから、「おまえのお父さん」と自分で語ってみても、自分の夫のことなど思い浮かべはしない。私の父や祖父を思ってみるわけでもない。この「お話」をかつて、寝床で聞きながら手をつないでいた幼い弟が、私の頭のなかで、首なし鳥の姿になって羽ばたきつづけている。

子どもが生まれたときに、私は夫の顔を見て泣いた。夫がそのとき考えたような、うれし涙などではなかった。

——この子も死ぬ、きっと死んじゃう。そう決まっているの。弟も九歳で死んだ。おじいさんも三十三歳で死んだ。父は姿を消した。男はみんな、私のまわりからいなくなる。だから、あなただって死ぬかもしれない。でも、あなたはもうおとなだから、いつか、あきらめがつく。せっかく生まれたこの子が死ぬのは、どうしたってあきらめられない。どうしよう。この子が弟のように死ぬのを待ちながら育てるなんて、そんなこと、できない。どうして男の子なんか生まれてきたの。男の子なんか欲しくなかったのに。

長い間忘れていた、弟と遊んだときの喜びが大きな波になって、産後の私に押し寄せてきたのだった。父のいない家で、忙しい母の代りに私は弟のオムツを取り替えてやっていたし、御飯も食べさせ、洋服も着せてやった。お風呂に入ったあと、真裸で弟とふとんの上を転がりまわるのが、大好きだった。弟が小学生になってからは、一年生の教室を必ず、私が毎日、見まわりに行った。弟に友だちができると、私も一緒に遊んだ。私の弟！　私の弟！　私がいつも言いつづけるので、私のクラスの全員が弟をよく知るようになった。おまえの弟！　あんたの弟！　クラスのみんなが、そう言って、私をからかう。それでも私は弟のそばから離れなかった。運動の苦手な弟のために、家で体操のコーチになってやったこともある。学年の代表に弟が選ばれて、終業式に生徒全員の前で、転任になった先生のための「送る言葉」を弟が読んだとき、私は心配のあまり、気分が悪くなってしまった。私の弟。私だけの弟なのだった！

この子は死なないよ、死ぬはずがないんだよ。私の夫は辛棒強く、まるでちょうど子守り歌をうたうように、私に言い聞かせつづけた。私は信じなかった。弟だって、死ぬはずがなかったのだ。

でも三年経って、私の泣く回数は減りはじめた。六年経って、たまにしか泣かなくなった。泣く代りに、私は母から聞いた「お話」をそのころから、私の子どもに聞かせはじめた。九歳になろうとする私の子どものために聞かせておきたかった。

——おまえのお父さんはまだ帰らない。……

すると、子どもは変な顔をしてつぶやく。

——ぼくのお父さん、いっつも帰ってくるよ。

私は無視して、「お話」をつづける。

——……毎日、私はおまえを泣きながら育てています。おまえのお父さんはとなりの国の人たちに連れられて行きました。……

——それ、だれの話？　おまえって、ぼくのことじゃないね。

私はなにを言われても知らんふりをしている。

——……でも、おまえのお父さんが言い残していった通りに、今、気持のいい軽い風が海から吹いてきた。なんてさわやかないい風なんでしょう。私は急いで、海辺に走って行きます。沖のほうから、鳥の群れが飛んできます。私は息もできなくなり、鳥の群れを見つめます。ようやく先頭の鳥が見えてきた。私は心臓も止めて、先頭の鳥を見つめつづけます。白い羽根が大きくはばたいている。だけど、白い胴からまっすぐ伸びているはずの頭がない。……

……首のない鳥になってしまった私の弟！　私の弟がようやく、私のもとに戻ってきてくれた。翼の羽ばたく音が、私の耳にひびいてくる。首のない鳥は私の頭上をまわりはじめる。真白な翼がまぶしい。翼の風が、私のまわりに渦巻く。まだ、死ぬはずじゃなかったのに死んでしまったので、首のない鳥の神さまになった私の弟！　ねえ、聞いて、お姉ちゃん、聞いて、といつも私から離れずにしゃべりつづけていたから、今でも私に言いたいことが多すぎて、だからいっそ、首を捨ててしまった私の弟！　首のない鳥の翼から大粒の涙が光りながらしたたり落ちてくる。その涙で、私の頭、肩、胸、手が濡《ぬ》れていく。翼の風が、私の体を凍らせる。羽音が耳にひびく。弟の声が羽音とともに聞こえてくる。

お姉ちゃん！　お姉ちゃん！

私も叫ぶ。

私はここだよ！

そのとたん、首のない鳥の神さまになった私の弟は空高く舞いあがり、沖のほうにまっすぐ飛び去っていく。弟の涙に濡れたまま、私は砂浜で泣きつづける。……

そうして、私の子どもは九歳になった。弟のようには死ななかった。私の子どもは十歳を過ぎても十二歳になっても死ななかった。そして、首のない鳥になった私の弟は沖のほうに飛び去って行った。

でも、ときどきあの翼の音が今でも私の耳を打つ。すると、私の体は翼からしたたり落ちる弟の涙でびしょ濡れになる。翼の風で凍りつく。

お姉ちゃん！　お姉ちゃん！

弟の声が聞こえてくる。弟の声は変わらない。首のない鳥の神さまになった弟の幼い呼び声がなつかしくて、私は微笑を浮かべ、耳を傾ける。

弟はもう戻ってこないのかもしれない。でも、私にはまだわからない。私の子どもがこの先いつ死ぬのか、夫が、私自身が、いつ死ぬのか、だれにもわからないように。

――……おまえのお父さんは今は、神々と一緒に暮らしているのだろうから、このお話を、おまえに話して聞かせたのですよ。……

アイヌの子守り歌イフンケは、このように歌い終わる。

――……アウホットゥ　ロー、さあ、もう泣きやみなさい！

津《つ》島《しま》佑《ゆう》子《こ》（一九四七〜二〇一六）
三鷹生まれ。父は小説家・太宰治。白百合女子大学文学部英文科在学中の一九六六年「よせあつめ」を創刊、「手の死」などを発表。また「文芸首都」誌に参加。卒業後、明治大学大学院（英文学専攻）に進むが除籍。財団法人放送番組センター勤務を経て結婚。七一年作品集『謝肉祭』を刊行。七六年『葎《むぐら》の母』で第一六回田村俊子賞、七七年『草の臥所《ふしど》』で第五回泉鏡花文学賞、七八年『寵児』で第一七回女流文学賞、七九年『光の領分』で第一回野間文芸新人賞、八三年「黙市《だんまりいち》」で第一〇回川端康成文学賞、八七年『夜の光に追われて』で第三八回読売文学賞、八九年『真昼へ』で第一七回平林たい子文学賞、九五年『風よ、空駆ける風よ』で第六回伊藤整文学賞、九八年『火の山—山猿記』で第三四回谷崎賞、第五一回野間文芸賞、二〇〇一年『笑いオオカミ』で第二八回大佛《おさらぎ》次郎賞、〇五年『ナラ・レポート』で第五五回芸術選奨文部科学大臣賞、第一五回紫式部文学賞、一二年『黄金の夢の歌』で第五三回毎日芸術賞。作品のモティーフは母子家庭、幼い長男の死といった作家個人の体験から近代史、マイノリティ、神話、宇宙論などの大きな主題までを覆う。

筒井康隆

魚籃観音記

この作家にあってはすべてが過剰だ。

どの作品でも主題ははじめから明確であり、それを実現するための言葉が怒濤《どとう》のごとく湧出する。読者はその奔流に身を任せて快感に酔いしれる。それは時には恐怖であり（例えば「走る取的《とりてき》」）、時にはこの作のように性欲であり、妄想であり、哲学であり、その多様さは目を見張るばかり、読むままに痴《し》れ者《もの》となれる。

読者の性欲を刺激するには究極の性交を描写すればいい。ここは役者が大事で、キャスティングは観音菩薩《かんのんぼさつ》と孫悟空《そんごくう》！　筒井康隆が過剰だというのはこういうところだ。大島渚《なぎさ》の「愛のコリーダ」の主人公、阿部定《あべさだ》と吉蔵《きちぞう》の過剰な性欲を思い出そう。（ちなみに「愛のコリーダ」で阿部定を演じた松田英子は後に若松孝二監督の「聖母観音大菩薩」という映画に出演している。）

性欲喚起には名詞と形容詞とオノマトペではまったく不足。動詞をいかに活用するかが腕の見せどころで、その点で『魚藍《ぎょらん》観音記』は凡百のエロ本を軽く飛び越えて天空たかく飛翔《ひしょう》している。

この技術的達成の背景には、作家が現代の文芸理論に精通していることがある。それを知るには『文学部唯野《ただの》教授』などを読むとよい。

魚籃観音記

本篇黙読中は、ＢＧＭに「Ｍｉｓｔｙ」など用い、頁《ページ》を繙《ひもと》くのに用いぬ方の手で静かに手淫《しゅいん》行わば、結末間近にして大いなる歓喜法悦に導かれること間違いなし。ゆめゆめ疑うことなかれ。

作者

かなわぬ時の観音《かんのん》頼み、いつものように助けを求めて、孫悟空《そんごくう》は南海の普陀落伽《ふだらか》山にやってきた。
峰は高く聳《そび》え、千般の瑞草《ずいそう》の中に百様の奇花が咲く世にも稀《まれ》な景色だが、そんなものに見惚《みと》れている余裕など、悟空にはない。

鸚哥が語り孔雀の啼く紫竹林の中へさっさと入っていくと、彼方《かなた》から善財童子《ぜんざいどうじ》が笑いながらやってきて出迎えた。

「やあ。孫大聖《たいせい》。先だってはお世話になりました」

見れば善財童子とは、以前六百里鑽頭号山《さんとうごうさん》に火雲洞《かうんどう》という住まいを持ち、悟空たちをさんざ苦しめた紅孩児《こうがいじ》ではないか。今は観音菩薩《かんのんぼさつ》の戒めを受けて弟子にしてもらい、善財童子という名を貰っているのである。

「手前、あの時はおれをひどい目にあわせやがったなあ」悟空は苦笑する。「三蔵《さんぞう》さまをさらった上、水でも消えねえ三昧火《さんまいか》で、おれに大火傷《おおやけど》させやがった」

「いや申し訳ない。さいわい菩薩がお慈悲をかけて引き取ってくださったので、今では一日中お傍《そば》を離れず、宝蓮台《ほうれんだい》のもとに侍《はべ》っております」

なるほど観音が手放さぬのも道理、この童子、髪は燃えるように赤く、顔の色はあくまで白く、紅を塗ったような唇が艶やかに濡《ぬ》れているという、女としても秀麗な美少年である。嘗《かつ》て悟空と戦うため、炎に包まれた手車に乗り、槍《やり》を持ってあらわれた時などは、腰に錦のスカートを纏《まと》っただけで上半身は白く光る裸体、新月のような眉の下の眼《め》をいからせたそのあまりの美しさと妖気に、敵ながら悟空さえ舌を巻いたものだ。

「お前、本当に改心したんだろうな」

悟空に疑いの眼を向けられ、善財童子は突然もとの不良少年に戻ったかのような、いささか崩れた軟派の笑いを見せた。「いやだなあ。本当だよ」

「すぐ、菩薩に取り次いでくれ」悟空はそう言い、急《せ》きこんで喋《しゃべ》り出した。「通天河《つうてんが》に住む霊感大王という妖怪が、お師匠さまをさらいやがった。川底に棲《す》んでいるから、水が不得手のおれにはどう仕様もねえ。観音さまに助けてもらいてえんだ」

「菩薩はそのこと、とうにご存知の筈《はず》だよ」善財童子はそう言った。「今朝お目ざめになるとすぐ、悟空が困った顔をしてやって来るだろうから、ここで出迎えて待たせておけとおっしゃって、ご自分は竹林の奥で何かなさっている。まあ、ここで待ってなさいな」

悟空はしかたなく普陀巌《ふだがん》の上に腰をおろして、しばらく善財童子を相手に、彼の父親で悟空とは義兄弟の契《ちぎ》りを結んだ牛魔王の噂《うわさ》などをしていたが、なかなか菩薩が出てこないので苛立《いらだ》ちはじめ、我慢できず、ついに立ちあがった。「何してるんだ観音さんは。早く戻らねえとお師匠さんが霊感に喰《く》われちまう」

行きかけた悟空を善財童子はあわてて押しとどめた。「孫大聖。やめた方がいい。菩薩は自分が出てくるまで待てとおっしゃったんだよ」

「だって、遅すぎるじゃねえか。忘れていなさるのかも知れねえ。ちょっと声をかけるくらい、いいだろう」

悟空は善財童子を押しのけて、どんどん竹林の奥へ進んだ。

善財童子が止めたのも当然であった。観音菩薩は目覚めて起きたままの姿であり、玉飾りの冠もつけず、藍の法衣もつけず、錦の袴《はかま》も穿《は》かず、肩掛けもなく帯もなく、ただ一枚の薄絹の肌着を身につけただけの裸体に近い装いであり、竹皮を敷いた上に座し、白い腕もあらわに、手にした小刀でしきりに竹を削っている。

「あっ。こ、これは失礼」悟空、さすがにどぎまぎし、はっと地べたに平伏して言い訳する。「まさか朝のお化粧前とは存じませず、闖入《ちんにゅう》いたしましたがお許しくださいませ。実はお師匠さまが」

「わかっている」と、観音は言った。「もうちょっと、そこで待ちなさい。三蔵なら大丈夫だよ」

観音さまの言うことなら間違いあるまいと悟空はひと安心し、化粧していない観音の、これはこれでやけになまめかしい、そのやや下ぶくれの横顔を盗み見たり、玉の御手による竹細工を眺めたりしている。

「さあ出来た」観音は紫竹で編んだ籠を手にしてゆらりと立ちあがり、悟空に向けて全身を見せた。

その姿を見て悟空は一瞬眼がくらみ、脳天に鉄槌《こつつい》をくらったかのように大きくのけぞった。薄絹越しに丸い乳房の真ん中、薄紅色の乳首がくっきりと見え、全身の繊細な曲線美の中央にうっすらと陰毛さえ透けて見えるその姿の色っぽさ、美しさは何に例えることもできず、なにしろ美の極致たる観世音菩薩《かんぜおん》の裸体なのだから、石から生まれた女嫌いの悟空でさえたじたじとなるのは当り前であり、のち、魚籃観音《ぎょらんかんのん》として画家たちが好んで画題とし、掛け軸などの絵にしばしば描かれるのはこの時の観音の姿なのだから。

「どうかしたかい悟空」自身の魅力を知る観音が、ピンクの唇でにっかり笑いながら訊《たず》ねる。

「繚乱《りょうらん》、惑乱、大混乱」悟空はけんめいに眼をそむけながら、あたりの地面に爪を立てて引っ搔《か》きまわす。「か、観音さま。そのお姿はよくありませんぜ。衆生《しゅじょう》に劣情を催させます」

「妾《わらわ》に催さば浄土に往生する」観音はこともなげにそう言い、手にした籠を見せる。「金魚を掬《すく》いに裏の蓮池《はすいけ》へ行くから、ついておいで」

「えっ。金魚掬いなどと、そんな呑気《のんき》な」

「いいから。ついておいで」

観音がすたすた歩き出したので、悟空もしかたなくついて行く。紫竹林を出はずれた、蓮の花や蕾《つぼみ》がみごとな蓮池に着くと、観音は水面からひょいと水底を覗《のぞ》き、薄絹を結んだしごきをしゅっと解いて籠に結びつけ、しごきの端を持って池に投げ込み、ゆっくり引きあげながらのんびりした声で頌《しょう》を唱えた。

「死者は去れ。生者は掛かれ」

これを七遍くり返した時、あがってきた籠の中には光り輝く金魚が一匹跳ねていた。

「この金魚は、この蓮池で飼われているうちに、毎日水面に顔を出しては経を聞くようになり、ついに技を磨いたのじゃ」と、観音は悟空に向きなおって説明した。「あの通天河は名の通り、潮が満ちるとこの蓮池の底にまで通じるので、この金魚めは河に下って精となり、主となったのです。実は今朝起きてすぐ、欄干に凭《もた》れて蓮の花を見ていたら、こやつの姿が見えないので、指を折り指紋を数えて占うと、そなたたちの師匠をあやめようとしていることがわかったので、身づくろいもせず、こやつを捕えるための竹籠を編んでいたのじゃ」

観音のことばにいちいち頷《うなず》きながらも実はこの時、悟空の頭は色即是空《しきそくぜくう》、架空の天空、真空の虚空に滞空していたのだ。正面に立つ観音はすなわち肌着のしごきを解いた姿であって、つまりは薄絹の前がはだけ、もはや全裸を悟空の前にさらしていたのである。しかも観音の艶やかなもちもちした下腹部にほやほやと生えた陰毛、白く光るぷちぷちの大腿部《だいたいぶ》は悟空の目前にあり、いかに石部《いしべ》金吉《きんきち》の悟空とてこの魅力に抗する術《すべ》はない。今や悟空の陰茎は虎の皮の褌《ふんどし》を突き破らんばかりに怒張していて、それを観音の眼から隠すのに悟空はけんめいだ。だがもちろん、遍《あまね》く照覧する観世音菩薩の眼からは何も隠すことができない。

「おやおや悟空。それは何だい」くすくす笑いながら観音が意地悪く訊ねる。

「あっ。いえ。あのこれはただの棒。ここに隠しておりますただの棒でございまして」

「おや。お前さんの神珍鉄如意棒《しんちんてつにょいぼう》、ご自慢の金箍棒《きんこぼう》は、たしか耳の中に隠しているんじゃなかったのかい」

何もかも観音にはお見通しとわかっていながらも、悟空は照れ隠しに棒づくしなど始める。「いえいえわたしの持ち物は、金箍如意棒に限りません。三尺棒に六尺棒、肩に担げば天秤《てんびん》棒、門の戸締まり心張り棒、組んだ足場の丸太ん棒、蕎麦《そば》を打つなら栃麺棒《とちめんぼう》、子供にやるなら飴《あめ》ん棒、鬼に金棒用心棒、金の延べ棒大箆棒《おおべらぼう》、泥棒予防の警邏棒《けいらぼう》、倒れそうなら突っ支《か》い棒、器械体操平行棒、全身隈《くま》無く体細胞、頭の中は単細胞、火事を起せば三隣亡《さんりんぼう》、魚釣るなら太公望《たいこうぼう》、小春日和《びより》の朝寝坊、押し掛け女房甘えん坊、観音さまなら姐《あね》さん女房、両の乳首が桜ん坊、あーっこれは失礼ご辛抱」

「おほほほほほほほほほほほほほほほほほほほほほほほ」

悟空の頓智《とんち》に思わずのけぞって笑った観音の、とうとう秘所までがちらりと見えてしまった。もうとてもたまらず悟空のちんぽこ、ついに褌を突き破って天を指した。愛液にまみれてぬらぬらと光る黒い亀頭は座した悟空の胸まで達し、もはや隠す術はない。紫竹の根もとを越す太さのペニスをあわてて両手で折り曲げようとしても自らが前のめりに倒れるだけである。

「あーっ。ご、ご無礼を。かかか、かようなみ、醜いものをかか、観世音菩薩のお目にかけるとは、何たる不敬。何たる狼藉《ろうぜき》。このような淫猥《いんわい》なる仕儀、この猿めには石より生を受けてこのかた一千年、嘗《かつ》て一度もなかったこって。て、鉄の陰茎お許しを」

悪戦苦闘の悟空に観音はやさしく声をかけた。「よいよい。悟空。石猿のそなたを迷わせたとな

れば この観音、女体美極めた自らに満足こそすれ、なんでそなたを咎《とが》めようぞ」そう言ってから観音は、ちょこちょことあたりを見まわした。「のう悟空」

近づいてきて耳もとにささやく観音の芳《かんば》しい息が悟空の頬にあたり、悟空はもう夢心地である。

「へ、へい。へいっ」

「妾とてこの朝の駘蕩《たいとう》たる南風に吹かれ、今しもそなたの猛《たけ》り立った逸物《いちもつ》を見て、色欲が兆してきたぞえ」細めた眼もとをぽっと染めた笑顔で、観音はそう言った。「今までのそちの苦労に報いて、そなたを法悦に導き、そちに浄土の歓喜を授けてやりましょう」

悟空はもはやバイアグラを百錠も服《の》んだ心地で心臓は小太鼓の如《ごと》くとんとんとんとんとん鳴り続け、陽根の怒張とあまりの色欲衝動に淋巴腺《りんぱせん》はきゅーっと攣《つ》って痛み出し、蛇口の先端からはカウパー腺液がとめどなくあふれ出る状態。

「で、では、あっしの善根、いや、男根に功徳《くどく》をお授けくださると」悟空は激しくかぶりを振った。「いけねえ、いけねえ。そんな勿体《もったい》ないこと。観音さまとやるなんてことは、あってはいけねえことだ。罰があたる。まして猿が菩薩とどれあうなんて、ならねえ、ならねえ」

「ならぬ観音、するが観音」と、観音は言った。「悟空や。妾とそなたは昔なじみ。そもそもは五百年前、妾が蟠桃会《ばんとうえ》に招かれて宝閣瑶池《ほうかくようち》に赴いた時、ちょうどそなたが天界を騒がせておったが、あの時遠くから対面したのが最初の出会いであったよのう」

「はいいっ。あっ。あの時はご迷惑を」

「その後そなたは釈迦牟尼《しゃかむに》尊者によって西天門《さいてんもん》外の五行山《ごぎょうさん》に封じられたが、妾が東土へ取経の者を捜しに行く途中立ち寄ってそなたの願いを聞き入れ、その者の弟子として世話してやったのだから、今のそなたが仏門に入って、こうして天竺《てんじく》への旅をしていられるのも妾のおかげよのう」

「へえっ。その通りで」

「その後も、一緒に黒風魔王《こくふう》を騙《だま》して懲らしめてやったり、沙悟浄《さごじょう》を弟子として世話してやったり、人参果《にんじんか》を盗み喰いして鎮元大仙《ちんげんたいせん》を怒らせた時は仲裁に立ってやったり、紅孩児の難から救ってやったり、思えばずいぶん面倒を見てやったことよのう」

「もう、その通りでして。へい」観音がこれほど恩着せがましい言い方をするなど滅多にないことだから、どうやら口説いているらしいことぐらい悟空にだってわかる。

観音はしつこく言い募った。「ずいぶん長いつきあいよのう。昔なじみよのう。おほほほほほほほ」

悟空の頭には低劣な猥歌《わいか》の一節が浮かぶ。

六つ出たわいのよさホイのホイ、昔なじみとする時にゃ、ホイ、腰の抜けるほどせにゃならぬ、ホイのホイ。

「か、観音さまっ。お気は確かですかい。あなたさまは今、さ、猿を口説いておられますので」

「欣求浄土《ごんぐじょうど》に身をまかせなさい。おうおう。何たるみごとな錫杖《しゃくじょう》。この黒光りする鋼鉄の猛き珍棒。ぬらぬら濡れて天を仰ぐ巨大な亀の頭の可愛《かわい》さよ」

観音が手を差しのべて悟空の陽物をぐいと握れば、悟空は「ふぬ」と叫んで身もだえする。

「南無三《なむさん》。かか、観音さまあ。あっしゃもうイきそうだ」観音の手の触れたところがもし亀頭であったなら、悟空は確実に射精していたことであったろう。

「善哉善哉《ぜんざいぜんざい》汁粉に餡《あん》ころ。だが、まだ気を遣《や》ってはならぬぞえ」観音はくすくす笑いながらちょこまかと動いて地面に竹皮を敷き、その褥《しとね》の上に身を横たえた。「さあ、悟空。ここへお出《い》で」

「ああっ。そのような、前をはだけた淫らな寝姿を。いけねえ、いけねえ。観音さま。そんなことなすっちゃいけません」

「それより、もしかしてそなたにはこの方がいいかえ」そう言って観音は俯伏《うつぶ》せとなり、薄絹の裾をまくりあげ、まん丸の清らかな白桃の如き餅肌の臀部《でんぶ》をこころもち持ちあげて悟空に向けた。

　言うまでもなく猿の交尾の姿勢であり、きゃっ、と猿の悪声、エテ公の叫びを洩《も》らして悟空、これを見ては本能が奥の芯の髄まで触発され、もはや堪《こら》える術がない。

「わあっ。も、この、あっしはもう」などと言いながら気もそぞろの悟空、色欲と期待にぎくぎく顫《ふる》える手でもどかしげに褌を引きちぎり、勃起したる魔羅《まら》をば両手で支え、立て膝で観音の足もとへとにじり寄る。「さ、左様ですかい。へい。観音さまのご命令とありゃあ、これはもうしかたねえ。いやもう、あ、あっしはもう、とても我慢が」

　寝返りをうって仰臥《ぎょうが》した観音は両の膝を少し立て、悟空に向けてそっと股を開いた。そこに見えるは有難や観音さまの観音さま、観音さんの自乗、可愛くも美しい薄紅色の大陰唇《だいいんしん》小陰唇、陰核前庭開口部、濡れてあふれた愛液は、ひと筋つーと蟻《あり》の門渡《と》りへ流れている。今や悟空のへのこの突端からその秘所までの距離たるや僅かに一尺一寸五分。興奮の極に達して悟空はがくがくと瘧《おこ》りのように顫えながら灼熱《しゃくねつ》の陽根をさらに近づけていく。

　観音も興奮して洟《はな》をすすりあげたりなどしながら切なげに訴え、腰を揺すったりして催促する。

「ああ。悟空、早うして。そのくろがねの棍棒《こんぼう》を、早う入れてたもれ」

「へ、へ、へいっ。な、な、南無観世音大菩薩」

悟空は有難さに思わずそう唱えながらひざまずき、片手を観音の腰の横の地面に置いて身を支え、もう片手で亀頭を観音の膣口《ちつこう》に宛てがいはしたものの、案外に小さい膣前庭であり、巨大な先端は観音の潤滑油バルトリン腺液の助けがあってもなかなか挿入できないので、しかたなく男性自身の中ほどを握り、亀の首全体でもって観音の大陰唇の内側をぐるりぐるり、ずるりずるりと掻きまわし、捏《こ》ねまわす。

観音たまらず背を浮かせて声を出す。「ああっ。悟空。よいぞや。よいぞや」

「ひえっ。観音さまあ。そ、そんなお声を出されましては」悟空は天を仰いで身もだえした。「あっしゃあ、イってしまいます。こ、この分じゃあ、観音さまの中へ入れるなり出してしまいそうで」

「ならぬ」やる瀬なげに息はずませて観音は言った。「今そなたに気を遣られては妾がとり残される。真言の呪《じゅ》を唱えてそなたの射精中枢に封をしてやろうぞ」

観音が何やら呪を唱えると、不思議に悟空の射精衝動はおさまったものの、それで快感が減じることもなく、この時早く膨張の極に達した悟空の無花果《いちじく》大の雁首《かりくび》は、観音のよく締まった陰唇をずるりとくぐり抜け、膣前庭の中、処女ならば処女膜があるべき場所まで挿入された。

「ああっ。南無、観音さま。入りました。畜生。今、入りましたっ」悟空、鼻息荒くして上半身を前に倒し、滅茶苦茶《めちゃくちゃ》に興奮して勿体なや菩薩の胸にしがみつく。

観音は悟空の頭を両手にかかえ、自らの乳房の間にその顔を埋めさせ、呻《うめ》くように催促し、督励する。「ああ悟空。もっと中へ。遠慮せずにもっと奥まで突っ込んでおくれ。そしてもっと激しく動いておくれ」

観音の下知《げじ》とあらば遠慮はいらない。観音の腕《かいな》に頭を強く抱かれ、乳房の谷間に鼻づら埋め込み、観音の芳しい肌の匂いに噎《む》せて夢心地の悟空、今後このようなよきことがまたとあろうかまたとない、イかぬをさいわい、遠慮して引き加減だった腰を突き出し、ここを先途と根もとまで石猿のミサイルずびずぼずばと押し込めば、観音たまらず「あっ」と叫んでのけぞって、悟空に白い喉を見せる。

なんたる快美の愉楽であろうか。悟空ひとこすり、ふたこすりするごとに、脳裡《のうり》に次つぎと牡丹《ぼたん》、白蘭《びゃくらん》、芍薬《しゃくやく》など大輪の花が咲き、膣の奥、子宮の手前の小部屋に入れたシリンダーを引くごとに生じるひっかかりは、観音悟空双方に例えようもない快感を及ぼし、悟空たまらず観音の肉体、その乳白色の肩とふくよかな胸まわりに毛むくじゃらの腕をまわして抱きしめれば、まさにとろりと溶けんばかりの柔らかさ。観音もこれに応えて「悟空悟空悟空悟空」と、情欲にうわずり嗄《しわが》れた掠《かす》れ声で絶え間なく呼び続けながら、悟空の木綿の直裰《じきとつ》の帯をあわただしくほどき、着物を脱がせはじめる。

「はて、兄貴のやつ、いったい何してやがるんだ」

観音さまに助けを求めに行った悟空の帰りがあまりに遅いので、師匠の命が心配でもあり、しびれを切らせた猪八戒《ちょはっかい》が、馬鍬《まぐわ》をかつぎ、雲に乗って普陀落伽山にやってきた。紫竹林の中はしんとしていて、なぜか鳥も声をひそめ、誰の気配もない。

「兄貴い。どこにいるんだい。もし。観音さまあ」

呼ばわりながら林の中を奥へ進むうち、何やら淫蕩《いんとう》の気があたりに満ちてきて、なま暖かい淫風が吹き、ほんの少しの漏れ聞こえで人をぎくっとさせる、まごうかたなきあの男女の睦《むつ》みあう音声が彼方からかすかに聞えてきた。こういうことには人一倍耳ざとい色好みの八戒、こんな神聖な場所で、いったい誰と誰が、はて不謹慎なと首を傾《かし》げながらも、自分だって覗きたい一心の出歯亀根性、そっと足音をしのばせて前進する。

紫竹林から蓮池のほとりに出た途端、その光景に八戒はたちまち腰の蝶番《ちようつがい》をはずし、へたへたへたと地べたに尻を落してしまった。

「あの、これはまた、何たること」

あろうことかあるまいことか、観世音大菩薩が兄貴分の悟空と、神仏人畜の区別を無視した情交の真っ最中なのだ。八戒はしばらくものも言えず、腰を抜かしたまま眼をまん丸に見開いてこの情景を眺めるのみ。

邪魔が入ったので観音は、せっかくの楽しみに気が散ることを嫌い、しばらく悟空の動きを止めさせるため、自らの玉門を強く締めつけた。

「ぐっ。い、いてててて。痛え。痛えよう観音さまあ」

悟空は文字どおり抜き差しならぬ状態となってその激しい動きは停止したものの、肉茎の根もとを締めつけられて、無論射精も叶《かな》わず、比例直線を描いて上昇する輸精管と尿道の疼痛《とうつう》と、脊髄を這《は》いのぼる快感で悲鳴をあげ、身も世もあらず身をよじった。

「兄貴っ。観音さまとちんちんかもかも、何たる不心得な。女犯《によぼん》は五戒の一なるぞ」早くも下穿《したば》きの中を淫水でぐしょぐしょにしながら八戒は、驚愕《きようがく》と嫉妬と羨望で大声をはりあげた。

「女犯ではない」と、観音は言った。「妾《わらわ》はそも三十三身の普門《ふもん》を示現《じげん》する観自在《かんじざい》菩薩にして、女体はその一に過ぎず」

「ははあっ」八戒、いったんは恐れ入って平伏したものの、にょきにょきと勃起する肉棒に呼応して頭を持ちあげ、改めて観音に訴えかけ、おのれを売り込みはじめた。「それにしても観音さま、そのような石猿がお相手とは情ない。斉天大聖《せいてんたいせい》などとは言うものの、そも天上にある時は身分賤《いや》しき弼馬温《ひつばおん》。それにひきかえこの私、見かけは醜い豚なれど、もとは天の川を司《つかさど》る天蓬元帥《てんぽうげんすい》、嫦娥姫《こうがひめ》との浮き名も高く、色の道にかけては専門家、四十八手も自由自在、お喜ばせいたしますゆえに、どうかこの私めとひとつに閨《ねや》の肉蒲団《ぶとん》、ふかふか暖かくてよいお気持ちにしてさしあげます」

「ええい、小うるさい。黙りおろう」観音は怒って八戒を睨《にら》みつけた。「口封じの呪を唱え、そなたを蚯蚓《みみず》にしてやろうか」

「あっ。黙ります。黙ります」観音の怒りに触れて八戒は顫えあがった。「されば、黙りますゆえ、せめてこの場で有難き歓喜のお姿拝見し、共に法悦にお導き下さいませ」

「ならば許す。くれぐれも邪魔をいたすでないぞ」

「はいっ。いたしません。いたしません」

そう言いながら早くも八戒、興奮にぎくぎく顫える手でおのれの一物をまろび出させ、ぐいとそっくり返ったその陰茎海綿体を左手でしごき、右手で笠《かさ》の台をずるりぐちょりと揉《も》みしだきはじめた。観音によって正体をあらわした妖怪が今は傍らの魚籃《ぎょらん》の中にあることを知らぬにもかかわらず、もはや師匠三蔵のことなど頭にない浅ましさである。

菩薩が狭き門を弛緩《しかん》させたのでふたたび腰の動きが可能となった悟空は、観音の胸に顔の片側を押しつけたまま、あまりの快感にどろりどんより眼の光を濁らせ、痴呆《ちほう》とも恍惚《こうこつ》とも意識不明とも死の直前ともつかぬ表情で何億光年もの彼方を眺める眼をしながら、静止した上半身とは逆に下半身だけは激しく動かしてひたすら抜き身の出し入れ、猛烈な速度のピストン運動を再開する。観音のふくよかな下腹部に密着した悟空の下腹部の体毛は観音の薄い柔らかな陰毛とからみあい、じょりじょりじょりと音を立て、そのぴったりとくっつきあった両の肉体のその部分の隙間からは絶え間なく愛液があふれ出て、大地を潤し、竹林の蟻を溺れさせる。

観音は悟空の動きにあわせ「ふん、ふん、ふん、ふん」などと可愛い鼻息を悟空の耳に吹きかけ、自身もすばやくこまかく腰を使いながら、時折悟空の頭をひしと抱き「可愛や悟空」とか「ああ悟空。いいわ。いいわ」とか言うので、悟空はそのたびに気を遣りそうになり、いや、本来ならばとっくに気をイかしている筈なのだが、菩薩の呪によって射精に到《いた》らないものだからその苦痛と快感はこの世に比べるものがない。

「か、観音さまあ」と、悟空たまらず悲鳴をあげる。「切ない。気が狂う。もう、気を遣ってしまいてえ。出してえよう。出してしまいてえよう。お願いです。もうイかせておくんなさい」

「ならぬぞえ」観音も息をはずませながら言う。「もう少しじゃ。我慢せい。辛抱せい悟空。ああ。いとしや悟空」

この時八戒は早くも第一回目のオルガスムスに達して、突然眼を曇らせ、恨めしげにふたりの姿態を見つめたまま「兄貴。わし、イく」とつぶやいて中腰となり、勢いよく五、六回亀頭をしごくと「ぶう」と悲しげに鼻を鳴らし、前のめりに倒れ伏した。その大砲の先端は地中一尺の深みへめり込んで、どくどくどくどくと土の中に溢《あふ》れた豚の強烈な精液は草の根に浸透し、このため突然変異を起して生れた新種の草はのちに世界中に伝播《でんぱ》してブタクサなる種となり、多くの人類にアレルギーを起させるのである。

勿論《もちろん》、射精したからとてそれで終るわけではなく、菩薩と悟空の媾合《こうごう》はまだ続いているから、ふたたびそれに眼を向けるなり八戒の珍宝はまたしても直立して青筋を立て、八戒は、これほどのよきことを見て手淫する機会などまたとあろうかまたとないとばかりに、ここを先途と鼻息荒くしごき始めずにはいられない。

悟空が射精衝動と苦痛をまぎらわせようとしてますます激しく摩擦運動を繰り返すものだから観音はこの上ない快感に達しはじめ、時折先端が奥の院の最も感じる部分を擦《こす》るたび「あっ」「ひっ」などと、声をあげては身をのけぞらせる。一方悟空は観音のしてほしいことが菩薩の法力《ほうりき》によって脳に伝わってくるので、性技には無知ながらもすっぽんを膣口へと後退させて、忙《せわ》しなく玉門に出し入れしたり、七浅八深の法などというものを用いたりして、いやが上にも菩薩の性感を昂進《こうしん》させるのだ。観音の顔には血の気がさし、その皮膚の裏側からのピンクの照明の如きもので菩薩の美しさは例えようもなく増していく。

次第にしどけない姿態となっていた観音が「あはん」と喜悦の声を洩らし、ぐいと悟空の肩に抱きついてついに大きく股を開いた。菩薩の願いに感応し、悟空は自分も大きく股を開いて、今は遠慮もなくなり観音の背中に腕をまわしてその胸を抱き寄せ、慈愛に満ちた菩薩の美しい顔にうっとり見惚れながら、ずば、ずば、ずば、ずばと、膣口から子宮までの距離を巨根でもって荒あらしく往復させる。

「ああ悟空、悟空。それがよいのじゃ。それがよいのじゃ」観音は夢中になり、そんな譫言《うわごと》めいたことばを発しながら、自らもここぞと腰を突きあげ続ける。

これで猪八戒はまたしても気を遣りそうになり、「おおおおお」と叫んで、喜悦に美しく歪《ゆが》んだ観音の顔を睨みつけながら、皮膚も破れよとばかりに狂気の如くおのれの松茸《まつたけ》を揉みしだいた揚げ句、晴れ渡った青空を振り仰ぎ「うっ」と叫ぶと心地よく射精し、白い毒液をば宙天高く飛ばして竹林の空を飛ぶ雀《すずめ》を糊《のり》にまみれさせ、墜落させる。

悟空の脊椎には快美感と寂寞《せきばく》感が這いのぼり、今やそれは彼の全身を浸し、彼の全身を顫わせていた。眼の下の観音の顔を拝めば、菩薩もまた愛に顫えながら悟空をやさしく見つめ返し、励ますように頷きかける。悟空はかしこまったとばかりに灼熱のデチ棒をぐいと観音の深奥まで突っ込み、その部分の天井即《すなわ》ち観音の最も感じる場所をばバイブレーターの如き細かさと早さでもってごしごしごしごしとこすりあげる。

「ああっ。悟空。そこじゃ。そこじゃ。そこじゃわいのう」なぜか突然花魁《おいらん》ことばとなって観音もこれに応じ、こまやかにすばやく腰を上下させ、ここに悟空と観音の呼吸はぴったり一致した。

「すすす、すす、すすすすす、すすすすすすす」

「ははは、はは、ははははは、ははははははは」

やがて観音はあまりの心地よさに我慢できず、ぴたり下半身の動きをとめ、悟空に抱きついた腕に猛烈な力をこめて天をふり仰ぎ、激しくかぶりを振りながら割れた声で絶叫する。「おう、おおう、おおおおうおうおうおうおうおう」

悟空もこれに答えてあらぬことをわめき散らしながらここを先途と尻を揺すった。

「ありがたや、かか、観音さま。南無。おん、あろりきゃ、そわか。なんとよいことか菩薩のおまんこ。しあわせなおれのちんぽこ。官能の極致。この黄金のこの時。死ぬ死ぬ死ぬ死ぬ死ぬ死ぬ」

だが観音は貪欲《どんよく》であり、まだイかせてはくれぬ。「ああ。もっと、もっと」と叫んでさらに強く悟空の肩を抱きしめ、腰を揺するのだ。

たまらず、「ふにゃ」と言ってまた猪八戒が洩らした。今度は真正面に向けたコックの先からぴゅぴゅぴゅぴゅぴゅぴゅと飛ばしたあと「ぐぁあああああ」と叫んで、残るありったけの精液をだらだらだらだらと地面に吐き出させ、ほとんど腎虚《じんきょ》となってその疼痛に身もだえし、「ちてててててててててて」と悲鳴をあげる。

　この騒ぎを聞きつけたのが、ちょうどその時兄貴分の東海龍王を訪ねようとして普陀落伽山の上を飛んでいた南海龍王の敖欽《ごうきん》であった。紫竹林の情景を見おろした龍王は魂が宙に飛び出し舞いあがるほど驚き、しばらくは茫然《ぼうぜん》として眺めていたものの、これは自分ひとりで見て楽しむにはあまりに勿体なく、またそうすべきではないと考え、兄弟分の他の四海龍王に知らせると、そのおのおのの龍王がこれまたそれぞれ西方の大白金星《たいはくきんせい》、天上の増長天王《ぞうちょうてんのう》、玉帝の甥《おい》の二《じ》郎真君《ろうしんくん》などに知らせたため、ついには天上天下の神仏の遍《あまね》く知るところとなり、その多くが普陀落伽山へとやってきて天空より密《ひそ》かに見学しはじめ、このことがとうとう天竺は雷音寺《らいおんじ》の釈迦如来《しゃかにょらい》の耳にも入った。仏陀《ぶつだ》は驚いたが、この時たまたま下駄を履いていたので、ブッタマゲタという言い方が生まれた。

「なな、何。観音があの悟空とイタしておるとは本当か。それはまた、なんともまた、いやまあありゃまあ。あはは。そりゃ見に行かずにはおれぬわい。行かねばの娘」釈迦までやってきた。

　この時、天空に集って観音悟空の貴重な愛欲場面をリアルタイムで目撃した主な神仏はといえば、前記の諸神諸仏の他に、托塔李《たくとうり》天王《てんのう》、太上老君《たいじょうろうくん》、十二神将、南極寿星《なんごくじゅせい》つまり寿老人、普賢《ふげん》菩薩、弥《み》勒《ろく》菩薩、文殊《もんじゅ》菩薩、四金剛等等であり、五百羅《ごひゃくら》漢《かん》までが揃《そろ》ってやってきて大混雑。さらにはこの時ちょうど使いに出ていた観世音菩薩の高弟恵《え》岸《がん》も戻ってきて、大騒ぎの原因がおのれの師の発情にありと知って吃驚仰天《びっくりぎょうてん》、腰を抜かしたその場で座り小便をしたとも言い、変ったところでは幽冥《ゆうめい》界《かい》からすっとんできた閻魔《えんま》大王の姿も見られたと言う。

いかに愛技に夢中になっていようと、かくも多くの神仏から窃視《せっし》されていることを遍く照覧する観音が気づかぬ筈はない。だが、気づいたからとて今さらその悦楽を中断する気にはなれず、それどころかさほどまでに多くの神仏をして出歯亀行動に走らせるほどの性行為など前代未聞であり、そのせっかくの「見られる快感」に浸らずしてなんとすると、そう決めた観音はさらに興奮するのだ。

「悟空。悟空。妾はいよいよ気を遣りそうじゃ、イきそうじゃ。さあ、もっと猥褻《わいせつ》に動いておくれ。下品なことをしておくれ。猥雑な動きをしておくれ」

菩薩の命を受け、「おんあぼきゃー」と答えた悟空はさっそくこね棒を根もとまで突き立て、腰を激しく回転させて観音の外子宮孔手前の小部屋の中をぼがりがりがりがりと掻きまわし、同時に指さきで観音の陰核《クリトリス》をつまんで揉みしだき、さらにその柔らかな乳首を口に含んで舐《な》めまわすという三ところ責めの荒わざに出た。

これには堪らず、「うー、うー、うー、うー」と、次第に声を大きくしながら唸《うな》りはじめた観音は、ついにがばと悟空の頭部を抱きかかえて締めつけ、眼を吊《つ》りあげた。

「ああっ悟空イく。イくイくイくイくイくイくイくイくイくイく」

絶叫し続けながらも観音、常人の女性なら股関節や腰の蝶番がたちどころにはずれたであろうほど激しく下半身を動かして乱れに乱れ、突然静止してのけぞり、両足をはねあげて悟空の腰に大きく巻きつけ、ぎくぎくぎくぎくと痙攣《けいれん》し、ついに大きく叫んで果てた。

「ああイった。妾はイったぞや」

オルガスムス寸前、観音が悟空にかけていた呪を解いたため、悟空もたちまち絶頂に達し、ぴたり動きを止めて「憤怒《ふんぬ》」と呟《つぶや》いたかと思うと、陶然たる観音の表情を憧憬《どうけい》の眼で見つめながらどくっ、どくっ、どくっ、どくっと大量に観音の中へ精液を放出し、その射精音は傍らの八戒の耳にまで大きく響く。菩薩の慈悲によってこの時悟空は蓄えに蓄えた一千年のザーメンをば残らず射出させられたので、その絶頂はながながと続き、観音悟空の愛の極致のこの瞬間、全世界は聖性を帯びて愛の光一色に満たされ、歓喜の歌声と鐘の音が高らかに響きわたったのであった。

「ああ。いとしや悟空」観音がうっとりしながら悟空に言う。「そなた、今、出しておるのかい。ああ。まだ出しているのだね。可愛や悟空」

腎虚であった八戒も、しばらく前よりまた勃起していて、菩薩と兄貴が同時に達する筈のオルガスムスと時を同じくしておこぼれに与《あずか》り、射精しようとたくらみ、苦痛に堪え、呻きながらも手淫を再開していたのだが、苦心の結果はみごとに実ったものの情けなやもはや出すべきものがなく、尿道口からはぽかりとひと塊の煙が宙に放出されて消え、陰嚢《いんのう》上部、睾上体《こうじょうたい》のあまりの激痛で「ぶぶぶぶぶぶ」と豚の悲鳴をあげ、横ざまにぶっ倒れてしまう。

「やりおった」と、釈迦が祝福した。「猿めが一千年めの童貞喪失、観音はみごとに引導を渡しおった。わはは。いやめでたいめでたい。めでたやの」

釈迦が踊り出せば神仏全員の紫竹林に向けた大いなる拍手が湧き起る。

だが官能の極致に達した悟空は全精気を菩薩に与えたため、もはやこの歓声に応える気力はなく完全にお陀仏、ぐったりと観音のからだの上に五体をあずけてなかば失神状態、その顔は一切の煩悩から解脱してみごとに白痴化し、白眼を剝《む》いたままである。

やがて大猿の下から這い出た観音は、さわやかな笑顔で天地を眺め、このひと騒ぎの顚末《てんまつ》を「善し」と見て、釈尊に一礼してから悟空に向けて「おん、まか、きゃろにか、そわか」の大呪三遍を唱え、今はいささか妖異の兆した美しい声で高らかに笑うのだ。「色即是空、空即是色。おほほほほほほほほほほほほほほほほほほほほ」


ふらふらになった悟空は、八戒の背を借りて紫竹林をあとにした。ふたたび雲に乗って通天河に帰る途中、八戒が何を話しかけても悟空は「ふーん、ふーん」と何かに感心しているように唸るばかりで心ここになく、自らの心の底のみ見つめる様子で眼はうつろ、まるで夢の中にいる風情。観音を抱いたのがそんなによかったのかと八戒は悔しいやら妬《や》けるやら、腹立ちまぎれに兄貴分の腰をどーんと突いてやると、そのままへたへたへたと腰を落すなど、向う意気の強い普段の悟空とはまったく別人28号。


通天河のほとりでは、霊感大王の住まいから助け出された三蔵法師が沙悟浄と一緒にふたりの帰りを待っていた。三蔵はひと眼見るなり悟空の様子の尋常ならざるを知り、八戒に問いただす。

「これ、八戒。わしがなぜ妖怪の難を逃れ得たのかも早く知りたいところじゃが、それより悟空のその、うつけた様子はいったい何ごとじゃ。見れば精も根も尽き果て、周囲の物ごとも眼に入らず、まさに自閉症といった風情ではないか」

「あっ。はいはいはい。それそれ。それでございます。申しあげますとも。お話しいたしますとも。はい。さればでございます、お師匠さま。まあ、お聞き下さいませ」と、ここでさしずめ下座《げざ》の三味線。身を乗り出して八戒が、これよりえんえんと身ぶり手振りの仕方話《しかたばなし》、情緒纏綿《てんめん》として物語る悟空観音空前の愛欲絵巻。描写は微に入り細をうがち、表現はあくまで写実写実写実のハイパー・リアリズム、長広舌は半刻《はんとき》を越え、この八戒のひとり語りが終った時には手も使わぬに沙悟浄は四回射精し、三蔵はなんと十七回射精していた。

「魔かふんにゃ腹痛か。ギャーテイギャーテイ下腹痛い」たちまち腎虚の苦痛に襲われて傍らの地べたへ横ざまにぶっ倒れた三蔵が、あまりのことに口から泡を吹き、心乱れ気は動顚《どうてん》し、以後はただ意味不明のあらぬことをえんえん発し続けるのみ。八戒と悟浄は師匠の狂態を「アラお師匠さまが壊れた」愕然《がくぜん》として佇《たたず》み、ただ啞然《あぜん》として眺めるのみ。

「ナムカラタンノウ、トラヤアヤア。観自在菩薩のホーホケキョ。堕《お》ちる堕ちる足を引っ張る偉人英雄超人聖者の失墜失墜。次から次からどんどこどんのマスコミが、破廉恥下ネタ、スキャンダリズムの影響、次はついに諸煩悩ヒーコラ南無八万神仏の引きずりおろしか情けなや。あとには虫も声立てずヒクヒクするのは手足だけ神聖なるもの汚し汚して神仏以上の偉いひと有名人はコリャさてアリャはやおらんぞなもし。君は憶《おぼ》えているかしらあの白いおまんこ。神は幾万ありとても、あとはもうスッカラカンノカン、あっけらかーのか、おケラなぜ啼《な》くアンヨが寒い。アラ有難のポルノ観音、三蔵もはや虫の息、哀れな奴《やつ》とおぼし召し、折れた線香の端なりと、枯れたしきびの一枝なり、手向《たむ》けて下さい観音さん、いつか紅葉の色に出て、苦労の種のまき直し、念彼《ねんぴ》観音力刀尋段《かんのんりきとうじんだん》段壊《だんね》、遠くチラチラ灯がゆれて、これが唄入り観音経。これだけ殴り書いたなら、発禁回収たちどころ、アンドマジンバラ桜田門の恐ろしや。洛陽《らくよう》の紙価高まるや。悟空陰唇を極めたり。君が代は千代ちゃん八千代姐《ねえ》さん猿の祭典、猿の学生の猿の歌声。六根清 浄《しょうじょう》ペニスの洗浄、いやよいやよは好きのうち。おほほほほほほほほほほほほほ」

さて三蔵の妄言《ぼうげん》が続くうちにも物語は終りを迎えるが、読者諸賢はこの話、いかが読まれたであろうか。たはははははは何なに、続きが読みたいとな。もっと法悦に導け、まだまだ劣情を催させるべしと仰せられるか。ならばこの「ポルノ西遊記」第二弾、猪八戒大奮闘の巻「火焔《かえん》山女犯《にょぼん》」を作者ぼつぼつ準備しはじめるゆえ、またのお目見得にご期待を乞う次第なり。合掌。

筒井康隆《つついやすたか》（一九三四〜）

大阪生まれ。中学時代より漫画誌に投稿。同志社大学文学部で美学芸術学を専攻。シュルレアリスムと精神分析を研究しつつ舞台俳優として活動。卒業後乃村工藝社営業部在籍中に家族で同人誌「NULL」を創刊、掌篇小説「お助け」が江戸川乱歩の推輓《すいばん》で商業誌に転載される。ついでデザイン・スタジオを経営、小説ではナンセンスやドタバタ、社会諷刺などの笑いや思弁・思考実験を追求、またTVアニメの企画に携わる。以後東京・神戸に住み、星雲賞を二部門で合計七回受賞。言語実験やメタフィクションの分野を開拓、戯曲も執筆し、以後の文学や漫画、お笑いに強い影響を与える。八一年『虚人たち』で第九回泉鏡花文学賞、八七年『夢の木坂分岐点』で第二三回谷崎賞、八九年「ヨッパ谷への降下」で第一六回川端康成文学賞、九二年『朝のガスパール』で第一三回日本SF大賞。表現規制に抗して九三年から三年以上にわたり断筆中、阪神・淡路大震災罹災。九七年大阪市民表彰受彰、フランス芸術文化勲章シュヴァリエ章、パゾリーニ賞、九九年『わたしのグランパ』で第五一回読売文学賞、二〇〇二年紫綬褒章、一〇年第五八回菊池寛賞、一七年第五八回毎日芸術賞。他に『時をかける少女』『脱走と追跡のサンバ』『七瀬ふたたび』『虚航船団』『旅のラゴス』『文学部唯野教授』『聖痕』『モナドの領域』など。俳優として舞台・TVでも活躍。

河野多恵子

半所有者

官能を書くという点において、河野多恵子《こうのたえこ》は谷崎潤一郎の正当な後継者である。人はここに「春琴抄《しゅんきんしょう》」に見るのと同じような究極の性愛の姿を見るだろう。それを担保するだけの細部の描写にも隙はない。

この人に『後日の話』という長篇がある。十七世紀のイタリアで、一瞬の激情から人を殺して死刑を宣告された夫に、その執行の直前に食いちぎられた妻の話。そこからプロスペル・メリメの「トレドの真珠」という掌篇を連想することもできる。こちらは絶世の美女である恋人を残して死んでゆく騎士が彼女の顔に刀の尖《さき》で傷を付ける話。すべて愛に由来する残酷さである。

『半所有者』の夫の行為は男女を入れ替えると不可能だろうが、女の側に阿部定《あべさだ》の方法もある。そこから神話学に言うところの「ヴァギナ・デンタタ（歯の生えた膣《ちつ》）」まではあと一歩だ。

こういう話を河野さんとしたかったのだが、その機会はなかった。

半所有者

「さ、君たちもそろそろ……」

棚の時計へ眼《め》を挙げると、久保氏は息子夫婦を促した。最後に三人だけになったあと知らぬうちに時が経《た》って、その日はすでに終りかけていた。

「そうするかな」

と息子が言った。「——で、早く交替したほうがいいですね。そうだな、三時頃には来ます」

庭先を狭めている平屋が、ひとり息子夫婦の住居である。

「なあに、そんなに早く来ることないよ。四時で充分」

久保氏は言った。

「ま、その辺のところはお任せください」

と息子が言った。

「じゃあ、ちょっと……」

嫁が呟《つぶや》くと、座卓の上の物のなかから、自分たちの使った湯呑《ゆの》みなどを少々盆に載せて持ち去る。その背へ向けて、

「さっさとしてくれよな」

息子が言い、座蒲団《ざぶとん》の上で身動きした。と、胡座《あぐら》から起《た》ちかけた両膝と両手を使って、不意にするすると短く匍匐《ほふく》した。近々と座って、左右の指先で四角い白布を摘《つ》まみ起こした。黙《もく》した母親の顔をじっと見た。「また、あとでね」と囁《ささや》いておいて、白布を伏せた。

「おやすみなさい」

玄関先で、嫁が言った。「――あら！　それは変ですわね。失礼しました」


息子夫婦も立ち去った。二人の出たあとの戸締りをして、傍《そば》のスイッチで明りを消すと、久保氏はいそいそせぬばかりの足つきで、座敷へ戻る。妻は入院先で、午後も大分過ぎてから息を引き取った。その数分後から、慌《あわただ》しい時間が始まったのであった。久保氏はまだ、彼女の死顔に思いのままには接していなかった。漸《よう》く一人になり得て、彼女の傍に座り込んだ。見たいように、見たいだけ、見ることができるのだった。白布を掻《か》い遣《や》った。

「おかえり」

と彼は声に出した。

一月《ひとつき》半ぶりの帰宅であった。元気になっての帰宅ならば、どんなによかっただろう、と彼は思っ

た。半月ほどまえでも、彼女の帰宅は元気になった彼女の帰宅であるものとばかり、思っていたのであった。彼女が帰宅したら、あれもしてやろう、こうも言ってやろう、と心待ちにしていたのに……。あまりに可哀《かわい》そうで、彼はその気持をとても自分からは口にはできなかった。ただ「おかえり」としか言えなかった。そうして、声なき声が気恥ずかしそうに〈ごめんね〉と言い次第、「いいよ、いいよ。よく帰ってきた」とすぐさま応じてやろうとしていた。

しかし、声なき声は生じなかった。彼はそれを促すように、

「おかえり」

とまた言ったが、声なき声は聞かれなかった。それでも、彼は死顔に見入ったまま耳を欹《そばだ》てていた。

電話のベルが響きわたった。彼は舌打ちした。しきりに掛ってきていた電話が、夜が更ける頃から途絶えてしまったので気がつかなかったが、彼はその家屋をまだ完全には独占できてはいなかったのだ。彼はベルをそのまま鳴らさせておいた。止《や》んだと判《わか》ったところで起って行った。〃おやすみ〃の印の下のボタンを押した。オレンジ色の小さなランプが点《つ》く。

彼は座敷へ戻って、彼女の傍に座を占めた。

「おかえり」

今度は怒鳴り気味に言った。待ってはみたが、やはり何も聞える気配はない。彼は一層彼女と語りたくなった。別のことを思いついて、話しかけた。

「君、自分が今、幾つか知っているか。――四十九だと思っているな。――そうじゃあないよ。五十一なんだ。今日、ふたつ齢《とし》ふえたから」

享年は通常の満年齢ではなくて、数え年を称すという。両親のそれぞれの見送りも経験しているのに、久保氏自身、一向にそのしきたりの覚えはなく、その日の妻の死で初めて知ったのであった。

――

黒い寝台《しんだい》ワゴンが後部の扉を左右に大きく明けて待っていた。全身白い布で包まれて担送車に載ってきた遺体がそこへ移し入れられると、久保氏は見送りに出てくれた医者と三人の看護婦の前へ戻って、深く頭を下げた。そうして、ワゴンへ入って、遺体の傍の簡易椅子に腰かけた。息子の運転する久保氏の乗用車と、嫁の運転する息子の乗用車とが前後を挟んで、ワゴンは家へ向った。日の短くなってゆく季節で、暮れ時だった。たださえ窓は小さく、内部は暗かった。狭い車内に横たわっているものがあるのが、何とか判るだけだった。家に帰りつくまでの一時間ほどの間、久保氏は半盲のようになった視線でそれをただ感じ続けていた。彼がもしも試していたならば、まだ恐らく温《ぬく》かったのではあるまいか。

門の前で、黒服姿の男が到着を待ち受けていた。玄関の上り口で挨拶がすむと、男とワゴンの運転手が白い布にくるまれた遺体を久保氏の指示した座敷へ運び込んだ。運転手の仕事はそこまでのようだった。

男が両膝をつき、「あちらでございます」と手で指して方位のことを言った。白い遺体からして、その方角が枕上《まくらがみ》になっていた。「失礼して、ちょっと車の物を……」と男は去ったが、じきに戻ってきた。久保氏と息子夫婦で用意している床《とこ》が調うのを待って、男は上掛けを片寄らせて縦に三つ畳みにした。「お手伝い致しますか?」と男が言った。久保氏は頷《うなず》いた。男が白いままの遺体の上体を背から抱え上げ、息子が下のほうを持ちあげた。床に横たえてしまうと、男は明けるように白い布を静かに上から下へ引き退《の》ける。そのあとへ、上掛けを伸べた。「お顔の物は、持って参ったのもございますが……?」と男が言う。「じゃあ、それを」と久保氏は言った。男は次の間の隅で接着テープを剝《は》がすような音をさせたりしてから、台紙いっぱいに展《ひろ》げたままの白布を両手に載せてきて、「どうぞ」と膝をついて差しだした。久保氏はそれを垂らして、妻の死顔にかけてやった。

男は次の間と二、三度往来《ゆきき》した。こちらの部屋には、白木の台が据えられ、幾つかの仏具が載せられた。少し長さを違えて二本だけ稍々《やや》引き出してある蠟燭函《ろうそくばこ》、細い渦巻式のを一枚載せた線香函、マッチの小箱も置かれた。

男が「お打ち合わせを……」と、言った。久保氏は嫁に訃報の連絡の残りをすませるように言い置き、息子も連れて、リビングルームへ行った。男がファイルとノートを展げて、「お寺さんのことは、こちら様でお頼みになるというお話でしたね?」と先《ま》ず訊《き》いた。「ああ。すませてあります。今夜の枕経《まくらぎょう》には八時半にみえます。お通夜と当日の時間は、あなたと相談してから」と久保氏は言った。両日とも男の勤める葬儀会社の式場を使うことになっていた。

打ち合わせることは沢山あった。しかし、実際にしなければならぬことは、大抵は男が引き受けてくれるのだった。「ご戒名もそのお寺さんなのでしょうね?」と男が訊いた。そうなのだった。それを頂戴すれば、仮位牌《いはい》の誂《あつら》えもお引き受けできる、と男が言う。任せることにした。男は久保氏が渡しておいた病院の死亡診断書を引き出した。それを見ながら、片仮名まで振って既にノートに書いてある妻の名前のわきに生年月日を書き写した。ファイルの見出しを押えて展げた頁《ページ》の細かい数字の一部に見入ってから、享年五十一歳と書き添えた。「ちがうよ。四十九だよ」と久保氏は言った。「満、ではですね。享年のほうは……」と男が説明した。それで、久保氏は享年のしきたりを知ったのである。――

久保氏が今日ふたつ齢のふえたことをしっかり言ってやっても、彼女の声なき声はやはり聞かれなかった。

「君、五十一なんだよ」

あらためて、彼は言った。「――だからね、僕らは六つ違いじゃあなくなった。四つ違いになっちゃったんだ」

彼はせめて〈そうお〉の一言でも耳にしたかった。声なき声を聞こうとして一心に待った。しかし、一向に叶《かな》えられそうにはなかった。

彼はもう何も言いかけることをやめて、妻の死顔に眺め入った。彼が彼女の顔立ちでいちばん好きだったのは、口元だった。稍々大きく、それがまた彼女の形のいい脣《くちびる》を一層引き立てていた。何か言ったり、笑ったりしてから、口を閉じる時、閉じるというよりも一瞬引き締める感じになるのだった。死顔の脣はやはり稍々大きく、そしていい形をしていた。彼は今、その脣に引き締めた感じがそのまま保たれているのに気がついた。声なき声を如何《いか》にも封じているような感じであった。

入院後、妻は最初のうちはそうでもなかったが、次第にものを言うことが少くなった。二言、三言、洩《も》らすことはあっても、声は弱くて、籠《こも》っていた。そのうち、彼女の口は酸素吸入のマスクで塞がれた。久保氏が話しかけると、妻は形のいい閉じた口元を無色透明のプラスチックのマスク越しに見せて、幽《かす》かに頷いたり、首を横に振ったり、或《ある》いはぼんやりと彼を眺めていたりするだけだった。

小刻みに躰《からだ》が顫《ふる》えだすのが、熱の高くなる前触れであった。じきに、枕が氷まくらに取り替えられる。氷まくらに頭を載せている時の妻は、いつも殆《ほとん》ど眼を明けることがなく、眠り続けていた。臨終の病室に、医者や看護婦たちと一緒にいたのは久保氏だけであった。息子夫婦、妻の姉と二人の妹や彼女たちの夫、そして彼の弟夫婦、誰も居合わせなかった。一ヶ月半ほどの入院中、皆よく訪れていたのに……。

妻の病勢には、後半で四度の山があった。二度目の山は大きかった。医者が胸部の撮ったばかりのレントゲン写真、三時間まえに撮った写真、そのまた三時間まえのものを、明りをつけた磨《す》り硝子《ガラス》のスクリーンに二枚ずつ並べ替えながら、素人《しろうと》眼にもすぐさま判る病状の急な進み具合を説明した時など、その前には彼等の大半が集まっていたのだった。その夜は、婦長が個室の空部屋を提供してくれた。「黙認ですので、寝具をお使いいただけなくて……」と彼女が言った。久保氏と息子はマットだけのベッドで交替で仮眠を取った。

妻はその大きな山を乗り切った。三度目の山では、今日明日ということはないが週末が案じられる、週末には自分が宿泊するようにしておく、と主治医が言った。が、週末が近づくと、容態は落ちついてきた。そして、四度目の山、やはり医者は今日明日ということはないだろうけれども、と言ったのだった。

その日の朝、久保氏は先ず病院へ出かけた。その時も、医者は同じことを言った。妻は眠っていたが、枕は氷まくらではなかった。久保氏には、その日に済まさねばならない官庁関係の仕事があった。彼は短時間で病院を出て、その用件のために三ヶ所を自分の車で廻《まわ》った。そのあと、彼は車を病院へ向けた。途中で、彼の携帯電話が鳴った。第一声が女声で、彼はそれだけで忽《たちま》ち緊張した。ナース・センターにその電話番号は承知してもらってあったが、掛ってきたのは、その時が初めてだった。容態の急変を告げられた。彼の到着後三十分あまりで、妻は息を引き取った。

妻の遺体はひとまず消毒液で浄《きよ》められたようだが、彼がちょっと病室を離れていた間にすんでしまって、彼はその時の様子は見てはいないのであった。――

声なき声がこれほどまでに聞かれないのは、あの無色透明のマスクの中で閉じられていた妻の口元に見馴《みな》れてしまったからではないか、と久保氏は考える。まだマスクのなかった時分、彼女の言葉を最後に聞いたのはいつだったか、そのとき彼女は何を言ったか、彼は思いだせなかった。時たま洩らした二言、三言の声の弱さや籠るような声の感じも碌《ろく》に思いだせない。

久保氏は元気であった妻の話し方や声を思いだそうとした。だが、それまでも思いだせないのであった。そして、その思いだせなさは格別だった。二度と思いだせそうにはないのだ。その部分の記憶が喪失したかのようであった。

死顔の稍々大きくて形のいい脣は、元気な妻が何か言ったり、笑ったりしてから、閉じる一瞬ちらりと見せた引き締める感じがそのまま保たれているようには、彼にはもはや見えなかった。氷まくらに頭を載せて眠っていても、無色透明のマスクのなかで閉じていた妻の脣は、合わさったまま一、二度動くことがあった。あれは生ある者の脣だったのだ。――遽《にわ》かに、久保氏は元気であった妻の話し方や声の記憶を喪失させたのは、その遺体である気がした。彼はひと膝移って、妻の死顔を両手で挟んだ。〈冷たい。冷たすぎる〉とその言葉を彼はもはや胸のなかで言った。脣が左右から寄る程ますます強く挟みつける。その手を水平に下ろすと、彼は上掛けの衿元《えりもと》を翻した。左前の衿先から、片手を入れた。冷たさは深かった。彼は冷たい、平たい胸に片手を押し当て、移動させ、そしてまた押し当てた。胸骨の左右の僅かな膨みには、埋没させたいかのように、それぞれに格別強く手を押し当てた。それから、所嫌わず撫《な》でまわした。つくづく自分のものだと思えてくる。配偶者の許可なくしては遺体はどうすることもできない、そういう法規はあるのか、ないのか。――彼は学生時代に法律は学んだが、遺体に関する部分は読んだかどうかも覚えていない。知りたくてたまらなくなった。彼は片手を抜くと、上掛けの衿元を直しておいて、起ち上った。

襖《ふすま》をあけると、次の間の向うの角に見馴れぬ紙の手提袋が置いてある。どっさり使い捨てカイロが入っていた。打ち合わせをした男が帰り際、「まだ必要はないかと思いますが、もしも夜中にお寒ければ、これを……。お部屋は暖くなさらないようにお願いします」と置いて行ったものだ。彼は座敷の襖を締めて、二階へ上って行った。鉄色の重たい六法全書を机の上に置いて、腰かける。まず死亡届の法律を見ようと、細かい目次のなかから民法の戸籍法の頁の数字を見て、そこを展げた。〔届出期間、届出事項、診断書又は検案書の添付〕の項は、読む必要はない。次の第八七条〔届出義務者〕の項に見入る。

①左の者は、その順序に従つて、死亡の届出をしなければならない。但《ただ》し、順序にかかわらず届出をすることができる。／第一　同居の親族／第二　その他の同居者／第三　家主、地主又は家屋若《も》しくは土地の管理人

②死亡の届出は、同居の親族以外の親族も、これをすることができる。

葬儀に関する法律はあるはずはない。墓地、埋葬等に関する法律は勿論《もちろん》あった。「社会保障・厚生」法の部類に……。〈埋葬、火葬又は改葬を行なおうとする者は、〉とある。が、その〈者〉については規定はなかった。つまり、死亡届をすませた者なら誰でも、死亡後二十四時間過ぎれば遺体を火葬場で始末してもらうことができ、だがいつまでに始末しなければならぬという規定はない。

——彼は〔届出義務者〕の項の条文を読み直してみた。〈①左の者は、その順序に従つて、死亡の届出をしなければならない。但し、順序にかかわらず届出をすることができる。〉とは、一体何だ！　規定されている順位は届出義務者順位であって、届出権利者順位ではないのである。届出義務者順位のなかに、配偶者が特定されているわけでもない。時と場合によっては、夫の知らぬ間に妻の遺体が死亡届をすまされ、死亡二十四時間後には、もう骨になっていたということさえあり得るのだ。法律上の〈物〉には、死体は含まれないことは、彼はかねて知っていた。それに、腐敗する性質上、普通は早くに処理するしかない。そこに、遺体の所有者だの、権利者だのまでを定める、行き届いた法律の作りにくさがある。で、その不備であるしかない面の埋め合わせは、国民の宗教的感情とか良風美俗とか慣習に期待されており、それでまた結構間にあっているようだ。彼はそう気がついて、その不思議さに衝《う》たれた。遺骨のことを調べてみた。相続法に条文があった。遺体に関して、配偶者であった者の所有権が法律で完全に守られているのは、遺骨についてのみと判る。

久保氏の気持は昂《たか》ぶった。〈遺体は己《おれ》のものだぞ〉と胸の中で言い放った。死体毀損は刑事犯罪だろうが、死体性交もそれに当たるのか。たとえば山中で偶然出会った死体との性交はそれに当たりそうだが、夫のその行為もやはり犯罪なのか。不備な法律は、そこでも夫の権利を守っていないのではないか。そう思ったことが、彼をさらに刺戟《しげき》した。六法全書どころではなくなった。

その自室の一方に、彼専用のベッドがあった。妻のベッドは同じ二階の別室にあった。夫婦のどちらが言いだしたのでもなく、いつの間にか、そうなったのだった。月に一、二度、彼はその気分になると、少し早目に二階へ行った。妻のベッドの枕を自室のベッドへ持ってきておく。妻の部屋へ入って、枕を摑《つか》み上げる時、彼は何故《なぜ》か、「おい、ピッロウ」と英語で妻の枕を感じる癖があった。――六法全書を出しっ放しのまま廊下へ出、三年まえまでは息子が使っていた妻の部屋の扉を眼にして階段を降りる久保氏の頭に、ちらりとそのことが走った。

久保氏は襖をあける。壁のスイッチを鳴らして、天井の電燈《でんとう》を消した。白木の台の二本の蠟燭の無心な明りで、彼が白布を取り退けたままにして行った死顔は淋《さび》しげに見えた。襖のあとを締める。最後に〈ピッロウ〉を摑み上げてから幾ヶ月になるのか、と思ったが、思いだそうとする暇もなく、彼は着ていた物を次々に脱ぎ捨てた。上掛けを剝ぎ取った。看護婦に病院の売店で買わせた、間に合わせの浴衣《ゆかた》の姿で横たわっている。

学生時代に、私有財産制度の基幹である、〈物〉に対する所有権の講義があった。昔ある国の大学で、法学の教授が自分の金の懐中時計をいきなり足元へ叩《たた》きつけた。びっくりしている学生たちに、これが所有権だ、自分の〈物〉はどうするのも自由である、と所有権の不可侵性を実感させたという話を聞いた。三十余年ぶりに金の懐中時計の話が甦《よみがえ》った。――彼は跨《また》いで、浴衣を開いた。伏すなり、〈己のものだぞ〉と抱きしめた。いきなり冷たいものを抱いた感じのみがあった。が、じきに冷たさを分け与えられてくる通いが判りはじめた。浴衣を両肩からも剝いでしまった。引き抜くのに躰を起こした続きで、下着を引き下げた。脱ぎ去るところまですっかりしてやらねばならぬことが判った。何とも奇妙な作業であった。余儀ない不器用を強いられつつ何とか抜き得た下着をわきへ抛《な》げた。蠟燭の弱い明りのなかで、眼はしっかりと体毛を捉えた。彼はこれまで、それほどまともにその体毛を見たことはないかもしれなかった。擦《こす》りつけ、擦りつけしてから、深く接吻《せっぷん》した。

冷たいものの上で躰を水平に移しかけて、彼は部屋の一方へ顔を横向けた。雪見障子のガラスの部分には、四枚ともみな障子が下りていた。その場の光景は映し出されていないと知る。それと同時に、縁側の片側のことを思った。そこはサッシのガラス戸と雨戸が二重になっているのだった。が、その上の天井際《ぎわ》では曇りガラスが横切っているのだった。息子夫婦は眠っていることであろう。しかし、そうとは限らない。どうかして、こちらの家屋のその横長の曇りガラスに殆ど明るさが見えないことに気づくかもしれなかった。懸念と息子夫婦への腹立たしさに駆られ、〈どうなとしやがれ！〉と彼は大きく出た。〈——絶対、電気はつけないぞ〉

久保氏の腰は、既にたまらなく張っていた。強いられねばならぬ不器用さも最早《もはや》、彼の欲望を一途《いちず》に亢進《こうしん》させた。両膝を構えて、押し上げた相手の両脚の腿裏《ももうら》へのしかかった。〈もの〉は余儀ない不器用さをまた強いたが、彼の亢奮《こうふん》が乱暴に一瞬でそれをこなさせた。一段の冷たさが鮮烈だった。その冷たさには、繰り返す都度、募る鮮烈さと相俟《あいま》って、突きあげられる感じがあった。女体の場合の快感とは、こういうものであったのか。彼は女体になり替った気がした。頭を擡《もた》げて、自分をそうさせている〈もの〉の顔を見た。

その座敷に遺体が運び込まれ、用意のすむのを待って、男のもの馴れた扱いで床へ納められ、男の差しだす四角い白布を彼が死顔に掛けてやったあと、白布は掛けられたままではなかった。枕経の始まるまでに来てくれた者はすぐさま、そして読経《どきよう》の途中や終ってから来てくれた者は、住職の去ったあとで、主に近親者たちだったが、それぞれ対面するたびに、彼か息子か嫁が白布を取って、死顔は幾度か現われたのだ。一旦立ち去る息子が「また、あとでね」と黙した母親に囁いた時もそうだった。その家屋で彼ひとりになってからは、白布はずっと無しであった。最初に彼が白布を掛けてやってから今までに、重ね重ね死顔を眼にしたわけであった。そして、彼はその間を通じて、妻の死顔がこれまでの半生で対面した幾体かの遺体のものとは何かちがう印象を受ける時があった。生き還《かえ》るかもしれない、などと思わせる印象ではなかった。妻の死顔となると、死顔自体に対しても、普通の死顔並みに視《み》る眼を遠ざける気持が働くのか、と彼はそう思っただけだったが……。

しかし、彼は女体にされて行く最中、妻の死顔を見て驚いた。鼻綿がないのだ。耳綿もないようだが、それあってこそ死顔を死顔らしく見せる鼻綿がない。病院の手落ちなのか。そうだとしても、この死顔をここで見たはずの男も気づかなかったのか。或いは近頃では、鼻綿などの不要な新しい処置が施されるようになっているのか。が、その理由は、彼にとってはもうどうでもよかった。

立て続けに鮮烈に突きあげられながら、彼の行為はそれに激しく拮抗《きっこう》した。締め付けさせ、締め付けられる営みでは経験したことのない、こたえられなさであった。

彼の激しい亢奮には、女体の場合の快感がますます参加していた。が、彼はもう女体ではなかった。〈流石《さすが》に珍しい死顔だけのことはあるぞ！〉と裸体のなかで言い放つ。〈君が悪女とは知らなかった。こんな悪女であったとは知らなかった〉とさらに言う。どれほど一心に待とうが、声なき声を聞かせてくれなかったのも、ひと頃の病院で時たま二言三言、洩らした弱い籠るような声が思いだせないのも、元気であった日々の話し方や声の記憶を喪失させたのも、この行為の共有へ拐《かどわか》すための企《たくら》みだったのかと思えてくる。

彼はまた一瞬頭を擡げ一息、珍しい死顔の死顔を見た。閉じられ続けた脣を見た。〈よくそうしていられたたな、何も言わずに我慢して……。悪女の我慢か〉と彼は言った。〈——おい、悪女。嬉《うれ》

しいか。嬉しくてたまらぬのだな〉

しかし、彼女は全身では応えてはいなかった。性器は彼とこたえられない激しい拮抗に在っても、実のところはどうなのか。当惑しているのではあるまいか。厭《いや》がりさえしているかもしれないのである。

〈どっちだ？――嬉しくてたまらぬのか。――厭がっているのか〉

彼の行為は一途に激しさを増した。

〈さあ、どっちだ？〉

彼は声なき声を聞こうとはしなかった。聞かれぬことを念じつつ、

〈どっちだ、どっちだ、どっちだ、……〉

と問い挑んだ。


二時半に近かった。恐らく嫁も一緒のつもりだろうが、息子は三時頃に替りに来ると言った。そんなに早く来ることはない、四時で充分、と久保氏は言ったが、息子はその辺のところはお任せください、などと言っていた。三時になれば現われるのだろう。

座敷には電燈の明りが満ちていた。二本の蠟燭の灯は、ただの飾りのように点《とも》っていた。平らな渦巻線香の端から立つ煙は細くても、いくらか部屋をくもらせて見せていた。遺体は顔に四角い白布を載せて、息子夫婦が一旦去った時とちがっている様子は、部屋のどこにも感じられなかった。

しかし、久保氏は自分が二階で仮眠する間、息子夫婦にそこを明け渡し自由にさせるのは厭であった。怖《おそ》ろしいのだ。夫婦は起きだしているかもしれなかった。

来られぬうちにと、彼は起って行った。電話器には、ぽっちりと〝おやすみ〟のランプが点いていた。彼はそのセットをしたことを思いだして、消し去った。息子の住居へ電話をする。五、六度のコールのあとで、息子が出た。眠たげな声である。が、〈寐《ね》ていたのだろ。すまぬな〉でもなく、〈来なくていいぞ〉

彼はいきなり言った。

〈ぼつぼつ行こうと思っていたところ〉

と息子は言う。

〈来なくていい〉

彼は又、それだけを言った。

〈どういうこと？〉

〈どうもこうもない。来なくていいと言ったら、来なくていいんだ〉

〈ずっと起きているつもり？〉

〈余計なことを言うな！〉

〈ずっと側《そば》で起きていてあげたい、お父さんの気持はわかるけれど、一睡もしないのじゃあ無理ですよ。九時にはもう湯灌《ゆかん》と納棺に来ますし〉

〈教えてくれなくて結構。――来なくていい〉

〈とにかく、今から――〉

〈来ることならん！〉

思わず言うなり、彼は受話器を置いた。

河野多恵子《こうのたえこ》（一九二六〜二〇一五）

大阪生まれ。大阪府女子専門学校（現・大阪府立大）経済科卒業。丹羽文雄の「文学者」同人となり、一九五一年「余燼《よじん》」を発表。上京後の六一年「幼児狩り」で第八回新潮同人雑誌賞、六三年「蟹」で第四九回芥川賞、六七年『最後の時』で第六回女流文学賞、六九年『不意の声』で第二〇回読売文学賞、七七年『谷崎文学と肯定の欲望』で第二八回読売文学賞（評論・伝記賞）、八〇年『一年の牧歌』で第一六回谷崎賞、八四年第四〇回芸術院賞、八九年芸術院会員、九一年『みいら採り猟奇譚』で第四四回野間文芸賞、二〇〇〇年『後日の話』で第四一回毎日芸術賞。〇二年文化功労者、「半所有者」で第二八回川端康成文学賞、一四年文化勲章。サディズム、マゾヒズムなどを題材とする思弁的な作品で谷崎潤一郎の後継者とも見なされるいっぽう、サイコホラー的な味わいの小説もあり、また犀利な批評でも活躍。他に『骨の肉』『妖術記』『秘事《ひじ》』『逆事《さかごと》』『考えられないこと』、批評『谷崎文学の愉しみ』など。

堀江敏幸

スタンス・ドット

短篇小説の模範のような作品で、構成には起承転結の原理がそのまま応用されている。まず、場が提供される。

閉鎖の晩を迎えた小さなボウリング場。雪沼という町の近くにあるらしい。そこのオーナーが主人公で、その晩に至る経緯と彼の感慨がこもごも語られる。一つの事業が終わることの悲しみと、そこに行き着いたことの淡い達成感が、選ばれた言葉で綴《つづ》られる。

外部の二人が入ってきて話が動き出す。ゲームが始まる。

一フレームごとのスコアが話をおしすすめ、破綻もなく穏やかな終わりに至る。

これが書かれた時にボウリングはもうはるか昔の流行だった。それを人生の真ん中に据えた男の終焉《しゅうえん》の思いが全体の色調を決めている。本巻の村上春樹『午後の最後の芝生』以上に、喪失感が主題になっている。かつてあったものの重さがそのまま失ったものの重さである。

音と聴覚がネックレスをつなぐ糸のように話をつないでいる。耳が遠くなった分だけ過去の音は彼の中でりんりんと響く。ぼくの世代だとそれはボウリング場のあの喧噪《けんそう》の記憶に重なる。音に包み込まれる思いがする。

スタンス・ドット

　午前十一時から営業をはじめているのに、客はひとりもあらわれなかった。木曜日はいつもこんな調子だからべつに驚きはしなかったが、夜の九時をまわったところで見切りをつけて、壁面照明の電源をすべて落とした。メンテナンスにやってくる担当者さえめずらしがるコーラの瓶の自販機の、ゲームがおこなわれているときには気にもならない冷却モーターの音がずいぶん大きく聞こえる。夜になるといつもおかしくなる耳の調子は、まだ大丈夫らしい。それにしても、ビールやジュースを冷やすために熱が必要だなんて滅茶苦茶《めちゃくちゃ》な理屈だ。冷やせば冷やすほど放熱し、部屋が暑くなる。それを冷やすためにエアコンを入れると、こんどは室外機が熱風を外に吹き出す。暑さは場所を移すだけで消えはしないのだ。このまま仕事をつづけていたら、俺の人生もなにかを冷やすためによけいな熱を出すだけで終わりかねないぞと胃が痛むほど悩んでいた三十代の自分の姿を、しかし彼はもうはっきり思い出すことができなかった。

　ふいに自動ドアの開く気配がして目をやると、靴拭いのうえで若い男女が中をのぞき込んでいる。背の高い観葉植物が邪魔になって、むこうはこちらの姿に気づいていないようだ。ふたりの会話は、なんとか聴き取ることができた。補聴器をはずさなくてよかった、と彼は思った。

「なんだか暗いな」と青年が言った。「もう閉まってるんじゃないか」

「真ん中のほうは明かりがついてるわよ」

「でも、なんだか暗いよ。ほんとにボウリング場かな」

　そこでようやく、青年の目が、針刺しに一本だけ忘れられた細ながい穴のある縫い針みたいな格好でぴんと背筋を伸ばし、黙ってカウンターに立っている彼の目とぶつかった。とにかく頼んでみようと連れをうながし、すたすたと大股で彼のほうにやってくると、こんばんは、と青年は軽く頭を下げた。

「いらっしゃいませ」

「すみません。まだ、やってますか？」と青年は言った。

「あと三十分ほどで閉めるんですが、それでよろしければどうぞ」水のなかにいるみたいに言葉がもごもごと鼓膜の裏側でとどこおる。「一ゲームならお楽しみいただけますよ。どうなさいますか？」彼は青年の唇を注視しながら言った。相手の言葉がとつぜん聞き取れなくなった場合の助けになればと、もうずいぶん前から意識していることだ。

「じつは、お手洗いを貸して欲しいんです」

　青年はうしろを振り返った。連れの女性はべつに恥ずかしがるふうでもなく、前に組んだ両手で小さな革製のハンドバッグの細いストラップを握ったまま、まっすぐに立っている。目鼻立ちのいい顔で、顎《あご》を引き気味にしてこちらを見ていた。なにかを我慢しているようなそわそわした感じは見受けられない。

「ずっと走ってきたんですが、車が駐《と》められそうな店はどこも閉まっていて、ここだけ看板に明かりが灯《とも》っていたものですから。お借りしていいですか？」

「もちろんです。どうぞ、この奥を右です」

彼はカウンターの隣の貸しシューズの棚のわきからL字に入っていく細い通路を示した。一、二歩離れたところで反応を待っていた連れのほうがどうもすみませんと目で言って足早に消え、その影が見えなくなったとき、やっぱりぼくも借ります、と青年があとにつづいた。

この山あいの町では、十一月も夜になるとかなり冷え込んでくるのだが、車のなかがあたたかくて上着を置いてきたのか、女性のほうはベージュのセーターにグレーのスラックスという軽装だった。用を済ませば階下の駐車場へすぐに戻るつもりなのだろう。青年はブルージーンズに紺と白を組み合わせたジャンパーで、なんとなく年下のような印象を与えた。人なつこいけれど、失礼ではない感じの話し方だ。年はどちらも二十代なかばだろう。ともあれこのふたりが最後の客になるわけではないようだ。ほっとしたというのか寂しいというのか、これまでに味わったことのない奇妙な感慨が胸をよぎった。

ここリトルベアーボウルは、平たいコンクリートの箱が数本の支柱で持ちあげられているさほど大きくはない二階建てで、階下は吹き抜けの駐車場になっており、外階段に熊がピンを抱えている電飾はあるけれど、郊外のボウリング場につきものの、あの屋根のうえの巨大なピンはなかったし、壁面は半分に断ち割った丸太を貼りつけてログハウスふうに仕上げてあるので、遠目にはレストランのように見える。五レーンしかない内部もずいぶんこぢんまりしていて、待ち時間をつぶすためのゲーム機はピンボール一台とナインボール用のビリヤードが一台あるきりだ。道路に面したガラス張りの一角は喫茶部になっているのだが、厚手のガラス扉には「本日の営業は終了致しました」という細い鎖でつるされた木の板が掛けられていた。席と席のあいだのボックスになっている仕切りには、緑のプラスチックが繁茂するプランターが組み込まれている。カウンターわきの非常灯の光がその一部を照らし、葉脈のないつるつるした葉が蛍光塗料でも塗られたように光っていた。

妻が元気なころは、こんな小さな飲食コーナーでもなかなかにぎやかだった。脚に軽い障害のあった彼女は、就職で不利になるのを見越して、短大を出たあと調理師の資格を取っていた。それが思わぬ役に立ったのである。ゲーム後の休憩や時間待ちの空間としか考えていなかったから、飲み物と軽食だけのメニューだったのだが、日替わりのサンドイッチがちょっとした評判になり、ゲームと関係なしに訪れる人や持ち帰りを頼む客まであらわれるようになったため、外階段から直接入れるよう改装したらどうかとか、近くにいい物件を見つけて独立した店にしたらどうかとかいう声も出はじめ、彼のほうは真剣に検討してみる気になったこともある。けれども妻はその手の誘いをきっぱりと断った。リトルベアーボウルの名はわたしの旧姓を英語読みしたものなのだし、喫茶部だってボウリング場のなかになければ意味がない、というのが彼女の言い分だった。

五レーンしかない施設だから、景気のよかった時代の週末は、順番待ちの予約を入れてから隣町のショッピングセンターで買い物をして時間をつぶしたりする家族連れも多かった。おおよそこのくらいですと伝えたその時間に間に合わず、レーンを空にしておくわけにもいかないからひとつ飛ばして次の客にまわしたりすると、しつこく苦情を言われたりしたものだ。もっとも彼がまだ中古車販売店を経営していた一九七〇年代初頭は、こんな程度では済まなかったろう。あの時分は一ゲームでも多く、一回でも多くボールを投げたいと望む人々が続々と訪れ、いきつけのボウリング場の社長が、銀行に勤めている高校の同級生から事業拡大を前提とする融資を持ちかけられて、断るのに苦労していると嘆いていたことを、よく覚えている。あれはたしかに異常だった。仕事のあいまを縫ってゲームに興じているだけの彼ですら、こんなブームがいつまでもつづくはずはないと予想がついていた。

東京で会社勤めをしているとき、郷里で中古車販売店を営んでいた父親が亡くなった。しぶしぶあとを継いだ彼は、いっとき冷え込んでいた商売を軌道に乗せ、結婚をし、さあこれからという段になってとつぜん店をたたむと、在庫用の車置き場をつぶした土地にボウリング場を建てた。ブームが去ったあとのことだ。以来、二十数年、世紀の変わり目までなんとか持ちこたえ、気がつくと父親が亡くなったときの年齢を大きく超えていた。妻が逝《い》ったあとは自身の健康状態もしだいに不安定になって、経費節約のために販売店時代から使っているポリッシャーをかついでワックスがけをしたり、技師の手助けをして古い機械のメンテナンスをしたりする体力がなくなってきた。もうそろそろ潮時だ。一ヵ月前、たったひとりのアルバイトの主婦に暇を出し、彼は廃業の準備をはじめた。今日がその、後始末のための日程を除いての、最後の営業日にあたっていた。

ここを閉じるという話は、どこにも出さなかった。お知らせを出せば、学生時代に仲間と世話になったとか、会社の余興でよく使わせてもらったとか、なんやかやありがたい理由をつけて別れの催しを開こうと音頭をとる人が出てこないともかぎらない。開業時にはチラシを刷ってそれなりの宣伝をしたのだから、今回もおなじようなかたちで最後の客寄せをするべきなのかもしれないのだが、彼は静かに幕を引きたかった。黙ってすべてを整理し、落ち着いてから失礼のない挨拶をしたいと、そう思っていた。

ふいに、聞こえるほうの耳から、どうもありがとうございました、と青年の声が響いて、彼は真正面のレーンのピンデッキにならんでいるお地蔵さんのような年代物のピンを見つめていた目を、声のほうへ移した。青年はあたりを見まわして連れがまだ出てきていないのを確かめると、濡《ぬ》れている両手をぶらぶら振りながら、そこにむけられた彼の視線に気まずそうな表情を浮かべた。リトルベアーボウルの手洗いには、ハンドドライヤーがない。掃除機を思わせる騒音が嫌で、なんど勧められても取りつけなかったのだ。手が濡れているとなれば、うっかりして回転式タオルの入れ替えを忘れていたのだろう。悪いのはこちらなのだが、青年はばつが悪そうに明かりを落とし気味にした場内をぐるりと見渡し、なんだか、さみしい感じですね、と振り返りながら言った。

「機械が古いせいかな」

ちがいありませんね、と彼は応《こた》えた。青年の声には喉から離れる瞬間に粘り気を帯びたような艶がある。これまでのところ、左耳の調子もまずまずだ。

「おそらく、いま日本のどこを探してもないでしょう。ピンボーイが活躍しているようなところがあればべつですが」

「くすんでます」青年はちょっとおどけるように言った。

「ええ、くすんでますね。でも、問題なく動きますよ」と彼は笑みを浮かべた。

「本当はもう閉めるところだったんじゃないですか？　まぎわにお邪魔して申し訳ありませんでし

た」

「とんでもない。なんにせよ、お役に立てて嬉《うれ》しいです。おふたりがたぶん、正真正銘、ここにやって来た最後の方になるでしょうから」

なかをのぞいたときの薄暗く沈んだ印象がよみがえったのか、顔つきが少し変化し、ちょうどそのとき用を済ませて戻ってきた連れの姿を目の端にとらえながら、最後ってどういう意味ですか、と青年はたずねた。

「あと三十分でわたしはこの仕事を辞めるんです。こう見えてもオーナーなんですよ。明日からは営業しません。つまり廃業です。ご安心ください。倒産ではなく店じまいですから。今日はもう、どなたもいらっしゃらないだろうと思っておりました」

言い終えた彼にむかって、どうもありがとうございました、とさっきとは別人のように明るい顔で女性が礼を述べた。やはりずいぶん我慢していたのだろう。県道だから食事のできる場所もあるにはあるのだが、午後九時以降も営業している店は隣接する町の駅周辺にしかない。車なら十五分もあれば行けるのに、それを知らずに飛び込んできたのだから、地元の人間ではなさそうだ。女性のほうにも会話の切れ端は聞こえていたらしく、廃業ってなんのこと？　と彼女は青年の顔をうかがった。

「このボウリング場、今日でおしまいなんだってさ。あと三十分」

「あら、そうだったの」と彼女は目を丸くして彼のほうを見た。「なんだかしんとしてるなって、思ってたんです。大変なときにご迷惑をおかけしてしまって。でも、助かりました」

「いえいえ、わたしはなにもしてませんよ」

しばらく考えたあと、彼はこう切り出した。

「どうでしょう。これも、なにかのご縁です。よろしければ、終業までゲームを楽しんでいってください。もちろん料金はいただきません」

カウンターの後ろの壁にあるスイッチをふたつ、ぱちんぱちんと動かすと両サイドの間接照明が灯って、場内がやわらかいオレンジ色の光に染まった。闇に沈んでいたレーンの奥にもその光が届き、灰色のピンが薄桃のジオラマのなかで前景に迫《せ》り出してくる。

「せっかくだから、ちょっとやらせてもらおうかな」

「よしなさい、失礼よ。お手洗いを借りたうえに、ただで遊ばせてもらおうなんて」

「失礼だなんてとんでもない。わたしのほうからお願いしているんです。もっとも、その気がおありならの話ですが。ご自由になさってください」

ひとりで静かに幕を引きたいというさっきまでの想《おも》いとは裏腹に、彼は自分でも意外なくらい親しみのこもった口調で話していた。とつぜん訪ねてきてくれた親戚を引き留めているみたいな、そういう気持ちの動きがなつかしかった。でも、ここで時間を過ごしたら遅くなっちゃうわよ、と彼女は青年に言い、雪沼まで行かなければならないんです、知人がやっている旅館に泊めてもらうことになっていて、と彼に説明した。

「雪沼ですか。この先は山道でカーブが多くて、あまり速く走れませんよ。一時間は見ておいたほうがいいですね」

「ほらごらんなさい。すぐに出たほうがいいわよ」

「安全運転だから大丈夫さ」

「まじめに言ってるの？」

「一ゲームだけだよ」

小さくため息をついて、しかたないわねと女性が言い、彼はそれを機にふたりの足のサイズを確かめ、奥の棚からシューズを取り出した。あたしは結構ですと両手を振る彼女に、いえ、おやりにならなくても、滑りますから、転ばないようにこれを履いてください、とクリーム色の革にえんじのストライプが入ったシューズを手渡した。靴を履き替えるとすぐ、青年はハウスボールをあれこれ物色し、緑の14Lを抱えて戻ってきた。

「真ん中のレーンで投げてください。スコアはわたしがつけましょう。練習なしの、本番です」

ふたりの声をよく聞き取るために、彼はスコアシートを手にカウンターを出て、ボールロッカーと一体になったテーブルに腰を下ろした。ボウリングなんて久しぶりだなあと青年は言って、ラックの横のアプローチにつけられた丸い目印に両のつま先をそろえ、ゆっくり左足を踏み出すと、徐々に勢いをつけ、買い物かごを振りながら歩いて帰ってくる途中でキャベツでも落としたみたいに緑色のボールを投げた。転がすのではなく、足もとにどすんと放られた樹脂のキャベツは、右ガーターすれすれの部分を通り、しかし溝にはかろうじてはまらないよう微妙に変化しつつ一番をかすめて二番ピンの左側へよじれ、ばらばらと六本倒した。三、六、九、十番ピンが残った。

深い岩穴の奥に小石を投げ入れたときの、くぐもった響きが耳に届く。そもそも彼は、古いピンのはじける音が好きでこんな骨董品《こっとうひん》みたいな機械に執着しつづけてきたのだった。レーンもピンセッターもボールも、あれこれ手を尽くした末にたどり着いたロサンゼルスのブローカーを通じて、倒産した古いボウリング場の、廃物になりかけていたブランズウィック社製の最初期モデルを一式、ただ同然で引き取って運ばせたものだ。セッティングの動きものろく、ボールが戻ってくるまでの時間も現在普及している型の倍以上かかる。ピンは交換可能だったが、全体の保守部品が中古でも入手困難になり、この種の遊興器具に精通した腕のいい技術者による特殊なオーバーホールしかない状況であればなおさら、一部分だけあたらしくするのは首のすげ替えのようで納得いかなかったし、ストライクのときすばらしい和音を響かせるかわりにかすかな濁りとひずみがまじるこの時期のピンの音がなにより気に入っていたこともあって、彼はオリジナルをほとんどいじらずに使いつづけてきた。音が均一にはじけ飛ぶのではなく、すべてのピンが倒れたあと、レーンの奥で一度、見えない大きな球になって、ゆっくり加速しながら投げ手のほうに押し出されてくる。それがいちばんよくわかるのは、第三レーンと同一直線上にあるカウンターで、だから彼は、可能なかぎりその場に立つことにしていた。

やっぱり、いきなりじゃあ感覚がつかめないな、と青年はつぶやき、がらごろ音を立てて戻ってきたボールをふたたび手にすると、先ほどとおなじ位置に両足をそろえて三番ピンを狙った。ボールはするすると右端に吸い寄せられ、一本も倒さず闇に飲まれた。彼は製図の授業の、Fの鉛筆を使ったときの筆圧で、スコアシートの最初のマスに6と書き、右肩の小さな升目にマイナス記号を引いて、その下にまた大きく6を刻んだ。

「なんだか情けないわね。せっかくのご厚意なんだから、真ん中からずどん、って感じで投げなさいよ」と左側の椅子に座った彼女がさっそく青年をからかった。

「それを言うなら、ポケットからずどん、だろ。真ん中じゃだめだよ、スプリットになる」

「スプリットって、なに?」

青年がまじまじと相手を見つめた。彼女はボウリングを一度もやったことがないらしい。二年もつきあってるのに、そんなことも知らないなんて知らなかったなと青年はあきれたように彼女を見つめ、スプリットってのは、ピンとピンが離れて残って、あいだがぽっかり空いてしまうことだよと簡潔に説明してから、第二フレームの投球に入った。今度はバックスイングが大きくなりすぎて腕が引っ張られ、なめらかに引き戻すことができなかった。ボールは右ポケットに浅く入って、犬の鳴き声に似た音を響かせた。七本。ノーヘッドで右隅の三本が残されていることを赤いランプが示している。彼は7と書き入れて二投目を待ち、なんとか二本倒したのを見届けて2を右肩の枠にくわえ、その下に15と記した。第三フレームはポケットに入れながらも逆に力が足りず、中央の五番ピンを残した。ぜんぶ倒れると思ったわ、とてもいい音がしたのに、と煙草《たばこ》を吸いながら悔しそうに女性が声を高めた。しかしその音が彼にはうまく届かない。やはりこの時間になると、耳のぐあいがおかしくなる。

右耳には、いく度も調整を重ねてようやく自分のものになった補聴器が入っている。ピンの音がだんだんぼやけてきたのは、三年ほどまえからだ。客の言葉を聞き返すことが多くなり、どうも変だと思いはじめてまもなく、中央レーンの奥から生まれる肉厚な音の伝わり方が左右不均衡になってきた。妻の死後、症状はさらに悪化し、軽いめまいにも悩まされるようになったので専門医を訪ねたところ、突発性の難聴だからストレスを解消すればよくなるとの診断を下されたのだが、ストレスと言えるほどのものはなかったし、じっさいあれこれ検査をしてみてもはっきりした原因はわからなかった。結局、補聴器で補えるところまで補おうという話になってここまでしのいできたものの、回復の見込みはありそうになく、今晩、仕事をすべて終えたら、いずれ役に立たなくなるだろうその仕掛けもはずすつもりだった。レーンを閉じれば、聴きたい音もなくなる。それに、どんなに性能がよくても、器械を通した音には、なにかしら不自然なところがあった。

またしてもスペアが取れなかった青年は、うん、べつにこれは試合じゃないんだからな、と言い訳する。スコアシートには9とマイナスが記入され、24という得点が書き入れられた。単独のゲームが進むにつれ、あまり興味を示さなかった連れのほうがしだいに熱っぽくなって、ボールがピンに触れる瞬間、こぶしを握っているのが見える。第四フレームの一投目は力みすぎて左によれ、わずかに三本。気を取りなおしての二投目は五本。彼はその順序で数字を書き入れ、32と点数を記入した。

中古車販売が天職と言い聞かせて精一杯の努力をしていた三十代なかばのころ、国産車だけでなく大手がやらないような外国車を扱えないものかと、彼は妻といっしょにアメリカへ視察に出かけた。もちろん内実は観光目的で、英語などろくにできないくせにパッケージツアーには乗らず、レンタカーを借りてあちこち走りまわるのはかなり勇気のいる決断だったが、妻の脚を考えれば、列車よりもバス、バスよりも乗用車という選択はごく自然なことに思われた。あれはようやく右車線にも慣れた三日目、走っても走っても道だけの半日を過ごして、ようやく見えたドライブインに入ったときのことだった。妻が手洗いを借りたいというのでレストランの入り口で待っていたのだが、そこから見えるゲームコーナーの一角に三レーンだけの古びたボウリング場があって、トラックの運転手らしい男たちが気分転換をしていた。

ピンの材質はなんなのだろうか。ジュークボックスから流れる音楽と煙草の煙とステーキを焼く油とニンニクの匂いのむこうから、日本ではあまり耳にしたことのない、ちょっと重たくて、くぐもった感じの、それでいてあたたかい音が響いてくる。ピンセッターのぎくしゃくした動きや、ピンデッキのうえの電飾めいたロゴなどの趣もさることながら、彼はその独特の音色に強く引きつけられた。自分の腰まわりほどありそうな腕をした男たちが力まかせに投げたボールを十本のピンが受け止めると、爆裂するそれらの動きとは正反対の、毛布でくるんだようなじつにやわらかい音を返してくる。その音に、彼は聞き覚えがあった。手洗いから戻った妻の手をとって、彼はレーンのある一角まで連れて行った。

「申し訳ないけど、今日は遠慮してちょうだい。ここに泊まるって決めたわけじゃないんだし、あなたがボウリングはじめたら、いつまでたっても終わらないもの」と妻が言う。

「そうじゃない。音だ」

「どういうこと?」

「ピンの音さ。ピンがはじける音を聴いてみてくれ」

ようやく彼の言葉が理解できたとでもいうように妻はうなずき、そういうときの癖で少し背中を丸めて首を傾けながら耳を澄ませた。

「わかるか」と彼は妻にたずねた。

「わからないわ」

「似てるんだ、ハイオクさんの音に。あの人が投げたあとに降ってきたのは、こういう音なんだよ」

妻に説明しながら、つぎつぎにわきあがってくるレーンの音楽に耳を傾けているうち、しだいに頬が紅潮してくるのがわかった。左右の脚のバランスが悪くて疲れやすいので、妻はスポーツとは無縁で過ごしてきた。彼の好きなボウリングにつきあってはくれても、椅子に座ってスコアをつけるだけでゲームはやらない。といって、つまらなそうにしているわけではなく、ピンがリセットされるあいまに交わす馬鹿《ばか》げた冗談や思い出話のやりとりを楽しんでくれた。だが、あのときの彼の昂奮《こうふん》ぶりが帰国後もいっこうに冷めず、おなじ装置をまるまる一式取り寄せて小さなボウリング場を経営したいなんて言い出すとは、さすがに想像していなかっただろう。

「あの、お疲れですか？」

聞こえるほうの耳に青年の声が滑り込んで、彼はわれに返った。

「第五フレームが七本と二本、第六フレームが八本のスペアです」

あわててスコアに得点を書き込む。スペアは出たけれど、どうも思いどおりにボールが曲がらないなと愚痴っている青年に、備えつけのボールではプロみたいなフックは投げられないんですよ、と言いかけて口をつぐんだ。ハウスボールは右利きでも左利きでも使えるように穴がうがたれ、しかも重心が真ん中に設定してある。よくまわるコマとおなじ道理で軸がぶれないから、極端な曲がり方はしない。反対に、オーダーメイドのボールは重心をずらしてあるため、回転をかけると左右どちらかに傾き、レーンのワックスが途切れた瞬間に摩擦がかかって、蛇が鎌首をもたげたような曲がり方をする。そういう知識をみな、彼はハイオクさんに教えてもらった。

ハイオクさんは、彼が東京郊外にある大学の理学部に通っていたときアルバイトをしていた、ガソリンスタンドの顧客だった。古いけれども手入れの行きとどいた車に乗ってきて、質のいいほうのガソリンを頼むのだが、どこで仕入れた知識なのか、当時はレースでしか使われていなかったハイオクを冗談めかして注文するものだから、店員のあいだでそんなあだ名をつけられていたのだ。

口数の多くない彼にも自然と言葉を出させてしまう、親しみやすい雰囲気を持った人だった。

ある日、彼が応対に出ると、助手席に真っ黒なドクター鞄《かばん》らしきものが置かれていた。お医者さんだったんですか、と作業をしながらさりげなくきいてみたところ、いやいや、中身はボウリングの球ですよ、この先にあるボウリング場をご存じですか、エイトプリンシーズボウル、あそこで働いてるんです、とハイオクさんは笑みを浮かべ、一度遊びに来てくださいと誘った。好奇心にかられて、休みの日に友達とのぞいてみると、ハイオクさんはたいそう喜んで、そこではじめて、彼はハイオクさんが元プロボウラーであることを知らされたのだった。ツアーだけでは食えないからレッスンプロとして授業料を取ることでなんとか暮らしを成り立たせていたのだが、ある年、事情があってオフにこっそり働いていた建設工事現場で利き腕の親指に大怪我《おおけが》をし、リーグ戦を闘い抜く力を失った。リハビリにはげんで復帰をめざしたものの、三ゲーム連続でこなすと傷ついた指が硬直して動かず、どんなに厳しい練習を重ねても持久力が戻らなかった。思い描いたとおりの球が投げられないようではプロを名乗るわけにいかないし、レッスン料を取るわけにもいかない。潔癖なハイオクさんは、四十代なかばで引退を決意し、所属先のボウリング場で働かせてもらうことになった。いまは温厚な人柄を慕ってくるプロの卵たちに、勤務のあいまを縫って無料でコーチをしているのだという。

ハイオクさんの教え方はすばらしかった。口頭で簡単な指示を与えるだけで手取り足取りのレッスンはしないのに、アドバイスをもらった人の変貌ぶりを見ていれば、まわりの人間にも、それがどれほど的を射ていたかがじつによく理解できた。野球のマウンドやサッカーの芝、そしてスケートリンクの氷から容易に想像がつくように、朝と夕方とではレーンの油の乗りがちがい、おなじ時刻でも日によって微妙な感触のずれが生まれること、それを読み解くには豊富な経験が必要なことをハイオクさんは楽しげに語り、求められればスタンスの取り方を図で示してくれたりした。

ただし、まれに披露してくれる実技のほうは、不思議なことにそうした注意事項をことごとく無視するものだった。なにしろフォームからして妙なのだ。へっぴり腰というのかなんというのか、構えるときボールを胸もとまであげず、ベルトのあたりで肘を折ったまま重すぎて持てない西瓜《すいか》みたいにボールをぶらさげ、折った腰のぶんだけお尻がぴょこんと出たかっこうになる。バックスイングはほとんどなく、投球動作に入った後ろ姿は、まるでかぶりもののペンギンだった。ところが、この窮屈そうなフォームから放たれたボールが音もなくレーンを滑り、彼の耳を魅了しつづけているあの音を奏でるのだ。ひろびろとした場内の、三十あるレーンすべてでゲームがおこなわれていても、ハイオクさんの投げたボールの音はすぐに識別できた。彼だけでなく、誰もがそうだった。

「……ここで六本かあ……せめて九本欲しかったな」と青年が言う。

第七フレームの二投目でしくじって、ここまで65点。あちこちに考えが散ってしまうせいか、聞こえる音に波ができてきた。第一フレームで聴取しかけた心地よい音の球が、なかなかやって来ない。ちらりと腕時計に目をやったその視線の動きに、お時間は大丈夫ですか、とすばやく女性が反応する。予定の閉店時間を、とうに過ごしていた。ご心配なく、このゲームの終わりがすなわち閉店ですからと彼は笑みを浮かべ、青年にむかって、ピンが残ったら立ち位置を変えてみるといいですよ、と初歩的なアドバイスを送った。ハイオクさんがよくそう言っていたのだ。自分の力やフォームにあわせたアプローチの距離と立ち位置を定めるために、床に埋められたスタンス・ドットのどこに足を置いたら最適かを見きわめること。ファウルラインのスパットとその先にある的をむすぶ軌道を頭のなかで描いて、ピンを凝視しないこと。スペアを狙う際には、残留ピンの形にしたがって立ち位置を変え、球の進入角度を調整してそのつど足の置き方をずらすこと。フォームさえ安定していれば、すべてはアプローチで決まる。

ところが、ハイオクさんはどんなに複雑なピンが残された場合でも、ぜったいに立ち位置を変えなかった。目印のスタンス・ドットを一個たりともずらさず、平行ピンが出現してもレーンの端に移動したりしなかった。こういう投げ方では、ピンの配置によってスペア不可能なものが出てくる。試合に勝てなかったのは、そのためだろう。自分のスタンスにたいするハイオクさんのこだわりがどこから来ているのか、彼にはよく理解できなかった。プロボウラーになるまえ、ハイオクさんはおなじプロでも野球の投手を目指していて、ついに大成しないままユニフォームを脱いだ、というまことしやかな噂《うわさ》もあったが、たしかにあの投げ方は、おなじフォーム、おなじリリースポイントから異なる球筋を繰り出す野球のピッチャーのそれに似ていなくもなかった。

ただひとつ確かだったのは、ハイオクさんの投げた球だけが、他と異なる音色でピンをはじく、ということだ。ピンが飛ぶ瞬間の映像はおなじなのに、その一拍あと、レーンの奥から迫り出してくる音が拡散しないで、おおきな空気の塊になってこちら側へ匍匐《ほふく》してくる。ほんわりして、甘くて、攻撃的な匂いがまったくない、胎児の耳に響いている母親の心音のような音。彼はなんどかその音と立ち位置の秘密をさぐろうとしたのだが、スタンス・ドットは、立ち位置を変えるためのものでなくて、それを変えないためのものなんだよ、わたしにとってはね、と笑って答えなかった。模擬試合の行方を決するスペア狙いでも、ハイオクさんの立ち位置は変わらない。奏でるピンの音も変わらない。それが誰にも真似《まね》できないハイオクさんのスタンスだった。まだつきあっているころから、彼は妻にその話をよく語ってきかせた。ハイオクさんが自身のスタンス・ドットをひとつもずらすことなく亡くなったとの報《しら》せを友人から受けたのは、リトルベアーボウル開業の準備をしているさなかのことだった。

なぜこんなことをつらつら思い出すのか。煙草を持つ女性の左手に、紫色の石のついた銀の指輪が鈍い光を放っている。二月生まれか、と彼は思う。妻もアメジストの指輪をすることがあった。誕生日に彼が贈ったものだ。これを身につけていると、かならずいいことがある、お守りなんだから長生きできるかもしれない、百歳まで生きられそうよ、と妻は根拠もなしによくそう言っていた。

「……百に届くかな」

青年の声に、ぎくりとする。もう大詰めだ。第八フレームの一投目で八本、青年は彼の意見を聞き入れてアプローチを左に移し、十番ピンを対角線に狙ってみたが、右のガーターにつかまった。第九フレームはスペアなしの九ピン。合計82点。大台に届くか否かは、最終フレームの投球で決まる。すべて終わったら、このふたりにどんな顔をすればいいのだろう。いや、自分にたいしてどんな顔を見せればいいのだろう。意外にも、彼は緊張しはじめていた。

目のまえで、青年が身をかがめて女性になにやら話している。声がずいぶん遠くにあるようだ。かつては彼も、妻の耳もとであんなふうにささやくことがあった。

「……と思……です」と青年が言う。

よく聞こえない。口だけ動いているように見えて、彼は当惑した。

「失礼、いま、なんとおっしゃいました？」

「……ですし、やは……いいと思うんです」

声がとぎれがちになる。青年がそんなふうに喋《しゃべ》るはずはないのだから、こちらの耳がおかしいのだ。申し訳ありません、なんだかぼんやりしてしまいまして、と彼はもう一度詫《わ》びた。補聴器をつけているので、耳が悪いのはふたりとも察しているはずだが、つけていないほうの耳まで聞こえなくなっているとは思わないだろう。

「手洗いを……しようと思……だけなのに……がとう……ました」

ふたりいっしょに立ちあがって頭を下げたのに彼は驚き、まだテンフレームが残っておりますよ、とあわてて言った。

「……もう、じゅうぶんに……いただきました。最後はご自分で投げ……お辞めになるのな……ご自身で締めてくださらなきゃ」

そうか、最終フレームを自分で投げろと言っているのだ。

「いえいえ、せっかくここまで来たんだから、あなたが投げてください」

「もうじゅうぶんです」と、女性のほうが口を開いた。トーンが変わって、今度はよく聞こえる。

「さあ、どうぞ。あたしたちが勧めるのもへんですけれど」

なるほどおかしな話だ。予想もしなかった展開に、彼はしばし沈黙で応じた。耳の調子が悪くなってから、いや妻がいなくなってから、じつはまったく投げていない。ハイオクさんの音をみずからの手で再現しようという夢もいつしか捨て去っていた。鼓膜に焼きついているあの不思議な音がこのレーンに響いたことは一度もないのだ。試みるとしたら、いましかないのかもしれない。アプローチのスタンス・ドットに落とした目を彼はゆっくりとふたりにむけ、ひと呼吸置いてから、お気づかいありがとうございます、お言葉に甘えさせていただきます、と言った。それからカウンターまで戻り、足もとにある両開きの棚にしまってあった黒い鞄を取り出した。たてつづけに車が売れたとき、そのご褒美《ほうび》としてつくらせたマイボールだ。色は黒、中指と薬指のグリップが浅く、親指がしっくりと穴になじむ。だが、さすがに以前より重く感じられた。この年じゃ、ぴったりする球を使わないと怪我をするんです、と聞かれもしない言い訳をして、彼はアプローチに立った。

百歳まで生きられそうよ、と妻の声がする。百か、と彼は思った。最初の一投でストライク、あるいは二投目でスペアをとり、そのあと八本倒せば百点には到達する。しかし彼が欲しかったのは点数ではなく、あの音だった。取り出したボールを布でひととおり拭い、彼は右耳の補聴器を静かにはずした。音が急に退《ひ》いていって、だだっぴろい空間に自分だけ取り残されたような気がしてくる。ボールを抱え、右からふたつ目の印に右足のつま先を合わせる。学生時代から変わらない、彼のスタンス・ドットだ。しかし本当にこの立ち位置でよかったのだろうか。あの音を一度も鳴らしえなかったこの位置でいいのだろうか。もうわからない。背後でふたりが息をつめている。彼はゆっくりと左足を踏み出した。二歩目の移動でもう球筋が見える。今朝のワックスの分量とその分布は頭に入っていた。どの程度滑るのか、どこでフックがかかるのか、彼は誰よりもよく知っていた。このままのまっすぐ歩いてファウルライン右端のスパットで鋭く腕を振りあげれば、ボールは一番ピンと三番ピンのあいだをとらえるだろう。だがリリースの瞬間、指がへんなぐあいに抜けて青年そっくりにボールをレーンにたたきつけるような投げ方になり、にもかかわらずレーンに落ちる音がすうっと立ち消えてボールはくるくると滑りながらスイートスポットにたどり着き、あとひと息というところで古いピンの音がガンゴーンガンゴーンといっせいに鳴りはじめ、それが聞こえない耳の底からわきあがる幻聴なのか現実の音なのか区別できぬまま、たち騒ぐ沈黙のざわめきのなかで身体《からだ》を凝固させた彼の首筋に、かすかな戦慄《せんりつ》が走った。

堀江《ほりえ》敏幸《としゆき》（一九六四〜）
岐阜県生まれ。早稲田大学第一文学部フランス文学専修卒業、東京大学大学院人文科学研究科フランス文学専攻博士課程単位取得退学。パリ第三大学博士課程でも学ぶ。一九九五年、連作『郊外へ』を刊行。九九年『おぱらばん』で第一二回三島由紀夫賞、二〇〇一年「熊の敷石」で第一二四回芥川賞、〇三年「スタンス・ドット」で第二九回川端康成文学賞、同作を含む『雪沼とその周辺』で〇四年第八回木山捷平《しょうへい》文学賞、第四〇回谷崎賞。明治大学理工学部教授を経て早稲田大学文学学術院教授。〇六年『河岸忘日抄』で第五七回読売文学賞、一〇年エッセイ『正弦曲線』で第六一回読売文学賞（随筆・紀行賞）、一二年『なずな』で第二三回伊藤整文学賞、一三年『振り子で言葉を探るように』で第一一回毎日書評賞。同年第六六回中日文化賞、一六年『その姿の消し方』で第六九回野間文芸賞。身辺雑記や回想、ブッキッシュな探索、哲学的思索といった散文の多様な可能性を追求しながらストーリーテリングの世界へと踏み込むスタイルで知られる。他に角田《かくた》光代との共著『私的読食録』、モディアノ、ユルスナール、ソレルス、エルヴェ・ギベール、ドアノー、紀貫之などの翻訳がある。

向井豊昭

ゴドーを尋ねながら

この短篇の下敷きになっている『ゴドーを待ちながら』は言わずと知れた二十世紀の芝居の傑作。演劇界で「ゴド待ち」と略称されるほどの定番である。

その主人公であるヴラジーミルとエストラゴンが下北半島の恐山《おそれざん》に現れる。二人とも茶髪のちょんまげで、掛け合いはまるで弥次喜多《やじきた》のよう。彼らはいつまで待っても来ないゴドーをイタコに呼び出してもらうつもりでここに来た。しかし、この語り手の話は二転三転して、そうそう簡単にゴドーは出てこない。そもそもゴドー（Godot）はゴッド（God）だというから、気安くは降臨してくれないのだろう。

このシュールレアリスティックな話の背後にあるのは言葉への強い関心である。それも作者が依って立つ青森県の方言、下北弁と津軽弁。だから清音が濁音に変わるというこの地域の言葉の法則に従ってゴドーは後藤《ゴドー》に化ける。後藤さん、来ないかな。

方言＝地方語については第三十巻『日本語のために』に収めた山浦玄嗣《はるつぐ》によるケセン語訳の聖書も見ていただきたい。また第二十四巻の『石牟礼《いしむれ》道子』も。更には「池澤夏樹＝個人編集 世界文学全集」の石牟礼道子『苦海浄土』と、『短篇コレクションI』に収めた目取真俊《めどるましゅん》の『面影と連れて《うむかじとぅちりてぃ》』も。

ゴドーを尋ねながら

硫黄のにおいが漂ってくる。ヒバの樹海が不意に遠ざかり、朝の光を反射した湖の面が仕掛け絵をめくったように広がっていた。タクシーのフロントガラスを通して見えてくる人の姿は、お江戸の板元の絵のように二十一世紀の日本人とはズレていた。

二人連れである。かすりの着物の裾をはしょり、裸足《はだし》で履いた草鞋《わらじ》の足を運ばせているのだ。さすが伝統の地、恐山《おそれざん》である。今日只今《こんにちただいま》を反転させ、拙者を招いてくれるのじゃろう。

二人連れの姿は、追いつくほどにはっきりとしていく。車の迫るのをものともせず、道のド真ん中を前後になって進んでいた。

前を行くのはガニ股である。ぎくしゃくとした小刻みな足取りだ。脚絆《きゃはん》もつけず、股引《ももひ》きもなく、尻はしょりの下からは汚れたふんどしが見え隠れしていた。上半身を包んだ矢がすりの無数の矢は、藍染めの布の上で空を飛ぶように揺れている。空を向いた矢の隣には地を向いた矢が必ず組まれ、人の願いの虚《むな》しい往還を告げるようでもあった。

ほっかぶりの手拭《てぬぐい》には、整然と並んだたくさんの漢字が染められている。車からでは読み取れないが、手拭の下から後ろに向かって突き出ているのは、間違いなくちょん髷《まげ》だった。が、そのちょん髷、渋谷かいわいの若者に似た茶髪となって結ばれているのだ。

もう一人の人間も、やはり茶髪のちょん髷をしている。やはりほっかぶりをしているが、こちらは大きな絵だった。後ろ側から見えるのは、膝を崩して座っている二本の足と巻きついた腰布の部分だけだったが、腰布を大胆に割って見せている二つの股《もも》のふくよかさから考えると、どうやら女人の絵のようだった。

女人の手拭をほっかぶりした男の着物には、引っかき傷のような模様が散らばっている。キの字がすりだ。色はこの世の赤土の色――この世の傷か、あの世の傷かは分からぬが、男は片足を引きずってガニ股の後をついていくのだ。ガニ股と同じように脚絆も股引きもなく、汚れたふんどしを尻はしょりの間から見え隠れさせている。

道のド真ん中をふさいで進む二人の姿に、タクシーのスピードがゆるんだ。クラクションが鳴る。足を止め、二人は振り返った。高い鼻だ。青い目だった。

「何ぼ変《おがし》なガイジンだば」

言葉を投げつけて、運転手はハンドルを操作した。

写真で見覚えのある赤い太鼓橋の前にタクシーはさしかかる。

「あれは三途《さんず》の川ですよね?」と、運転手に尋ねてみた。文字で表わせば共通語のようなのだが、音で表わせばこの下北半島のアクセントが染みついている。

「そうです。三途の川です」と、運転手も下北なまりの共通語で答えた。

木造の太鼓橋と並んで、はるかに幅広なコンクリートの平橋が延びている。ベルトコンベヤーを流れるようにタクシーは平橋を渡り、あの世とこの世の境目という三途の川はバウンド一つ感じることもなく越えられていた。ふもとの町を出てから三十分ほど、川のように切れ目なく続いていた山中の舗装道路は、港のような広い駐車場を見せて終わっている。

早朝の駐車場には、車の姿はほとんどなかった。大きな弧を描いて、タクシーは走り去っていく。去った方角に首を伸ばした。見送るためではない。茶髪のちょん髷のガイジンが現われるのを待つためである。

二つの点が見えた。二人の固有な足の動きは、固有な体の弾みを見せ、点は人の形になる。黙って二人をやり過ごした。やり過ごして後をつける。二人は総門をくぐって、境内に入ろうとしていた。

「もしもし、そちらのお二人さん、入山料をお払いください！」

受付の窓口から首を突き出した坊さんの声がとどろき、二人の足を止める。戻ってくる二人の顔の異国の特徴に気づき、坊さんの言葉はつかえた。

「ウーン、ファイブハンドレッド円、ウーン、プラス、ファイブハンドレッド円、イコール、ウーン、ワンサウザンド円」

「何だって？　千円払えだって？」

荒っぽいが、なまり一つない現代日本共通語である。頭を振り振りしゃべる言葉に、ほっかぶりの女人の像が揺れていた。よく見ると、像は弁財天の像であり、琵琶《びわ》を奏でるポーズを作っている。琵琶はなく、左右の手は、それぞれ一枚の穴開き銭をつまんでいた。手拭の端には、銭洗弁財天《ぜにあらいべんざいてん》という文字が見える。文字だけを並べたもう一人のほっかぶりには、無という文字が目立っていた。

空中無色無受想行識無眼耳鼻舌身意無色声香味触法無眼界乃至無意識界無無明亦無無明尽乃至無老死亦無老死尽無苦集滅道無智亦無得以無所得故……。

般若心経《はんにゃしんぎょう》のようである。無のはずの男のふところはふくれ、顔もむくみでふくれていた。

般若心経の男は、ふところに手を突っ込んだ。つかんで出した手の先には、葉の頭を奇麗にそろえて切り落とした夏大根があった。

「わたしたち、無一文の旅の者なのです。ですが、せめて、この大根だけでも御寄進させてくださ い。そして、どうか、わたしたちの入山をお認めくださるようお願いします」

文句なしの現代日本共通語である。

「ディディー、人参《にんじん》は、もうないのかい?」

と、銭洗弁財天が言った。

「ゴゴー、忘れたのか? 人参は、おまえが食べてしまったじゃないか。蕪《かぶ》ならあるけどさ」

「ああ、そうかい。じゃあ、蕪は後でおれが食べよう。大事にとっておいておくれ」

大根、人参、蕪、そして、ディディーにゴゴー。これは、『ゴドーを待ちながら』によく似ている。ディディーはヴラジーミルの愛称であり、ゴゴーはエストラゴンの愛称のはずだ。腎臓病みのヴラジーミルの顔がむくんでいるのもピッタリだった。

アイルランド生まれのベケットによってフランス語で書かれ、一九五三年、モンパルナスのバビロン座で初演されたこの戯曲は、その後、作者自身によって英訳され、一九五五年、ロンドンで英語版の初演がおこなわれる。世界のあちこちでも翻訳がおこなわれ、日本でもたびたび上演されるこの劇は何度も見た。が、ちょん髷にほっかぶり、尻はしょりに草鞋ばきという格好は、今が初めてである。恐山という伝統の地名に惑わされ、衣裳《いしよう》の選択をしくじってしまったのだろうか？

言い伝えによると、宮廷御用達《ごようたし》の僧、延暦寺《えんりやくじ》の座主、円仁《えんにん》がここで地蔵尊を刻み、それを祀《まつ》る堂を建てたのは貞観《じようがん》四年、西暦八百六十二年のことだという。下北半島の最古の遺跡は後期旧石器時代の後半、二万年から一万五千年前のものとみられる尻屋崎《しりやざき》の物見台遺跡なのだから、仏教だとか、ニッポンだとかは屁《へ》のようなもののはずなのだ。

ふもとのスーパーで万引きをしてきたのかもしれない夏大根を突き出され、受付の坊さんは眉間に皺《しわ》を寄せている。こちら、仏法のことはよく知らないが、ここで千円をあくまで要求するということは、つらいことではあるだろう。坊さんを困らせず、ヴラジーミルとエストラゴンも困らせない方法といえば、ここで誰かが千円を払ってやればいいのである。早朝の恐山、受付の前に立っているのは茶髪のちょん髷が二人だけ。少し離れて眺めているのは一人だけのこちらだった。

こちらの足が前に出る。Gパンの尻に手が行った。ポケットの財布をつかむ。

「三人分お願いします」

千円札がパシッとカウンターに置かれ、五百円玉がバンと追い討ちをかけた。坊さんの眉間の皺はたちどころに消え、仏法の問いはどこにも感じられない。

「御親切なあなたさま、お名前をお教えくださいい！」

入山券を振りかざし、ヴラジーミルが追いかけてくる。ふところに戻った夏大根が残った葉を指のように突き出して揺れていた。揺れもせず、声はまっすぐに追いかけてくる。

「御親切なあなたさま、わたしの手にも千円札をお恵みくださいい！」

エストラゴンである。

「おれたちは物乞いじゃないよ！」と、ヴラジーミルが叱りつけた。

すたすたと先を行くこちらの足が止まる。『イタコの口寄せ』といぅ看板の文字が見えたからだ。今年は母の十三回忌――恐山のイタコに頼み、母の魂を下ろしてもらおぅと思って、初めてここにやってきたのだ。

「日中は、どのイタコの前にも行列ができてですね、長時間待たなければならないんです。朝早く行った方がいいです」

下北なまりの共通語の助言を昨晩泊まったホテルのフロントマンに言われ、まだバスの動かない早朝、タクシーで夏の大祭の恐山へやってきたというわけである。

「飯《まま》食ったがにし？」

なまりもなまり、下北弁そのものの朝のあいさつが耳に飛び込んできた。

「食ったえにし」

返事をしたバアさんは、紫の色が入った眼鏡をかけている。白い杖《つえ》を突き、もう一つの手には風呂敷包みを抱えていた。

「体コ気ィつけで、頑張《けッぱ》って呉《け》さまえにし」

声をかけたバアさんは、そう言うと、下駄の音を響かせて、宿坊と思われる建物の方に去っていった。ウエストの太いワンピースが揺らいでいる。

白い杖のバアさんは和服だった。草履の音が近づいてくる。深い皺を刻んだ顔が目の前を通り過ぎようとしていた。

似ている。色眼鏡を外し、閉じた瞼《まぶた》を開け、二つの眼球に光をよみがえらせたなら、その顔は死んだ母の顔と寸分違《たが》わぬものとなる。

「お名前をお教えください！」

追いついたヴラジーミルの言葉を乗せて、生暖かい息が首筋にかかってくる。そうか、言葉は息と組んでいるのだ。振り向きざま、ヴラジーミルのおでこに「フー！」と息を吹きかけてやった。

小さな風がほっかぶりの手拭を揺らす。目をしばたたき、ヴラジーミルは言った。

「お名前は、フーですね。わたしの名前はヴラジーミルと言います」

「わたしは、エストラゴンと言います」

やはりそうだ。だが、このフー、いや、フーじゃない。おれの名前は、母親のフユがつけてくれた冬男なのだ。父はおれをほったらかし、テテナシゴの冬男となった。津軽の男だった父は、後藤なんとかと言うらしい。いや、後藤もゴドーもどうでもいいのだ。今、一番気になるのは、白い杖を突いていくフユによく似たあのバアさんだった。

「あっち、あっち」と指を差し、バアさんの後を追う。

白壁の塀を背にして、幾張りものテントが並んでいた。テントの口は広場を向いているが、どのテントにも人はまだ見えない。『イタコの口寄せ』という看板は、一番手前のテントの近くに立っていた。

草履を脱ぎ手に持つと、杖で探りながら、バアさんはテントの一つに入っていった。莫蓙《ござ》が敷かれ、二枚の座布団が距離を保って向き合っている。杖と草履を隅に置くと、バアさんは奥の座布団に座り、風呂敷包みを開いた。

籐《とう》で編んだ蓋つきの四角い籠が折り畳んだ白い着物の上に載っている。手探りで蓋が取られると、籠の中から出てきたのは黒い大きな玉を連ねた長い数珠《じゅず》だった。両端には、色とりどりな獣の爪がつないである。

「イタコだ」と、こちらの声がピタリと三つ重なった。数珠の造りでイタコと断じてしまうとは、ヴラジーミルとエストラゴン、なかなかのガイジンである。

「早くゴドーを呼んでもらおう」と、エストラゴンはヴラジーミルの肩を押した。

「ここにゴドーは来るのかな?」

砂利の広がる広場の真ん中に立って、ヴラジーミルは首を傾《かし》げた。傾げた首を立て直しヴラジーミルは断言する。

「ゴドーは来ないよ。ここには木がないもの。ゴドーとは、木の前で待ち合わせることになってるんだ」

「あそこに一本、木がありますよ」と、指を差して教えてやる。テントとは逆の方向——広場に続くなだらかな傾斜地だった。

「イタコのテントとは、余りにも離れていますね」と、ヴラジーミルは取り合わない。

「離れていたって、前は前です。木の下とか、木の陰とかっていうわけじゃないでしょう?」

「前っていうのは、何メートルまでの範囲なんですかね？」と、エストラゴンが尋ねてくる。

「さあ、そこまで考えてみたことはありませんが」

「言葉って、いい加減なもんですね。「ゴドー」って言ってみたとこで、ゴドーが何メートル何十何センチ何ミリの人間なのかも分からないですよね」

「ゴドーは、どちらの方角から来るのかな？」と、ヴラジーミルがつぶやいている。

「どっちから来たって、来たら、それでいいじゃないか」と、エストラゴンが笑って言った。

「いや、ゴドーが、もし、あちらから来たら」と、ヴラジーミルは木の彼方《かなた》を指差して言う。「わたしたちは、ゴドーから見て、今、木の後ろ側にいることになる。もし、あちらか、あちらから来たら」と、彼は木の右と左に指をやって言葉を続けた。「わたしたちは、今、木の横の方角にいることになる。ゴドーの出方次第で、言葉はどうにでも変わってしまうんだ。フー、どうしよう？」

フーって、おれのことだよな。

「どうしようもこうしようもないですよ。ゴドーは、わたしたちの後ろ、あのテントのイタコの口を借りてやってくるんです。テントの方角から見たら、わたしたちはあの木の前にいることになります」

ヴラジーミルの顔が紅潮した。木の方角を背中にやり、肩越しに何度も木を振り返る。木の位置を確かめながらガニ股の足を小刻みに左右に動かし、木を真後ろの位置に置いた。置いた位置から、ガニ股が前進する。向かうテントのそれぞれには準備をするイタコたちの姿が見えはじめ、並びはじめる客たちもいた。

ヴラジーミルを先頭にした三人の列が突き当たったのは、母によく似たイタコのテントだった。アッパが数人、しゃがんで待っている。アッパとは下北弁で、オバサン族のことを言うのだ。ゴドーを待ちかねてやってきたに違いないヴラジーミルとエストラゴンをアッパたちの後ろにつけて、ここでまた待たせてしまうのは気の毒なことだった。ここはひとつ、アッパたちにゆずってもらおう。親しみを装い、下北弁で丸め込むのだ。

「これこれアッパ達《ど》、この人達《ふとど》ア、フランスから訪ねで来た人《ふと》でにし、行方《ゆぐえ》不明のゴドーづ人《ふと》ば五十年待っても会えねえもんだして、恐山のイタコば頼って来たんだえにし。国際親善のために、一番先《まツぱさぎ》にやらへで呉《け》ねべがにし？」

「おや、まあ、遠い所《どごろ》、良ぐ来たにし。ちょん髷まで結ってまって、これァ、国際親善づもんだべにし」

「私《わら》もにし、昨日《きな》、パーマ屋さ行って、国際親善の頭《あだま》ば造《つぐ》って来たえにし」

パーマのかかった頭髪を軽く叩《たた》くと、一番先頭にしゃがんでいたアッパは、後ろのアッパたちに向かって言った。

「前《め》さ入《へ》れてやるべにし。お前達《めど》、お前達《めど》、後ろさ下がって呉《け》さまえにし」

おしゃべりを弾ませながら、アッパたちの体が移動する。

「行方《ゆぐえ》不明のゴドーば呼ばるって言《へ》ったえにし？」

「ほンだえにし。このイタコァ、死んだ人《ふと》の魂《たまし》コ丈《ばり》でねえ、行方《ゆぐえ》不明の人《ふと》の魂《たまし》コも丁寧《までで》に呼ばって呉《け》るもんだどごで、態々《わじやわじや》フランスがら尋ねで来たんだべにし」

「この人たちは、どこの国の人ですか？」と、ヴラジーミルがおれの耳元でささやいた。

「ニッポン人づ事《ごど》になるんだべにし」

アッパたちの活力に引きつけられ、下北弁で答えてしまう。

「ニッポン人？」

単語一つが伝わって、ヴラジーミルは聞き返した。

「そうです。ニッポン人ですよ」

「このガイジン達《ど》ァ、ニッポンの銭《じエん》コ持ってらもんだべがにし？　イタコさだきゃ、三千円払わねえばねえんだもんにし」

「何言《へ》るがにし、今だきゃにし、外国《がいこぐ》の銭《じエん》コでも銀行さ持ってげば、三千円どでも三万円どでも取替《ばくッ》て呉《け》るんだえ。苦《く》する事《ごど》ねえべにし」

「何言《へ》るがにし、銀行さ取替《ばくり》に行げば、手数料づものば取らえで銭《じエん》コァ減ってまるでばにし」

吸盤のように自在に動くアッパたちの口に、こちら三人は目を吸い寄せられていた。五百円の入山料を払えなかったガイジンにとっては、耳の痛くなる話なのだが言葉の意味は分からない。意味の分かるおれ一人が三千円の負担を覚悟しなければならなかった。いいだろう。ヴラジーミルもエストラゴンも、長い長い付き合いなのだ。ページの端がめくれ返った一九六七年の『ベケット戯曲全集』の初版本は、東京の片隅の一人暮らしのアパートでおれの帰りを待っている。いや、単にそれだけの付き合いではない。おれが生まれたのは一九四九年の一月二十九日——奇《く》しくもその日、ベケットは『ゴドーを待ちながら』のフランス語の初稿を完成させたのだ。

「何方《どなだ》さんがら始めますが？」と、きつい下北なまりの共通語がした。イタコの声である。ヴラジーミルとエストラゴンにも、まあ理解できる言葉のようだ。

「わたしたちで、いいんですよね？」と、エストラゴンがおれに言う。

「いいんですよ。オバサンたちがゆずってくれたから」

「ありがとうございます。お先にやらせていただきます」

アッパたちに頭を下げると、ヴラジーミルは莫蓙敷きのテントに入るため、器用な手つきで草鞋の紐《ひも》をほどいた。

「どうにもならん」

無器用な手で紐の結び目を揺さぶっているのはエストラゴンである。すかさず伸びたおれの手が紐に掛かり、草鞋はたちまち足から外れた。

「ア痛ッタッ！　指が擦れてるんですよ。『ゴドーを待ちながら』では、なかなか靴が脱げないことになってるのに、靴より手間のかかる草鞋をこんなに簡単に脱がしてしまったら、つじつまが合わないじゃないですか」

エストラゴンが口を尖《とが》らして言う。

「戯曲みたいに時間をかけていたら、イタコの順番をゆずってくれたオバサンたちを待たせるだけでしょう。さあ、早く座りましょう」

ヴラジーミルを真ん中に、横に並んで三人は座る。籐の籠の中には燭台が置かれ、つけたばかりの蠟燭《ろうそく》の炎が揺らいでいた。炎を挟んで向き合うイタコは白い装束を羽織り、手には数珠が掛けられていた。夕暮れの二つの雲を浮かべたような紫色の眼鏡の奥で、イタコの不自由な目は閉じたままだ。

見れば見るほど母に似ている。臨終の時を刻む、あの日の母の顔なのだった。不意に目を開け、唇を動かし、駆けつけた一人息子に向かって、母は最後の言葉を発したのだ。

降るにし

島 冬男

集団就職《しユうしヨぐ》で東京さ出はってがら、早《はあ》、二十五年もたってらもんだ。バスの窓さだば、雪《ゆぎ》ァどんどど粘《ねば》かって来てにし、花びらみたぐ窓ば飾って我《わ》さ愛想ふり撒ぐんだばって、我《わ》ァ、母《かッ》ちゃの事《ごど》ァ気になって気になってにし、こそらど涙コ流へば、窓さ粘《ねば》がった雪《ゆぎ》の花びらも、我《わ》さ合わへで涙コになって溶げでいぐんだえにし。

停留所ァ来てバスァ止まえば、角巻《かぐまぎ》かぶったアッパ達《ど》ァ乗って来てにし、覚《おべ》だ顔《つら》ば見つけで、「降るにし」って、挨拶《あいさづ》の言葉《こどば》コば掛げるんだえのう。「降るにし」って言葉《こどば》コァ返《け》り、挨拶《あいさづ》ァそえで終了《とつぱれ》だえのう。

「よく降りますねえ、この雪は。電車は遅れるし、道は滑るし、早く降り止《や》んでもらいたいですねえ」だづんだがって、二センチ、三センチの雪でも大騒ぎする東京人さ比べだら、「降るにし」ァ、大《でツだら》ど構えだ仏《ほどげ》の言葉《こどば》コだえにし。したってにし、下北人ァ、二センチの十倍だだって、百倍だだって、「降るにし」で済まへで来たもんだもの、仏《ほどげ》も仏《ほどげ》——恐山だば飾りコでねえにし。

バスァ終点さ着いでのう、迎《むが》えに出だ従兄弟《いどご》の春蔵さ連れらえで足ば急《へ》がへだえにし。暗ぐなった雪《ゆぎ》の道《みぢ》ァ、ずらりすけ並んだ自動販売機で照らさえでにし。そえ丈《ばり》でねえ。緑と黄の玉コ付けだハイカラだ街灯ァ並ばさって、此処《ここ》ァ、我《わ》の住まる東京の隅《すま》コより明がるいじゃ。浜風ァ音鳴《おどな》り立でで吹ぎつけで、ほっぺださぶつかる雪《ゆぎ》ァ花びらど違るのう。ぎりっど海ば睨《にら》めだきゃ、海ァ見えねえんだえのう。波飛沫《しぶぎ》ァ跳ねぐり回るはずの所《ところ》さ、新《あだら》しい家ァ並ばさってらもんだ。

「春蔵や春蔵や、海ァ何処《どご》さ行ってまったば⁉」

「海ァ埋め立でらえで、沖《おぎ》さ押っ突《つ》込めらえだね。大したいい岸壁《がんぺぎ》ァ出来《でぎ》だど」って、春蔵ァ、鼻コもほもほさへで言《へ》ったもんだ。

押っ突《つ》込めらえだのァ海丈《ばり》でねえ。漁師だ親の家ば手伝《てづだ》って一緒時《じ》に暮らして来た母《かッ》ちゃも、代ァ変わり、春蔵ァ主人になったきゃ追《ぼ》ったぐらえでにし、町営住宅《じユうたぐ》づ所《どご》さ、一人コ押っ突《つ》込めらえで居だんだえにし。親の面倒も見れねえ我《わ》ァ、一番良《いぢばんい》ぐねえんだばってのう。

押っ突《つ》込めだ親戚達《おやぐまぎど》ァ、ぐるらど母《かッ》ちゃば囲《かご》んで、母《かッ》ちゃの眼《まなぐ》ァ閉じたままだじゃ。ジャンバーの雪《ゆぎ》も、髪《じやんぼ》の雪《ゆぎ》も払《ほろが》ねで、我《わ》ァ、母《かッ》ちゃの顔《つら》の上さ被《かぶ》さって叫《さが》んだえにし。

「母《かッ》ちゃ、我《わ》だ！　分がるがにし⁉　冬男ァ帰《け》って来たど！」

言葉《こどば》コァ震え、髪《じやんぼ》ァ震え、髪《じやんぼ》の雪《ゆぎ》ァぱらぱらど、花びらみたぐ母《かッ》ちゃの唇さ散らばったもんだ。したきゃ、舌《べろ》コァ僅《わんつ》か出はってにし、唇の雪《ゆぎ》ば舐《な》めだえにし。眼《まなぐ》ァぱちらど開いでにし、言葉《こどば》コァ一つ出はって来たえのう。

「降るにし」

がくらど首ァ横《よご》さ倒えでのう、母《かッ》ちゃの命コァ終了《とつぱれ》したんだえにし。

葬儀を終え、東京へ戻る新幹線の車中で、雑誌の余白に一気に書いた文章である。書店で見かけて買ってきた『下北文学』という同人誌の余白だった。下北半島を舞台に、下北半島の人間が登場するいくつかの小説が載っていたが、作中の人物は老若男女、共通語で話すのである。作者が拠《よ》って立つ地の文も、もちろん共通語である。

もちろんでいいのだろうか？　下北弁と共通語は、地球のプレートのように心の底できしみ合い、震動していた。盛岡駅の売店でボールペンを買い求め、あわただしく新幹線に乗り換えたのである。

文章を読むのは好きだったが、書くというのは、若いころの実らぬラブレター以来のことだった。肉体労働者のこちら、筆記用具を携帯するなどという習慣は縁遠いものでもあった。

同人にしてもらいたいという趣旨の手紙を盛岡駅のボールペンで認《したた》め、『下北文学』に送ったのは帰宅をして何日もたたないうちだった。批判は避けたが、同じボールペンで清書した『降るにし』は同封した。ワープロで打った返事が間もなく届いた。

拝復　御手紙拝毒《ママ》しました。『下北文学の同人として御参加下さるとの事、有難く思います。但し御同封の『降るにし』のような下北弁の文章を発表したいとおっしゃるのであれば、それは御断り申し上げます。志はともかく、読み難くてかないません。また私は印刷屋を経営しているので、その立場から申し上げますと、これはオペレーター泣かせの仕事になります。普通の文章の３倍の時間はかかるからです。地元のオペレーターがやってでさえ、そうなのです。コストが高くつきますね。同人御参加の碁石《ママ》御再考されるよう御勧めして、失礼致します。

敬　具

碁石は打たれず、十三回忌の命日は何もしないまま過ぎてしまった。

「命日《めいにち》ァ、何時《いづ》ですが？」

イタコの声だ。母の命日を言いかけて、口をつぐむ。まずは先に、ゴドーのことを頼まなければならないだろう。ヴラジーミルの横腹をつついてうながした。

「死んでいるのか、生きているのか、分からないのですが」と、ヴラジーミルが答えた。

「男《おどご》ですが？」と、問いが変わる。

「だと、思います」

「だど？」

「ゴドーとは、ＳＥＸしたことがないので、正確なことは言えないのです」

「おれは男だぜ。覚えといてくれよな」と、エストラゴンが口を挟んだ。

イタコの両手が動き、数珠が鳴った。唇が動き、喉の奥から言葉が沸き上がってくる。ゴドーの言葉なのだろう。

「アー、アイヤ、ヤーイ、ヤーイ、アイヤー、ハー、ハーイ、我《わ》が行ぐ道《みち》がァ、来る道《みち》呼ぼうがヤーイ、袖や泣いで打ぢ絞る。ヤーアイ、ヤー、ハーイ、此処《ここ》ァ何処《どご》がヤイー、この一の枝に何が成るアール、ヤーイ、南無阿弥陀仏《なむあみだぶつ》の六字《ろぐ》が成るヤーイ」

こちら三人、耳が立ち、眉根の肉が厚くなる。二人のガイジンの集中力は相当なものだ。枝という一言に反応し、首をねじって二人はテントの外を眺めたのだ。目の先、遠くにあるのは、論争を招いた一本のあの木だった。

「南無阿弥陀仏なんか、成ってないよなァ」とエストラゴン。

「成ってない」と、ヴラジーミルが相づちを打った。

「アイヤ、ヤーイ、ヤーイ、アイヤー、ハー、ハーイ」

「ゴドーァ、ガイジンだづのに、何《な》して南無阿弥陀仏なのよ」と、おれはイタコに文句を投げつけてやった。イタコの頬がピクピクと動いた。

「南無阿弥陀仏の六《ろぐ》文字ァ見えだど思ったのァ仮の姿《すがだ》。遠ぐ昔《むがし》ば尋ねれば、この世に文字づものァござらんで、言葉《ことば》ァ喉ば震わへで、言葉《ことば》ァ空気《くうぎ》ば震わへで、言葉《ことば》ァ風の力《ちがら》ば持ぢ、東だ西だ南だ北だど思いの全《すべ》でば運《はご》んだもんだおん」

投げつけたこちらの言葉に呼応して、ゴドーの言葉は変化している。津軽弁のなまりが感じられた。

「遠ぐ昔《むがし》ば尋ねれば、この地に住んだのァ、アイヌ達《だぢ》。アイヌ語で、「言葉《こどば》」の事《ごど》をば「イタク」ど申し、「しゃべる」事《ごど》をば「イタコ」ど申した。このゴドーこそ、姿《すがだ》ば変えだイタクだのす」

「ゴドーさん！　きちんと姿を現わし、このわたしに分かる言葉でしゃべってください！」

聞き取るための力を上回っていくゴドーの言葉に、ヴラジーミルが叫んだ。ほっかぶりをしたまの手拭を涙が濡《ぬ》らしていく。自分のほっかぶりを取り、エストラゴンは涙を拭いてやった。銭洗弁財天に涙がにじむ。

「アイヤ、ヤーイ、ヤーイ、アイヤー、ハーイ……」

イタコの掛け声が次の言葉を探している。間をもらい、おれはヴラジーミルに言ってやった。

「百パーセント分かる言葉、分かるイタクなんて、あるはずがないでしょう。イタクは、本来、感じ取るものなんです。文字のないアイヌ語に、あえてローマ字を当てはめれば、I、T、A、K──動詞のOを語尾につけてITAKOになります。「ITAKO」は「しゃべる」ことだと、ゴドーはこの目の前のイタコの口を借りてしゃべりましたが、そんなにあっさりと片づけられるようなものじゃないんです。舟を意味するCIPにOをつけると「CIPO」になって、この場合は「漕《こ》ぐ」ことになると言われています。実などの食物を意味するIPEにOをつけると「IPEO」になって、この場合は実が「成る」ことになると言われています。「O」という一語には、力の感性がみなぎっているのです。流れを掻《か》き分けていく櫓《ろ》の感性──丸い実を膨らませていく子房の感性——しゃべることは、そのような感性のつながりの中の出来事であったのに、意味を銭のように増殖させるこの社会では、そのような言葉、そのようなイタクの感性はどこかに行ってしまいました。イタクがゴドーならば、わたしたちは、永遠にゴドーの姿を見ることはできないでしょう」

「ハー、ハーイ、こら、我《わ》の息子、我《わ》ァ、ゴドー。汝《な》の親父のゴドーだおん。汝《な》の母親だフユど、我《わ》ァ知り合ったのァ営林署の飯場でせ、フユァ飯焚《めした》ぎ女で、性格《しょツこ》のいい娘《めらし》だったど。我《わ》ァ、嗅《かが》も、子供《わらし》も居《い》る役人《やぐにん》だったばって、すっがどフユに惹がえでまってせ、現場ば回っで歩《あさ》ぐのァ役目《やぐめ》だったもんだどごで、フユの飯場さ寄れる日だば、ワクワクしたもんだおん」

「おれの感性を総動員して聞くと、ゴドーはペテン師のようだぜ」と、エストラゴンが言う。

「ペテン師はおまえだろう。一ユーロも手にできないくせに、何が銭洗弁財天だ」と、ヴラジーミルは、エストラゴンが握る手拭を引っ張り取ろうとした。

「八つ当たりは止めてくれよ!」と、エストラゴンが引っ張り返す。取り戻した銭洗弁財天をかぶり直すと、彼は般若心経の手拭をかぶったヴラジーミルの頭を叩きながら言った。

「無、無、無、無? 何が無だよ。さっき受付で出した大根を、おまえ、ふところに戻してしまったじゃないか!」

大事なところで、騒動は起こしてもらいたくない。二人の間に割って入り、三つの体がもつれ合った。

ヴラジーミルの口が、おれの鼻にぶつかる。葱《ねぎ》のにおいがした。腎臓病みの薬の役目の葱なのだ。こちらの薬は母の面影である。

真ん中の席を占め、おれは母によく似たイタコの正面に座った。

顔を見据える。エストラゴンの言う通り、ゴドーはペテン師なのだ。母をだましておれを孕《はら》ませ、津軽へ逃げた言葉だけの男、後藤なにがしなのだ。下北でも津軽でも、青森県のなまりを使えば『後藤』は『ゴドー』となる。津軽の後藤《ゴドー》め、選《よ》りに選って、どうしてフランスからの客の前に現われてしまったのだ。いや、もしかすると、ヴラジーミルとエストラゴンの待つあのゴドーも、言葉だけのペテン師なのかもしれない。フランスのゴドーは津軽の後藤《ゴドー》で、津軽の後藤《ゴドー》はフランスのゴドーなのかもしれないのだ。いや、待てよ。『ゴドーを待ちながら』の誕生と、こちらの誕生は同年同月同日だが、ベケットは、僅か四カ月たらずで戯曲を産み落としたはずだ。十カ月もかかってしまうこちらとは格が違う。フランスのゴドーはフランスのゴドーで、津軽の後藤《ゴドー》は津軽の後藤なのかもしれない。

「馬鹿《ばが》後藤《ゴドー》、早々《やや》ど引《ふ》っ込めじゃ！」

思わず怒鳴ると、イタコの頬がまたピクピクと動いた。

「アー、アイヤ、ヤーイ、ヤーイ、アイヤー、ハー、ハーイ、後藤《ゴドー》や、後藤《ゴドー》や、私《わら》ど冬男ばポイと捨て、今ごろ出はって来るだなんて、恥《めぐさ》ぐねえもんだが、この！」

母の声だった。母によく似たイタコの顔は、母そのものの顔になっている。色眼鏡の奥の目は喉のように開き、目玉は喉チンコのように光っていた。

「尻《けつ》ば出《だ》へ！　ぶっ叩《たら》いでやる！　あのゴドーも、このゴドーも、世の中《なが》のゴドーづゴドーァ、尻《けつ》ば捲《たぐ》って、此処《ここ》さ並べ！」

母の声がとどろくと、静寂が一瞬、全山を支配した。

カサカサという衣《きぬ》ずれの音が鼻先でする。姿は見えなかった。捲《まく》り出された尻のにおいだけが、鼻の粘膜にツーンとしみ入ってきた。

静けさや鼻にしみ入る尻《けつ》のにおい

浮かんだ一句をメモしたいが、あの冬の日のボールペンはとっくにどこかにいってしまった。いや、あわててはいけない。このくらいの一句なら、メモに頼ることなどないではないか。いや、自嘲してはいけない。人は叙情から最も外れたものに、こだわっていくべきなのだ。

カサカサ、カサカサ、カサカサ……。

音が重なり、音が膨らむ。見えないたくさんのゴドーの尻が三人の体を押し、座っていた体三つはひっくり返った。数珠をつかんだイタコの腕が横なぐりに走る。バシッという音が響き、数珠は宙に跳ね返った。

「ウーッ!」「ヒーッ!」

打ち叩く数珠の音と一緒に、マゾヒスティックなゴドーのうめき声がテントの中でこだまする。相変わらず姿は見えないが、男の声もあり、女の声もあった。

ひっくり返された体を這《は》わせテントから出ると、隣のテントも、そのまた隣も、そのまた隣のずっと向こうのテントまでもが空っぽになり、イタコと客はみんな広場に出ていた。空に漂う魂という魂がどれもこれもゴドーと化し、たった一つのテントに集まっているようなのだ。他のテントの他のイタコがいくら呼んでも魂は来ず、開店休業の状態となってしまったのだ。

「いがべや!　いがべや!　いがべや!　いがべや!」

はやし声が沸き起こる。「ええじゃないか」の下北弁なのだ。魂どころか、生身の人間たちが尻を出していた。

跳ねる。踊る。合の手を入れるように、彼等は尻を叩き合い、叩きながら、もう一つのはやし声を挟むのだった。

「いがべや！　いがべや！　ビタラ！　ビタラ！　ビタラ！　いがべや！　いがべや！　ビタラ！　ビタラ！　ビタラ！」

汚れたふんどしを外して、マフラーのように首に巻きつけているのはヴラジーミルとエストラゴンだった。

ヴラジーミルは夏大根を握っている。

「蕪があるだろう？」と、エストラゴンが言った。

ヴラジーミルがふところから出す。長い葉の先のピンクの赤蕪を見ると、エストラゴンは、「おれの好みの色じゃないか！」と言って引っ張り取った。夏に赤蕪とは時期が早いが、今は下北もハウス栽培の時代なのだろう。

「いがべや！　いがべや！　ビタラ！　ビタラ！　ビタラ！」

葉をつかんで、エストラゴンは赤蕪を振りまわす。ヴラジーミルの尻を拳骨のように大きいピンクの色が襲った。同じはやし声を上げ、ヴラジーミルはエストラゴンの尻を夏大根で叩き返した。

おまえさんたち、何だよ、そのざまは！

舌打ちをするおれの口から唾が飛んだ。右手の人差し指を、おれは自分の左の腕に当てる。爪を立てて、引っ掻くように文字を書いた。『ゴドーを待ちながら』の、幕切れの台詞《せりふ》とト書だった。

安堂信也《あんどうしんや》と高橋康也《たかはしやすなり》の『ベケット戯曲全集』では、こうなる。

ヴラジーミル　じゃあ、行くか？
エストラゴン　ああ、行こう。
　　二人は、動かない。

下北弁に翻訳すれば、それはこうなるだろう。

ヴラジーミル　へば、行ぐが？
エストラゴン　ああ、行ぐべ。
　　二人ァ、動《いの》がね。

『動かない』にも、『動《いの》がね』にも反する二人を幕切れに戻すには、力を持った新しい言葉が必要のようだった。

言葉を求めて、おれの爪がおれの皮膚を走る。走る爪が見たこともない文字を腕に描き、裂けた皮膚からは血が滴り落ちていた。

「ウーッ」と、うなる。うなり声の底でうごめく新しい言葉は、おれ一人のものだった。

向井《むかい》豊昭《とよあき》（一九三三〜二〇〇八）

東京生まれ。青森県川内町《かわうちまち》（現・むつ市）で育ち、鉱山労働に従事しつつ大湊高校定時制川内分校に通学。結核療養を経て玉川大学文学部通信教育課程で教員免許を取得。北海道静内町《しずないちょう》（現・新ひだか町）などの小学校に二五年間勤務。一九七四年青森の出版社から『鳩笛』を刊行。上京後、同人誌で活動。九五年『BARABARA』で第一二回早稲田文学新人賞、九九年同作で第二回四谷ラウンド文学賞。二〇〇六年BARABARA書房を設立。アイヌ居住地での体験からアイヌその他のマイノリティを題材とし、ヌーヴォーロマンやマジックリアリズムなどの二〇世紀後半の小説技法と闘争的かつパンクな文体で知られた。〇七年個人誌「Mortos」を創刊。作品は他に『DOVADOVA』『怪道をゆく』。歿後、作品集『飛ぶくしゃみ』が刊行された。

金井美恵子『月』について、

言葉が言葉を生み、情景が情景を生み、状況が状況を生む。そうやって話はむくむく増殖し、不定形のまま、先の見えないまま、膨らんでゆく。

『月』というのはある短篇のタイトルらしいし、それが「むくわれることのない恋をして嫉妬に苦しめられてもいる男」の話だとしても、それ以上の説明はなく、読者はいわば作者に手をしっかり摑《つか》まれたまま知らない町を早足で引き回される。四つ角を曲がるたびにまるで違う風景が現れる。『月』の話はやがて子ども時代の大きな犬への恐れにすり替わり、音楽会の会場を出た女（獣医の妻）に付き合ってお茶をする「私」に至って、昇る月は生涯で唯一無二の月になり、その運命的な切なさが秘かに語られて、そこに「恋」という文字がふっと重なる。

全十ページで「。」がたった三十五個という息の長い文体は一つ一つのショットがとても長い映画のようで、それに気づくとこの作品ぜんたいが映像を文章で再現していることがわかり、モンタージュという言葉も脳裏に浮かぶ。エイゼンシュテインとブニュエルとタルコフスキーとアンゲロプロス。

（文体は伝染するのだ。これを読んだ後で解説を書くとこういう文章になってしまう。）

『月』について、

『月』について、語ること、あるいは書くことがあるのは確かなのだが、しかし、私はあの《月》の前にいくらか茫然《ぼうぜん》として薄いゴム底のズック靴をはいて――甲の部分に白とブルーの縞柄《しまがら》のゴムが縫い込んであるブルーのズックの運動靴は、紐《ひも》を鳩目《はとめ》の穴にバッテンの形に通して結ぶ白いキャンバス地の運動靴にくらべて野暮ったいし安っぽい、と母は言うのだが、甲の部分に縫いつけてあるゴム付き運動靴は、いちいち紐を結んだり解いたりしないでも、すぐに足を靴の中に入れたり出したりすることが出来るし、値段が安いせいで底のゴムが薄いから、足の裏のくぼみのある皮膚やかかとや指や足指の付け根の部分全体で地面に接している感じがするので気に入っていて、アスファルトのひんやりした冷たさが、ゴム底を伝わってソックスをはいていない素足の裏と二本の脚と股の内側を、少しばかりぞくぞくさせる――立っているわけではないのだし、脚と股の内側をぞわぞわと粒立たせて背筋にぴりっと走ったあの「電流」が何であったのか知りつくしているわけでもなく、ただ、書かれた『月』という短編を読みかえしているだけだ。むくわれることのない恋をして嫉妬に苦しめられてもいる男がいて、それはもちろん、あらゆる物語のなかで見かけるありふれた設定なのだが、彼は夜の町を歩きながら、あるいは列車の中で、鉄橋を渡りながら月が昇るのを見るのだが、それは本当にあの《月》のことだろうか。むくわれることのない恋と嫉妬は、しかし、はっきりとは思い出せないのだし、書かれたことと記憶は入り混《まじ》り、新たな記憶が言葉を増殖させ(貧しく?・)月の影を光の中にゆらめかせる。「いきいきとした切実さに欠けるいくつかの断片的で不鮮明な記憶がよみがえってくるだけなので、彼女に対して持ちつづけていた恋心というものも真実味に欠けているように思え」さえするのだが、それは不意に、息を飲むような驚愕《きょうがく》をともなったなまなましさで、不意によみがえるかもしれない。秋のはじめか夏のおわり、どちらで呼ぶにせよ季節の移りかわりの風と空気の混りあう時期で、足の指の間に湿って生ぬるい汗の感触があったのは、家から出て狭い折れ曲ったまゆみの生垣のある道を抜けて、五軒目の家の角を曲って電車通りに通じる少し道幅の広いアスファルト舗装道に出る前に、角の家で飼っている大きなシェパードに吠《ほ》えられたせいで、心臓もドキドキしているし、てのひらにも汗をかいていて、シェパード犬には悪い噂《うわさ》があり、何人もの子供や老人や犬や猫に嚙《か》みついて、それでも人間の場合にはけがだけですんだものの、猫は少なくとも一匹は嚙み殺したことが確かで、そうした凶暴さにもかかわらず、それでも飼主が犬を処分しようとしないのは(処分というのは、殺すという意味なのだ、と年上の子供たちが教えてくれる)、馬鹿《ばか》な犬であるにしても、血統書付きの高価な軍犬の血をひいていて、仔犬《こいぬ》を産ませるために牝《めす》のシェパード犬とのつるませ料で元をとらなければならないからなのだとも、年上の子供たちはもっともらしく言うのだったが、一メートルほどの高さに灰色のざらざらした砂岩で組んだ土台の上にまゆみの生垣のある角の家のシェパードは角を曲りきっても吠えつづけ、もう、その道に出てしまえば、人通りはなくても、道の左側には夜遅い時間まで開いていて、煙草《たばこ》を並べたガラス・ケースの上に小さな窓のある、切手と葉書きも売っている煙草屋の薄青い蛍光燈《けいこうとう》に照された店が見え、小さなガラス窓の奥には、頭がいつでも冷えるのだといって真夏でも毛糸のいいい正ちゃん帽を被《かぶ》っている主人がラジオを聴きながら、誰か近所の人と碁を打っているだろうし、八百屋と魚屋はとっくに店を閉めて、木やトタン板の雨戸を引いているので暗くなっているはずだけれど、酒屋からは締め切ったガラス戸にひかれた白と青のたて縞木綿のカーテン越しにオレンジ色がかったあかりが薄あかるく漏れているはずだし、商売屋ではない家の戸口や窓からも、もちろん、まだ白熱燈や蛍光燈のあかりが漏れていて、前庭に植えられた曲りくねったさるすべりの枝やアオキや夾竹桃《きょうちくとう》の影がぼんやりと浮かびあがり、電気を切ってしまっているので、今はただの乳白色のガラスの円柱にしか見えない、赤と青と白の縞が斜めのラセン状にグルグル回転する床屋の広告が見え、犬の吠え声はずっと後になってしまうのだし、それからその先《さ》きに一晩中小ぶりなネオンの青いあかりのついているテーラー・テラサキが見え、もう市電は廃止されて通っていないのに道路に埋め込まれた上りと下りの線路が残っていて電車通りと呼ばれている大通りはすぐで、大通りを越えて、銀行の赤いレンガ造りの壁と陰気な灰緑色《かいりょくしょく》の化粧タイルを張った商工会議所と長い黒い板塀の続く旅館と化粧品問屋の土蔵の並ぶ暗い道を通って、南北につづいている中央商店街通りまで出てしまえば、商店街通りには夜の八時まで店を開いている八百屋と肉屋と、十時まで開いている酒屋があるのだし、何度も何度も、おつかいいを言いつかって歩いた道なのに、歩いてきた道を振りむいてみると、戻る道がわからなくなっているのだ。中央商店街通りを北に行けば商店街の外れで、市を南北に走っていた電車が二手に分かれて西の方面に分岐するカーヴの停留所があって、そこを東に向って歩けば、どっちにしても、くねくねと曲った坂道の続く一角にある家に帰れるのはわかりきったことで、家から電車通りまで出る道は、遠まわりをすれば四つあり、四つの道のどこを通るにしても、行きつくのは、どの家もまゆみの生垣を四方にめぐらしていくつもに曲った廊下のように続いている一角で、土地は徐々にゆるやかな斜面になって町の背後の薄茶色の和三盆の落雁《らくがん》のようにくずれやすい砂岩段丘にむかってのぼって行くのだが、幾つもの直角の曲り角があみだくじのように折れ曲っているまゆみの生垣の間の狭い道を、何回も角を曲って歩いているうちに、このあたりが砂岩段丘に続いている斜面だということを忘れてしまう。まゆみの生垣にはさまれた見通しのきかない小道の一つを――どの曲り角かはわかっているけれど、地図もかかないで、いや地図をかいたとしてもだが、どうやって、それが他の無数の同じ曲り角と区別できるのかを説明できるだろう――左に曲る。この曲り角を曲ると、突きあたりの紫陽花《あじさい》の植え込みのある前庭までバラスを敷いた狭い小道が続いているけれど、紫陽花やバラス敷きの小道は何の目じるしにもなりはしない。同じように紫陽花を植えた前庭につきあたるバラス敷きの小道は曲り角と同じ数だけあったし、そうした小道に枝わかれしながら、大筋としては左方向に曲って砂岩段丘の昇り口へ向っている狭い道も何本もあったし、どこにもつきあたらずに砂岩段丘をくりぬいた空洞の埃《ほこり》臭い防空壕《ぼうくうごう》に吸い込まれてしまう小道も曲り角と同じ数だけあって、洞穴の中の一つは底無しの暗闇の地底に続いている、と子供たちは噂しあう。中央商店街と電車通りを貫いている東西の道を濠《ほり》ばたに出て城趾《じょうし》の公園に向って歩くのは、直角に曲がる角を幾つも持って城のまわりに掘りめぐらした濠のあたりに人気《ひとけ》があまりないことと、濠ばたの道にそった住宅地にイトコの家があったからで、週一度のピアノのレッスン以外のいろいろな理由で彼女は、市のはずれの水田と防風林に囲まれた旧街道沿いの村の家には戻らずイトコの家に泊まることになる。村まで行くバスの最終便は駅前のバス・ターミナルを出発する九時の便で、映画館やダンス・ホールへ村から遊びに来る青年たちは、バス代をもったいながるというよりも、最終便の時間が早すぎるせいで自転車かモーターバイクで市内に出て来るのだけれど、暗い田舎道を一時間も自転車を漕《こ》ぐことなど、あなたみたいな若い人にはなんともないでしょうけれど、あたしに出来るわけもないし、だからといって、いつもタクシーを使うのは贅沢《ぜいたく》すぎるし、今日のように音楽会は八時半に終われば、もちろん最終バスの時間に間に合うのだけれど、でも、こんな田舎に住んでいては滅多に聴けない美しい演奏に心酔して魂が揺すぶられる経験をしたあとで、そそくさとバスに乗って、魂ではなく身体《からだ》をデコボコ道で揺すぶられて、患者の馬や牛や豚の病気やお産やお乳の出具合を心配した一日の仕事の後で、晩酌をしながらラジオの「尋ね人」で、戦地や占領地や植民地で消息の知れなくなった人たちの行方を探す放送——旧朝鮮咸鏡　南道《ハムギヨンナム》永興《えいこう》郡永興邑《むら》出身の永興国民学校を昭和二十年に卒業の同級生の消息だの、アンナンで農林技官だったなんとかさんの消息を尋ねる人たちの投書を読みあげるアナウンサーの平板で単調な声を聴きながら、獣医の夫は、ご苦労なさった人たちに比べて自分たちがいかに幸運だったか、と溜息《ためいき》をつき、彼女は、あたしは集団疎開でとてもいやな目にあった、と答え、夫は、でも今はぼくたちは、ささやかなりとも恵まれているし幸福だよ、とうなずく——を聴くことが戦争を生きてきた我々の幸福だと信じている、不粋で鈍重で、神経のこまやかさとか魂の求める純粋さといったものをまるで理解しない夫のいるわびしい家へあたふたと帰える気になどとてもなれないし、せめて、おいしいコーヒーを飲んで、たとえば、あなたのような若い純粋な人と音楽や文学や美術について語って、少しの間だけでも演奏の余韻に浸っていたい、と思うのは当然のことで、わがままでもなければやましいことでもないはずだし、高いタクシー代を使うより、イトコの家に一泊して翌朝バスで帰えるほうが、よっぽど経済観念の発達した奥さんというべきだろう、と言うのだったが、彼女はコーヒーは嫌いで、甘いココアかクリーム・ソーダを喫茶店で注文するのだったし、音楽についてまったく無知な私としては、彼女の趣味や素養についての判断は出来はしないものの、「モーツァルトの走る悲しみ」といったふうの言葉の俗悪で知的な引用の仕方や、音楽を聴くことは、魂が無限とか理想といったものに向って高められる経験なのだ、といった物の言い方に対して、はっきりとは言えないまでも（というのは、そういった言葉は、もちろん厳密な意味ではなく当時の私の幼く感じやすい感受性に映じた魅惑に輝いている「美しい顔」の唇からもれるわけなので）通俗性に不快さと苛立《いらだ》ちを感じてはいたのだ、と今では、はっきりと言うことができる。彼女は黒いキッド革のバッグから、そろいの小さな財布を取り出して、ココアとコーヒーの代金を払おうとするので、あわてて自分のコーヒー代を払おうとすると、それはいいのだ、そのかわり、お濠ばたのイトコの家までおくってくれないかしら、あのあたりはとても暗くて、なんだかこわいから、と言い、もちろん、おおくりいたします、と私は答え、濠ばたに出る道の方へ電車通りを曲り、銀行の赤と茶色の混ったレンガ造りの幅の狭い細長い窓が二階と三階に開いているが、一階の部分は何もない平面の壁（銀行だったのか、それとも裁判所の建物だったのか、曖昧な気がしてくるのだが）と陰気な灰緑色の化粧タイルを張った商工会議所と長い黒い板塀の続く旅館と化粧品問屋の土蔵の並ぶ暗い道を通って中央商店街を越え、土蔵と軒の低い古い商店の並ぶ通りに入り、夏だったならば、もう中央商店街のあたりから、「お濠」の微《かす》かな生ぐさい匂いがしていたはずで桃色と白の花の咲く睡蓮《すいれん》の葉が水面に浮び、淡水性の水藻が泡立つように繁茂して底には死んだ魚やザリガニやカエルになりそこねたオタマジャクシや近所の住人が投げ込む残飯や猫の死骸や土手に植えられた桜の木の落葉が厚く溜って腐敗しねばつく黒いヘドロ状になった泥の匂いが水のなかから立ちのぼっていたはずなのだが、それは冬の日で（それとも、冬は終わりかけ、早い春の微かに微かに生ぬるい湿《し》っ気《け》と混りあっていたのかもしれない）、彼女は、いつもだったらお濠ばたの暗い道を一人で歩くのが気味悪いなどとは思わないけれど、恵比須講の夜に、柳町の若いお女郎さんがお濠に身投げをして、朝、イトコの家を出てバスに乗るために歩いていた時、人だかりがしていて、濠ばたの道に水から引きあげた死体がまだ毛布も被せていないまま置いてあるのを見てしまい、それがあまりにも寒々としてかあいそうでしかたがなくて身ぶるいしたことを思い出すのだ、と言い、若い娼婦《しょうふ》の自殺にいたる悲劇的でロマンティックな恋の物語を（空想まじりに）語ったはずなのだ。私は、もちろん、黙って耳をかたむけつづける。通りに人気はなく、微かに湿った空気の気配はしていたけれど寒く静かな夜で、電車通りに二人の靴の音が響き、両側の家並みからは、淡い光りがぼんやりと漏れ、薄暗い街燈のあかりと混りあい、レンガ造りの銀行（だったのか、それとも裁判所だったろうか）と商工会議所の間の道へ曲って商店街の通りに入った時、私は見たのだ。いや、そうではなく、見たというのではなく、それを、はっきりと思い出したというべきだろうか、それをなんと言うべきだろうか。それは、こう書かれている。「それからわたしは歩く速度を落《おと》し（というより立ち止まって）、商店街の黒い家並みの間から丸いなめらかな月が昇りはじめ、微細な網目のように半ば被さっていた水色の薄雲が夢の速度で月の周囲に流れて薄紫色に輝くのを見た。そして、まるで唐突に、まるで頭の血液がいっぺんに退《ひ》いていく時の落下と上昇の感覚が同時におこる眩暈《めまい》のようにして、ひとつの考えが閃《ひら》めく。この今わたしが見ている月は、はじめて見る月であり、同時にこれを見るのは今が最後なのだ、という考えが浮んだ。それから、そう考えたこの今の瞬間が、他の多くのことと同じように忘れ去られてしまうだろうと考えて無性に悲しくなった。それとも、いつかこの今の瞬間、今こうして見ている月と、この道と、風と、こうして今わたしの感じているすべての感覚を思い出すことがあるだろうか。この今の瞬間から、瞬間ごとに遠ざかっているのだという思いがわたしを苦しめた。時間というものが止ることなく流れつづけ、すべてのことを取り返しようもなく過去のものにしてしまうという思いが、歩く足の一歩一歩を重くした。それでも、わたしは決してこの瞬間のすべて、この夜見たものと考えたことのすべてを忘れないでおこうと願った。歩いて来た道をふり返って、店の戸口ごとに翻えるカーテンのふくらみを見つめ、夏の午後のプールの帰りのけだるい路地の夢を反芻《はんすう》し、その大半のイメージをすでに忘れかけていることに気づき、あわててもう一度長い商店街の人気のない通りのすべてを記憶にとどめようとして見つめるが、その間に、なめらかな黄色の丸い月は家並みの上で位置をわずかずつ変えてしまいそうだし、霞網《かすみあみ》のような薄紫に光っていた雲は、ずっと遠くのほうへ流れて、灰色がかった靄《もや》のようにかすんでしまっている。」それが、〈いつ〉のことだったのかさえ覚えてもいず、おそらくは、いいつかった買物をすませて家に帰える途中の、まゆみの生垣をめぐらせた砂岩段丘に通じている折れまがった道のどこかで、すでに遠のいてしまったのに違いない、あの〈月〉を、その時、見たのではなく、すべてを唐突ななまなましさで思い出したのだ。あの〈月〉を見た瞬間をもう一度、まざまざと生きていることに、私は言葉を失い（といっても、失うほどの饒舌《じようぜつ》な言葉など持ってはいなかったのだし、奇妙な言い方だ）吐き気がして身体がふるえ、それから、不意に立ちどまった私をいぶかし気に振り返える彼女に、少しめまいがしたので何でもない、と言うと、お腹が空《す》きすぎたのじゃないの、だって晩御飯を早くすませたって言ってたから、と母親のように眉をひそめ、むしろんそれは、私にとっていかにも場違いで見当外れな、馬鹿気た、腹立たしい言葉だったのだが、その時、当然何も知らずに彼女は一緒にいた。そのために、だからこそ、と、その時も、そして今も考える。私は彼女に恋をしているのだ、と唐突に気づいたのだ、と。それだから、私は書いて、それからそれを読みかえす。書かれたことと記憶は入り混り、新たな記憶が増えながら消え去り遠ざかることを怖《おそ》れつつ願いもしながら、読みかえす。「艶のある毛足の長い柔らかな黒い毛皮が取り巻いている白い首筋は、なめらかな円柱の形をしていて、床屋でうぶ毛をあたってもらったばかりらしく、鋭く薄い剃刀《かみそり》の刃できれいな二つのくさび形に整えられた襟足は、そこに舌の先きで軽く触れると、微かな金属の味がしたかもしれない。ひんやりと冷たく、舌の先きのざらざら荒れた味《み》蕾《らい》の粒の一つ一つに、ひんやりと冷たく微かなヒリヒリする苦味のある金属の味がひろがり、なめらかな首筋の皮膚はくすぐったがるように少しばかりふるえて小波《さざなみ》のような興奮のために小さく粒立ち、彼女は艶やかな光沢の柔らかな黒い毛皮のなかに顎《あご》を埋めるようにうつむくので、皮膚の表面が粒立った首筋は尖った頸椎《けいつい》を浮びあがらせて水平になり、左腕に持っていた柔らかなキッド革の四角いハンドバッグを右腕に持ちかえ、手袋をはめていない手で、厚手のかたく粗いツウィード地のコートの袖をつかむ。ツウィードはザラザラした手触りで、かたく縒《よ》った羊毛には甘ったるいラノリンの匂いが残っていて、かたい縒糸《よりいと》のけばが指先きにちくちくした感触をあたえるのに違いないのだが、幾重にも腕を包んでいる布地越しに彼女の冷たい指にこめられた力が伝わり、真珠色のネイル・エナメルを塗った爪に粗いツウィードの糸がこすられて、ごく微かな軋《きし》むような音が耳に伝わる。〈目をつむると、そのうなじから首筋にかけてのなまめかしいかおりが顔一面によみがえってくるが、それからは、もう気の遠くなるほどの時間がたってしまっている〉。」それから、「それを思い出した時、というより、その月を見た時、わたしは今自分が彼女と一緒に道を歩いていることに突然気づいて、ひどく狼狽《ろうばい》した」ことの意味を「甘美に忘れ去る」

金井美恵子《かないみえこ》(一九四七〜)
高崎生まれ。高崎女子高校卒業。一九六七年、「現代詩手帖」に詩を発表、また太宰治賞最終候補となった中篇小説「愛の生活」で小説家としてもデビュー。六八年第八回現代詩手帖賞。童話的設定に残酷なモティーフとエロティシズムを加えた短篇集『兎』や詩集『春の画の館』、「書くこと」と想起をめぐる実験的な長篇小説『岸辺のない海』や短篇集『単語集』を刊行。七九年短篇集『プラトン的恋愛』で第七回泉鏡花文学賞、八八年には風俗小説的細部と毒のある笑い、引用・アリュージョンに満ちた「目白」連作の第二作『タマや』で第二七回女流文学賞。他に長篇小説『恋愛太平記』『噂の娘』『お勝手太平記』、短篇集『アカシア騎士団』『あかるい部屋のなかで』、詩集『マダム・ジュジュの家』『花火』、講演『小説論 読まれなくなった小説のために』、映画論『映画 柔らかい肌』、エッセイ『遊興一匹 迷い猫あずかってます』『目白雑録《ひびのあれこれ》』、姉である画家・金井久美子との絵本『ノミ、サーカスへゆく』など。

稲葉真弓　栈橋《さんばし》

五感をすべて用いた小説であり、それが（読む者がそうと気づかないほど）上品にまとまっている。

まず視覚的には、高い位置にある別荘から見下ろす、ロシア語の「Э」の字の形の湾と、桟橋、そこにある作業小屋の光景や、「一日の最初の光」。

触感として、子どもの帽子をはためかせる風の爽快。

筋感覚として、桟橋まで往復する上り下りの運動感。

聴覚に訴えるのはイノシシを追うための遠い山の銅鑼《どら》の音。

味覚は子どもが嫌う食事。

嗅覚は腐敗してゆく貝など海の生き物の臭い。それを主人公は必ずしも悪臭とは思っていないらしい。

そして、真珠を育てるために核を挿入されるアコヤ貝の、その粘膜の被虐的な快感を想像する。

官能というのは本来は生物が感覚を経て外界から得る情報のことだが、それはどうしてもエロティスムにつながらざるを得ない。幼い男の子と彼が食べ散らかすものの関係、また彼とウミウシの仲もエロティスム以前のセクシュアリテと言える。

自然そのものがエロティックなのだろう。

桟橋

砂利を敷き詰めた緩やかな斜面を下りると、道路を隔てた先が海だった。

「蟹《かに》、見たい」

子どもは甲高い声を上げて桟橋をめがけて走り出し、女は小走りに後を追う。

別荘地から海へと続くまっすぐの坂道は、女と子どもの散歩道になっていた。潮風に髪があおられて、子どもの帽子が浮き上がる。こんなときのためにゴムをつけてあるので、帽子は裏返ったまま咽喉元《のどもと》にひっかかる。サンバイザーからはみ出した女のかさついた髪の間にも、風が通って行くのが感じられた。

子どもは、海に突き出した木製の桟橋を弾むような足取りで駆けていく。白い半ズボンの中からのぞくぷっくりとした足が危なかしく一瞬もつれ、敷き詰められた板をかたかたと鳴らした。

丸太を組んだ桟橋は素朴だった。満潮時ともなれば浮島のように揺れた。

女は歩を早める。早めつつ叫ぶ。

「走っちゃダメ、って言ったでしょ」

子どもはちらっと振り返ったが、母親の注意などすぐに忘れ、桟橋の突端まで行くと、いつものように床板に膝をついて四つん這《ば》いになり、下を見下ろしたまま動かなくなった。頑固そうな姿勢だ。帽子は風に煽《あお》られた時の形のまま、小さな背中の方に移動し、頭はむき出しになっている。女は笑いそうになる。首を思い切り伸ばし、桟橋の板の端を手でしっかりとつかみ、挺子《てこ》でも動かないという意志を秘めた姿勢。

いまはほどよく潮が引いている。桟橋の下の波打ち際には、おびただしい蟹や貝がうごめいているはずだ。子どもの目がどんなふうに動くか、すぐに想像できた。

片手をサンバイザーに添え、雲ひとつない真っ青な空を見た。ペルシアン・ブルーの鮮やかな空。女は子どもが安全な位置にいるのを確かめると、桟橋と一続きになっている小さな作業小屋へと近づいていった。丸太を組んだ上にトタン屋根を乗せた、簡素な小屋だ。海に向いた南側は吹きさらしのまま、坂道と向き合った北側には腰高のサッシ窓がついているが、たいていこの時期、北側の窓は開け放されている。

小屋に男がいることは、斜面を降りてくるときからわかっていた。遮るもののない道は、小さな入り江を隅々まで見渡すことができる。

小屋に近づくにつれて、強い腐臭が漂う。板の隙間に海面がちらちらと覗《のぞ》く粗削りな小屋の床には、黒褐色の四角い網籠が何十個も積み上げられている。網籠を背にした男は奥の大きなスチール製の机に体をかがめ、音もなく手を動かしている。腐臭は桟橋の片隅、作業小屋に並べられた網籠や、いくつものプラスチック製のバットから立ち昇っているのだった。といっても鼻をつく臭いは、この町では珍しいものではなかった。山の斜面のあちこちに点在する畑や空き地には、肥料用のアコヤ貝の殻や牡蠣殻《かきがら》が銀蠅《ぎんばえ》をいっぱいたからせていたし、近くの漁港からも同じような臭いが漂っていた。

女は深々と息を吸った。その臭いが嫌いではなかった。銀蠅がやたらぶんぶん飛び回るのにだけは閉口したが、貝や魚の腐臭には、眠っていた細胞をたたき起こすなにか獰猛《どうもう》なものがあった。

入り江はキリール文字のЭ《エー》を思わせる形をしていた。桟橋はさながらその文字の真ん中に突き出す長い矢のように見えた。入り江を包むように延びた左手の岬や背後の山には、息苦しいほどに生い茂った緑の森が広がっている。入り江の先の湾には無人の島がいくつか点在するが、視界に入る島影も濃い緑に覆われていた。

ここは海と山に囲まれた凹《へこ》みのような町だ。一帯は国立公園になっているが、観光客が行き来するコースから遠く離れているため、人影はない。手入れされているのは、リゾート用に開発された一部の地域だけで、奥まった場所は荒れたままだ。土に粘り気がないせいか、山の斜面には崩れがいたるところに見える。木の根ごと滑り落ちて、岩石がむき出しになっている斜面も少なくなかった。この入り江もまた、開発とは無縁の地だ。朝と夕刻、海苔《のり》や貝など、養殖用のモーターボートや小船が出入りするだけだから、昼はひっそりと静まり海面も湖のように穏やかだ。

女はもう一度、子どもが桟橋の同じ場所にいるのを目の端にとらえつつ、開け放された作業小屋へと入っていった。女の影が床に積み上げられた空の網籠の上に伸びる。男は首をめぐらすと、くぐもった声で「今日も散歩かね」と言う。不意の来客を前にしたにしてはひどくそっけない。女は短く「ええ」と答える。男はうっそりとした目を泳がせ、また机の上に屈みこんだ。午後の太陽は、男の背に伸びた女の影を長く細く、くっきりと見せた。

男の手つきは敏速で正確だった。バットから一個ずつ取り出されたアコヤ貝は、仮死状態になっているのか、開口器を入れると素直に口を開く。その開いた口に銀色のメスを差し込み、押し上げ、切り目を入れた肉の奥に真珠の核を入れていく。机にねじ止めされたアーム式ランプの強い光が、貝の内部を鮮明に照らし出していた。

一個、また一個。開口器で押し広げられた内部は、いずれもアコヤ貝特有の青みを帯びた光を反射している。メスに触れられた途端、外套膜《がいとうまく》や内臓が、きゅっと収縮する。たゆたう潮の感触しか知らなかった貝の内部が、未知の感触、異物に反応してあわてふためいているのが見て取れた。

男の手早い作業にはほとんど感情らしきものがなかった。貝のどの部分を押し上げ、どこにメスを入れるか、熟練した腕には一切迷いがない。メスをピンセットに持ち替え、核を肉に挿入するときも、指はマジックのように素早く動いた。数秒後、核を入れられたアコヤ貝は作業机の、男の右手に置かれた別のバットに丁寧に並べられていく。

おそらくは四十代。当初、男の陽に灼《ひや》けた屈強な腕や固そうな肩は、小さな銀色のメスや、繊細な角度を持つピンセットとは不釣り合いに見えた。しかし、びっしりと貝の詰まった四角い網籠を海水から引き上げる動きや、核入れ後の貝を並べたバットを軽々と持ち上げる様子を見れば、腕や肩の厚みはいかにも貝の重量と拮抗《きっこう》していた。ざわめくものを沈める腕のようでもあった。

積み上げられた網籠は、充分使い込まれているらしく、干からびた藻の端切れや富士壺《ふじつぼ》の片鱗《へんりん》、石灰色の牡蠣の死骸、その他得体のしれないものがこびりついている。餅網よりもはるかに複雑に編まれた網目は、それら海の生物の作る突起でざらざらし、一枚一枚がオブジェのようだ。バットに並べられた核入れ後の貝は、一度取り出された網籠の間に再度挟み込まれ、入り江の先にある湾へと運ばれていく。沖の筏《いかだ》に吊るされ、海水で傷を癒すこの期間を、真珠養殖業者らは「貝の養生」と称していた。

女はかすかに揺れる小屋の同じ位置に突っ立ったまま、男の手元を見ている。男は、女よりも子どもが気になるのか、ときおり桟橋へと目を向ける。相変わらず子どもは四つ這いの姿勢のまま熱心に下を見下ろしている。こちらに向けられた靴の裏が、きっちりと揃《そろ》えられて、お座りを強制された犬みたいだ。

「また蟹を見ているのよ。下には降りない。そう言い聞かせてあるから」

女は男の視線に応えるように言い訳がましく言う。

そのとき長い銅鑼《どら》のような音が山の中腹から響き渡った。土地の住人が、イノシシを追い払っているらしかった。銅鑼のようなものは、厚手のトタン板を丸めて作った筒状の音響装置。庭や林、畑に吊るしたものが打ち鳴らされるたびに、厚みのある鈍い音が入り江全体に反響する。

町には竹林が多い。この時期になると、タケノコを狙うイノシシがひっきりなしに出没するのだ。昨年も相当の被害があったという。イノシシが好むのはタケノコだけではなかった。どの畑もイノシシよけの網や木板で囲い込まれているが、獣はたやすくそれらを突き破って突進してくるので、どの畑にも野菜の苗が散乱し、畝《うね》が掘り返されている。銅鑼の効果は、住人たちによれば「やらないよりはまし」程度らしいが、少しでも被害を食い止めるため、陽の高い頃から間遠に、あちこちで打ち鳴らされるのだった。

集落に近い別荘地の森にも、イノシシを落とす罠《わな》が仕掛けられているらしい。近隣にはイノシシの肉を食べさせる料理屋もあった。しかし女は、罠をまだ見たことがなかったし、肉も食べたことがない。いったいどんな料理なのだろう。

男は山のほうへと視線を動かし、顎をしゃくる。

「ここんところ、夜もときどき、聞こえるだろう」

「ほんとに、毎晩」

女も目を細めて、窓越しに山の斜面を見上げる。重い余韻を持つ音が届くたびに、山が震えながらこちらに迫ってくる気がした。


もう何日になるだろう。女は散歩のたびにこの作業小屋に立ち寄っていた。五月の終わりまで作業は続けられ、核入れのあとは沖合の養殖筏が真珠をゆっくりと育てる。そんなことを聞いたのも、男の作業小屋で時間を過ごすようになってからだ。

今日も女の眼《め》は、ぬらつく肉の奥へ魅入られたように引き込まれていく。男が手にする器具の先が貝の肉に触れるたびに、自分の肉に鋭い痛みが伝わってくる気がした。

女は自分が持っている真珠のイヤリングやネックレスが、海の中で育つことは知っていても、核を入れる場面をこれまで見たことがなかった。だから初めてこの小屋に足を踏み入れ、母貝の生殖層がメスで切られ、その傷口に核が挿入されるのを見たとき、かすかな波立ちが体の中を通り過ぎるのを感じた。銀色の小さなくちばし。不意打ちとしかいいようのない形で入ってくるものを、貝はどう受けとめているのだろう。

潮風はねっとりと全身にまといつき、晴れ渡った五月の光は、額をみる間に汗ばませた。鼻が慣れ始めたのか、濃い腐臭は消え、甘味と渋味が混じった潮の香が戻ってくる。

ようやく男は手を止める。机から顔を上げ、首に巻いたタオルで額の汗をぬぐった。陽に灼けた皮膚は荒々しいが、男の瞳は明るく、茶色がかって見えた。身体の頑強さや感情の見えない作業からは想像もつかぬ、人なつこい光がちらつく。タオルを首に戻しながら言った。

「今日も浜には行かないのかね。天気がいいのに」

「濡《ぬ》れるのは、好きじゃないのよ」

このあたりの地形は複雑だ。太平洋沿いにぎざぎざの岩場がどこまでも続き、入り組んだ湾が無数に連なっている。小さな湾が多いことと、波が穏やかなことから干潮時には岩場伝いに一つの湾から別の湾へと行き来することができる。湾沿いに行けば、わざわざ車を使わなくても岬の先端までたどり着くこともできた。

男が言っている浜は、太平洋沿いの海水浴場のことだった。真っ白な砂地がどこまでも広がっているから、サーファーや子ども連れに人気がある。突堤の先には形のいい灯台もあり、町の観光名所になっていた。しかし、まだ女は子どもを連れていったことはなかった。車を持っていないせいもあったが、徒歩で不安定な岩場を行くのが嫌だったからだ。ごつごつした岩場を子どもの手を引き、足を滑らせやしないかはらはらしつつ一時間近く歩くなんて……。途中、潮が満ちてきたらどうしたらいいのか。

「あの子はどうだろう。海に入りたいんじゃないか。連れていってやればいいのに」

男はのんびりとした声でなおも言う。女は首を横に振る。

「大きな波が嫌いなの。怖がりだから」

子どもは、病的なほど臆病だった。彼ら親子は東京の都心のマンションに暮らしていたが、近くにコンクリート製の恐竜や翼竜が何体か置かれた公園があった。女は何度か子どもを連れて行ったが、大きな恐竜の前にくると決まってすくんだように動かなくなった。大きな恐竜は空に長い首を伸ばし、硬い爪を持った足を大地に食い込ませていた。別の恐竜は咆哮《ほうこう》のさなかなのか、ペンキを塗りたくった真っ赤な口を開き、長い尾をS字形にくねらせていた。子どもがおずおずと近づくのは、地面にはいつくばっている恐竜の赤ちゃんのほうだけで、それもへっぴり腰で手を伸ばし、そっと口元を触っては慌てて手を引っ込める。触れた後、決まって母親のほうを振り返り、救いを求めるような視線を投げ掛けた。

「いったいなにが怖いのだろう。ただのコンクリートの塊じゃないの。赤い口や穴奥からいきなり舌か牙が飛び出すとでも思っているのかしら」

公園に行くたびに、女は子どものすくみ方に笑った。笑いながら、もっと怖がらせてみたいような悪意の混じった高揚を覚えた。一方で「この子はとても用心深くて繊細なんだ。よじ登って奇声を上げている他の子とは違う。そう、この子はとてもエレガントなんだわ」と自分に言い聞かせた。そんなわけで、女は子どもが怖がるとき、悪意はとりあえずひっこめて、後ろからそっと肩を抱いてやった。

入り江は、初夏の光の中にひっそりと静まり返っていた。不規則に寄せる波が桟橋の支柱を打つ音だけが響く。

タプタプ、ピチ、タ、ピチ、タ、ピチ、タップ。波は絶えず音程を変えた。小屋の傍らには二艘《そう》のモーターボートがつながれているが、こちらの浮き沈みも穏やかだ。耳を澄ましていると、まどろみに似たうっとりとした気分が込み上げてくる。

「うちの窓から、船が戻ってくるのがよく見える」と女は唐突な口調で言う。

数時間前のこと。昼食時の食卓で子どもはフォークを握りしめ、冷やしうどんと格闘していた。フォークから滑り落ちた麺や、櫛形《くしがた》に切ったゆで卵、千切りにしたキュウリがテーブルのあちこちに散っていた。広い食卓、大きな皿、つるつると滑っていく麺。そのうちに子どもは叫び出す。

「僕、もう食べない。もう、おなかいっぱい。明日はオムライスがいい」

昨日、オムライスを食べたときにも、ケチャップのしみた米粒や卵を引っかき回しながら、同じことを言った。

「僕、もう食べない。おなかいっぱい。明日はつるつるがいい」

麺類のことを子どもは「つるつる」と呼んだ。それで今日の昼食は「つるつる」にしたのに、すぐに食べる気をなくしてしまった。女はため息をつき、散らかされた食卓を眺めた。明日はオムライス。明日はつるつる。繰り返されるおきまりの訴えと定番のメニュー。子どもの絶対好感・不快感には揺るぎないものがあって、彼にとって不快をもよおす食べ物（たとえばピーマン、チーズ）には見向きもしない。なにが子どもの脳と舌を支配しているのかわからないので、女は、その定番メニューを言われるがままに遵守する。そのように遵守されたメニューでも、子どもはその日の舌や胃袋の感情を素直に言葉に出し、「もう、食べない」と言ってのける。昼食のために費やされた時間は、消化されないまま食卓に放置されるのだった。来年は幼稚園だ。子どもが過ごす給食の時間のことを思うと、女は「しつけに失敗した母親」とすでに烙印《らくいん》を押されたような気分になる。抑え込まれているものが汗になって額ににじむ。女は軽い疲れを覚え、半開きになっていた窓を大きく開いた。

「無理して食べなくていいんだから。散らかすのだけはやめなさい」

男のモーターボートが戻ってくるのに気付いたのは、子どもをなだめ、叱ったあとだった。きらきらと波が光る入り江の先に澪《みお》を引くものが現れ、のどかな速度で桟橋へと近づいてくる。風景画の動かない一点にふいに生まれた澪のラインは、船の周辺に白い泡立ちを見せ、ほとんど鏡のように見えた入り江に、幾何学的な大小の波紋を広げた。

動くもののなかった入り江が、それだけで生気に満たされた。船が近づくにつれて、桟橋の支柱に砕ける波が白く鮮やかに泡立つ。

細切れになった麺や汁で汚れた食卓を片づけた後、なんだってあんなに性急に子どもに靴を履かせる気になったんだろう。はみだしていたシャツの裾をズボンに押し込み、帽子を持たせた。玄関から坂に向かうときの急ぎ足もまた、サーカスのジンタや祭り太鼓に誘われる人のものに似ていた。

船が戻るのを見定め、毎日桟橋まで降りて行く自分を、男が「何者だろう」と探っている様子もわかっていた。桟橋に立つ自分を、目を細めて見上げる男の表情に、いつも軽い好奇心がよぎって消える。男だけではなかった。住人と出会うとき、必ず相手は窺《うかが》うように女を振り返る。

今日も女は、バッグに詰めてきた服の中から、晴天にふさわしいものを選んで身に付けていた。木綿の白いスカートは襞《ひだ》がたっぷりとあり、琥珀《こはく》色のニットの半袖セーターはぴったりと体の線に添っていた。坂道から入り江に降りるとき、海から吹き上げる風が女のスカートを膨らませた。色白の首に飾られた青いビーズネックレスが、五月の光にきらきらと輝く。それだけでもう、女のいる場所が浮き上がって見えた。

気がつくと、男はまた作業に戻っていた。

銀色の器具が、手元のアーム付きランプに照らし出されて素早く動き、時に、鋭く光った。女は、作業机に視線を預けたまま、言う。

「上からよく見えるのよ。この入り江が。船が出て行くのも戻ってくるのも、はっきりと見える」

自分が同じことを言っているのに気付いて、女は、少し補足する。

「ね、あの山の中腹。木の間につき出したベランダ。見晴らしがいいのよ」

男はピンセットをつまんだ手を止めてちらと山の斜面を見上げるが、重なり合った樹木に隠されて、どこにベランダがあるのかわからないのか首をすくめる。確かに、斜面の上の別荘地には、似たような家ばかりが建っている。女がいる家を特定するのはこの位置からでは不可能だろう。それくらい女もわかっているのだった。しかし、自分のいる場所を口にし終わると、なにか男に言い忘れていたことを告げた気がして、満足げな息を漏らす。

「沖の筏に吊るした貝をここに持ち帰るのさ。筏の上じゃ作業はできないからね。夕方にはまた船を出して、核入れの終わった貝を筏に戻す。船は毎日出すさ。それに、ここじゃ、どこにいても船は見える。それもまあ、あと少しだが」

会話はなぜか少しずれている気がするが、女は無頓着だ。どちらにしても「全部知ることは不可能」だからだ。

男と女の間に小さな沈黙が流れた。その沈黙を破るように、子どもがいきなり作業小屋へと駆け込んできた。

「ねえ、お母さんたら」

子どもは叫ぶ。

「へんなものがいるんだよ。見て、見てよ」

女は、のろのろと作業小屋を出た。

「ほら、あれ」

子どもが指さしているのは、桟橋の下で波に洗われている大きな岩だ。浅い凹みに、黄色と暗褐色のゼリー状の塊がへばりついていた。背を波が薄く洗っている。波が引くたびに生き物の被膜が生々しく反射して、頭に小さな角を持つグロテスクな全容が露《あらわ》になる。

「ああ、あれは、たぶんウミウシよ」

「ウミウシ？　海のウシなの？」

「ウシじゃないわ。ウシとは別のものよ」

「でも、どうしてウシっていうの？」

女は説明できない。どうしたら子どもを納得させることができるかわからない。よどんだような倦怠感《けんたい》が押し寄せてくる。女は子どもの痩せた背中を手元に引き寄せながら、抑揚のない声で言う。

「家に大きな図鑑があったでしょ。帰ったらあれを見たらいいわ。それからお昼寝をするのよ」

女は子どもの手を引く。子どもの手はびっしょりと汗に濡れていた。鼻の頭も汗まみれだ。一度帽子を外して髪の中に指を差し入れ、風を入れてやる。

桟橋を戻ると、来たときよりも水位は高くなっていた。タプタプという音が、重たげなトプン、

トプン、ドーンという響きに変っている。
「ウミウシだ。ウミのウシさんだぁ」
子どもは小走りになって、甲高い叫びを上げる。子どもの足元で、桟橋の板がまた不安定にきしんだ。板の隙間から、分厚さを増した海面が見える。色がどす黒くなっていた。女は家のほうへと歩きつつ、一瞬、振り返って男に「じゃ、また明日」と言おうかどうか迷ったが、男が深々と机に屈みこんでいるのを見てとると、そのまま桟橋を後にする。
女が町の別荘地に来たのは四月の終わりだった。持ち主である画家で独身の女友達が「気が済むまでいていいから」と勧めてくれたからだ。小さな入り江しかないけれど、そこはきっとあなたの気に入るだろうと、女友達は言った。

別荘は、十年ほど前この町にスケッチ旅行にきた女友達が、中古で売りに出ていたのを衝動的に買ったものだった。売ってもお金にならないから、そのままにしてあるのだという建物は、女友達に言わせると「サプリが効かなくなった老体そっくり」なのだそうだ。「あなたが行ってくれるなら、ちょうどいい。私の代わりに掃除してきてよ」と女友達は言った。

持ち主にひどく冷遇されているわりには、建物はしっかりしていた。二十畳ほどのリビングに寝室が二つ。こぢんまりとしていたが、山の上に建っているだけあって窓からの見晴らしはよかった。女にしてみたら、格好の逃げ場所がみつかったというわけだった。

夫とのいざこざのことは、ずいぶん以前から女友達に話してあった。折々、話す内容が少しずつエスカレートして、ついに飽和点に達したのは四月半ばのことだった。その日も唐突にいさかいが起きた。部屋を歩き回る夫の足に、フロアスタンドのコードが引っかかって倒れ（あれは故意にそうしたのだと女は思っていた）、乾いた音を立てて電球が割れた。女はすくみつつ憤怒《ふんぬ》の叫び声を上げ、その叫び声によって、夫にむしゃぶりつきたい思いをかろうじてこらえることができた。次いで女は言葉を失いぼう然としてしまう。女の叫び声に誘導されたかのように、夫が羞恥のかけらもない怒鳴り声をあげたからだ。

「なんだ、なんだっていうんだ。電球が割れたくらいで俺を非難するな。さっさと片づけろ」

その野太い声に泣き出した子どもを別の部屋へと避難させ、怪我《けが》をしていないかどうか確かめたあと、何度も何度も掃除機をかけ、さらに床に這いつくばって念入りに破片の残りを確認した。ガラスの破片を片づけたあとも、部屋中に刺さっている鋭利な刺《とげ》の幻影は消えなかった。玄関のドアが乱暴に閉まり、その響きに室内が冷え冷えとした。そのときだった。突然決意が降ってきた。女友達の忠告を受け入れる準備ができたのだ。

あれ以来、夫に対する沈黙は続いていた。自分の叫びが夫を刺激するならば、叫びも呻《うめ》きも押し殺し、沈黙の中にいるほうが賢明ではないか。それで女は、夫から携帯に電話がかかっても出なかったし、女友達には、この別荘にいることは教えないようにと固く口止めしてあった。いさかいの収束がいつになるのか先が見えなかった。しかし、ここにいるのは気持ちよかったので女友達に言った。

「もう帰らないでおこうかな。あの子が若者になるまで」

女友達は鷹揚《おうよう》に笑った。

「まあ、それもいいけど、きっと飽きるわ。それにあの子は若者になるでしょうが、あんたはその間におばあさんになるのよ」

一日の最初の光は海のほうからやってきた。カーテンを引くと、入り江の向こうに夜明けの青い色が少しずつ赤味を帯びてくるのが手に取るように見渡せた。雲の筋は、一瞬一瞬変化しつつ、空を明るませた。朝と昼の境目の光を眺めるうちに、女は、夫とのいさかいが、いまやどこに端を発していたのかよくわからなくなっているのに気付く。長いいさかいの期間があり、逃げ出したいと思っている自分がいた。けれども、それで結局……。

女は、重ったるく静まった入り江を見ながらぼんやりと思う。それで、結局……自分はそこからうまく逃げおおせたのだろうか。逃げる？　何から？　夫から？　あるいは夫にうんざりしている自分から？　確かに、東京にいたときよりも体は解放感に満ちていた。ここに来て、一週間にも満たないのに、夫の顔の輪郭はすでににじんでいる。にじむというより、広大な海に溶け込み、肉体の感触すら曖昧になっていた。子どもにしてもそうだ。女は、子どもが他の子に比べて臆病なのは、父親と母親のいさかいに怯《おび》え、絶えず緊張しているからだと思う。父親から離れ、海辺の町にいる子どもは、東京にいるときよりもずっと伸びやかだ。

女は海を見つつ、別のことを思う。

「銅鑼は今日、鳴っただろうか」

イノシシの罠のことを思うとき、いつも四本の足を天に伸ばし、地に串刺しにされた獣の姿が浮かんでくる。しかし女は、これまで一度もイノシシを見たことがなかったので、想像上の動物は、四本の足だけの不完全な形態しか持たない。稚拙に簡略化された漫画のようでもあり、滑稽な形をした泥粘土の塊のようでもある。やがて、串刺しになったイノシシは女の脳裏でブタに変換され、次いで、夫に変換される。ブタの断末魔の声は甲高く、夫の声は野太い。

入り江はもう仄暗《ほのぐら》く、繋留《けいりゅう》されている二艘の船は桟橋に揃えられた黒い下駄のように見えた。五月の夜が、蛇腹《じゃばら》のように迫っている。

桟橋の傍らの小屋には青白い蛍光灯が点《とも》り、さらに一点、窓のあたりに濃いオレンジ色の灯が見えた。もう真珠の核入れは終わったはずだ。掃除や後片づけでもしているのだろうか。そう思うのと前後して小屋の灯が消え、入り江は全体が薄暗くなる。女は、上の空だった体をキッチンの椅子から引き離し、天井灯のスイッチに手を伸ばす。

子どもは入り江から戻って以来、図鑑をめくり続けている。ウミウシは充分子どもの興味を惹《ひ》いたらしく、リビングの床に這いつくばり、舌たらずの口調で繰り返していた。

「ウミウシさん、ピカチュウですか。ピカチュウモンスター、海にいたんですか。アオウミウシ、ピカ、キイロウミウシ、ピカ」

ダイバーによって新種が発見されることも多いというこの軟体動物は、目《もく》分類においてまだ未分化で、図鑑を子細に眺めても入り江にいたウミウシがどれだったのか、さっぱりわからない。

黄色と灰色のまだら模様だったかしら。それとも黄色と褐色だったか。

たくさんの種類の中から、女は、アオウミウシ、キイロウミウシ、コイボウミウシ、イガグリウミウシ、ヒカリウミウシと子どもの耳になじみやすい名前だけを選んで読んでやったが、その中に、ダイバーたちにピカチュウと呼ばれているというウデフリツノザヤウミウシがいた。子どもはたちまち反応した。

「ピカチュウ、どれ？　さっきの？　あれピカチュウだったの？」と躍り上がり、興奮は一気に頂点に達した。

いま子どもは、ポケットモンスターのひとつに遭遇したうれしさで、図鑑を撫《な》でるようにさすり、うっとりと話しかけている。図鑑をみつめる目の奥や、半ば開いた口元に溶けかかるような甘さと熱がある。今日まで子どもの関心を惹いていたのは蟹だったが、明日にはきれいさっぱり消去され、替わってウミウシが君臨するはずだ。おそらくここにいる間ずっと、子どもはピカチュウなるウミウシに取《と》り憑《つ》かれ、入り江に放たれる言葉はポケモンキャラクターへの愛で一杯になるだろう。

翌日の午後、晴れ渡っていた空が見る間に曇り、大粒の雨が町を覆った。別荘地の林は暗みを帯び、木々は横なぐりの雨に大きく揺れた。何度か落雷の音が響き、そのうちの幾度かは、かなり大きなものだった。ここの天候は変りやすい。滞在を決めてやってきた翌日にも、烈《はげ》しい通り雨があり、遠い雷鳴が響いた。

最初は怖がっていた子どもは、もう慣れたのか音が響くたびに、「落ちた？」と首をかしげ、大きな目をうろうろさせる。落雷を宇宙船の落下と思いたいらしく、空を光のぎざぎざが走るたびに、「あ、ＵＦＯ」と叫び、椅子から転げ落ちそうなほど前のめりになって、ガラス窓に額を押し付ける。

女もまた、顔を窓に近づけ入り江を眺めるが、視線が預けられているのは雷光ではなく、桟橋の光だ。雨膜でものうげにけぶる入り江の真ん中に、桟橋が黒く長くつき出し、一点、白い光が灯《とも》っていた。

雨がすぐにあがるようなら、またあの桟橋に行ってみよう。たしか男は「あと少し」だと言った。あれは、予定の量の真珠の核入れがもうすぐ終わるという意味だったのか。男に会いたいのか、貝の震える被膜に会いたいのかよくわからないまま、女は一点の光を凝視する。

別荘地から見下ろす光は、雨の中で不安定に揺れる。波の振動の伝わる桟橋の上で、銀色の器具を貝の口に差し込む男の手はいつもより慎重になっていることだろう。暗みを帯びた小屋に、実際には見えるはずもない男の姿が浮かぶ。想像の中の男は、褐色の彫像のようだ。その男の顔が、雨の中で執拗《しつよう》にこちらに向けられているのを女は想像する。開口部に押し込まれる銀色の器具。私の開口部に、押し入ってくるなまなましい黒い目。

想像の中の男の顔は、若くて彫りの深いアメリカン・インディアンを思わせた。小屋で見る男の顔は、さして若くもなく、ただ浅黒いだけでのっぺりとしていたが、なぜ若いアメリカン・インディアンみたいだと思ったのか。自分に向けられた想像の中の目は黒く深々として、夜の海のように得体がしれない。その得体のしれなさを、女は自分の中に分け入ってくる官能のかすかな震えとともに楽しむ。その想像は、しかしすぐに子どもの声でかき消されてしまう。窓から外を眺めるのに飽きたらしい子どもは「あとで行く？　行こうよ、ピカチュウウミウシ」とまとわりつく。体の中にせりあがってきたものは、たちまち消え、女は、いらいらした声音で言う。

「見てごらん、外を。こんな日にはウミウシだって出てこないわよ。それに、あんた、まだお昼寝をしてないじゃない」

子どもは外を恨めしそうに眺めやり、しぶしぶベッドにもぐりこむ。雷鳴が消えても、雨は一向に止《や》む気配はなかった。

そしてまた、夜が来た。

夜が来るたびに、体が海と同化していく。夫はもうこの世には存在せず、ずっと前から子どもと二人だけで暮らしてきたような……。

夫から届く着信メールを、女はほとんど読まなかった。いつ帰るのか、それとも帰らないのか、どこにいるのか。子どもは元気か。問い詰める文の裏側に、居丈高なものと気弱な感情が混在しているのがわかる。無視したまま、女は、リビングと隣接する寝室のベッドに転がり、夜の向こうに耳を澄ます。

窓の外は漆黒の闇だ。昼の雨が森と大地を冷やし、空気はひんやりとしていた。

枕元には本棚から引っ張り出した何冊もの画集が乱雑に散らばり、それはすべてこの家の持ち主である女友達のものだ。シャガールやピカソ、ルドン、ダリ。

いずれもずっしりとした重さに加え、選び抜かれたと思われる紙質、てらりとした光を放つ印刷面、赤や青や濁った灰色。ページの中から次々と現れる構図と色を女は飽かず眺める。東京のマンションでは、ついぞこんな時間を過ごしたことはなかった。夫は本をろくに読まなかったし、絵にも興味を持たなかった。女にも画集を眺める習慣はなかったから、改めて手にしてみると画家の名前は知っていても、ほとんどの作品を知らないことがわかる。

昨夜は、アンドリュー・ワイエスの画集の一ページをぼんやりと見ていた。草原の残雪の中に横たわる男を描いた「春」という絵だった。顔と両手、両足だけを雪から出した男は老い、どことなくミイラを想像させる。孤独をまといつかせた身体は、ひっそりと静かだ。生きているのか死んでいるのか、薄く目を開いたまま、雪解けの緩やかな速度に身をまかせていた。硬直したように見える手足はほの白く、頰の辺りだけがわずかに赤い。雪の中に横たわっているからには、男の周囲だけ体温で雪が解けそうなものなのに、この絵は逆だ。周囲は草で覆われているのに、男の体だけが雪で包み込まれている。

奇妙な絵だ。これは雪の中から現れた死者なのか、それとも、幸福な死の暗示なのか（だって、と女は思う。眠るように死ぬことを、だれだって夢見るのだから。そして雪は、たぶん雪は、その願いをかなり高い確率でかなえてくれるだろうから、と）。結局、女にはわからない。わからないまま、柔らかな羽布団を画家が描いた雪に見立て、肩や首元に巻き付けた。すると、確かに「幸福な死」はやってきて、女はぐっすりと眠ることができた。

今夜眺めているのは、ルネ・マグリットの「光の帝国」だった。白いシンプルな洋館と背後の森を包むのは闇だ。それなのに、空は青く晴れ渡り、真っ白な雲がいくつも浮かんでいる。まるで洋館の部分だけに夜が来て、そこだけが世界から切り離されたように見える。玄関には真珠色の街灯の光、向かって左手の二階の部屋にはオレンジ色の光。家の前には音もなく水が押し寄せ、玄関先に点る灯火が水鏡のように映し出されている。あるいは、この家は沼のほとりに建っているのかもしれない。水の波立ちはあっても人影はどこにもなく、黒々とした一本の樹《き》だけが影絵のように青空に突き出していた。

女はまじまじと絵を眺める。昼と夜が混在しているからには、ここには明確に刻まれる時間はないのだろう。真空の時間、止まったままの時間。無人の廃屋にふいに光が点ったら、こんなふうに見えるのかもしれない。だからこの絵に描かれているのは、夢の中の廃屋なのだと女は思おうとする。

同時に女は、ひっそりとした館の奥に、一人の男が静かに横たわり、だれかを待っている姿を思い浮かべる。前夜見たワイエスの画集から、そんな連想が呼び覚まされたのだろうか。ワイエスの横たわる男と違うのは、男の傍らに雪がないこと。代わりに無数の貝が口を開いている。重なりあった貝は、縁から泡を吹き出し、小さな音を立て続けている。なにを言っているのだろう。記号のような音。単調で抑揚の薄い不思議な言葉。

室内に寄せてくる水は引いては満ち、やがて男を囲む貝は、たくさんの卵を産むだろう。真珠色の、真珠の形をした卵を。その白い粒々に囲まれて眠る男を、女は甘やかな気分で想像する。

夜の中に沈む影絵のような家。水に浮かぶ小さな家。それはほとんど手に届くほど間近にあり、女はまっすぐに光に向かって歩いていく。

貝はいきむのだろうか、卵を産むとき。貝は声を上げるのだろうか、掌《てのひら》で包まれるとき。

白い館は女の脳裏で、貝と真珠でいっぱいの神殿となる。

しばらく画集を眺めたあと、女は水を飲みたくなってキッチンに立つ。リビングの電気をつけようとして、はっとする。桟橋に、白い光が点っている。あの作業小屋の光だ。しばらく女はその光を凝視する。こんな時間、作業小屋に光が点っているのを見るのは初めてだ。

子どもはぐっすりと眠っていた。

外に出ると月がこうこうと照っていて、用意してきた懐中電灯は無用なほどだ。坂をゆっくりと降りて行く。夜の海の表面が磨かれた鋼のように光っていた。桟橋は白く鋭く入り江に突き出し、海の音が少しずつ大きくなる。

男の影法師が長く床に延びていた。

いまは満ち潮。寄せてくる波は、どこを洗っているのか、ぶつかっては泡立つ音がする。女は深々と息を吸う。素足につっかけてきたサンダルを揃えて静かに脱いだ。栈橋の板の冷たさが、足裏からゆっくりと上ってくる。

遠いところで銅鑼が鳴らされる音がして、森のざわめきが風に乗って運ばれてくる。

「きっと、なにかが罠にかかったのだ」と女は思う。思いながら、突っ立ったまま自分を見下ろしている男の腕を、きつく自分の体に引き寄せた。ざらついた音を立てて網籠が崩れ、女は板の隙間から上がってくる濃い潮のにおいを嗅ぐ。男の手が女の素足をつかむ。無言の均衡が破れ、やがて女は声を上げる。自分を罠の底に横たわる動物のように思う。もがきつつ男にしがみつく。動物の視線で見上げる夜の空は深く、同時に、沈んでいく体は明るいのだった。


「せっかく来たんだもの、行ってみようよ。知りあいに頼めば、船を出してくれる」

前触れもなくやってきた女友達は、ビールをぎっしりと詰め込んだ冷蔵庫の扉を開いたり閉じたりしながら、キッチンから大声で言う。

女友達が町に着いたのは、一昨日、女がいつものように栈橋近辺の散歩から戻った時間だった。駅からタクシーで来たという女友達は、「どう、気分は?」「少しは落ち着いた?」「チビ、陽に灼けたわね。このまま町の子になれば?」などとからかいながら、せわしなく家の中を見て回り、着替えをし、キッチンで「まずエネルギー補給」と、立ったまま缶ビールを咽喉に流し込んだ。

「いきなりで悪かったかな。だってあなた、携帯に出ないんだもの。連絡するのが面倒になって、直接来ちゃった」

女よりひとつ年上の、三十代後半の女友達は、半年以上来ていないという別荘の屋根やベランダを点検しつつ、生き生きと動き回る。家の前に茂っていた木の枝を伐《き》ったのも彼女だった。おかげでベランダからの見晴らしははるかによくなり、女友達は一仕事終えた満足げな顔で、下を見下ろす。

「たまにはいいわね。あなたがいなかったら、来る気になったかどうか。でも、来てよかった。今年の夏には、この入り江、浚渫《しゅんせつ》工事が始まるらしい。当分、魚釣りもできないし、風景だって変るでしょうよ。ここから工事現場を見下ろすなんて最低だわね」

女友達は顔をしかめ、入り組んだ湾のあちこちで、数年前から浚渫工事が始まっていることを教えてくれた。少しずつ侵食されつつある森から、土が海へと流れ込んでいるらしい。海底にたまったヘドロや堆積物を吸い上げる装置が、近くこの入り江にも設置されるそうだ。

「だから、養殖業者は大変よ。筏を沖に移したり、瀬戸内海に貝を移動させる人もいるらしい。工事が終わっても、見通しはどうなんだろう。水質や海流が変るってことだってあるだろうし。それとも、変ったほうがいいのかなぁ」

歌うように言う女友達の柔らかな髪が、ベランダから吹きあげる風になびき、彼女の丸い顎をむき出しにする。釣り鐘形の服の中にすっぽりとその豊満な体を隠した女友達の、逆光になった顔を眺めながら、女は、男が言っていた「あと少し」の意味を初めて理解する。

女友達がやってきた日、朝食後子どもと一緒に栈橋に出かけた女はついに男を見なかった。入り江を行き来するボートの姿もなかった。真珠の核入れは終わったのだ。小屋は空っぽで、北側の窓が閉められているせいか、いつもより濃い腐臭が漂っていた。自分の影を見下ろしながら、女はしばらくぼんやりと小屋の中を見ていた。

床に積まれた網籠はまだいくつか残っていたが、机の上にも床にも貝の姿はない。男が手にしていた銀色の器具も運び去られたのか、小屋内はすっきりしていた。靴で踏み砕かれた貝の殻が、床のあちこちに白い粉を散らし、それだけが小屋にいた男の動きや体重を示しているようでもあった。

女は、眠る子どもを残してここ数日、小屋に通ったことを女友達には言うまいと決めていた。口を開かれた貝のように仮死状態になっていた自分を、だれにも知られたくなかった。夜の海の満ち引きを腰の下に聞きながら、目を薄く開いて夜の空を見ていた。幸福とも不幸とも無縁の、からりとした虚空にいるようだったことを、説明しようにもできないことがわかっていた。ただ、せき止められていたものが、内側から海に流れていくのだけはありありと感じられた。

「あの桟橋もなくなるのかしら」

女は、海を眺めている女友達の背中に向かって、ぼんやりとした口調で言う。

「さあ、どうかな。でも、あれがないと船の行き来に困るわね」

女友達はどっちつかずに首をかしげ、なにを思ったか「あとで、無人島に行ってみない？　お昼もそこで食べようよ」と提案したのだ。

「無人島？」

「そうよ、この子もきっと気に入るわ。だれもいない。ぐるっと回っても三十分で一周できる。もうすぐ引き潮だから、いやというほどアサリや巻き貝が採れるわ」

相変わらず図鑑を眺めている子どもの頭を撫でつつ、女友達は、身軽にリビングに立つ。壁に張ってあるメモを見つつ、気安い口調でだれかに電話をかけ始めた。船を出してもらう交渉が成立したのか、受話器を耳にあてながら指でＯＫの○を作ってみせる。船を持つ知りあいが町にいるらしい。

「無人島に行くのよ。チビ、無人島よ。お弁当、持って行こう」

けしかけるように女友達は言い、子どもは図鑑から慌てて顔を上げる。

「そこ、ピカチュウウミウシいる？」

「いる。黄色いのや黒いのや、赤いの。たくさん、たくさん」

慌ただしい決定に、キッチンでありあわせの材料を使って弁当を作りながら、女は窓から晴れ渡った入り江を透かし見る。入り江のはるか向こうに、緑の団子みたいな低い影があり、それが女友達がめざす無人島らしかった。炊飯器から手早く飯をすくい取り、小判形に握りながら、女友達はのどかに言った。

「このあたりの海には百近くの無人島があるらしいわ。全部、鳥のすみかよ。だれもいないから、おしっこも海にするの。絵の道具も持って行こうかしら。ああ、久しぶりだなぁ、ピクニック。夜は星だらけ。空を見ると大きな黒いお腹《なか》の中にいるみたいな気分になる。夜がいっぱい。チビ、魚もいっぱい、ピカチュウだって、リュックいっぱい採れるよ」

きっと女友達はピカチュウなんて見たこともないのに違いない。漫画もアニメもきっと知らない。リュックに放り込める海の生き物だと思い込んでいる。そう思うとなんだかおかしかった。

同時に女は、夜の無人島に行ったことがあるのかと聞きそうになって、口をつぐむ。子どもがいきなり手を引っぱったからだ。子どもは叫ぶ。

「行く。無人島。ピカチュウ、たくさんいるよね。行く」

空気はひどく乾いていた。女は、転がるように坂を降りて行く子どもの後ろ姿を目で追いながら、女友達と並んでゆっくりと桟橋に向かう。

入り江はどこにも人影はなく、穏やかな波がきつくなった光をはね返している。帽子をかぶっていても、太陽の熱は容赦なく頭皮にしみた。この分だと布袋に突っ込んできた冷たいペットボトルはすぐに冷気を失うだろう。足元といわず森の至るところ、道路際の空き地からも貝の腐臭は漂う。どこかに串刺しになった獣の死骸があってそれが熱で沸騰していると思えるほどの強い臭い。いずれにしても、もう、なじんだ臭いだ。女友達が、ポリ袋に入れた弁当をぶらぶらさせながら、なんでもない口調で言った。

「ずーっといたらいいのよ。こうして一日、遊んでいれば日は暮れる。捨てていいものは捨てて。それでまた戻ってくればいいんだよ」

戻る……戻るって？　どこへ？　口にしかけたとき、女友達は前のめりになって桟橋へと駆け出し、大きく手を振った。入り江の右手、漁港のある湾の端に小さなモーターボートが現れ、それがまっすぐに桟橋へと近づいてくる。乗っているのは、遠目にもわかる白髪の老人だった。

波がざわめく桟橋に、女は足をかける。不安定に揺れる板の上を、少し小走りになって、もうすぐ船が着くだろう突端へと向かう。

一瞬、小屋の中を確かめずにはいられなかった。しかし、小屋の中に人影はなかった。床は白々と乾き、板の隙間から澄んだ青みを帯びた海面が見える。自分の影が、その床板の上に長く伸び、ふいに女は軽い立ちくらみを覚える。

戻るって？　どこへ？　空気の匂いさえ定かに思い出せなくなっている東京のマンションへか？　その暗い玄関に滑り込む自分の姿を思い浮かべる代わりに、女は銀色の器具で開かれた、ぬめりのある肉へと滑り込む核を思った。「養生」と呼ばれる時を過ごすもののことを思った。同時に、罠の底で串刺しになった獣の、ゆっくりと溶けて行く時間を思った。

船の澪はもう間近にあった。モーター音がふいに静まり、船は桟橋そのものをたぐり寄せるように横付けにされる。手渡された救命胴衣を身につける間も、しきりに船は揺らぐ。乗り込むとき、女は背後の山のどこかで、また銅鑼が鳴り響く音を聞く。が、それはすぐに、桟橋を離れる船のモーター音にかき消されてしまう。

無人島の岸辺がはっきりと見えてきたとき、女は首をめぐらせ、ついさっき自分が渡った桟橋を振り返ったが、入り組んだ湾を覆う白っぽい岩陰や緑が見えるだけ。一続きになった岸辺のざらついたラインが、似たような湾曲と凹凸を描いて続いている。桟橋も小屋も、入り江そのものさえ視界から消えていた。

稲葉真弓《いなばまゆみ》（一九五〇〜二〇一四）

愛知県佐屋町《さやちょう》（現・愛西市《あいさいし》）生まれ。東京デザイナー学院名古屋校卒業後、建築デザイン会社に勤務し、同人誌「作家」に作品を発表する。一九七三年「蒼い影の痛みを」で第一六回女流新人賞を受賞。東京の編集プロダクションに勤務しつつ執筆、八〇年「ホテル・ザンビア」で作品賞。八六年から九三年まで倉田悠子名義でアニメーションのノヴェライズやファンタジー小説（後年の「ライトノベル」）を執筆。九二年、女優兼小説家・鈴木いづみとサックス奏者・阿部薫の評伝小説『エンドレス・ワルツ』で第三一回女流文学賞を受賞、同作は町田康《こう》主演で映画化された。九五年『声の娼婦』で第二三回平林たい子文学賞。個人と世界との違和を書くのに長けたが、「海松《みる》」（二〇〇八年第三四回川端康成文学賞、同作を含む短篇集『海松』で一〇年第六〇回芸術選奨文部科学大臣賞）以降、環境との融和の可能性を追求した作品もある。『半島へ』で一一年第四七回谷崎賞、一二年第七回親鸞賞、同年第六四回中日文化賞。一四年紫綬褒章。東京と三重を往復して執筆、愛知淑徳大学大学院文化創造研究科非常勤講師を経て日本大学芸術学部教授。他に連作小説『繭は緑』、小説集『琥珀の町』『私がそこに還るまで』、詩集『母音の川』『連作・志摩　ひかりへの旅』、エッセイ『ミーのいない朝』など。

多和田葉子　雪の練習生（抄）

主人公は雌のホッキョクグマである。

しかし彼女は同時に立派な人格を持つ人間であり、自伝を書いて評判になる作家である。その上、ソ連人であり、亡命して西ベルリンに行き、更にカナダに移住した上で、東ドイツに戻る。ロシア語とドイツ語と英語の間を行き来する。

このたくさんの資質のモザイク。混在と混同と混乱と故意のすり替えがおかしい（日本語の「おかしい」は「変だ」と「笑える」と二つの意味が重なっている）。

例を挙げよう――彼女はソ連的な官僚主義のモスクワで数限りない会議の合間に劇場に入る。「この日の芝居で特に気に入ったのは、おいしそうなカモメの死体が出てきた場面だった」って、普通そういう視点からチェーホフを見るか？

多和田葉子は日本とドイツ、日本語とドイツ語の両方にきっちり半分ずつ所属する作家で、そこで混在と混同と混乱と故意のすり替えを利用して詩と小説を生み出している。言い換えれば彼女はこのホッキョクグマであり、国家と言語と民族のモザイクからなるヨーロッパの住民である。島国の民にはなかなかわからないことだ。

ちなみにこれは『雪の練習生』の第一部、この先は彼女の娘のトスカとその息子のクヌートというホッキョクグマ三代の物語として広がる。

雪の練習生（抄）

祖母の退化論

耳の裏側や脇の下を彼にくすぐられて、くすぐったくて、たまらなくなって、身体《からだ》をまるめて床をころがりまわった。きゃっきゃと笑っていたかもしれない。お尻を天に向けて、お腹《なか》を中側に包み込んで、三日月形になった。まだ小さかったので、四つん這《ば》いになって肛門《こうもん》を天に向かって無防備に突き出していても、襲われる危険なんて感じなかった。それどころか、宇宙が全部、自分の肛門の中に吸い込まれていくような気がした。わたしは腸の内部に宇宙を感じた。「赤ん坊に毛の生えたような奴《やつ》」が宇宙を引き合いに出すなんて、と笑われるかもしれない。わたしは実際、「毛の生えた赤ん坊」以外の何者でもなかった。毛が生えていたから、真っ裸でも、つるつるしていたわけではなくて、ふさふさしていた。ものをつかむ力、つかまる力は発達していたが、歩くのは不得意で、歩いているというより、よろけた勢いで偶然前に進んでいるようなものだった。視界にはぼんやり霧がかかり、音は洞穴の中で聞くようにボアボア反響し、生きたいという思いは手の先と舌の先に集中していた。

母乳の記憶がまだ舌に残っていたので、彼の人差し指を口にくわえて吸うとほっとした。彼の指には靴磨きのブラシのように剛《かた》い毛が生えていた。その指をわたしの口の中でくねくね動かして、遊び相手をしてくれた。それにも飽きて起き上がると、手のひら全体でわたしの胸を押して、相撲を取ってくれた。

わたしは遊び疲れるとそのまま手のひらを二枚ともべったり床につけて手首に顎をのせて食事の時間を待った。一度だけなめさせてもらった蜂蜜の味を思い出して舌なめずりすることもあった。

ある日、彼が変なものをわたしの後ろ足に縛り付けた。わたしは足を激しく振って、振り飛ばそうとしたけれど、その何かはしっかり足に縛り付けられていて取れなかった。そのうち、手に痛みを感じたので、ぱっと右手を挙げ、それからすぐに左手も挙げたが、前につんのめってまた両手をついてしまった。床につくと痛いので、両手で床を思いっきり突き放つと、その勢いで身体が後ろに跳ね返り、何秒かバランスをとっていたが、また前に倒れて左手が床についてしまった。すると床に触れた左手が焼けるように痛い。あわてて床を突き放つ。そんなことを何度か繰り返しているうちに、いつの間にか二本脚で立ってバランスをとっていた。

ものを書くというのは不気味なもので、こうして自分が書いた文章をじっと睨《にら》んでいると、頭の中がぐらぐらして、自分がどこにいるのか分からなくなってくる。わたしは、たった今自分で書き始めた物語の中に入ってしまって、もう「今ここ」にはいなくなっている。眼《め》を上げてぼんやり窓の外を見ているうちに、やっと「今ここ」に戻ってくる。でも「今ここ」って一体どこだろう。

夜も更けて、ホテルの窓から外を見ると、前の広場が舞台のように見える。街灯の明かりがスポットライトのように地面を円形に照らしている。その光の輪を斜めに刺し切って猫が一匹横切っていった。観客はいない。あたりは静まりかえっている。

その日は会議があって、会議が終わってから参加者全員、豪勢な食事に招かれた。ホテルの部屋に戻ってまず、ごくごく水を飲んだ。ニシンのオイル漬けの味が歯の間に残っている。鏡を見ると、口のまわりが赤く汚れている。赤カブかもしれない。根菜は苦手だけど、脂の目玉がたくさん浮いた濃い紅色のボルシチならば肉のうまみに導かれておいしく飲める。

ホテルのベッドに腰かけると、マットレスが押しつぶされて下のバネがきしんだ。今日の会議が特に変わっていたわけではないけれど、でもこれまで忘れていた幼年時代の記憶が今日ふいによみがえってきたのは、今日の議題が「我が国における自転車の経済的意味」だったおかげかもしれない。芸術家たちを会議に参加させて政策に口を出させるというのは、罠《わな》かもしれないので、みんなあまり発言しなかったが、わたしだけはいつものように、胸に当てていた右の手を素早く優雅に挙げる。のびのびとして無駄のない動きを意識してみた。参加者たちの目が一斉にわたしの上に集まる。注目されることには慣れていた。

もっちり脂の乗った上半身に、最高級の真っ白な毛皮を羽織ったわたしのからだは並外れて大きく、胸をちょっと前に突き出して手を挙げただけで、色っぽい香りが光の粉のように振りまかれて、あたりを覆い尽くし、生き物だけでなく、机も、壁も、たちまち色あせて背景に引っ込んでしまう。この毛皮のつややかな白は、白と言っても普通の白とは違って、太陽の光を通す透き通った白。お日様の熱エネルギーはこの白を突き抜けて肌に達し、肌の下に大切に蓄えられる。北極圏で生き残った祖先が勝ち取った白だ。

発言するためには、議長に指名されることが大切で、そのためには誰よりも速く手を挙げる必要がある。会議でわたしほどすばやく手を挙げることのできる人はめったにいない。いつだか皮肉な口調で「発言がお好きなんですね」と言われた時には「民主主義の基本ですから」と答えた。ところがこの日わたしは気がついてしまった。手が反射的に挙がってしまうのはわたし自身の意志ではないことに。胸の中がしくしく痛んだ。痛みを追いやって、どうにか調子を取り戻す。

議長の消え入るような「どうぞ」を一拍目とすると、二拍目はわたしがはっきり叩《たた》きつける「わたし」で、三拍目ではみんなが息を呑《の》み、四拍目でわたしは「思ったんです」と強く踏み出す。そんな風に裏を強く、表は力を抜いてしゃべり続ければ、そのうちうまくスイングしていく。

踊ってみせるわけではないのに、踊っている気分になってきて椅子の上で腰が揺れ、椅子がきしむ。強く発音される音節がタンバリンになって拍子をとってくれる。みんなの心がこちらに引きつけられ、見とれ、とろけて我を忘れ、任務を忘れ、体裁を忘れ、中でも男性の唇はダランと垂れ、歯はアイスクリームになり、溶け始めた舌先が涎《よだれ》になって、濡《ぬ》れた唇からこぼれ落ちそうになっている。

「自転車は過去、人類が発明したものの中で一番優れた道具です。自転車はサーカスの花であり、エコ政治のヒーローです。近い将来、世界の大都市の中心から乗用車は姿を消し、自転車に覆い尽くされるでしょう。それだけではありません。自転車と発電機を連結させれば、みなさん家で身体を鍛えられるだけでなく、自家発電できるようになります。自転車で友達の家を訪ねれば、携帯電話もメールもいらなくなります。つまり、自転車以外の機械はすべて不要になるのです。」

いくつか陰ってきた顔があった。機械を売らなければ儲《もう》からないので心配しているに違いない。わたしはますます力をこめて語った。「洗濯機も要らなくなります。自転車をこいで川に洗濯に行けばいいからです。暖房装置も電子レンジも要らなくなります。自転車で山に柴刈《しばか》りに行って、燃やせばいいからです。」そこでクシャッと笑った顔もあったが、ますます灰色にかたまってきた顔の方が多かった。気にしない、気にしない。そんな時は、焦らず、のんびり構え、みんなの反応など見て見ぬふりをして、わたしの声に聞き惚《ほ》れる何百何千という観客の喜びに満ちた顔を思い浮かべながら話し続ければいい。ここはサーカス。会議という会議はみんなサーカス。

議長はわたしになんか踊らされてたまるかというように咳払《せきばら》いして、一番近い席にすわった筆髭《ふでひげ》を生やした役人の方を見た。そう言えば、二人はいっしょに会議室に入ってきたから知り合いなのだろう。その役人は葬式でもないのに黒い背広を着て、釘《くぎ》のように痩せていた。「自転車を崇拝し、自動車を否定するのは、オランダなど西側諸国の一部に見られるデカダンとセンチメンタリズムです」と役人が手も挙げないで喋《しゃべ》り始めた。「機械文明を正しい目的のために進化させ、住居と職場を結ぶ交通機関を充実させるべきです。自転車があれば好きな時に好きなところに行けるのではないかと誤解する人が出てきます。これは危険な傾向です。」わたしが反論しようとして手を挙げると、議長が「それでは昼休みにします」と宣言した。わたしはまわりの誰とも言葉を交わさないまま建物の外に飛び出した。駆け出す必要などないのに、休み時間開始のベルを聞いた小学生のように駆け出していった。

幼稚園の頃よく、ちょうどこんな風に外に飛び出した。そうして庭の一番隅の場所を占領して、一人そこで遊んでいた。まるでその場所に特別な意味があるとでもいうように。その場所は日陰でじめじめしてイチジクの木の下にいつもゴミが捨ててあったので近寄る子はいなかったが、それでもたまに後ろからじゃれかかってくる子がいると、前へ投げ飛ばして驚かせた。わたしは力が強く身体が大きかった。

わたしは陰で「とんがり」とか「雪ん子」とか呼ばれていたようだ。そのことを親切そうに教えてくれた子がいた。本当のところ、親切で教えてくれたのか、いじわるな気持ちから教えてくれたのか分からない。わたしはみんなが自分のことをどう思っているのかなんて知りたくもなかった。でも、そう言われてみると、自分だけ鼻の形や毛の色が違っているような気がした。

会議の行われていた建物のすぐ隣に真っ白なベンチのある楽園のような場所が見えたので、そちらに走って行った。ベンチの向こうには小川があって、柳の木が枝先で退屈そうに水面につらっつらっと触れていた。よく見ると枝から淡い緑色の芽がたくさん出ていた。足下の土もモコモコと内側からほこらいで、頭を出した黄色いクロッカスたちがピサの斜塔の真似《まね》をして遊んでいる。耳の穴の中がかゆくなってきた。でも耳の中をほじってはいけない。舞台に立っていた時代は厳しくこの掟《おきて》を守っていたので、今でも耳をほじる気にはなれない。

耳がかゆいのは耳垢《みみあか》のせいであるとは限らない。花粉のせいかもしれないし、高音域にばらまかれた十六分音符をついばんでいる鳥たちの声のふるえのせいかもしれない。桃色の春が急にやってきた。春は一体どんなトリックを使ったんだろう。こんなにたくさんの鳥や花を引き連れて猛スピードでキエフに到着するなんて。何週間も前からこっそり準備していたのか。わたしだけが自分の中の冬をひきずっていたせいで、春が近づいていることに気がつかなかったのか。わたしは天気の話が苦手なので、他の人たちとあまり世間話をしない。そのせいで、大切な情報を聞き逃すことがよくあった。プラハの春という言葉が不意に浮かんだ。そう言えばプラハの春も急にやってきた。なんだか胸がどきどきしてきた。ひょっとしたらわたしの身の上にも大きな変化が起こっている最中なのではないか。それに気がついていないのは自分だけで。

凍っていた地面が溶けて鼻の中がくすぐったくなり、鼻汁がドロと垂れ、目のまわりの粘膜は腫れて涙が出る。それが春だ。春は悲しい。春になると若返ると言う人もいるけれど、若返ったせいで子供の頃のことばかり思い出すようになって、思い出が重荷になって、かえって年よりじみてくる。会議ですばやく手を挙げて芸を見せる自分に感心しているうちはいい。どうしてすばやく手を挙げることができるようになったのかなんて、知らない方がいいのかもしれない。

わたしは知りたくなかった。知りたくなくても一度こぼれたミルクはコップに戻らない。つんと鼻をつく乳の甘いにおいがテーブルクロスにしみこんで、わたしは春泣きがしたくなった。幼年期の思い出は蜂蜜のようにつんと甘い。甘いけれど、その甘さを凝縮していくと、にがくなる。母親の記憶がない。母親はどこへ行ってしまったのだろう。食べ物をくれるのはいつもイワンだった。

わたしはその頃まだ身体のその部分をどう呼んだらいいのか知らなかった。そこが焼けるように痛い。はっとその部分を引くと、痛みが消える。でも、そのままバランスをとり続けていることができないで前につんのめってしまう。床と接触した途端に、また痛くなる。

わたしはイワンがすねを柱にぶつけたり、蜂にさされたりして、「痛い！」と叫んだのを何度も見たことがあったので、「痛い」という感覚はどうにか理解できた。でも、痛いのは自分ではなく、「床が痛い」のだと思っていた。なぜなら、わたしではなく、床が変化することによってしか、痛さは消えないからだ。

床が痛いので、両手で床を突き飛ばすようにして上半身を起こしても、身体はまた元に戻って四つん這いになってしまう。次にはもっと強く突き放し、背中を弓のようにそりかえらせて立つ。前足がまた床に降りてしまわないように。あまり反り返りすぎると、今度はよろけて斜め後ろに倒れてしまう。そんなことを繰り返しているうちに、二本脚でしばらく立っていられるようになった。

会議が終わって食事も終わってホテルの部屋に戻り、思い出したことをここまで書いた。慣れないことをしたせいか、疲れが頭上に落ちてきて、そのまま眠ってしまった。翌日目が覚めると、急に年をとったような気がした。これから人生の後半が始まる。長距離走に例えると、自分は今ちょうどその折り返し地点に来ている。これから出発点を目指して走るのだ。苦難が始まった地点に戻れば、苦難は終わるはずだった。

あの頃イワンはよく缶詰を開けていわしを取り出し、すり鉢で擂《す》って、ミルクを混ぜて食事を作ってくれた。わたしが部屋の隅にうんちをしても、文句も言わないで、小さな箒《ほうき》とちりとりを持ってきて取り除いてくれた。イワンは清潔好きで、一日一度は床にホースで水をかけ、大きなブラシでこすっていた。ホースをこちらに向けて、わたしに水をひっかけることもあった。わたしは冷たい水をひっかけられるのが大好きだった。
イワンは暇な時には床に腰を下ろしてギターをつま弾きながら、歌を歌っていた。うら悲しい調べが時々、踊りたくなるようなリズムにかわり、また悲哀の底へと戻っていった。じっと耳をすましていると、遠い国へ行きたくなってくる。まだ行ったことのないその国に心が引きずられて引き裂かれそうになる。
イワンは目が合うと、ふいにこちらに近づいてきてわたしを抱きしめ、頰摺《ほおず》りすることもあった。また、わたしをくすぐって、ころがって、上にのしかかってくることもあった。

モスクワに戻ってからわたしは失敬してきたホテルの便箋に続きを書き始めたが、ここまで書いてわたしは同じ時間をなんども塗り直しているようで、なかなか先へ進めないことにいらだちを覚えた。波が打ち寄せてはまた引いていくように、思い出は寄せてはまた引いていってしまう。次に寄せてくる波は前の波とほとんど同じだけれど、よく見ると少しだけ違う。どれが本当の波なのか分からないまま、わたしも何度も同じことを繰り返し書くしかない。

「それ」がどういうことなのか長いこと分からなかった。まだ一度も檻《おり》の外に出たことがなかったのだから自分という舞台を裏から見ることができなかったのだ。もし一度でも出ていたら、わたしの位置からは見えない場所でイワンが檻の下に設置された釜に薪《まき》を放りこんで火をつけるのが見えたはずだった。少し離れたところに置かれた大きなチューリップのついた黒い蓄音機も見えたはずだった。檻の床が熱くなってくると、イワンは蓄音機の針をレコード盤に落とす。空気を割ってファンファーレが飛び出してくる。わたしは手のひらに痛みを感じて立ち上がった。

そんなことが毎日続いたので、わたしはファンファーレが聞こえると、もうそれだけで立ち上がるようになってしまった。立ち上がるという意識はその頃はなかったけれど、ある姿勢をとれば痛みはやってこないという知識と、イワンが何度も叫んでいる「立って！」という単語と棒を振り上げる仕草がいっしょに脳に焼きつけられた。

こうしてわたしはイワンの言葉を覚えていった。「立て！」「うまいぞ！」「もう一度！」今思えば、わたしの後ろ足にくっついていたあの変なものは、熱を通さない靴だったのだろう。だから後ろ足で立っている限り、床が熱くなってきても平気なのだった。

ファンファーレを聞いて立ち上がり、しばらくバランスをとっていると、イワンが「角砂糖」と叫んで、わたしの口の中に何か押し込んでくれる。「角砂糖」というのは、ファンファーレが聞こえて立ち上がった結果、舌の上でとける快楽の名前だった。


そこまで書くと、いつの間にかイワンが隣に立ってわたしの書いている字をのぞきこんでいる。「元気で暮らしていた？」と訊《き》きたいのに声が出ない。何度か息を吸って吐いている間にイワンの姿は消えたが、その代わりに懐かしいぬくもりと焼けるような痛さが胸に迫ってきて、息が苦しくなった。イワンのことを書いたせいでわたしの中で死んでいたはずのイワンが生き返ってしまった。胸をぎゅっと鷲摑《わしづか》みにされるようで苦しく、冷たく透き通った聖なる液体をググと飲めば、耐えられない何かが和らいで消えていくような気がした。上等なウォッカは外貨を稼ぐために国外に出てしまうので簡単には手に入らないが、わたしの住んでいた古いアパートの管理をしているおばさんは人脈だけが自慢でどこかからウォッカを手に入れて隠していることがあった。

部屋を出て、階段を駆け下り、おばさんに「ウォッカありませんか」と訊くと、相手は楔文字《くさびもじ》で書かれたような顔で笑って、「あれが手に入ったの?」と訊いた。人差し指と中指と親指をいやらしく擦《こす》りあわせている。わたしはむっとして、「外貨は持っていません」と答えた。淫猥《いんわい》で楽しい秘密をわたしが「外貨」などと言う無味乾燥な名前でずばり呼んだので腹を立てたのだろう。おばさんはプイと脇を向いてしまった。すねたおばさんの気持ちをどうにかしてこちらに引き戻さなければ会話が続かない。「おばさん、髪型変えたんですね。似合いますよ。」「それは寝癖ですよ。」「それに靴も新品ですね。」「え、靴? よく気がついたわね。新品ではないけれど、親戚にもらったのよ。」お世辞を使ってでも会話をつなげていきたいと思うこちらの気持ちだけは通じたようで、おばさんはゾロッとわたしを睨んで話題を戻した。「あんたお酒はあまり飲まない方でしょう。どうして急にウォッカなんて言い出したの?」「子供時代のこと思い出していたんです。そうしたら、息が苦しくなってきて。」「何か嫌なことでも思い出したの?」「いえ、嫌であるかどうかよく分からないんですけれど苦しいことは確かなんです。」「忘れたいことがある時に飲むなんてだめよ。そんなことをしていたらアル中になって、そのうち上の階の役人さんのようなことになりますよ。」そう言われて、大人の身体の重みが石畳に叩きつけられた時のどさっという音を思い出し、ぞっとした。

「忘れたいことがあるなら、日記でも書けばいいでしょう。」おばさんが意外にインテリめいたことを言うので驚いてよく聞いてみると、先週「蜻蛉《かげろう》日記」を読んだばかりなのだそうだ。その頃ロシア語訳が出て、何万部出したのか知らないが、売り出し前に売り切れになったそうだ。おばさんはコネがあるので一冊手に入れることができたことを自慢した。「あなたも思い切って書くといいわ。」「でも日記ってその日にあったことを書くんでしょう。そうではなくて、昔のことを思い出して書きたいんです。思い出せないことを書くことで思い出したいんです。」そう言ってみると、管理人のおばさんは、「それなら日記ではなく自伝を書けばいいでしょう」と変にあっさりと答えた。

そもそもわたしが華やかなサーカスの舞台と縁遠くなり、いろいろな会議に参加するようになったのにはわけがある。サーカスの花形として舞台人生の頂点にあった時代、キューバのある舞踏団の訪問を受けて共演した。初めはそれぞれの団体が独自の出し物を披露し、それを交互に舞台に載せるという並列式コラボレーションのはずだったのが、わたしは中南米の踊りを一目見てすっかり惚れ込み、自分の出し物にも取り入れたくなって猛練習し始めた。それがいけなかった。腰を激しく振って踊ったせいか、膝を痛めて舞台に出られなくなり、普通なら射殺されるところだったが、幸い管理職に移ることができた。

自分では事務の仕事に向いているなんて思ってもみなかったが、さすが当局は見るべきところはちゃんと見ている。わたしには、生まれつき事務能力があり、大切な請願書とそうでないものはすぐにかぎ分けることができたし、時計がなくても約束の時間はきちんと守ったたし、数字の世話にならなくても人の顔だけ見ていれば予算を割り出せるくらい計算能力があったし、どんな無理な計画でも上手《うま》くくだいて説明して関係者たちを説得するのが得意だった。

わたしにできる仕事は山ほどあった。バレエ団やサーカス団の海外公演の準備、広告の依頼、新人募集、書類の作成、そして何より会議に参加することがわたしの主な仕事になった。

そんな生活に不満はなかったのに、自伝を書き始めてから、会議に出るのがいやになってしまった。家で机に向かって鉛筆をなめていると、そのままずっとなめながら、できれば一冬中人に会わないで自伝と取り組んでいたくなる。書くという行為は冬眠と似ていて、端から見るとウトウトしているように見えるかもしれないけれど、実際は穴の中で記憶を生み育てているのだ。うっとりと鉛筆をなめていると、明日「芸術家の労働条件」について会議があるから参加してくださいという速達が来た。

会議というのはうさぎのようなもので、会議が会議を生み、放っておくと、みんなが毎日出ても間に合わないくらいに増えてしまう。会議の数を減らす工夫をしなければ、どんな機関もやがて会議につぶされてしまうだろう。どうやったら会議をさぼれるかということばかり考えながら暮らす人が増えていく。会議を休む言い訳ばかりが発達して、インフルエンザと親戚の不幸が蔓延《まんえん》する。わたしには家族はいないし、インフルエンザにはかからない体質なので、言い訳が作れない。だから手帖《てちょう》にびっしりはびこる黴《かび》のような書き込みから逃げられないまま月日が流れていった。会議だけではなく、接待や晩餐《ばんさん》会、歓迎会、会食も多い。唯一嬉《うれ》しいのは肥《ふと》れることだ。舞台で踊る代わりに会議室の椅子に座り、衣の厚いピロシキに指を汚し、脂の浮いたボルシチを飲み、スプーンをシャベルのように動かしてキャビアを食べていれば、脂肪をたっぷり蓄えることができる。このまま肥ってのんびり暮らしたいと思っていた矢先、春といっしょに湧き上がってきた幼年時代の記憶に激しく揺さぶられハシゴから落ちた気分だった。安定しているように見える日常も明日にも壊れるかもしれないということが分かった。抜け目なく組織された連邦、英雄の銅像のような立派な自分像、浮き沈みのない気分、規則正しい生活、どれも実は崩壊寸前だった。沈みかけた船に乗り続けていることはない。自分から海に飛び込んで泳ぎたい。会議参加を断るのは初めてだった。断ったら自分の生存理由はなくなるので消されてしまうのではないかという不安はあったが、自伝を書き続けたいという欲望は死への不安の三倍くらい大きかった。

　自伝を書くというのは本当に奇妙な感触だった。それまで会議でしか使っていなかった言語というものを使って、自分の身体の柔らかいところにさわるというのは、禁じられたこと、恥ずかしいことだという気がしてしまう。だから書いたものを誰にも見られたくないと思っていたくせに、自分の書いた字がびっしり並んでいるのを見たら、どうしても誰かに見せたくなってしまった。ちょうど幼い子供が排泄物《はいせつぶつ》を見せたがるのと同じかもしれない。いつだったか管理人のおばさんの娘が小さな子を連れて遊びに来ていて、わたしが部屋に入っていくと、ちょうど、おまるに出したての暖かい茶色いお団子を自慢して親に見せているところだった。あの時は驚いたが、今になってあの子供の気持ちが分かった。子供にとって排泄物は誰の手も借りずに、たった一人で完成させた唯一の生産物なのだ。自慢したくなっても無理はない。

　わたしは書いたものを誰に見せようかと頭をひねった。管理人のおばさんは危険すぎる。どんなに親しそうにしていても、上からの命令でアパートの居住者を見張っている仕事柄、どんな告げ口をされるかわからない。一体誰に見せたらいいんだろう。親は物心ついた時にはもういなかったし、同僚たちはわたしを避けていたし、友達と呼べる人はいなかった。

　いろいろ考えているうちに、昔の知り合いで今は文芸誌の編集長になっているオットセイのことを思い出した。わたしの舞台人生がまだ花盛りだった頃、オットセイはわたしのファンで、大きな花束を持って何度も楽屋に押しかけてきた。

　オットセイの外見はどう見てもセイウチだったが、渾名《あだな》がオットセイなのだからそう呼ぶしかない。本名は忘れてしまった。オットセイはわたしを舞台で初めて見た瞬間、蚊に刺されてマラリアにでもかかったように熱をあげてしまったそうで、「この病気は一生なおらない」と自分で言い切っていた。楽屋に通い詰めた末、ここまで不似合いな身体でなければ枕さえ交わしたいと言いだした。

わたしたちが性交するにはあまりにも不似合いな身体を持っていることは、初めから感じていた。何しろ彼は濡れてつるつるした体質で、わたしは乾いてごわごわしている。彼は髭《ひげ》が立派で恰幅《かっぷく》がいいが、手足の末端がしぼんで力がない。それとは対照的に、わたしは手足の末端に力がこもる体質だった。彼は若い時から頭がはげているが、わたしは頭だけでなく下の方も毛がふさふさしている。とてもお似合いのカップルとは言えない。それでも一度だけキスしたことがある。その時のことを思い出すと、魚みたいな舌がちょろちょろ動く感触がよみがえった。歯並びは悪かったけれど、虫歯一本ない男だった。それは本当に立派なことだと思う。どうして虫歯がないのか訊くと、甘い物を絶対に食べないのだそうだ。甘い物がなければ人生の良い部分を何に例えたらいいのか分からなくなってしまうわたしにはとても真似できない。

オットセイとはもう長いこと逢《あ》っていなかったけれど、いつも出版社のカタログを送ってくれていたので生きていることは分かっていた。カタログには住所も書いてある。勇気をふりしぼって、予告なしで会いに行くことにした。

出版社は「北極星」という名前で、モスクワの南の外れにあった。外から建物を見た限り、全く出版社だということが分からない。建物の中には若い男が一人立って煙草《たばこ》を吸っていて、「この建物に何かご用ですか」と厳しく訊くので、オットセイの名を出すと「こちらです」と言ってロボットのように歩き出した。壁紙がやけどした肌のようにだらんと垂れた廊下を奥へ奥へと入っていくと、最後に緑色の扉に辿《たど》り着いた。窓はなく、天井は低く、山積みになった紙は煙草の煙ですべて燻製《くんせい》になっていた。

オットセイはわたしを見ると平手打ちでも受けたように顔をそむけて、「何か用ですか」と冷たく訊《たず》ねた。かつてのファンほど危険な者はないことを思い出したがもう遅い。わたしはみじめな元スターで、それが処女作を抱えて編集長の前で、もじもじしているのだ。わたしは、玉とか三輪車とかオートバイとかいろいろなものに乗った経験がある。でも本を出そうとするのは、それよりずっと危険な芸当なのではないか。

わたしは用心深く鞄《かばん》を開け、ホテルの便箋に書いた文章を黙って差し出した。オットセイは不思議そうにわたしの鼻を見ていたが、字が目に入るなりレンズの丸いめがねの位置をなおし、背を丸め、食いつくように読んだ。一枚目をめくり、二枚目をめくり、気のせいか目尻が少しずつ垂れていった。数枚読むと、髭を撫《な》で、鼻の穴をふくらまして、「君が書いたの?」とふるえる声で訊いた。うなずくと眉をしかめ、急に眠そうな目をして、「預かっておこう。でもあまりにも短いから、がっかりだね。もっと書いて来週もってきてくれないかな。」わたしがどう答えていいのか分からず黙っていると、相手は勢いづいて、「それにしても、こんな紙しか持ってないとはねえ。可哀想《かわいそう》に。よかったら、これを持って行っていいよ。」そう言ってオットセイが手渡してくれたのは、アルプス連峰の透かし模様が入ったスイス製の便箋とノートとモンブランの万年筆だった。

家に駆け戻って、早速便箋の表面に「わたしは立ちあがるとイワンの臍《へそ》くらいの背丈になっていた」と書いてみた。表面は細やかながらめりはりのある繊維質になっていて、かりかりと書くと、蚊に刺されたかゆいところを掻《か》いているみたいで気持ちがいい。

わたしは立ちあがるとイワンの臍くらいの背丈になっていた。ある朝、変な乗り物に乗ってイワンが目の前に現れた。ひとしきり乗り回してから降りて、「三輪車」と言いながら、その三輪車なるものをわたしの両脚の間に押し込んだ。ハンドルをちょっと噛《か》んでみた。堅い。イワンが時々投げてくれる灰色のパンよりずっと堅くて、歯がたたない。わたしは降りて床にすわって、三輪車をいじりまわした。イワンはしばらく好きにさせていたが、また三輪車をわたしの股の間に入れた。しばらくそのままにしていると、角砂糖が口の中に入った。次の日、イワンの手に教えられて、ペダルに足を載せてぐっと踏むと三輪車が前に進んでまた角砂糖がもらえた。こげばこぐほど、面白いように角砂糖がもらえる。そのままいつまでも遊んでいたかったのに、イワンは三輪車を取り上げて、どこかへ姿を消してしまった。そのうち、三輪車が現れると、わたしは自分から乗ってこぐようになった。一度覚えてしまえばたやすい芸だった。

嫌な思い出もある。ある朝、イワンがウォッカと香水のにおいをぷんぷんさせて現れたので、気分がむしゃくしゃして、三輪車を持ち上げてイワンに投げつけてしまった。イワンはうまく身をかわしてから、手をふりまわして怒鳴り散らした。角砂糖が出なかっただけでなく、鞭《むち》が飛んできた。そのことからわたしにもだんだん分かってきた。世の中には三種類の動作がある。角砂糖の出る動作、鞭の飛んでくる動作、鞭は飛んでこないけれど角砂糖も出ない動作。こうしてわたしの脳味噌《のうみそ》の中に三つの引き出しができて、外から入ってくる郵便物はその三つのカテゴリーに振り分けられることになった。

ここまで書いて翌週、オットセイのところに持って行った。外はさわやかな風が吹いているのに、出版社のある建物の中は安物の煙草の煙でいぶされていた。書き物机の上には鳥手羽の骨が皿に山盛りになってのっていて、そのむこうでオットセイは小鳥のくちばしのように器用にようじを動かしながら歯をほじくっていた。

びっしり字で埋まった便箋数枚をわたしが差し出すと、オットセイはすぐに食い入るように読み、咳をして、欠伸《あくび》をして、「短いね。もっともっと書いてよ」とだけ言った。態度が横柄なのでこちらは腹が立って、「もっと書くか書かないかはわたしの自由でしょ。書いたら何くれるの」とかつての舞台の花形の自信を一時的に取り戻して迫ると、オットセイはわたしが何か欲しいと言うとは思ってもみなかったようで、ぎょっとして、あわてて引き出しをあけて、チョコレートを出してくれた。オットセイは顔をそむけて、「東ドイツの製品だ。甘い物は食べない主義だからあげるよ」とだけ言った。「騎士」という銘柄のチョコレートで、包み紙のデザインや使ってあるインクがどうも東ドイツらしくない。どうせ西側の外国人からもらったんでしょう。こっそり何か取引でもしているんでしょう。言いつけてやるから。そう言ってやろうかと思ったけれど口には出さず、チョコレートをバッキンと音を立てて手で折ると、すぐに真っ黒な分厚い真四角の板が全部出てきた。味はすこし苦かった。「原稿の続きを書けば、そんなチョコレートなら何枚でもあげるよ。まあ、それ以上書くことがあるのかどうか、それは怪しいものだが」と言って、オットセイはもうお前にかかわっている時間はないのだとでも言うように、忙しそうに書類に目を戻した。

くやしいので家に帰ってすぐに机に向かった。くやしさほど燃えやすい燃料はない。くやしさをうまく使えば、燃料を節約して生産活動ができるのではないか。でも、くやしさは森へ行って集めてくるわけにはいかない。誰かがくれる大切なプレゼントだ。あまり踏ん張って書いたので、モンブランの万年筆の先が曲がってしまい、紺青色のインクが血のようにだらだら流れ出てきた。わたしの白いお腹がインクで染まった。暑いので裸で原稿を書いていたのがいけなかった。インクは洗ってもなかなか落ちなかった。

わたしはフリルのスカートをはかされても、頭にリボンをつけられても、すぐ食いちぎったりしなくなった。「女の子なんだから我慢して」とイワンに言われたその意味はのみ込めなかったが、角砂糖ならいくらでものみ込めた。身体に物をつけられることに次第に慣れていっただけでなく、恐ろしくまぶしい光を当てられても動揺しなくなった。人がたくさんいて、がやがや騒いでいても、気分がざわめくことはなかった。そうしてある日、スポットライトを浴びて、ファンファーレの合図で、三輪車に乗って舞台に登場した。フリルのスカートをはいてリボンをつけていた。三輪車から降りて二本脚で立ってイワンと握手して、それから玉に乗ってバランスをとってみせた。大雨の音そっくりの拍手を浴び、角砂糖がイワンの手のひらから泉のように湧いて出てきた。それが口の中で溶けていく感触と、満員の観客席の人間たちの毛穴から発散される喜びがいっしょになって、わたしは酔っぱらってしまった。

翌週やっとここまで書いてオットセイのところに持って行った。オットセイはつまらなそうな顔で一気に読み終わると、「来月、雑誌にあきが出てしまったから、載せるよ」とぶっきらぼうに言って、また西側のチョコレートを一枚くれた。「うちは原稿料は出せない。収入が必要なら、作家同盟にでも入れてもらったらどうだ。」オットセイはわたしに下心を読まれてしまうことを恐れているのか、後ろを向いてしゃべっていた。

それからしばらくして、わたしはある会議に参加するためリガに飛んだ。参加者たちが数人こちらを見ている。いつもの警戒するような目つきではない。どこかおかしい。わたしの知らないところで、何かが起こっていた。休憩時間にひそひそ話をしている人たちの所へ近づいていくと、急にラトビア語に切り替えてしまったので、話に入れなかった。仕方なく廊下の隅に立って窓の外を見ていると、めがねをかけた男が寄ってきて、「読みましたよ」と言った。それに勇気付けられたのか、もう一人別の男が近づいてきて赤い顔で、「面白かったです。続き、期待してます」と言った。その男の妻らしい女も寄って来て、「あなた、よかったわね、著者と話ができて」と夫に言いながら、わたしに微笑《ほほえ》みかけた。いつの間にか、まわりに人垣ができていた。どうやらオットセイのやっている雑誌に、わたしの書いた文章が出ていたらしい。そのことをわたしに知らせないなんて、オットセイのやり方は許せない。

会議は早めに終わったので町に出て、目抜き通りの大きな本屋へ入って訊いてみると、「例の評判の」雑誌はとっくに売り切れだと店員が言う。店員はわたしの顔をじろじろ見ながら、「向いの劇場で今トレープレフの役を演じている役者も一冊買っていきましたよ。今夜も上演があります」と教えてくれた。

あわてて本屋を飛び出し、劇場の戸を激しくたたいたら、ガラスにヒビが入ってしまった。幸い誰も見ていなかったようだ。ただ一人、ポスターの中で眉をしかめている若い男がわたしに向かって目配せしたような気がした。

公園で水を飲み、近くのキオスクで外に飾られた新聞を立ち読みして時間をつぶし、公演一時間前に劇場に戻って、受付窓口の女性に「トレープレフに話があるんです」と言うと、「公演前ですから、役者とは面会できませんよ」とあっけなく断られた。仕方なくチケットを買って、公園のベンチでまた水を飲んで更に一時間やり過ごし、劇場の入り口から堂々と観客席に入った。

わたしは恥ずかしいことにそれまで演劇というものを観たことがなかった。自分の仕事に追われてそれどころではなかったのだ。わたしにとって、サーカスと演劇とは、ちょうど西側諸国と東側諸国のように厚い壁で隔てられていた。でもそれは食わず嫌いと同じで大変なまちがいだったと思う。サーカスもスピード感や悲哀やユーモアを組み合わせてプログラムを組むのだから、演劇から学ぶことは多かったと思う。もし演劇がこんなに面白いものだと分かっていたら、まだ自分も舞台に出ていた頃に観ておけばよかった。

この日の芝居で特に気に入ったのは、おいしそうなカモメの死体が出てきた場面だった。

芝居がはねてから、舞台裏の楽屋に忍び込むと、天井の低い部屋はおしろいのにおいがして、壁に一列に取り付けられた鏡の前には化粧品が散らばっているだけで、役者たちはまだ戻っていなかった。化粧台の上にお目当ての文芸誌が置いてあるのが眼に入った。手に取って読んでみると確かにわたしの書いた文章だけれど、題名はつけた覚えがないし、つけてくれと頼まれた覚えもない。オットセイの奴、「涙の喝采」なんて勝手に安っぽい題名をつけて、しかも「第一話」と銘打っている。作者の了解を得ないで連載にしてしまうなんて横暴すぎる。

がやがや音がして、汗と薔薇《ばら》のにおいがもつれ合いながら流れ込んできた。役者たちは、わたしを見て腰を抜かした。わたしが雑誌を手にとって、あわてて言い訳がましく「涙の喝采の作者です」と言うと、役者たちの顔に浮かんでいた恐怖が口の周りから額に向かって順々に感嘆に変わり、まばたきが激しくなり、お辞儀しながら、「まあまあ、それは、それは、どうぞ、どうぞ」と言いながら椅子を勧めてくれた。椅子にすわろうとするとミーシときしんだので、すわるのはやめた。「サインをください」と言われて顔を上げると、トレープレフだった。石鹼《せっけん》と汗と精子のにおいがした。

その夜、飛行機でモスクワに戻って、自分の家のなじみ深いにおいのするベッドに横たわった。いよいよわたしは作家になってしまった。なかなか寝つけないのでミルクを沸かして蜂蜜を溶かして飲んだ。子供の頃から、夜は寝なければいけない、朝は早く起きて、練習に励まなければいけないと教えられてきた。でも子供になるその前には、もっと月を見て、お日様の光を感じ取って、毎日ずれていく暗さと明るさをしっかり捕らえて、自然に寝たり起きたりしていたような気がする。子供になるということはすでに自然を失うということ。子供になる前のことがどうしても知りたい。

寝室で一人天井を睨んでいると、天井のしみがエビに見え、エビとは似ても似つかないトレープレフの細面の顔が浮かんだ。芝居をして、恋をして、彼もやがては死んでいく。その前に、わたしも死んでしまう。その前にオットセイも死んでしまう。みんなの死んだ後、思い残したこと、言い残したことが、プアプア空中を漂って混ざり合い、靄《もや》になって地上に残るかも知れない。まだ死んでいない者たちはそれを見てどう思うのだろう。「今日は霧が深いねえ」とつぶやくだけで、死んだ人のことなんか思い出してもみないんだろうか。

眼がさめるともう昼近かったので、あわててオットセイの所へ出かけていった。「雑誌の一番新しい号をちょうだい。」「もうないよ、売り切れだから。」「わたしの書いた自伝が載っていたでしょう。」「ああ、それも出ていたかもしれないな。」「どうして一冊くれないの?」「郵便で送れば当局に没収されてしまう危険があるから直接届けるつもりだった。でもごらんの通り忙しくて、いつの間にか取って置いた分もなくなってしまったんだ。君は何を書いたか自分で覚えているだろうから、読まなくてもいいだろう。」オットセイはあっけらかんとしている。そう言われればその通り、わたしは何が書いてあるのか知っているのだから読む必要はない。

「ところで第二話の締め切りは来月初めだから、遅れないように」と言ってオットセイは咳払いした。「どうして勝手に連載にしたの?」「あんなに面白い話、一回で終わりでは残念だろう。」おだてられると、わたしの怒りは溶けてしまう。でも題名のことは許せない。「わたしが涙の出ない体質だって分かっているくせにどうしてあんな題名つけたの。」オットセイは困ったように屁理屈《へりくつ》を捜している。今度はどうやら屁理屈という粉がなかなか見つからないので、その粉を捏《こ》ねて嘘《うそ》のパンを焼くことができなくて困っているようだった。わたしは攻撃態勢に入った。「気分だけで題をつけないで、ちゃんと意味を考えてよ。涙なんて人間の感傷でしょう。わたしは氷と雪の女だって分かっているでしょう。簡単に溶かして涙なんていう水にしてほしくなかった。」オットセイはやっと屁理屈を思いついたようで、髭を動かしてにやっと笑った。「君は涙と聞けばすぐに自分の涙のことだと勘違いしているね。自意識過剰だよ。涙は読者が流すもので、作家は黙って締め切りを守ればいいんだ。」これでは手も足も出ない。わたしは手足がしっかり発達した堂々とした体格をしているのだけれど、こういう時には自分の方が手も足も退化したセイウチになってしまったように感じる。「それで文句ないなら、そろそろ家に帰ったら？　僕も忙しいんでね。」すぐ手が出るのがわたしの癖なんだけれど、この時は舌くらいしか出すものがなかった。舌を出すと甘い味を思い出した。「ところでこの間もらった西側のチョコレート、とても美味《おい》しかったけれど、もっとないの？　誰か西に友達でもいるの？」と言ってやると、オットセイはあわてて一枚引き出しから出してこちらへ投げた。

家に帰るといつの間にか机に向かっていた。オットセイには腹を立てていても、作家の喜びという罠にみごとに足首を挟まれ、身動きが取れなくなっている。オットセイのような奴は中世にはもう完璧な罠を作る技術を持っていたようで、熊を捕っては花輪をつけて道で踊らせた。民衆が喜んで拍手喝采、お金を投げてくれる。騎士や職人はそんな大道芸人を軽蔑するかも知れない。迎合、媚《こ》び、隷属、依存。でも踊る者の心には、観衆といっしょにトランス状態に入りたいという願いもある。目には見えない霊と交わりたいという願いもある。民衆に媚びているわけではない。

まだ子供だったわたしも興行中は毎日舞台に立った。他の芸は観ることができなかった。ライオンの吠《ほ》える声が記憶のどこかに残っている。イワンの他にも、いろいろな人間たちが絶えずわたしのまわりにいて、氷を持ってきて床にまいたり、食器をかたづけたりしてくれた。起こさないようにと思うのか、わたしが寝ていると声をひそめて、つま先だって側《そば》を通り過ぎていった。眠りは浅くてねずみがちょこちょこと部屋の隅を走り過ぎていくだけで目が覚めてしまう。イワンは自分が強いにおいを発していることも知らないらしい。

感覚の中では嗅覚が一番頼りになる。それは今も変わらない。耳に聞こえる声は、蓄音機やラジオなどの機械から出てくる嘘の声であることが多い。目に見えるものも嘘が多い。カモメの剝製、態の着ぐるみを着た人間。みんな見かけだけだ。でも、においでだまされたことはまだなかった。煙草男が通る、葱《ねぎ》女が通る、革靴を新調した男が通る、生理中の女が通る。香水をつけていると、その裏にある汗やワキガやニンニクなどのにおいがかえって強調されることを人間たちは知らないようだ。

雪野原が視界を覆い尽くしている。白以外の色がない。わたしは空腹で、胃が痛い。雪ねずみのにおいがする。ねずみは雪の下の浅いところにトンネルを掘って進んでいく。雪に鼻をつけ、そっと進むとにおいはどんどん強くなっていく。眼には見えなくてもねずみがどこにいるかは歴然としている。すぐそこの雪の下にいる。今だ。はっとすると、わたしは白い雪ではなく、白い紙に向かってすわっていた。

初めての記者会見のことを思い出した。カメラのフラッシュが雷のように網膜に割り込み、舞台の上でわたしと並んだイワンは、肩も胸も寸法の大きすぎる背広を着て堅くなっていた。いつもの公演の時と違って観客席には十人くらいしか客がいなかった。「記者会見だよ」とイワンはわたしの耳の中に聞き慣れない言葉を流し込んだ。

わたしたちは舞台に一列に並んですわった。フラッシュの光が騒がしく降りかかってきた。イワンの上役がイワンの向こう側に座っていた。この男のポマードのにおいと、臆病なのにどこか残酷げな手の動かし方にはどうもいらいらさせられる。近くにいるとつい歯をむき出してしまいそうになる。本人もそれを知っているらしくて近くには来たことがない。

イワンの上役は「サーカスは労働者の娯楽の中でも上質なものです。なぜなら」と重々しく演説をぶとうとしたが、「これまで動物に噛まれたことがありますか」という記者の質問に遮られ、黙ってしまった。イワンは、「熊の言葉が話せるというのは本当ですか」とか「熊に魂を奪われると早死にするというのは迷信ですか」とか十人十色の質問を紙ふぶきのように全身に受けていたが、何を訊かれても答えは要領を得ず、「それはえっと、あの、僕は、どうも、いや、失礼、つまり、あの、別に」という具合だった。それなのに翌週は国内の重要な新聞だけでなく、隣国ポーランドと東ドイツの新聞にまで大きな記事が載った。

作家になるということがそこまで人生を変えてしまうとは思ってもみなかった。正確に言えば、わたしが作家になったのではなくて、書いた文章がわたしを作家にしたのだった。結果が結果を生んで次々、自分でも分からないところにどんどん引っ張られていく。それが作家になるということならば、玉乗りよりもっと危険な芸なのかもしれない。玉乗りも骨の折れる芸で、実際に骨を折ったこともあるけれど、最終的には習得できた。おかげで転がるものの上でバランスを取る自信はある。作家生活という玉乗りの玉はどこへ転がっていくのか。真《ま》っ直《す》ぐ進めば舞台から落ちてしまうから、自転しながら公転し円を描き続けるしかない。

ものを書くのは狩に出るのと同じくらい疲れる。獲物のにおいがしても捕まえられるとは限らない。お腹が空《す》くから狩をするのだけれど、お腹が空いていると上手く狩ができないので、狩に出る前にレストランでフルコースを食べてから出かけるのが理想なのだけれど、それがだめならせめて狩に出る前には全く動かないでいられたらどんなにいいだろうと思う。昔は冬になるとほとんど活動しないで毎日うとうとして暮らす者が多かったそうだ。世の中をかえりみず、春が来るまで引きこもっていられれば、どんなにいいだろう。暗くて音がしなくて何もしないでいいのが、本当の冬だ。都会では冬が縮んでしまったせいで寿命まで縮んでしまったような気がしてならない。

デビューと記者会見のことはかなりはっきり思い出せたが、それ以後の思い出が続かない。ただ働き続けて、冬が来ないまま十年くらい灼熱《しゃくねつ》の中で働き続けた。つらいことも痛いこともみんな出世の肥やしになってしまって、記憶に残っていない。

レパートリーも語彙《ごい》もどんどん増えていった。でも、芸とは何かを理解した瞬間のあの驚きはもう二度と訪れず、それからは新しい芸を次々覚えていくだけだった。それはちょうど工場労働者がたとえ時々新しい部署に移され、より複雑な仕事をまかされてもやはり単調な仕事を強いられていると感じ、なかなか職人の誇りを持てないのと同じで、サーカスの仕事さえベルトコンベアー化することがあるということかもしれない。これは「労働者の誇り」というシンポジウムでも発言したことだ。


ここまで書いてオットセイのところに持って行くと「政治批判のようなことは書かない方がいいよ。哲学的なことも書かない方がいい。君がワイルドな精神を持ちながらどんな気持ちでどうやって芸を覚えたのかを読者は知りたがっている。君の考えていることではなくて、体験したことだ」と言われた。なんだか腹が立ったので、家に帰る途中に国営市場で菜の花の蜂蜜を一瓶買って、手ですくって一気に全部なめてしまった。

それから政治的なことを書くまいと気をつけながら書いてみた。

わたしには三輪車に乗る才能があったのでそれを練習して上手くなり、誰にも真似できないくらい上手くなったのでその芸を見せていると観客は考えるかもしれない。でも実際は、わたしには選択の余地がなかった。三輪車に乗れば、角砂糖となってまわりの人間たちの喜びが伝わってくる。三輪車を投げつければ、食べる物ももらえず、鞭が飛んできてみんなの憎しみがからだに刺さる。イワンだって同じだ。選択の余地がない。サーカスに属してはいなかったけれど公演前に来ていっしょに練習して舞台音楽を担当していたピアニストだって同じだ。弾くか弾かないか選択の余地があったわけではない。追いつめられて、その場その場でできる最大限のこと、最小限のことをやっていただけだ。わたしはイワンに暴力を受けたわけではない。無理して体力を注《つ》ぎ込んで、余計な動作や無駄な踊りを見せているわけでもない。選択の余地なんかない。自分のできることがほんの少ししかないからだ。それをやらなければ死んでしまうというだけのことだ。もしわたしが体力的にできなくなったり、イワンのやる気が折れたり、観客の関心が薄まったり、つまり一つでも支えがなくなるともうその芸はなくなってしまう。

オットセイのせいで雑誌に載ってしまったわたしの文章は、ロシア語の読める外国人たちの目にもとまった。西ベルリンに住んでいるアイスベルグというロシア文学研究家が早速ドイツ語に訳し、文学雑誌に発表してしまった。新聞でそれが取り上げられ、続きが読みたいという読者の手紙も届き、こちらで第二話が発表されて間もなく、あちらではその訳が発表され、カノンのように、翻訳が後を追っかけてくることになった。翻訳に追っかけられることになると、わたしは猫に追われるネズミのように、休みなく先へ先へと進むしかなくなった。

アイスベルグ氏が無断でわたしの書いたものを翻訳して雑誌に送ったわけではなく、どうやらオットセイがわたしの許可も取らないで版権を売って、外貨を自分のポケットにねじこんでしまったらしい。そうに違いないとアパートの管理人のおばさんに入れ知恵され、問い詰めると、オットセイはそんなことはしていないと言い張る。オットセイはなにしろああいう肌をしているので、嘘をついても顔が赤くなることはない。しかも憎まれ口をきいて「翻訳の管理なんかしている暇があったら続きでも書いたらどう?」と言ってつんと横を向いてしまった。

腹の中にむかむかが溜《た》まって、どこかへはき出したくなった。そこで自分でも卑怯《ひきょう》だとは思ったけれど、公衆電話からオットセイの雑誌社の入っている建物の管理人の男に匿名電話をかけ、「オットセイが外貨を隠している」と言いつけてやった。管理人の男はオットセイが外貨を隠しているだけでなく西側に友達のたくさんいることももう知っていて、しかもオットセイにあらかじめ買収されていたに違いない。でもこういう電話は当局の仕掛けた罠である可能性もあるので、無視することもできない。無視して自分が投獄されては大変である。そこで管理人の男はオットセイに情報を流してから当局に報告した。もちろんこれはわたしの推測に過ぎないので、全部まちがっているかもしれない。とにかく当局が調べた時には、隠してある外貨どころか西側のチョコレート一枚見つからなかったそうだ。

後になって聞いたところによると、オデッサに暮らすある女性がこの年、ギリシャ人観光客から真っ白なトヨタを一台買いとったそうだ。そんな外貨がどこから入ったのかと近所の人たちは首をかしげた。その女性の豪邸にオットセイが入っていくのを見たという人がいる。わたしの版権を売って儲けたお金でオットセイは秘密の愛人にトヨタを買ったのではないかと思う。

わたしにとって不運だったのは、アイスベルグ氏が才能のある翻訳家だったことだ。彼がわたしの書いた拙い文章から芸術的文学作品を作り上げてしまったせいで、やがて西ドイツの新聞にわたしの書いたものを絶賛する評論が載ることになった。しかし、それらの評論を読んだ人の話によると、文芸評論家は、わたしの書いたものを文学的に誉《ほ》めているわけではないらしい。

当時、サーカスで動物を使うことは人権侵害になるので、サーカスに動物を出させない運動が西側では盛り上がっていた。特に社会主義圏では動物が迫害されていると信じられていた。我が国には、西側諸国からの批判を受けて、「愛の調教」という本を書いたアアコワ女史がいる。有名な動物行動学の研究家を父に持つ女史は、シベリアの虎と狼《おおかみ》に全く鞭や暴力を使わないで芸を教えた体験をインタビューで話し、それを後でまとめて本にした。西ドイツのジャーナリストたちの中には、この本に腹を立てた人たちがいた。「暴力を使わなければ猛獣が芸をするはずがない。この本はサーカスの正当化であり、サーカスは外貨稼ぎのエセ芸術である」といきり立つ西側のジャーナリストたちは、わたしの書いた文章を虐待の証拠として取り上げた。

当局はわたしの作品が西側諸国で話題になっていることに気づいてしまったようだ。ある日オットセイから「連載中止」の速達が来た。オットセイに個人的には腹が立ったけれど自分の行く末を案じることはなかった。別にオットセイなんかのやっている雑誌に載せてもらえなくても、先を書き続ければもっと冴《さ》えた発表場所が見つかるだろうと思ったのだ。もうオットセイに嫌みを言われながら原稿を催促されることもないだろう。誰にも気兼ねなく家にこもって執筆生活に専念しようと思った。

わたしの生活は火を消した後の暖炉のように静かになった。これまでは近所に缶詰を買いに出ただけでも読者に話しかけられたのが、急に誰も近づいて来なくなった。それどころか、人の多い市場でまわりをみまわしても誰とも目が合わない。みんなわざとのようにそっぽを向いている。その頃通っていた事務所から手紙が届いたので喜ぶと、「当分来ないでいい」という連絡だった。キューバから音楽家を呼ぶ企画は、他の人が担当することになったと言う。会議への呼び出しも全くかからなくなった。

オットセイだけが文芸誌をやっているわけではないのに、他の雑誌社から依頼が来るということもなかった。みんなで示し合わせてわたしを無視している。そう思うと、原稿を書いていてもむかむかしてきて、手に握ったボールペンで木の机を思いっきり突いてしまった。その勢いでボールペンが半分机に突き刺さって、ばきっと折れた。

筆を折ったり折られたりするのは立派な二本脚の作家の一人芝居かと思っていたら、どうやらそうではないようだ。わたしは、赤ん坊の腕を折るようにいとも簡単に筆を折られてしまった。

そんなある日、国際交流促進会というところから通知が来た。「シベリアでオレンジを栽培するプロジェクトに参加しませんか」と書いてあった。「著名人が参加すればキャンペーンとしても効果的です。」耳の中を薔薇の花びらでくすぐられるような気分ですぐに承諾した。

通知をもらった日、ゴミを捨てようと部屋を出ると、アパートの管理人のおばさんがドアの前に立っていた。あわてて言い訳するように「お元気ですか」と訊くので、「今度シベリアに行くことになったんです」ともらったばかりの招待状の中味を漏らすとおばさんは眉をひそめ同情するような眼でわたしを見た。「オレンジを栽培するプロジェクトなんです」とあわてて付け加えたが、相手はほっとするどころか泣きそうな顔になって「これから行くところがあるので失礼」と言って、手提げをぎゅっと抱きしめて通りに消えた。

　わたしはとてもナイーブで、イスラエルの砂漠でキウイやトマトの栽培ができるなら、シベリアでもオレンジくらいできるにちがいないと状況を楽観視していた。寒いのは好きだから、自分のような者にはふさわしい土地だとさえ思った。

　その日から管理人のおばさんはわたしを避けるようになり、わたしがドアを開けると、それまで廊下にいてもさっと自分の部屋に入って戸を閉めてしまう。そして、カーテンの隙間から外に出かけていくわたしをこっそり観察している。用があってノックしても居留守を使われてしまう。

　誰とも話をしないでいると耳の中に黴が生えてくる。舌は物を食べるのにも使えるけれど、耳は声や音を聞くことにしか使えない。路面電車のきしむ音しか聞こえてこないと鼓膜が錆《さ》びてしまいそうだった。せめてラジオでも買おうかと近くの電気屋に行ったが、売り切れていた。質の悪いラジオの音など、機械のきしむ音とそれほど変わらない。便箋を買いに行って、文房具屋の主人にシベリアのオレンジの話をした。すると、「お気の毒にね。でも回避策はあるんじゃないですかね」という答えがすぐに返ってきた。わたしは心配した方がいいのかもしれない。家に戻ると管理人のおばさんがするっと部屋から出てきて、紙切れをこっそり握らせてくれた。そこにはある男の名前と住所が書いてあった。この男を訪ねてみれば助けてくれるかも知れないということなのだろうけれど、ぐずぐずしているうちに一週間たってしまった。

　週があけて郵便配達人が頬を火照《ほて》らせて書き留めの封書を運んできた。それは不可解な招待状で、「西ベルリンで行われる国際作家会議に出てほしい、報酬は一万ドル支払う」と無味乾燥な文体で書いてある。読み間違いかと思ってもう一度読んだ。やっぱり一万ドルで、西ベルリンである。なぜそんな莫大《ばくだい》な金額を払ってくれるのか。しかも報酬はわたしに直接払われるのではなくて我が国の作家同盟に払い込まれる、と書いてある。後で考えてみるとビザがすぐに下りるようにそういう支払い条件になっていたようだった。実際ビザは簡単に下り、わたしはそれから二週間もしないうちに、モスクワから東ベルリンのシェーネフェルト飛行場に飛ぶことになった。

短い旅なので荷物はほとんどなかった。飛行機は溶けかけたプラスチックのにおいがして座席はとても狭かった。東ベルリンのシェーネフェルト飛行場に下りると、そこまで迎えに来てくれていた無表情な警官のライトバンで駅に行って、一人、西ベルリン行きの小さな電車に乗せられた。途中、電車の中で旅券審査がまわってきたので持たされていた書類を見せた。

電車は変にすいていて、窓ガラスがあまり厚いので景色がゆがんで見えた。その時、額に何か小さなものが当たった。蠅《はえ》かと思ったら、一つの文章だった。「これは亡命なのだ。」これは誰かが仕組んでくれた亡命で、わたしは何かの危険から逃れられたのかも知れない。

めがねをかけた二十代の女性が一人近づいてきて何か訊いた。わたしはもちろんロシア人ではない下手ながらロシア語で、「ロシア人か」と訊く。わたしはもちろんロシア人ではない。「言葉がわからない」と答えると、どう答えていいのか分からなくてまごついていると、「ああ、少数民族ね。わたしは少数民族の人権について高校生の時にレポートを書いて生まれて初めて満点をもらったんです。今でも忘れられません。少数民族万歳」と言って、わたしの隣にすわった。頭の中が混乱してきた。わたしたちの一族は、少数民族なんだろうか。確かにロシア人と比べると数が少ないような気がする。でもそれは都心部での話であって、北の方へ行けば、わたしたちの方がロシア人よりずっと数が多い。「少数民族の文化は素晴らしいです」と言いながら、めがねの女性は一人ひどくはしゃいでいる。「これからどこへ行くの？　西ベルリンに友達がいるの？」変にしつこい。スパイかも知れないと思って答えるのはやめてしまった。

列車は少しずつスピードを落としていく。さっきまで窓の外を全速力で駆けていたプラタナスが、今は杖《つえ》をついた人のように歩いている。電車は巨大なドームの中に這い込んで、きしんで停止した。

駅は大きなサーカス小屋だった。手品師のシルクハットから飛び出した鳩《はと》たちが、上の方でホウホウ鳴いていた。鉄でできたロバがトランクを背に乗せて脇を通り過ぎていく。電光掲示板に次の出し物がきらびやかに告知されると、派手な衣装を着て腿《もも》を丸出しにした若い女が得意げに登場する。司会者がマイクでスターの名前を観客に告げる。ホイッスルの音がして、洋服を着た犬が登場する。カウンターにはご褒美の角砂糖が積んである。

きょろきょろしていると、いきなり蜜のにおいのする花束を目の前に突き出された。「よくいらっしゃいました。」手のひらが何枚も差し出された。むくんだ手、骨張った手、ほっそりした手、手、手、手、手、手。わたしは政治家のように自分の手を与えて、もったいぶって次々握手していった。

花束は大きかった。でもこれといった芸を見せた覚えがない。それとも亡命が、練習なし命綱なしの一回きりの大きな芸なのか。花束を手渡してくれたのは髪の毛を真っ赤に染めた女性で、満面に好意を浮かべ、何か言いたそうに口を動かしたが、何も言わなかった。隣に立っていた肥った青年が代わりに、「すみません。ロシア語ができるのは僕だけなんです。ヴォルフガングといいます。よろしく」と挨拶した。その隣には汗を額に浮かべた男が右手に「作家をシベリアでのオレンジ栽培に参加させない会」と書かれた旗を持ち、左手には大きな鞄をさげて立っていた。他にも仲間が数人いて、白髪の男性も含めて、みんなアイロンをかけたジーパンをはいて、よく磨かれた黒い革靴を履いていた。制服なのかも知れない。

　みんなの話していることはさっぱり分からなかった。彼らは一人また一人と姿を消し、最後にはわたしとヴォルフガングだけが残された。「さあ、行きましょう。」

　左右に立ち並ぶ建物はモスクワと比べると小さめで、ケーキのように飾り立ててあった。自動車はどれもピカピカに磨きあげられ、車体に顔を映してみることができるくらいだった。どういうわけかほとんどの人がジーパンをはいていた。風が吹くと焼け死んだ哺乳類のにおい、石炭のにおい、香水のにおいが飛んできた。

　アパートについた。外壁が昨日塗ったようにきれいだった。冷蔵庫を開けると、すばらしい風景がわたしを待っていた。ピンク色のサーモンを紙のように薄く切ってラップに数枚ずつ包装したものがぎっしり詰まっていたのだ。なぜこんな風に包装してあるのかは分からない。一枚あけて食べてみるとちょっと煙かった。漁師が煙草を吸いすぎたせいかもしれない。しばらくして、おいしいと感じた。ヴォルフガングが背後で満足そうに「いい部屋でしょう」と言ったが、わたしは部屋には関心がなく、できることなら冷蔵庫の中に入り込んでそこで暮らしたいくらいだった。わたしの目がサーモンから離れないのを見て呆《あき》れて笑いながらヴォルフガングは「随分たくさん買ってあるでしょう。これで当分、食べ物の方は平気ですね」と言って微笑んだが、ヴォルフガングが帰るとわたしは一気に全部食べてしまった。

　冷蔵庫の上の方が空になると、一番下に別の引き出しがついていることに気がついた。中にはきれいな氷のサイコロがたくさん入っていた。いくつか口に放り込んでがりがり噛んでみた。

台所に飽きたので隣の部屋に行ってみた。テレビがあって、その前に椅子があった。座った途端に、みしっと音がして脚が一本とれてしまった。居間の奥には浴室があって、移動サーカスのワゴンの中にあるような小さなシャワーがついていた。冷たい水を頭から浴びる。びしょびしょに濡れたまま外に出ると、廊下に水たまりができた。身体をぶるぶる振って水を切り、そのままベッドに横たわった途端、くっくっくっと笑いがこみ上げてきた。これそっくりの話を以前読んだことがある。三匹の熊が朝お粥《かゆ》を作る。食べる前に散歩に出ると、留守の間に、その家に人間の女の子が一人迷い込んできて、作ってあるお粥を食べ、椅子にすわってみて壊してしまい、最後にベッドに潜り込んで寝てしまう。三匹の熊は家に帰ってみると、お粥がなくなっていて、椅子が壊れていて、ベッドに女の子が寝ているので驚く。女の子は眼を覚ましあわてて逃げていくが、熊たちはあきれて、女の子を見送っている。わたしはその女の子になった気分だった。こうして寝ている間にひょっとしたら熊たちが帰ってくるかもしれない。

熊は帰って来なかったけれど、ヴォルフガングが翌日様子を見に来た。「調子はどうです?」「熊の絵本に出てくる女の子になったような気分。」「熊の出てくる絵本って、プー? それともパディントン?」どちらも聞いたことがない名前だった。「わたしの言っているのは、レフ・トルストイの三匹の熊という本」と答えると、今度はヴォルフガングが「聞いたことないなあ」と答えた。

自分とヴォルフガングの間には氷のカーテンがある。でも氷なんて堅そうに見えてもきっと体温ですぐ溶けてしまうだろう。ふざけてヴォルフガングと肩を組もうとすると、ヴォルフガングはするっと逃げ、表情を四角く引き締めて、「紙と万年筆を持ってきた。僕らは君が創作活動を続けることを望んでいる。すぐに取りかかって、なるべく早く仕上げるようにしてほしい。報酬は保証する」と言った。ヴォルフガングの口は嘘のにおいがした。嘘にもいろいろなにおいがあるが、この嘘は、意見の合わない上役に言われたことをそのまま繰り返しているだけで自分が言いたいことを言っているわけではない、そういう種類の嘘だった。嘘はついていてもヴォルフガングはまだ若い。ほとんど子供だということがにおいで分かる。ふざけて襲いかかって突き倒すと口をとがらせて「やめろよ」と言いながら、つかみかかってきた。わたしは力が入らないように気をつけながらヴォルフガングを突き飛ばし、そうしてしばらく楽しくじゃれあっていると、ヴォルフガングの身体から嘘のにおいが消えた。

ふいに胃が痛いほどの空腹を感じ、倒れたヴォルフガングをそのままにして台所に駆け込んだ。冷蔵庫を開けた途端、もう鮭《さけ》の紅色の一片も残っていないことを思い出した。ヴォルフガングは後から台所に来て、からっぽの冷蔵庫を見ると、「サーモンはまずくはなかったようだね」などと洒落《しゃれ》た言い方をした。そうやって驚きを隠したつもりらしかった。

頼みもしないのに、翌日もヴォルフガングはやってきて、目をぱちぱちさせながら、どもりがちに「調子はどうだい」と訊いた。「あまりよくない。」わたしは微笑むのが下手なのですぐに怒っているような印象を与えてしまう。そのせいかヴォルフガングは、「よくないって、どうしたの？」とこわごわ訊いた。「お腹が空いてしかたないの。」「それは多分、病気ではないと思うよ。」それはそうだろう。病気などというのは舞台に立たない人間が暇つぶしに行う芝居だと教えられていたせいか、わたしは生まれてから一度も病気をしたことがなかった。「ゆうべは何をして過ごしたの？」「机に向かっていたのだけれど、自伝の続きがなかなか書けなくて。」ヴォルフガングの眼が冷たく光った。「あせらないでいいんだよ。別に誰も無理矢理急がせたりはしないから。」また嘘のにおいがした。わたしはぞっとして、ヴォルフガングが怖くなった。「お腹が空いているんではいい考えも浮かばない。買い物に行こう。」「お金がないの。」「それなら口座を開いて、いつでも自分でお金をおろせるようにしよう。その方が良いって会長も言ってた。」

ヴォルフガングといっしょに外に出て、銀行へ向かう途中、コンクリートでできた巨大な像が道端に立っていた。「あれはサーカス?」「ちがうよ、動物園の門だよ。」「あの柵の向こうに動物がいるの?」「あの向こうに広い敷地があって、そこにたくさんいろんな柵があって、その中にたくさん動物がいるんだ。」「ライオンと豹《ひょう》と馬?」「百種類以上いると思うよ。」わたしは息をのんだ。

それからしたことは悪いことではないけれど、なんだか後ろめたかった。まず怪しげなロゴのついた建物にヴォルフガングといっしょに足を踏み入れ、カウンターの向こうの男とひそひそ声で相談し、書類を書いて、サインの代わりに指紋を押して、銀行口座なるものを開いてもらった。わたしのカードができるまでにはまだ一週間かかる。ヴォルフガングは機械の前に股を大きく開いて立って、自分のカードを使って、どうやって現金を下ろせばいいのか教えてくれた。それから電車の走る鉄橋の下にあるスーパーマーケットの中を案内してくれた。奥の照明の明るいところにスモークサーモンが並んでいる。「僕はこれから何日か、別の大切な課題を与えられているから、君のところへは来られない。一週間後にいっしょにカードを取りに行こう。それまではこれを食べていてくれ。食べ過ぎないように。」別れ際にそう言って買ってくれたサーモンは、その夜のうちに食べてしまった。でもそれから数日は何も食べなくても別に空腹ではなかった。

「だめだよ、カナダ・サーモンをどんどん食べたら。」一週間後に私を訪ねてきたヴォルフガングが冷蔵庫をあけて言った。声はとても静かだったが、それは苦労して差別的な表現を避けながら罵っているみたいで、変に息苦しかった。わたしは自分が芸をしくじったようで悲しかったけれど、でもどうしてカナダという名前のサーモンをどんどん食べたらいけないのか考えようとすると頭が混乱してきた。「どうしてカナダはいけないの」と訊くと、ヴォルフガングは困ったように、「カナダがいけないんじゃない。カナダ・サーモンは値段がすごく高いから貯金がどんどん無くなっていってしまうだろう。お金を節約しないと」と答えた。彼の言おうとしていることはよく分からなかったけれど、「カナダ」という言葉の響きは涼しくて美しかった。「カナダへ行ったことある？」「ないよ。」「どんな国？」「とても寒い国だよ。」それを聞いてわたしは今すぐにでもカナダへ行きたくなった。

「寒い」という形容詞は美しい。寒さを得るためなら、どんな犠牲を払ったっていいとさえ思う。凍りつくような美しさ、ぞっとする楽しさ、寒気のする真実、ひやっとさせる危険な芸当、あおざめる才能、冷たく磨かれた理性。寒さは豊かさだ。

「カナダはとても寒い国なの？」「そうだよ。信じられないくらい寒いよ。」わたしはうっとりととても寒い町の光景を思い浮かべた。建物が透き通った氷でできていて、通りを自動車の代わりに鮭が泳いでいく。わたしは朝も晩も窓を開け放って過ごしていたが、ベルリンはわたしにとってはほとんど熱帯で、二月だというのに気温が零度を上回っていることもあり、とても寝苦しい。わたしはカナダに亡命する決心をした。一度亡命したのだから二度できないことはないだろう。

ヴォルフガングはその日いっしょに銀行にカードを取りに行ってくれて、わたしは生まれて初めて自分で堅くて四角い切れっ端を機械の割れ目に入れて、四回数字の1のボタンを押し、お金の出てくるのを観察した。それから数字の2を何度か押してみた。「何してるんだ。もうお金は出ただろう」とヴォルフガングに叱られたが、別のボタンを押せばお金ではなくてもっと面白いものがとびだしてくるかもしれないと思ったのだ。

スーパーに入ると、いろいろなにおいがしすぎて、どこに鮭があったか思い出せなくなった。鮭だけ並べておけばいいのに、無駄な物をたくさん売っていた。わたしはヴォルフガングに「これは何？　食べる物？」といちいち説明を求めていくうちに、この世には自分がこれまで見たこともないものがたくさん存在することを知った。むしった葉っぱや、掘り出した根っこ、木から落ちた林《りん》檎《ご》。そういうものを好んで食べる生き物がいるということは知っている。でも、顔に塗る油、爪に塗る色、鼻の穴をほじるための棒、どうせ捨てるものをわざわざ入れるための袋、お尻を拭く紙、食べ物をのせて食べ終わると捨てるための丸い形の紙、子供が字を練習するためのパンダの絵のついたノートなどは、発想が奇怪なだけでなく、どれも嫌なにおいがして、触ると手がかゆくなった。そのうちうんざりして「もう家に戻って、自伝の続きを書きたい」と言うとヴォルフガングはほっとした顔をした。

ところが一人机に向かうと、机が低すぎて自伝が書けない。鼻血を受け止めるように紙が鼻面に突き出されれば、記憶がよみがえってくるのではないかという気がする。ヴォルフガングが部屋にいると書けないので帰ってもらったが、誰とも話ができないのでは寂しくて書けない。

ヴォルフガングはそれから何日も姿を見せなかった。銀行の口座というのは恋人の代用品なのかもしれない。銀行の口座にお金が振り込まれる。それを下ろして買い物に行く。買ったものを食べる。押しかけていってドアを押してボタンを押すと、お金という名前の恋人が出てくる。でもお金そのものは食べられない。スーパーに行くと鮭と交換してくれる。わたしはいくら食べても満腹しなくなった。脳のどこかが退化していくのが自分でも分かる。夜は寝つけず、朝は眠くてなかなか身体を縦にできない。手足がだるく、気分が暗くなっていく。わたしはどんどん退化していく。寒さの中で芸を磨いて舞台に立って拍手を浴びたい。

外に出ると爆音になったオートバイが眼の前を走り過ぎて行った。生まれて初めて小さなオートバイを見た時は、エンジンの音が怖くて近寄れなかったものだ。三輪車はうまく乗りこなせるようになっていたけれど、自転車ではバランスがとれなかったわたしに、バランスをとる必要のない特製のオートバイが届けられた。わたしがエンジンの音を怖がっていると分かると、イワンはエンジンの音に慣れるように、わたしの入っていた檻の側で、昼も夜も繰り返しエンジンの音をたてた。そう、わたしは檻に入っていたのだ。そのことを思い出したら、屈辱を感じて、自伝の先を書く気がしなくなってしまった。

鉛筆を放りだして、また町に出た。きつねの死体のようなコートを着た人たちが歩いている。大きなガラス窓が通りに沿って並んでいて、店で売っているものだけでなく、レストランで食事している人のお皿の中味まで、外から丸見えになるように作られていた。道を歩いている人たちはよほど退屈しているようだ。あの人たちは、わたしが檻に入っていた話を読んだら、退屈が紛れて喜ぶかも知れない。

銀行の斜め向かいに本屋があって時々中で働いている男の白いセーターが見えるのがこの間から気になっていた。その日、勇気を出してすぐ前まで行ってみた。誰もいないようなので中に入ると白いセーターの男がいつの間にか店の出口に立っていて、「何かお探しの本があるんじゃないですか」と話しかけてきた。相手が出口をふさいでいるので恥ずかしくても、もう逃げることができない。「自伝ありますか。」「誰の自伝ですか。」「誰のでもいいです。」男は斜め後ろの棚を指して「あの棚、全部自伝ですよ」と言った。いつの間にかそのくらいの会話はドイツ語で交わせるようになっていた。

「自伝」と書かれた棚には十段に亘ってぎっしり厚い本が並んでいたので、がっかりした。どうやら自伝というのは誰でも書くものらしい。「でも全部ドイツ語ですね。」「それはそうですよ。」「それならドイツ語を勉強したい。」「ちゃんと話しているじゃないですか。」「喋るのは自然にできたんですけど、読めないんです。」「それなら、あちらの棚を見てください。語学の本がいろいろありますから。英語で説明してある教科書がいいんですか。」「いいえ、英語ではなくて、ロシア語か、または、あの、その北極語で。」「ロシア語なら、ありますよ。」

語学の教科書はカナダのスモークサーモンよりずっと安かったが、消化には悪かった。語学の教科書というのは機械の説明書のようなもので、文法編は動詞、名詞、形容詞など部品を一つずつ順番に説明してあるけれど、全部読んでも最後に機械を組み立てることができなかった。本の後ろの方に「応用編」という章があって、そこに短い物語が載っていた。それがとてつもなく面白くて、わたしは文法のことなど忘れて、むさぼり読んだ。

主人公は女ねずみ、仕事は歌い手で、「民衆《フォルク》」を相手に歌っている。フォルクがナロードという意味だということは教科書の付録の語彙表を見て分かった。

民衆《ナロード》というのはわたしは昔は「サーカスの観客」という意味かと思っていたが、舞台を降りて会議に出るようになったころから、そうではないことだけは分かってきた。でも本当はどういう意味なのかと訊かれるとやっぱり分からない。分からないけれど、分からないと困るというほどでもない。

とにかく民衆は真剣に耳を澄まして女ねずみの歌を聞いてくれる。真似をしたり笑ったり騒いだりする客はいない。わたしはどきっとした。わたしの観衆も同じだった。二本脚で歩いたり、三輪車に乗ったりすることなんて誰でもできるのに、観衆はわたしの芸を黙って観守り、拍手までしてくれた。あれはどうしてだったんだろう。

次に本屋へ行くと白いセーターの男が咳をしながら出てきて、「あの教科書は役に立ちましたか」と訊いてくれた。「文法は分かりませんでした。でも物語を読んだらとても面白かったです。ヨゼフィーネというねずみの歌い手の物語です」と答えた。すると男は笑いながら「物語が読めたなら、文法はやらなくてもいいでしょう」と言った。それから別の本を出してきて「これは同じ作者の書いた作品です。彼は動物の視点からいろいろな短編小説を書いたんです」と言ってから、わたしと目が合うとあわてて「もちろんマイノリティの立場から書いたから価値があるということではなくて、文学作品として優れているということです。動物が主人公であるというよりは、動物がそうでないものになったり、人間がそうでないものになったりしていく過程で消えていく記憶そのものが主人公なんです」というような難しいことをごちゃごちゃ付け加えた。わたしは話についていけなくなったことがばれないようにうつむいて、その本を受け取りながら「あなたの名前は何ですか」と訊いてみた。男は驚いて「これは失礼。フリードリッヒです」と答えたが、わたしの名前は訊いてくれなかった。

わたしは爪が伸びすぎているので、本をぺらぺらめくってみるということができない。でも爪を切ろうとすると血がたくさん出るので、切ることもできない。しかたなく、あるページをザクッと開いてみた。犬の出てくる短編の題名が目に飛び込んできた。わたしは正直言って犬のようにちょこちょこ後ろから近づいてきて足首を噛もうとしたりする卑怯で臆病な動物は苦手だ。でもその短編が「ある犬の探求」という題名であるとフリードリッヒが説明してくれたので、犬への偏見が和らいだ。犬にも探求心があるのだ。「これも面白いけれど、あるアカデミーへの報告という小説が特に面白いですよ」と言ってフリードリッヒは教師のように満足そうにわたしの顔を見た。

その本を買って帰って、早速「あるアカデミーへの報告」を読んだ。とても興味深い話であることは認めるけれど、興味深いと言ってもいろいろある。読みながらむしょうに腹が立ってきて、夢中になってやめられなくなった。そういう興味の深さだった。猿は主に暑い国の住人だからわたしには理解しにくいのかもしれないけれど、自分がいかにして人間になったかについて書くという発想が「猿的」で嫌だった。猿のように人間の猿真似をして媚びている者を想像しただけで背中で蚤《のみ》と虱《しらみ》がいっしょにツイストを踊っているようにむずむずしてくる。本人は成功物語のつもりで書いている。二本脚で立つことなんか全然進歩じゃない。

そこまで考えて、わたしは急に、自分も二本脚で歩くことを子供の時に学んだことを思い出して悲しくなった。学んだだけではない。その話を書いて発表してしまった。「涙の喝采」を読んだ人は、それが猿的な進化論の本だと誤解したかもしれない。もっと早くこの猿の話を読んでいれば、書き方を変えたのに。

翌日、久しぶりでヴォルフガングが訪ねてきたので猿の話をすると、「読書している暇があったら執筆した方がいいと思うよ」と言って顔をゆがめた。「作家にとって読書は時間の無駄だ。他人の書いた本を読んでいる間は、自分の本を書かなかったことになるからね。」「でも読書はドイツ語の勉強にはなるでしょう。わたしがドイツ語で書けば、翻訳しないでいいから、あなたは時間の節約になるでしょう。」「いや、君は母語で書かなければだめだ。本心を自然に吐き出さなければだめだ。」「母語って何?」「母の言葉だ。」「わたしは母親と話をしたことはないの。」「話したことはなくても母親は母親だろう。」「彼女、ロシア語は話せなかったと思う。」「君の母親はイワンだろう。忘れたのかい?　女性が母親になる時代は終わったんだ。」

頭が混乱してきた。ヴォルフガングは嘘のにおいを発散させずにしゃべっていたから、本心を口にしたに違いない。でもわたしはますますヴォルフガングが信用できなくなっていた。わたしに母語で書かせるように上から言われているのかもしれない。彼らはもしかしたら翻訳する過程で自分のいいように変えてしまうつもりなのかもしれない。蜂は花の蜜を蜂蜜に変えることができる。花の蜜も甘いけれど、蜂蜜のあのしつこいきつい味は蜂が自分の身体から何か液体を出して混ぜて、発酵させることによって生まれる。いつだったか「養蜂業の未来」という会議の資料にそんなことが書いてあった。ヴォルフガングたちが自分の体液を混ぜてわたしの自伝から別のものを作ろうとしているのかもしれないと思うと不気味だった。ドイツ語で書いて、題名も自分で付けて発表すれば、自伝をゆがめられる危険は減るのではないか。

ヴォルフガングが、「執筆の邪魔をしたくないから帰る」と言ってアパートを出たので、窓から後ろ姿を見送った。バスが来てその背中がバスに吸い込まれていくのを見届けてから、家を出て本屋に行った。店にはめずらしく客が一人いて、その髪の毛があまりにも黒いのが変に気になった。フリードリッヒはわたしを見ると睫《まつげ》を持ち上げて眼を大きく広げ、口を笑う形に開いた。「お元気ですか。寒いですね。」こんな暑い日に「寒い」と言われると寂しくなる。わたしは天気の話が嫌いだった。天気の話をするとまわりの人たちと絶対に理解し合えないという気がしてしまうのだ。「あるアカデミーへの報告、面白かったけれど、猿の考え方にはついて行けません。人間の猿真似をするなんて。」「でも、猿は自分でそうしたくてしたのでしょうか。」「そう言えば、そうするしかなかった、と何度も繰り返し書いていました。逃げようがなかったと。」「作者は、そのことを書いているのではないですか。わたしたち人間も自分の意志で今のようになったのではなくて、生き延びるために選択の余地のない変化を遂げ続けた結果、今のような姿になってしまったのではないでしょうか。」その時、これまで背中をまるめて本屋の隅で立ち読みしていた黒髪の男が顔を上げて眼鏡の位置をなおし、「最近流行のダーウィン主義ですね。女たちが化粧して嘘をつくのも、嫉妬深いのも、男たちが戦争するのも、すべて子孫を残すため。だから肯定しなければいけないという考え方ですね。ホモサピエンスが子孫を残すことがそれほど大切だとは思えないんだが、どうだね、フリードリッヒ」と言った。フリードリッヒは急に声をひっくり返して「兄さん！」と叫んだ。フリードリッヒと黒髪の男は抱き合い、わたしが邪魔にならないようにそっと店を出ようとするとフリードリッヒはわたしを引き留めて、「こちらは涙の喝采の作者です」と紹介した。わたしは自分の正体がばれていたことを初めて知って驚いた。

本を買うために本屋に行くのか、それとも本屋の男と話をするために本を買うのか分からなくなってきた。わたしは人間の男が好きなのかもしれない。彼らは、なよなよして、身体が小さくて、歯がもろくて可愛《かわい》らしく、しかも指がとても細くて、爪はないに等しい。まるでぬいぐるみのようで、一目見ただけで抱きしめたくなる。

ある日、フリードリッヒの知り合いで「人権問題を考える会」に入っているアンネマリーという女性が店でわたしを待ち構えていて、「社会主義圏の芸術家とスポーツ選手の人権について記事を書きたいのでインタビューしたい」と申し出た。「人権については考えたことがない」と答えると、あきれた顔をされてしまった。

実際わたしは、自分に「人権」と縁があるなんて、それまで思ってもみなかった。「人権」などというものはそもそも人間のことしか考えていない人間が考え出した言葉だと思っていたからだ。タンポポに人権はない。ミミズにもない。雨にもない。兎《うさぎ》にもない。ところが鯨となると、人権のようなものを持っている。「捕鯨と資本主義」という資料を昔、会議の準備で読んでいてそんな印象を持った。どうやら人権とは、図体《ずうたい》が大きい者の持つ権利らしい。だから、みんなわたしに人権を持たせようとするのかも知れない。何しろわたしたち一族は、肉を食べ、陸に生きる者の中では、一番からだが大きい。

アンネマリーが帰ってしまった後、わたしが放心して自伝の並んだ本棚の間に立っていると、フリードリッヒがまじめな顔をしてこちらをじっと見ていた。その視線に耐えられなくなって「何か新しい本はない？」と訊くと、「アッタ・トロル」という本を出してきてくれた。「これを読むといいよ。熊の話だ。」表紙に記された作者名はハインリッヒ・ハイネ、開けると偶然、挿絵のあるページで、黒い熊が寝そべっている。その絵がすっかり気に入ってしまって、もう手から離すことができなくなった。レジに本を持って行こうとしてフリードリッヒはわたしの手に触れ、「手が冷たいね。寒いの」と訊いた。わたしは苦笑した。

翌日本屋に押しかけていって、「随分消化に悪い本を売ってくれましたね」と文句を言うと、フリードリッヒはじっとわたしの眼を見て、「それには理由があるんです。作者はわざとひねって書いたのかもしれませんよ。敵に襲われないようにね。」「敵ってたとえば狼か何か?」「たとえば検閲。」「検閲って何?」「気に入らないことが書いてあると本を出してはいけないって権力者が言うこと。ソ連にはなかったの?」わたしは思い出そうとしたけれど、頭が混乱して答えが出なかった。「それだけの理由で簡単なことをわざと難しく書くの?」「簡単に書こうとしてもそれが他の人には複雑に思える場合もあるでしょう。でも、」とそこまで言うとページをめくった。「ほら、ここを読んでみて。買って良かったと思うでしょう。」

人権などという「不自然」なものを「自然」が人間に与えたはずがない、と書いてあった。「もしもすべての人間に人権があるなら、すべての動物に動物権がある。そうすると、僕が昨日食べたステーキはどうなるのか。そこまで考える勇気が僕にはない。兄はそれで菜食主義者になった」と言ってフリードリッヒはわたしの顔をじっと見たので、わたしは「菜食主義者にはなれません」と答えた。でもわたしの遠い親戚には肉を食べないのが多いことは知っている。野菜や果物が主で、たまに蟹や魚を食べる程度だ。だいぶ前のことだが、「どうしてあなたは他の動物を殺すのか」と訊かれた時にはどう答えていいのか分からなかった。あれは「資本主義と肉食」についてのシンポジウムだった。

わたしは暴力的な自分が恥ずかしい。まだとても小さかった頃、先生が「輪になって踊りましょう」と言っても輪に入れなかった。初めのうちは、そんなわたしの手を取って先生が輪に引き入れてくれたが、そのうち隅の方に立って見ているだけになってしまった。わたしだけ別行動なので、ある時それを不思議に思う子がいて「どうして」と訊くと、先生は「あの子は自分勝手だから」と答えた。反射的に手が出ていた。突き飛ばされた先生は尻餅をつき、わたしは自分で自分が怖くなって三階の窓から飛び出して逃げた。それ以来、「あの子は問題児で集団生活には向かないけれど運動神経がいい」と評判になり、特殊な学校に一人送られた。運動能力は、社会主義国では一種の資本だった。エリートの学校に送られると聞いていたのに、着いてみたら暗いところで檻に入れられた。その時の重く湿った気持ちがよみがえってきた。そこにイワンが現れた。そうだ、幼稚園の記憶はイワンと会う前の記憶だったらしい。

そこまで書くと、まるでドアの外でずっと待っていたかのようにノックの音がして、あけるとヴォルフガングが知らない男と並んで立っていた。「作家をシベリアでのオレンジ栽培に参加させない会」の新しいリーダーだそうだ。わたしがドイツ語の会話くらいはできるようになっていることをヴォルフガングから聞いていたのだろう。作り笑いをしながら、「ご機嫌、いかがですか」と試すようなドイツ語で話しかけてきた。男はイェーガー氏という名前だった。卑しくてずるくて素早い感じのする名前だ。白髪に囲まれた顔立ちは上品で、まるで将校みたいだった。昔サーカスの観客席の一列目に時々彼とよく似た顔の男たちがすわっていた。

「自伝の進み具合はどうです?」と訊かれた途端、将校に自分の書いたものを奪われてたまるかという反発心がわき起こってきて、何も書いていないふりをすることに決めた。「なかなか進みません。言語の問題があるので。」「言語の問題?」「ドイツ語が難しくて。」イェーガー氏は非難の眼でヴォルフガングを睨んでから、怒りをおさえた声で、「ご自分の言葉で書くようにお伝えしたと思いますが。優秀な翻訳家がいますから」と言って微笑んだ。「わたし自身の言葉ですか。わたしは自分の言葉が何なのかもう忘れてしまいました。一種の北極語だとは思いますが。」「ご冗談を。ロシア語は世界一の文学言語です。」「なぜか書けないんです、ロシア語が。」「そんなことはないでしょう。ご自分の言葉で、自由に書いてください。執筆中は、生活費などの心配はしなくて平気です。」目の前に満面の微笑がひろがっているが、脇の下から嘘がぷんぷんにおってくる。微笑みは人間が顔にのせる表情のうちで最も信用できないものの一つだということが分かってきた。人は自分の寛大さを売りつけ、相手を安心させて操作するために微笑む。ヴォルフガングに助けを求めようと思ったが、ヴォルフガングはわたしたちに背を向けて窓の外を見ている。「自伝が出版されれば印税で暮らせるでしょう。ベストセラーまちがいなしですよ。」

この訪問のせいで、また筆が萎えてしまった。「筆が萎える」などという言い方は、雄的でわたしには似合わないかもしれない。雌的に言いかえると、生まれるものは小さければ小さいほどいい。生き残れるチャンスが大きいからだ。それもすべてが死に絶えたように見える冬のまっただ中に生まれるのがいい。生まれたことは人に告げてはいけない。親熊は穴の中で子を生んで、暗闇の中でその子をなめて乳をやり、ある程度大きくなるまで人に見せない。嗅覚と触覚だけで育てる。ある程度育ったら、その子を連れて冬眠の穴から出る。そんな時、飢えた父親が偶然通りがかって、我が子と知らずに食べてしまうことがある。これは古代ギリシャ人が書き残した有名な話である。父親熊は父親ペンギンの爪の垢でも煎じて飲んだ方が良いと言われても仕方がない。なにしろペンギンの場合は、雄と雌が交代で卵を暖め、雄はどんなにお腹が空いても何週間でも吹雪の中で卵を守りながら、雌の帰りを待っているそうだ。

「ペンギンの夫婦はどれも似かよっているが、ホッキョクグマの夫婦は多様である。」

イェーガー氏がまた偵察に来た時のためにそんな文章をロシア語で書いて机の上にわざと置いておいた。案の定、イェーガー氏は数日後にまたヴォルフガングと一緒にやってきて机の上に置かれた文章をじっと睨んでいた。ヴォルフガングが「名作になりますね」と言うと、イェーガー氏がわたしの手をとって、「どんどん書いてください。筆は速ければ速いほどいい。推敲《すいこう》ならいくらでもできますからね。書かないで考えてばかりいるのが一番いけないですよ」と励ました。「亡命する前には書きたいことが蛆《うじ》のようにわき上がってきたんですけれど、ここに来てから、どうも昔の自分とつながらなくて記憶がぷっちり途絶えてしまって、先が続かないんです。」「まだ環境に慣れていないのかもしれませんね。」「暑くてやりきれないんです。」「え、今、真冬ですよ。手が冷たいじゃないですか。」「手足は冷えたままでも平気な体質なんです。手足の先までいちいち体温を保っていたらエネルギーの無駄ですからね。心臓さえ熱ければいいんです。」「風邪を引いているんじゃないですか。」「風邪を引いたことはありません。疲れているんだと思います。」「疲れた時はテレビを見るといいですよ。」そう言い残してイェーガー氏はヴォルフガングとがっくり落ちた肩を並べて帰って行った。

二人が帰ると、わたしはテレビをつけてみた。パンダのような顔をした女性が地図を背景に一人高い声で何か喋っていた。どうやら気温があした三度くらい下がると言っているらしい。どうして三度くらいの温度差でそんなに騒ぐのか分からない。つまらないので別のチャンネルに移ると、本物のパンダが二頭映っていた。檻の横に立った政治家二人が握手している。パンダが政治に口出しするのは態として正しい態度なのか。そんな偉そうなことを考えるわたし自身、人権を守らない我が国を批判する証拠品として、見えない檻に閉じ込められ、働かされているのではないのか。

つまらないのでテレビを消すと、画面に肥った女が映っていた。よく見ると、それがわたしだった。驚いた。わたしはなぜこんなに肥っているのだろう。鼻面が突き出ているので、顔だけ見るとでっぷりした印象はないが、身体は肥っている。しかも、なで肩で、額がせまい。さっきまで画面に映っていたパンダとちがって、顔がとがっているから、少しも可愛くない。そんな想《おも》いをうじうじ、いじりまわしているうちに、幼い頃、同じような気持ちになった時のことを急に思い出した。眼の中で線香花火に火がついた。そうだ、そうだ、そうだ。あの時、慰めてくれた人がいた。あれはいつのこと。

わたしだけが白くて不細工で、まわりの女の子たちは、痩せて、鼻が短くて、額が広くて、色がすてきな茶色で、自信ありげに肩をいからせて歩いていた。「みんなきれいでいいなあ。あたしもあんなになりたいなあ」と甘えてみると、そこにいたあの人が、「あの子たちはヒグマだ。みんながヒグマというわけじゃない。君は君らしくしていればいい」と言ってくれた。「それにあなたはみんなより気性が荒いだけ芸をすれば見栄《みば》えがする。」そんなことを教えてくれたのは誰。幼稚園の庭で箒を持って立っていた人。名前は？　あの人はいつもそこにいて、働いている人たちの一人。公に名前を呼ばれることは滅多になく、外では無名で働き、家に帰って家族にだけ名前を呼ばれる何百万人という労働者の一人。ありがとう、わたし自身のことを教えてくれてありがとう。

わたしは相撲が強くて、他の子を簡単に投げ飛ばすことができた。でもある日、わたしに投げ飛ばされた子が、悔し紛れに何か言った。なんと言ったのかは思い出せないけれど、それを聞いたとたんに、みんな素敵なスカーフを首に巻いているのにわたしだけ巻いてないことに気が付いた。自分だけ仲間に入れないということ。家がないということ。芸をしなければならないということ。でもその代わり、自分だけは自由であるということ、そして拍手喝采を受けて気の遠くなるほどの幸福を味わう特権を与えられているということ。

ヴォルフガングが一人で訪ねてきたので今書いた部分を見せたくなって、やめておけばいいのにやっぱり見せてしまった。書きたてでまだ湯気の立っている原稿を受け取ってヴォルフガングは緊張して上着も脱がないで立ったまま目を通し、読み終わるとどっと疲れたように椅子に腰を下ろした。「よかったよ、君の創作意欲が回復して。君を励ますという重い任務を背負った僕は窮地に追い込まれて毎日爪を嚙んで暮らしていた。」「こんな風に書けばいいの?」「そうだよ。とにかく書けばいいんだよ。スカーフの話も面白いと思うよ。スカーフを巻いていた子たちは、ピオネールに入っていたということだろう。僕も、クラスメートがみんなボーイスカウトに入ってスカーフを首に巻いていたのに、自分だけ入れなくてスカーフがうらやましかった。」「どうして入れなかったの?」「母親が許してくれなかった。あれはイデオロギーだって言うんだ。」「どんなイデオロギー?」「祖国のために身体をはって戦うとか、そういう気持ちを少年に植え付けるのは許せないって言うんだ。」「お母さんはそういうのが嫌いだったの?」「嫌いだったよ。君のお母さんはどんなことを考えていたの?」「今日は天気がいいから、どこかに遊びに行きたい。」「どこへ行こうか。」

「デパートというところへ行ってみたい。」

デパートはスーパーを寂しくしたような場所で、商品も人も少なめだった。鮭をグリルする機械や、花模様のシーツや、大きな鏡や、アザラシの皮そっくりの鞄などを静かに売っていたが買っている人はあまりいなかった。音楽が大きな音でかかっている売り場があり、古い蓄音機と黒い斑《まだら》のある白犬の人形が飾ってあった。それだけならいい。レコード一枚一枚に、その犬の絵が描いてあった。「ダルメシアンだ」とヴォルフガングが言った。「犬は種類によって見かけが全然違う。それでも犬は犬なんだ。不思議だと思わないか?」ヴォルフガングはすごい発見をしたような自慢げな顔でわたしを見た。その話なら「ある犬の探求」にも書いてあった、と言おうとして、やめておいた。読書したことがばれてヴォルフガングに叱られるのが嫌だったのだ。

デパートは何も買わなくても中に入ると自然に視線を奪われ、そこから体力を吸い取られるようにできていた。何も買いたい物が見つからなかったのに疲れてしまって、損をしたような気分になった。隣に遊園地が見えたので、まるで復讐《ふくしゅう》するみたいに、どうしても寄って行きたいとダダを捏ねて、嫌がるヴォルフガングを引っ張っていった。

ベンチにすわった途端「テレビを見た?」とヴォルフガングが訊くので「パンダが出ていてつまらなかった」と答えた。「どうして?」「パンダは化粧が面白いから、それだけで芸もしないで、自伝も書かないでも有名でしょう。」ヴォルフガングがめずらしく大声で笑った。

眼の前をがりがりに痩せた女が一人、男を連れて歩いていた。ヴォルフガングがものすごく小さなカップに入ったアイスクリームを買って来てくれた。わたしは一口で食べ終わって、つい本音をこぼしてしまった。「カナダに亡命したい。」「え、今なんて言ったの?」「亡命したい。カナダに。」

ヴォルフガングは舌ですくいかけたアイスを地面に落とした。「そんな寒いところにどうして。」「あなたにとって気持ちのいい気温が他の人にとっても気持ちがいいとは限らないでしょう。」ヴォルフガングの眼が涙にうるんだ。犬のような顔だなと思った。犬は仲間がいなくなると、狂ったように咆《ほ》えて捜す。気持ちが優しいからではない。群れがばらばらになると生き残れないから、必死でまとまって生きようとするのだそうだ。わたしはどちらかというと一人で生きようとする。エゴイストだからではなく、その方が餌が得やすくて合理的だからだ。

ヴォルフガングと言葉少なに別れ、家に帰って、子供の時にわたしの見た蓄音機のことを思い出そうとした。浮かび上がってきたのはデパートで見た蓄音機で、しかもその隣にあの犬がちゃっかり座っている。どうやらわたしの記憶はデパートの中でブランドにすり替えられてしまったようだ。自伝を書くということは、思い出せないことを推測で作り上げるということかもしれない。わたしはイワンのことはすでに自伝にくわしく書いたつもりになっていた。でも正直言うと、イワンの顔なんて全く思い出せない。思い出せないというより、あまりにもはっきりと思い出せてしまうので、嘘だと分かる。

あの日、会議の最中にわたしが何かを思い出したことは事実だと思う。その記憶は、腕の動きの中に蓄積されていた。でも、イワンの顔を描こうとすると、絵本「イワンの馬鹿」の挿絵のイワンになってしまって、わたしのイワンはどこにもいない。

書くことへの疑いがめざめてしまった。書けない時はつい他人の書いた本を手に取ってしまう。読書はいけないことだということは分かっているけれど、一度読んだ本を読み返すなら罪が浅いだろうと思って、「ある犬の探求」を読み返した。この犬は、それらしい幼年時代や少年時代をつくりあげるのではなく、今考えていること、疑いや不満を思いつくままに書き綴《つづ》っている。わたしだって、じぶんの考えていることを書いていってもいいのかもしれない。本当らしい物語、わたしらしい物語を作っていく義務なんかない。「ある犬の探求」の作者は自由自在に猿になったり、ねずみの世界に潜り込んだりして、自伝なんか書いてない。実際この作家は、人間の姿をして、毎朝勤めに出て、夜原稿を書いていたそうではないか。プラハには昔会議で一日行ったことがあるが、カフカという名前はこれまで聞いたことがなかった。プラハには春が来た。でもそのずっとずっと前に生まれた作者は、ソ連が成立するよりももっと前から、まわりの人間たちが自由ではないことを見抜いていた。

暑い日が続いていた。頭の中が熱しすぎて考えがまとまらない。雪と氷の国に亡命すれば頭が冷えて気持ちもすっきりするに違いない。カナダに亡命したい。でも亡命とは東から西に向かってするものであり、西からもっと西へ亡命するにはどうしたらいいのかわからない。そんなある日、解決策が向こうから転がり込んできた。

散歩していてふと、雪と氷に覆われた風景を写したポスターが眼に入り、映画館というところへ初めて入ってみた。それはカナダ映画で、北極に住む者たちの生活を紹介していた。雪兎《ゆきうさぎ》、銀狐《ぎんぎつね》、北極狼、シロナガスクジラ、アザラシ、ラッコ、シャチ、そしてホッキョクグマ。そうやって映像にされて解説を付けられると他人事《ひとごと》のように思えるが、わたしの祖先もああやって狩をして生活していたに違いない。

映画館からの帰り道、駅の裏の路地でちょうど青年数人が壁に落書きしているところにでくわした。面白いので黙って見ていた。立って見ているわたしに気が付くと、五人のうち一番背の低い青年が、「向こうへ行け」と吐き出すように言った。わたしはそういう風に仲間はずれにされるのが嫌いなのでむっとしてそのまま動かないでいると、他の四人も次々わたしの方を見た。中の一人が「どこから来た」と訊くので、「モスクワ」と答えると一斉に殴りかかってきた。モスクワという地名は、「襲いかかれ」という単語と発音が似ているのかもしれなかった。わたしは面倒くさいなと思いながらも、襲ってくる痩せた坊主刈りの青年たちに次々軽い平手打ちを与えていった。なぎ倒されて尻餅をついて驚いた顔をしている子。一度投げ飛ばされても歯を食いしばってまた襲いかかってくる子。仲間のだらしない姿を見てナイフを取り出して直進してくる子。ひょっと身体を脇に寄せると、前につんのめった。その背中を軽く押すと、そのまま吹っ飛んでいって車にぶつかって倒れた。かわいそうに唇を切って血を流し、それでも諦めないで、逆上して襲いかかってきた。わたしは身をかわして、その子の背中を軽く押した。その子はナイフを手放して地面に倒れ、あわてて起き上がって逃げていった。他の子たちの姿はもう見えなかった。

人間は痩せているくせに動きが鈍く、大事な時に何度もまばたきをするので敵が見えない。どうでもいい時はせかせかしているくせに、大事な戦いの時には動きが遅い。戦いには向いていないのだから兎や鹿のように賢く逃げることを考えればいいのに、なぜか戦い好きなのがいる。人間ほど愚かな動物を何のために誰が作ったのか。人間が神様の似姿だなどと言う人がいるが、それは神様に対して大変失礼である。神様はどちらかというと人間よりも熊に似ていたということを今でも覚えている民族が北方には点在しているそうだ。

ふと見ると、革のジャンパーが落ちている。よさそうなジャンパーなので、ヴォルフガングにあげようと思って拾って帰った。

翌日、ヴォルフガングが来たので、「ジャンパーを拾ったのだけれどわたしにはきついからあげようか」と訊いてみた。どうでもよさそうにジャンパーに視線を落としたヴォルフガングの顔から、さっと血の気が引いた。「このジャンパー、どうしたんだ。ハーケンクロイツがついているじゃないか。」そう言われてみると一種の十字架《クロイツ》が縫いつけてあった。まさか赤十字か何か、立派な機関の人たちをまちがって殴ってしまったのではと思って動転し、「でも襲いかかってきたから自己防衛しただけなんだけれど」と言い訳した。ヴォルフガングは怒ったような顔をしていた。わたしはいよいよ誤解されたかと思って説明を加えた。「青年たちは軽い怪我《けが》をしたかもしれないけど、たいしたことないはず。もし必要なら謝りに行くけれど。でもモスクワと聞いた途端に、襲いかかってきたんだから、何かの誤解でしょう。若者の間ではモスクワというのは何かの暗号なの？」

ヴォルフガングは溜息《ためいき》をついて、椅子に腰をおろした。「右翼団体が外国人を襲う話は聞いたことがあるだろう。でもナチスに一番よく襲われるのは黒人でもトルコ人でもない。ロシア帰りのドイツ人だよ。彼らは祖先はドイツ人だけれど、ロシア文化の中で育っている。自分と似ているけれど違う者がいるというのが、右翼にとっては一番怖いことなんだ。」「でも、わたし、彼らに似てるかなあ。」「全然似ていない。似てないけれど、モスクワと言われると、いろんな感情にかっと火が付くのさ。」

ヴォルフガングは早速団体のリーダーに電話して、警察に通報した。そのことが翌日、新聞に載った。亡命作家がネオナチに襲われたというニュースだった。わたしはかすり傷ひとつ負わなかったので、新聞も「重傷を負った」と書くわけにはいかなかったが、襲われたことは事実であり、ヴォルフガングたちは、カナダ大使館に亡命を申し入れる手紙を書いた。「ドイツにいたのではネオナチの危険が大きすぎる」という理由をつけた。実際のところは、わたしがスモークサーモンばかり食べて原稿を書かないので、もう面倒を見るのが嫌になったのだろう。「あとは大使館からの返事を待つだけだ」と言うヴォルフガングの声にはトゲがあった。

カナダへ行きたいと言う気持ちは揺るがなかったけれども、何日かたつと、それまで思いも寄らなかった不安が一つ胸の中に生まれていた。初めはまだ小さかったその不安は「今せっかくドイツ語で書くつもりになったのに、今度は英語を勉強しないとならないのか」という程度で、それが身に迫ってきて、「いろんな言葉がごちゃごちゃになって頭が混乱しそうだ」となって、ますますひどくなり、「過去のことは多少自伝に書いておいたから安心だけれど、これからどんなことが起こるか分からない」という不安にまで深まり、最後には「これからどんなことが起こっても言葉ができないからそれを記述することができない」という結論に達すると眠れなくなってしまった。自分が消えていく。死ぬというのは、何もかもなくなってしまうことなのだ。死なんて怖いと思ったこともないのに、自伝を書き始めたせいか、まだ書かれていない部分が書かれないまま消えてしまうということが恐ろしかった。

眠れないなどと言う状態を祖先は知らなかったに違いない。食べ過ぎと眠れなさは、どう考えても退化である。眠れないときに飲めるように机の裏に隠してあったウォッカを取り出す。モスクワにいた頃は手に入れるのが大変だった「モスコフスカヤ」も西ベルリンに来てからは駅のキオスクで簡単に買える。ぐっとラッパ飲みにする。すると、瓶が鼻にくっついて取れなくなった。もぎ取ろうとすると痛い。どうしよう。イッカクになってしまった。ホッキョクグマが近づいてくるのが見えたので、あわてて水に飛び込んだ。ホッキョクグマは悔しそうな顔をしている。よく見るとそれはわたしの叔父である。どうして叔父がわたしを食べようとするのだろう。おじさん、と語りかけると、歯を剝《む》いて唸《うな》った。そうだ、言葉が通じないんだ。無理もない。でもわたしはもう叔父の言葉は話せない。仕方がない。水の中にいれば泳ぎの得意なわたしに危険はないと思って安心していると、隣にもう一匹、鼻にウォッカの瓶をつけたイッカクが現れて、ささやいた。「酔っぱらっている場合じゃないぞ。気をつけろ。シャチが来る。」「まさか。シャチはこんなところへは来ないよ」と、もう一匹その後ろから現れたイッカクが言いかえした。「それが最近は来るんだよ。お里が食糧危機だとかで。」「よし、逃げよう。」わたしたち三匹は氷水の表面に出たり、潜ったりして、北の方向に逃げていった。仲間と並んで泳ぐのは愉快だった。流氷はどれも小さくて頭に当たっても痛くなかった。ところが一つだけ大きな氷山があったようで、氷山の一角だけを見て油断したわたしは角をまともにぶつけてしまった。角はぼきっと音を立てて額から折れた。角は要らない物だからどうでもいいと思ったのは一瞬のこと、角がなくなっただけで、ぐるぐる回転しながら海中に沈んでいった。ああ息が苦しくなってきた。まわりで数頭のアザラシの赤ちゃんが必死で手を動かしている。どうやら彼らも溺れているところらしい。食べたいけれど、こちらも溺れている最中なので、食べるどころではない。

うなされて眼が醒《さ》めた。カナダへ渡ること自体が不安だった。机に向かってぼんやり窓の外を見ていると、自転車に乗った少年が現れた。ダックスフントを思わせる変わった形の自転車だった。少年はぐっと腕を引いて、前輪を宙に浮かせ、そのまま円を描いて走った。それから前輪を下ろして、今度は身をひねってサドルに後ろ向きにすわって走った。曲乗りの練習をしている。失敗して倒れても、膝をすりむいても、少年は練習をやめなかった。そのうち、後ろ乗りができるようになり、今度はハンドルの上での逆立ちに挑戦し始めた。自由自在という言葉が浮かんで、そうだ、わたしも自由自在に自分の運命を動かしたい、そのために自伝を書こう、と思った。わたしの自転車は言語だ。過去のことを書くのではない、未来のことを書くのだ。わたしの人生はあらかじめ書いた自伝通りになるだろう。

トロントの飛行場で降りると、冷たい風が暖かく迎え入れてくれた。次に誰かが迎えに来てくれる場面を書いてもいいけれど、それでは西ベルリンに着いた時の繰り返しになってしまう。他に何かうまい伝記の書き方はないのか。カナダに亡命した人たちはどんな伝記を書いたのか。こんな時に助けてくれるのは本屋だけだ。期待通りフリードリッヒは「亡命文学はあの棚だよ」と言って、わたしを哲学書の棚の隣に連れて行ってくれた。どれにしようか迷っていると、三冊選んでくれたので、全部買って帰ることにした。

初めに開いた本には「カナダでは移民は大切に扱われる。市役所で歓迎会があって、市長と握手し、花束をもらった」と書いてあった。わたしはその文章を書き写した。それから英語を習うため語学学校に通う場面が続き、読んでいるうちに憂鬱になってきた。せっかくドイツ語が分かるようになったのに、また新しい言葉を勉強する気になれない。何より嫌なのは、語学学校の写真が載っていて、それを見ると生徒の座っている椅子がすごく華奢《きゃしゃ》で小さいことだった。せっかく新しい国に着いても、お尻に窮屈な思いをさせて文法をつめこむなんて。しかも「語学学校は暖房がよく効いていていてとても暖かかった」と書いてあったので、ぞっとした。その本が嫌になって次の本を開くと、こちらは新大陸の南の方から、船でこっそりカナダに着いた話で、「深夜、人影のない港に着いた。海水に濡れた服が冷たかったので脱いで、そこに放置してあった網を身体に巻いた。魚を捕るための網で、海草のにおいがぷんとした」と書いてあった。冷たい服と海草のにおいが気に入ったので早速その部分をそっくりそのまま書き写した。しかしこの主人公も夜が明けるとやっぱり役所と語学学校に行くことになっている。わたしはその本も閉じて、三冊目の真ん中辺を開けた。すると、「なれそめ」とか「いとしさ」とか「接吻《せっぷん》」などの単語が目に入ったので、つい引き込まれて読んでしまった。

わたしが職業訓練所に通っていた時のことです。初めのうちは英語を理解しようと必死でそれ以外のことは考えていませんでしたが、そのうち、同じクラスで自分だけ色が白いことに劣等感を感じ始めました。別にいじめられたわけではありません。でも鏡を見ると自分がなまじろくて不健康で陰気な顔をしているように思えて、うんざりしたのです。授業が終わると日に焼けようと思って近くの湖の畔《ほとり》に寝ていましたがわたしはどうやら日には焼けない体質らしく、なかなか黒くなりません。同じクラスにクリスチアンというとても親切な青年がいて、ある日「どうしたの？　元気がないね」と声をかけてくれました。「今度の日曜日いっしょに湖に泳ぎに行こう」と誘うと快く受け入れてくれました。

湖の畔で裸になって夕日を浴びて横たわりました。よく見ると彼もどちらかというとわたしと同じような色をしています。そこでわたしの悩みを話すと、「みにくいアヒルの子」という童話を話してくれました。彼はその童話を書いた作者と同じオデンセという町の出身で、そのことを自慢に思っているそうです。わたしは急に気持ちが明るくなってきて、目と目が合うと彼の頭に手をのせていました。すると彼が鼻先でわたしの胸を突きました。そうして戯れているうちに日が暮れてきました。暗くなってもわたしたちは湖畔に横たわったままでした。

わたしとクリスチアンは結婚しました。「教会で式を挙げるのは嫌だ、宗教は麻薬だ」と彼が言うので、式は挙げず、家でパーティを開きました。わたしはすぐに妊娠し、二卵性双生児の男の子と女の子を産みました。男の子は名前を付ける前に死んでしまいました。女の子にはトスカという名前を付けました。

書き写しているうちにすっかりその気になってきた。そうだ、これをわたし自身の物語にしよう。途中までは他人の書いたものを書き写していたが、いつの間にか自分の脳に自然と流れ込んでくる「お告げ」を文字にしていた。それはとても疲れる作業だった。

わたしたちは職業訓練所を卒業し、夫は時計工に、わたしは看護婦になりました。夫はやがて組合に入り、帰りが遅くなり、休日も家にはいなくて、トスカの面倒はわたしが一人でみました。トスカは朗らかな子で、外に出ると歌を歌いながら踊りだし、人が集まってきて拍手するといつまでも踊っていて、家に帰りたがらないので困ったものです。ある日、夫が「ソ連に亡命しよう」と言い出しました。わたしは強い不安感を覚えました。あんなに苦労して逃げてきた国です。もしそのことが分かってしまったら、わたしの身は危ないのではないかと思ったのです。そのことを話すと夫も黙ってしまいました。それで亡命の話は終わりになったと思ってほっとしました。実はわたしは毎日食べるホットケーキと同じくらいカナダが好きだったのです。ところが亡命の話はそれで終わりではありませんでした。しばらくして夫が「東ドイツに亡命しよう」と言い出しました。「東ドイツなら君の両親の前科はばれないと思うよ。カナダ人として亡命して、理想国家の建設に協力するんだ。僕もカナダは好きだが、はっきり言って西側諸国に未来はない。僕の母がデンマークで極左の活動に参加して職を追われ、僕を連れてカナダに亡命したことは話したね。母はカナダに来てすぐに死んでしまった。どうしてか分かるか。新しい恋人ができて、その恋人に殺されたんだ。この国に未来はない。この国で労働者をやっていたのではトスカを大学にやることさえできない。アイススケートでもバレエでもトスカに最高の教育を無料で受けさせることができるよ。」そう言われてわたしも東ドイツに行く決心が固まりました。

ここまで書いてわたしはほっとしてベッドに倒れ込んだ。枕に耳をうずめて、背中をまるめて、まだ生まれていないトスカを胸に抱きしめて穏やかな眠りにおちていった。娘のトスカはバレリーナになって舞台に立ち、チャイコフスキーの「白鳥の湖」、または自分でアレンジした「白熊の湖」を踊り、やがて可愛らしい息子を生む。わたしにとっては初孫だ。その子はクヌートと名付けよう。

氷の原がどこまでも広がっている。そう思って踏み出すと、どれも座布団のように薄くて小さい氷の板で、足をのせた途端に沈んでしまう。ずぶっと肩まで凍る寸前の水にはまって少し泳ぐ。泳ぎは得意だし、身体が冷えて気持ちいいけれど、わたしは魚ではないからいつまでも泳いでいることはできない。陸に上がろうとして手をかける。ところが陸かと思ったその氷も、ただの氷の板で、わたしの体重を支えきれないで傾いて沈んでしまう。次の氷も小さすぎた。何度も失敗してやっと見つけた大きめの氷の上に腰を下ろしたが、それも書き物机くらいの大きさしかないし、体温で少しずつ溶けて薄くなって沈んでいく。わたしに残された時間は一体どれくらいなんだろう。

多和田《たわだ》葉子《ようこ》（一九六〇〜）
東京に生まれ、国立《くにたち》で育つ。早稲田大学第一文学部ロシア文学専修で現代ロシア詩を研究。卒業後、ハンブルクのドイツ語書籍輸出取次会社に勤務。八七年、短篇小説と詩で構成され、日独両語を並置した『あなたのいるところだけなにもない』を刊行。九〇年ハンブルク市文学奨励賞、九一年「かかとを失《な》くして」で第三四回群像新人文学賞。ハンブルク大学大学院修士課程でハイナー・ミュラーを研究。九三年「犬婿入り」で第一〇八回芥川賞、九四年レッシング奨励賞、九六年シャミッソー賞。チュービンゲン大学で詩学講座を担当、チューリヒ大学で博士号を取得。二〇〇〇年『ヒナギクのお茶の場合』で第二八回泉鏡花文学賞、〇二年『球形時間』で第一二回Bunkamuraドゥマゴ文学賞、〇三年『容疑者の夜行列車』で第一四回伊藤整文学賞、第三九回谷崎賞。〇五年ゲーテメダル、〇九年第二回早稲田大学坪内逍遙大賞、一一年『尼僧とキューピッドの弓』で第二一回紫式部文学賞、『雪の練習生』で第六四回野間文芸賞、一三年『雲をつかむ話』で第六四回読売文学賞、第六三回芸術選奨文部科学大臣賞。一六年クライスト文学賞。日独両語で創作、言語を対象化する実験性と刺すような笑いに満ちた作品で知られ、朗読活動もさかんに行う。他に長篇小説『聖女伝説』『飛魂』『献灯使』『百年の散歩』、詩『傘の死体とわたしの妻』、エッセイ『エクソフォニー』など。

川上弘美

神様／神様2011

二〇一一年三月十一日が来た。

地震と津波と原子力発電所の崩壊によってわれわれは別の時代に入った。

この「池澤夏樹＝個人編集　日本文学全集」に先行する「池澤夏樹＝個人編集　世界文学全集」の最終配本が出たのはその前の日、三月十日だった。もともとぼくには「日本文学全集」など作る気はなかった。今になって震災に背中を押されたのだとわかる。

地震と津波についてはまだ意識の深いところに覚悟があったと言える。阪神・淡路大震災は十六年前だった。関東大震災は八十八年前。この全集の第七巻に収めた高橋源一郎訳の『方丈記』が示すように、古代以来われわれにはある程度の心構えはできていた。

しかし原発から厖大《ぼうだい》な量の放射性物質が放出されたのはこの列島において初めてのことだ。これは百パーセントの人災である。自然のせいにはできない。

それを文学はどう伝えるか、川上弘美《ひろみ》のこの作品は速やかな解答だった。かつて書いた『神様』という不思議なくまの話の数箇所を書き換えるだけで三・一一以降の異常な日常を表現する。

それが可能だったのは作者がもともと日付けのない小説を書いていたからである。社会と作品の間に礼節ある距離を保つ。その距離を敢《あ》えて踏み越えたところで伝達の力が生まれた。

為政者は忘れたふりをしているけれど、今もわれわれはシーベルトが支配する書き換えられた世界に住んでいる。

神様

くまにさそわれて散歩に出る。川原に行くのである。歩いて二十分ほどのところにある川原である。春先に、鴫《しぎ》を見るために、行ったことはあったが、暑い季節にこうして弁当まで持っていくのは初めてである。散歩というよりハイキングといったほうがいいかもしれない。

くまは、雄の成熟したくまで、だからとても大きい。三つ隣の305号室に、つい最近越してきた。ちかごろの引越しには珍しく、引越し蕎麦《そば》を同じ階の住人にふるまい、葉書《はがき》を十枚ずつ渡してまわっていた。ずいぶんな気の遣いようだと思ったが、くまであるから、やはりいろいろとまわりに対する配慮が必要なのだろう。

ところでその蕎麦を受け取ったときの会話で、くまとわたしとは満更《まんざら》赤の他人というわけでもないことがわかったのである。

表札を見たくまが、

「もしや某町のご出身では」

と訊《たず》ねる。確かに、と答えると、以前くまがたいへん世話になった某君の叔父という人が町の役場助役であったという。その助役の名字がわたしのものと同じであり、たどってみると、どうやら助役はわたしの父のまたいとこに当たるらしいのである。あるか無しかわからぬような繋《つな》がりであるが、くまはたいそう感慨深げに「縁《えにし》」というような種類の言葉を駆使していろいろと述べた。どうも引越しの挨拶の仕方といい、この喋《しゃべ》り方といい、昔気質《かたぎ》のくまらしいのではあった。


そのくまと、散歩のようなハイキングのようなことをしている。動物には詳しくないので、ツキノワグマなのか、ヒグマなのか、はたまたマレーグマなのかは、わからない。面と向かって訊ねるのも失礼である気がする。名前もわからない。なんと呼びかければいいのかと質問してみたのであるが、近隣にくまが一匹もいないことを確認してから、

「今のところ名はありませんし、僕しかくまがいないのなら今後も名をなのる必要がないわけですね。呼びかけの言葉としては、貴方《あなた》、が好きですが、ええ、漢字の貴方です、口に出すときに、ひらがなではなく漢字を思い浮かべてくだされぱいいんですが、まあ、どうぞご自由に何とでもお呼びください」

との答えである。どうもやはり少々大時代なくまである。大時代なうえに理屈を好むとみた。

川原までの道は水田に沿っている。舗装された道で、時おり車が通る。どの車もわたしたちの手

前でスピードを落とし、徐行しながら大きくよけていく。すれちがう人影はない。たいへん暑い。田で働く人も見えない。くまの足がアスファルトを踏む、かすかなしゃりしゃりという音だけが規則正しく響く。

暑くない？　と訊ねると、くまは、

「暑くないけれど長くアスファルトの道を歩くと少し疲れます」

と答えた。

「川原まではそう遠くないから大丈夫、ご心配くださってありがとう」

続けて言う。さらには、

「もしあなたが暑いのなら国道に出てレストハウスにでも入りますか」

などと、細かく気を配ってくれる。わたしは帽子をかぶっていたし暑さには強いほうなので断ったが、もしかするとくま自身が一服したかったのかもしれない。しばらく無言で歩いた。

遠くに聞こえはじめた水の音がやがて高くなり、わたしたちは川原に到着した。たくさんの人が泳いだり釣りをしたりしている。荷物を下ろし、タオルで汗をぬぐった。くまは舌を出して少しあえいでいる。そうやって立っていると、男性二人子供一人の三人連れが、そばに寄ってきた。どれも海水着をつけている。男の片方はサングラスをかけ、もう片方はシュノーケルを首からぶらさげていた。

「お父さん、くまだよ」

子供が大きな声で言った。

「そうだ、よくわかったな」

シュノーケルが答える。

「くまだよ」

「そうだ、くまだ」

「ねえねえくまだよ」

何回かこれが繰り返された。シュノーケルはわたしの表情をちらりとうかがったが、くまの顔を正面から見ようとはしない。サングラスの方は何も言わずにただ立っている。子供はくまの毛を引っ張ったり、蹴りつけたりしていたが、最後に「パーンチ」と叫んでくまの腹のあたりにこぶしをぶつけてから、走って行ってしまった。男二人はぶらぶらと後を追う。

「いやはや」

しばらくしてからくまが言った。

「小さい人は邪気がないですなあ」

わたしは無言でいた。

「そりゃいろいろな人間がいますから。でも、子供さんはみんな無邪気ですよ」

そう言うと、わたしが答える前に急いで川のふちへ歩いていってしまった。

小さな細い魚がすいすい泳いでいる。水の冷気がほてった顔に心地よい。よく見ると魚は一定の幅の中で上流へ泳ぎまた下流へ泳ぐ。細長い四角の辺をたどっているように見える。その四角が魚の縄張りなのだろう。くまも、じっと水の中を見ている。何を見ているのか。くまの目にも水の中は人間と同じに見えているのであろうか。

突然水しぶきがあがり、くまが水の中にざぶざぶ入っていった。川の中ほどで立ち止まると右《みぎ》掌《てのひら》をさっと水にくぐらせ、魚を摑《つか》み上げた。岸辺を泳ぐ細長い魚の三倍はありそうなものだ。

「驚いたでしょう」

戻ってきたくまが言った。

「おことわりしてから行けばよかったのですが、つい足が先に出てしまいまして。大きいでしょう」

くまは、魚をわたしの目の前にかざした。魚のひれが陽《ひ》を受けてきらきら光る。釣りをしている人たちがこちらを指さして何か話している。くまはかなり得意そうだ。

「さしあげましょう。今日の記念に」

そう言うと、くまは担いできた袋の口を開けた。取り出した布の包みの中からは、小さなナイフとまな板が出てきた。くまは器用にナイフを使って魚を開くと、これもかねて用意してあったらしい粗塩をぱっぱと振りかけ、広げた葉の上に魚を置いた。

「何回か引っくり返せば、帰る頃にはちょうどいい干物になっています」

何から何まで行き届いたくまである。

わたしたちは、草の上に座って川を見ながら弁当を食べた。くまは、フランスパンのところどころに切れ目を入れてパテとラディッシュをはさんだもの、わたしは梅干し入りのおむすび、食後には各自オレンジを一個ずつ。ゆっくりと食べおわると、くまは、

「もしよろしければオレンジの皮をいただけますか」

と言い、受け取ると、わたしに背を向けて、いそいで皮を食べた。

少し離れたところに置いてある魚を引っくり返しに行き、ナイフとまな板とコップを流れで丁寧に洗い、それを拭き終えると、くまは袋から大きいタオルを取り出し、わたしに手渡した。

「昼寝をするときにお使いください。僕はそのへんをちょっと歩いてきます。もしよかったらその前に子守歌を歌ってさしあげましょうか」

真面目に訊《き》く。

子守歌なしでも眠れそうだとわたしが答えると、くまはがっかりした表情になったが、すぐに上流の方へ歩み去った。

目を覚ますと、木の影が長くなっており、横にくまが寝ていた。タオルはかけていない。小さくいびきをかいている。川原には、もう数名の人しか残っていない。みな、釣りをする人である。くまにタオルをかけてから、干し魚を引っくり返しにいくと、魚は三匹に増えていた。


「いい散歩でした」

くまは305号室の前で、袋から鍵を取り出しながら言った。

「またこのような機会を持ちたいものですな」

わたしも頷《うなず》いた。それから、干し魚やそのほかの礼を言うと、くまは大きく手を振って、

「とんでもない」

と答えるのだった。

「では」

と立ち去ろうとすると、くまが、

「あの」

と言う。次の言葉を待ってくまを見上げるが、もじもじして黙っている。ほんとうに大きなくまである。その大きなくまが、喉の奥で「ウルル」というような音をたてながら恥ずかしそうにしている。言葉を喋る時には人間と同じ発声法なのであるが、こうして言葉にならない声を出すときや笑うときは、やはりくま本来の発声なのである。

「抱擁を交わしていただけますか」

くまは言った。

「親しい人と別れるときの故郷の習慣なのです。もしお嫌ならもちろんいいのですが」

わたしは承知した。

くまは一歩前に出ると、両腕を大きく広げ、その腕をわたしの肩にまわし、頬をわたしの頬にこすりつけた。くまの匂いがする。反対の頬も同じようにこすりつけると、もう一度腕に力を入れてわたしの肩を抱いた。思ったよりもくまの体は冷たかった。

「今日はほんとうに楽しかったです。遠くへ旅行して帰ってきたような気持ちです。熊の神様のお恵みがあなたの上にも降り注ぎますように。それから干し魚はあまりもちませんから、今夜のうちに召し上がるほうがいいと思います」

部屋に戻って魚を焼き、風呂に入り、眠る前に少し日記を書いた。熊の神とはどのようなものか、想像してみたが、見当がつかなかった。悪くない一日だった。

神様2011

くまにさそわれて散歩に出る。川原に行くのである。春先に、鴫《しぎ》を見るために、防護服をつけて行ったことはあったが、暑い季節にこうしてふつうの服を着て肌をだし、弁当まで持っていくのは、「あのこと」以来、初めてである。散歩というよりハイキングといったほうがいいかもしれない。

くまは、雄の成熟したくまで、だからとても大きい。三つ隣の305号室に、つい最近越してきた。ちかごろの引越しには珍しく、このマンションに残っている三世帯の住人全員に引越し蕎麦《そば》をふるまい、葉書《はがき》を十枚ずつ渡してまわっていた。ずいぶんな気の遣いようだと思ったが、くまであるから、やはりいろいろとまわりに対する配慮が必要なのだろう。

ところでその蕎麦を受け取ったときの会話で、くまとわたしとは満更赤《まんざら》の他人というわけでもないことがわかったのである。

表札を見たくまが、

「もしや某町のご出身では」

と訊《たず》ねる。確かに、と答えると、以前くまが「あのこと」の避難時にたいへん世話になった某君の叔父という人が町の役場助役であったという。その助役の名字がわたしのものと同じであり、たどってみると、どうやら助役はわたしの父のまたいとこに当たるらしいのである。あるか無しかわからぬような繋《つな》がりであるが、くまはたいそう感慨深げに「縁《えにし》」というような種類の言葉を駆使していろいろと述べた。どうも引越しの挨拶の仕方といい、この喋《しゃべ》り方といい、昔気質《かたぎ》のくまらしいのではあった。


そのくまと、散歩のようなハイキングのようなことをしている。動物には詳しくないので、ツキノワグマなのか、ヒグマなのか、はたまたマレーグマなのかは、わからない。面と向かって訊ねるのも失礼である気がする。名前もわからない。なんと呼びかければいいのかと質問してみたのであるが、近隣にくまが一匹もいないことを確認してから、

「今のところ名はありませんし、僕しかくまがいないのなら今後も名をなのる必要がないわけですね。呼びかけの言葉としては、貴方《あなた》、が好きですが、ええ、漢字の貴方です、口に出すときに、ひらがなではなく漢字を思い浮かべてくだされぱいいんですが、まあ、どうぞご自由に何とでもお呼びください」

との答えである。どうもやはり少々大時代なくまである。大時代なうえに理屈を好むとみた。

川原までの道は元水田だった地帯に沿っている。土壌の除染のために、ほとんどの水田は掘り返され、つやつやとした土がもりあがっている。作業をしている人たちは、この暑いのに防護服に防《ぼう》塵《じん》マスク、腰まである長靴に身をかためている。「あのこと」の後は、いっさいの立ち入りができなくて、震災による地割れがいつまでも残っていた水田沿いの道だが、少し前に完全に舗装がほどこされた。「あのこと」のゼロ地点にずいぶん近いこのあたりでも、車は存外走っている。どの車もわたしたちの手前でスピードを落とし、徐行しながら大きくよけていく。すれちがう人影はない。

「防護服を着てないから、よけていくのかな」

と言うと、くまはあいまいにうなずいた。

「でも、今年前半の被曝量《ひばくりょう》はがんばっておさえたから累積被曝量貯金の残高はあるし、おまけに今日のSPEEDIの予想ではこのあたりに風は来ないはずだし」

言い訳のように言うと、くまはまた、あいまいにうなずいた。

くまの足がアスファルトを踏む、かすかなしゃりしゃりという音だけが規則正しく響く。

暑くない？　と訊ねると、くまは、

「暑くないけれど長くアスファルトの道を歩くと少し疲れます」

と答えた。

「川原まではそう遠くないから大丈夫、ご心配くださってありがとう」

続けて言う。さらには、

「もしあなたが暑いのなら、もちろん僕は容積が人間に比べて大きいのですから、あなたよりも被曝許容量の上限も高いと思いますし、このはだしの足でもって、飛散塵《ひさんじん》堆積値の高い土の道を歩くこともできます。そうだ、やっぱり土の道の方が、アスファルトの道よりも涼しいですよね。そっちに行きますか」

などと、細かく気を配ってくれる。わたしは帽子をかぶっていたし暑さには強いほうなので断ったが、もしかするとくま自身が土の道を歩きたかったのかもしれない。しばらく無言で歩いた。

遠くに聞こえはじめた水の音がやがて高くなり、わたしたちは川原に到着した。誰もいないかと思っていたが、二人の男が水辺にたたずんでいる。「あのこと」の前は、川辺ではいつもたくさんの人が泳いだり釣りをしたりしていたし、家族づれも多かった。今は、この地域には、子供は一人もいない。

荷物を下ろし、タオルで汗をぬぐった。くまは舌を出して少しあえいでいる。そうやって立っていると、男二人が、そばに寄ってきた。どちらも防護服をつけている。片方はサングラスをかけ、もう片方は長手袋をつけている。

「くまですね」

サングラスの男が言った。

「くまとは、うらやましい」

長手袋がつづける。

「くまは、ストロンチウムにも、それからプルトニウムにも強いんだってな」

「なにしろ、くまだから」

「ああ、くまだから」

「うん、くまだから」

何回かこれが繰り返された。サングラスはわたしの表情をちらりとうかがったが、くまの顔を正面から見ようとはしない。長手袋の方はときおりくまの毛を引っ張ったり、お腹《なか》のあたりをなでまわしたりしている。最後に二人は、「まあ、くまだからな」と言ってわたしたちに背を向け、ぶらぶらと向こうの方へ歩いていった。

「いやはや」

しばらくしてからくまが言った。

「邪気はないんでしょうなあ」

わたしは無言でいた。

「そりゃあ、人間より少しは被曝許容量は多いですけれど、いくらなんでもストロンチウムやプルトニウムに強いわけはありませんよね。でも、無理もないのかもしれませんね」

そう言うと、わたしが答える前に急いで川のふちへ歩いていってしまった。

小さな細い魚がすいすい泳いでいる。水の冷気がほてった顔に心地よい。よく見ると魚は一定の幅の中で上流へ泳ぎまた下流へ泳ぐ。細長い四角の辺をたどっているように見える。その四角が魚の縄張りなのだろう。くまも、じっと水の中を見ている。何を見ているのか。くまの目にも水の中は人間と同じに見えているのであろうか。

突然水しぶきがあがり、くまが水の中にざぶざぶ入っていった。川の中ほどで立ち止まると右《みぎ》掌《てのひら》をさっと水にくぐらせ、魚を掴《つか》み上げた。岸辺を泳ぐ細長い魚の三倍はありそうなものだ。

「驚いたでしょう」

戻ってきたくまが言った。

「つい足が先に出てしまいまして。大きいでしょう」

くまは、魚をわたしの目の前にかざした。魚のひれが陽《ひ》を受けてきらきら光る。さきほどの男二人がこちらを指さして何か話している。くまはかなり得意そうだ。

「いや、魚の餌になる川底の苔《こけ》には、ことにセシウムがたまりやすいのですけれど」

そう言いながらも、くまは担いできた袋の口を開けた。取り出した布の包みの中からは、小さなナイフとまな板が出てきた。くまは器用にナイフを使って魚を開くと、これもかねて用意してあったらしいペットボトルから水を注ぎ、魚の体表を清めた。それから粗塩をぱっぱと振りかけ、広げた葉の上に魚を置いた。

「何回か引っくり返せば、帰る頃にはちょうどいい干物になっています。その、食べないにしても、記念に形だけでもと思って」

何から何まで行き届いたくまである。

わたしたちは、ベンチに敷物をしいて座り、川を見ながら弁当を食べた。くまは、フランスパンのところどころに切れ目を入れてパテとラディッシュをはさんだもの、わたしは梅干し入りのおむすび、食後には各自オレンジを一個ずつ。ゆっくりと食べおわると、くまは、

「もしよろしければオレンジの皮をいただけますか」

と言い、受け取ると、わたしに背を向けて、いそいで皮を食べた。

少し離れたところに置いてある魚を引っくり返しに行き、ナイフとまな板とコップをペットボトルの水で丁寧に洗い、それを拭き終えると、くまは袋から大きいタオルを取り出し、わたしに手渡

した。

「昼寝をするときにお使いください。まだ出発してから二時間ですし、今日は線量が低いですけど、念のため。僕はそのへんをちょっと歩いてきます。もしよかったらその前に子守歌を歌ってさしあげましょうか」

真面目に訊《き》く。

子守歌なしでも眠れそうだとわたしが答えると、くまはがっかりした表情になったが、すぐに上流の方へ歩み去った。

目を覚ますと、木の影が長くなっており、横のベンチにくまが寝ていた。タオルはかけていない。小さくいびきをかいている。川原には、もうわたしたち以外誰も残っていない。男二人も、行ってしまったようだ。くまにタオルをかけてから、干し魚を引っくり返しにいくと、魚は三匹に増えていた。

「いい散歩でした」

くまは305号室の前で、袋からガイガーカウンターを取り出しながら言った。まずわたしの全身を、次に自分の全身を、計測する。ジ、ジ、という聞き慣れた音がする。

「またこのような機会を持ちたいものですな」

わたしも頷《うなず》いた。それから、干し魚やそのほかの礼を言うと、くまは大きく手を振って、

「とんでもない」

と答えるのだった。

「では」

と立ち去ろうとすると、くまが、

「あの」

と言う。次の言葉を待ってくまを見上げるが、もじもじして黙っている。ほんとうに大きなくまである。その大きなくまが、喉の奥で「ウルル」というような音をたてながら恥ずかしそうにしている。言葉を喋る時には人間と同じ発声法なのであるが、こうして言葉にならない声を出すときや笑うときは、やはりくま本来の発声なのである。

「抱擁を交わしていただけますか」

くまは言った。

「親しい人と別れるときの故郷の習慣なのです。もしお嫌ならもちろんいいのですが」

わたしは承知した。くまはあまり風呂に入らないはずだから、たぶん体表の放射線量はいくらか高いだろう。けれど、この地域に住みつづけることを選んだのだから、そんなことを気にするつもりなど最初からない。

くまは一歩前に出ると、両腕を大きく広げ、その腕をわたしの肩にまわし、頬をわたしの頬にこすりつけた。くまの匂いがする。反対の頬も同じようにこすりつけると、もう一度腕に力を入れてわたしの肩を抱いた。思ったよりもくまの体は冷たかった。

「今日はほんとうに楽しかったです。遠くへ旅行して帰ってきたような気持ちです。熊の神様のお恵みがあなたの上にも降り注ぎますように。それから干し魚はあまりもちませんから、めしあがらないなら明日じゅうに捨てるほうがいいと思います」

部屋に戻って干し魚をくつ入れの上に飾り、シャワーを浴びて丁寧に体と髪をすすぎ、眠る前に少し日記を書き、最後に、いつものように総被曝線量を計算した。今日の推定外部被曝線量・30μSv、内部被曝線量・19μSv。年頭から今日までの推定累積外部被曝線量・2900μSv、推定累積内部被曝線量・1780μSv。熊の神とはどのようなものか、想像してみたが、見当がつかなかった。悪くない一日だった。

あとがき

１９９３年に、わたしはこの本の中におさめられた最初の短編「神様」を書きました。熊の神様、というものの出てくる話です。

日本には、古来たくさん神様がいました。山の神様、海や川の神様、風や雨の神様などの、大きな自然をつかさどる神様たち。田んぼの神様、住む土地の神様、かまどや厠《かわや》や井戸の神様などの、人の暮らしのまわりにいる神様たち。祟《たた》りをなす神様もいますし、動物の神様もいます。鬼もいれば、ナマハゲもダイダラボッチもキジムナーもいる。

万物に神が宿るという信仰を、必ずしもわたしは心の底から信じているわけではないのですが、節電のため暖房を消して過した日々の明け方、窓越しにさす太陽の光があんまり暖かくて、思わず「ああ、これはほんとうに、おてんとさまだ」と、感じ入ったりするほどには、日本古来の感覚はもっているわけです。

震災以来のさまざまな事々を見聞きするにつけ思ったのは、「わたしは何も知らず、また、知ろうとしないで来てしまったのだな」ということでした。以下は、ですから、あれ以来のにわか勉強のすえに知った、いくつかのことです。専門家ではありませんので、もしかするとまちがった比喩、表現などあるやもしれません。その時は、どうぞ教えてください。

さて、ウランです。

東日本大震災によって福島第一原発のメルトダウンが起こる前まで、一号機、二号機で熱を発するべくさかんに核分裂していたのは、ウラン235という放射性同位体だそうです。ウランの放射性同位体は、もともと自然界に存在するものとか。どこかの山の中、どこかの地中、どこかの町の真下などに、天然ウランとして。

ただし、天然ウラン中には三種類のウラン同位体がふくまれている。ウラン234とウラン235とウラン238です。そして、ウラン234及び235よりも、ウラン238の方が、ずっと量が多いのです。

ウラン238がウラン人口の99・3パーセントを占めるとしたら、235は、ウラン人口のわずか0・7パーセント、さらに少ない234は、0・0054パーセント、という感じでしょうか。

レア、なわけです。

その、わずか0・7パーセントしかいない235を、人間はぎゅうっと濃縮して、原子力発電やヒロシマの原爆に使ったりする。なぜなら、たくさんある方の238は、中性子という名のかろやかな粒子が当たっていっても、おっとりとかまえているけれど、235は、中性子が当たってゆくと、腰軽く分裂してくれるからです。腰軽く動く奴《やつ》の方が、おっとりした奴よりも、エネルギーを生みだしやすい、という寸法です。

いったいぜんたい、ウランの神様は、こうやってわたしたち人間がウラン235たちを使役することを、どう感じているのだろうか。日々伝えられる、原発の「爆発的事象」や「危機的」ニュースを見聞きするたびに、わたしは思っていました。

235がレアだと言いました。

実は、もっと昔は、235は、今よりたくさんいたのです。昔って、いつごろかというと、たぶん、四十五億年くらい前です。地球ができて、すぐの頃です。

でも、235は、238よりも、短命です。238は四十五億年でようやく半数が死ぬだけなのに、235は、たった七億四百万年で、半分が命を散らしてしまう(「半減期」というやつです。おなじみになりましたよね。こんな言葉とおなじみになりたくなかったと、誰もが思っていることでしょう)。そしてさらに七億四百万年たつと、その半分になる。そうやって、235は、人知れず地中でひっそりとゆっくりと、半減しつづけてきたのです。人間が彼を発見するまでは。

ところが、十九世紀の終わりに、キュリー夫妻が「放射性同位体」というものがこの世界にあることを発見し、さらにその後の研究者たちによって、同位体を濃縮し分裂させる方法があきらかになってきました。そして、第二次大戦。さあこれを利用しない手はない。全世界がやっきになりました。ドイツはどちらかといえば原発利用方面の研究に重点をおき、一方のアメリカやイギリスやソ連や日本は、爆弾利用方面にかたよった研究をおこないました。

ウランの神様の話に戻ります。

何億年もかけて、ゆっくりと、地中で減りつづけていたウラン235。人の手さえふれなければ、そのままひっそり微量の放射線を出しつつ、「でも宇宙からふってくる宇宙線よりも、私たちのだす時間空間単位あたりの放射線は、ずっと少ないのだぞ。なんとおくゆかしい」と、地中で世界を見守ってくれていたはずです。

ところが、人間は、あちこちのウラン235をかきあつめてぎゅうーっとかためて、「さあ、どんどん分裂せよ、光をだせ、熱をだせ、衝撃波をだせ、働け働け」と、鞭《むち》打ったわけです。原爆では、ウランをいっぺんにぱあっと働かせ、原発では小出しに働かせ……。

ウランの神様がもしこの世にいるとすれば、いったいそのことをどう感じているのか。やおよろずの神様を、矩《のり》を越えて人間が利用した時に、昔話ではいったいどういうことが起こるのか。


2011年の3月末に、わたしはあらためて、「神様　2011」を書きました。原子力利用にともなう危険を警告する、という大上段にかまえた姿勢で書いたのでは、まったくありません。それよりもむしろ、日常は続いてゆく、けれどその日常は何かのことで大きく変化してしまう可能性をもつものだ、という大きな驚きの気持ちをこめて書きました。静かな怒りが、あの原発事故以来、去りません。むろんこの怒りは、最終的には自分自身に向かってくる怒りです。今の日本をつくってきたのは、ほかならぬ自分でもあるのですから。この怒りをいだいたまま、それでもわたしたちはそれぞれの日常を、たんたんと生きてゆくし、意地でも、「もうやになった」と、この生を放りだすことをしたくないのです。だって、生きることは、それ自体が、大いなるよろこびであるはずなのですから。

参考文献

『原子爆弾』山田克哉、講談社、一九九六年
『放射線利用の基礎知識』東嶋和子、講談社、二〇〇六年
『生命と地球の歴史』丸山茂徳・磯崎行雄、岩波書店、一九九八年
『X線からクォークまで　20世紀の物理学者たち』エミリオ・セグレ、久保亮五・矢崎裕二訳、みすず書房、一九八二年

文中の放射性物質等の記述に関しては、
山田克哉さん、野口邦和さん、山野辺滋晴さん、河田昌東さんにご助言をいただきました。深く感謝申し上げます。

川上弘美《かわかみひろみ》（一九五八〜）

東京に生まれる。お茶の水女子大学理学部生物学科卒業。九四年に「神様」で第一回パスカル短篇文学新人賞、九六年「蛇を踏む」で第一一五回芥川賞、九九年、「神様」に始まる連作『神様』で第九回紫式部文学賞、第九回Bunkamuraドゥマゴ文学賞、二〇〇〇年短篇集『溺レる』で第一一回伊藤整文学賞、第三九回女流文学賞、〇一年大人の女性とかつての師である老人との恋愛を描いた『センセイの鞄』で第三七回谷崎賞、〇七年『真鶴』で第五七回芸術選奨文部科学大臣賞、一五年『水声』で第六六回読売文学賞、一六年思弁的SF『大きな鳥にさらわれないよう』で第四四回泉鏡花文学賞。幻想譚から、都市の大人の日常生活を舞台とする恋愛小説まで、幅広く執筆。他に夫婦の危機を描く長篇小説『風花』、長篇ファンタジー『七夜物語』、連作『ニシノユキヒコの恋と冒険』、連載日記『東京日記』、書評集『大好きな本』など。

川上未映子

三月の毛糸

何か不安、何か不満。

三・一一以降の、変わってしまった世界の不安と不満。

出産を控えた若い妻はそれを口にして訴え、聞いている若い夫はひたすら眠ることでそれを受け取る。

妻は世界の素材を毛糸に変えて、何よりも三月という時期を毛糸に変えて、すべてを編み直すことを夢想する。鍵は危機を「やりすごす」という言葉だ。

毛糸で編んだものはほどくことができる。一本の糸に還元して、枷《かせ》にして洗って編み癖を取り、時には染めて色を変えた上で玉に巻いて、編み針で編みなおす。新しい絵柄を編み込めばまったく新しいセーターができる。昔は誰もがやっていたことだ。

そうやって世界を作り直す。それができたらいいのに。


それにしても、ここに村上春樹の影響は濃いと改めて思う。高度経済成長が終わった後、まだ形を取らない見えない未来の不安を書くスタイルを彼は生み出した。時代の文学の色調を決めた。

それが、書いた川上未映子《みえこ》が気づいているか否かぼくは知らないが、この短篇の文体を裏から支えている。

三月の毛糸

「明日からまたおんなじ毎日がはじまるなんてうんざり」

彼女はにぎった手でふくらはぎをほとんど殴るようにして叩《たた》きながら、本当にうんざりだというような声で言った。

「こういうことをくりかえして、知らないあいだに人生が閉じてゆくのよ。楽しいときは短い。しんどい時間はうんと長い。まるでそのあいだに申しわけ程度に人生があるみたい」彼女はふくらはぎを打つ低い音をさらに大きく響かせながらため息をついた。

「見て、このむくみ。自分の足じゃないみたい」

京都に着いたのは午後一時を少し過ぎたあたりだった。

けっきょく彼女は里帰りをせずに出産することに決めたので、問題なく動けるあいだに両親に顔を見せておこうと実家のある島根へでかけた、その帰りだった。

生まれたらしばらく旅行なんてできなくなるし、帰りにどこかへ寄っていこうよと実家を出る二日前の夜に彼女がとつぜん言いだした。しかし僕たちはこれまでほとんど旅行というものをしたことがなく、こんなふうな思いつきでつぎの目的地を決め、予約をし、なんの目的もなく滞在することは、想像するだけで少しの緊張を連れてきた。だから、いいよと返事をしたものの、つぎの言葉がつづかなかった。しばらくたっても具体的な提案ができない僕を見て、彼女は気が進まないなら言ってよと短いため息をついた。大きな荷物をいくつか持ち、妊娠八カ月の妻を連れ、僕たちの暮らす千キロ以上も離れた仙台に帰ることだけでもちょっとした覚悟のようなものを必要とするのに、正直に言って予定にもない観光をつけたす気持ちにはなれなかったけれど、それは言わないでおいた。彼女は僕の顔をちらりと見てから、こんなことは何もたいしたことではなく、わたしにとってはふだんどおりのことをやっているだけだと言わんばかりの表情で——つまり、気ままに旅したりあてもなくどこかへふらりと出かけたりすることに本当は慣れているのだというような態度で携帯電話を操作し、観光地やホテルを検索して、京都でいいんじゃない、今なら季節もいいし、と言った。

チェックインの時間には早かったので、僕らはフロントに荷物を預けて身軽になってから清水《きよみず》の舞台へ行くことにした。

巨大な駅の中にあるそのホテルからいちばん賑《にぎ》やかな名所がそこだというだけで勧められ、それがとくべつに観たかったわけでも興味があったわけでもなんでもなかったけれど、出かけてみることにした。ロータリーに際限なくなだれこんでくるバスの中から行き先を注意深くチェックして、十分くらい並んでから乗りこむことができた。平日だというのに駅前も車中も観光客や若いカップルたちであふれ、大きな体をした白人女性が彼女のお腹《なか》に気がついて席を譲ってくれた。その笑顔は僕に国、という字を思い起こさせた。


「これ、角度が急すぎるわ。とても無理」

数十分を走りつづけ、バスが停留所に止まり、人の流れのあとを追うようにしてずいぶん長い時間を歩いてようやく清水の舞台への大きな階段を見あげたときに、彼女がやっぱりやめておくと言った。

「体調がよくない?」

「そうじゃないけど。無理でしょ、これを上がってゆくの。そのへんでお茶飲んで帰りましょう」

僕はわかったと返事をして、ひしめきあう土産物《みやげもの》屋のなかに適当な喫茶店を探してそこで休むことにした。

「なぜそういつも眠いの。ちゃんと眠ってるのに」

注文した飲みものがくるまでのあいだ、腕を組んで目を閉じていた僕にむかって彼女は不満そうに言った。眠いのに理由なんかないだろうと僕は言いたかったけれど、僕が何か言うのを待ち受けているような彼女の目を見ていると、言葉はいつも喉のあたりで消えてしまうのだった。わからないんだよ、睡眠が浅いんじゃないかなと答えた。

「最近、ずっとそうだよね。前はそんなことなかったのに。なんでそんな眠い人になっちゃったの？」

「わからないんだよ。うまく眠れていないのかも」

「でもさ」と彼女はため息をつきながら言った。「子どもが生まれたら、そんなこと言ってられないよね。夜中に何回起きるか、きいたよね？　わたしの睡眠時間なんて二時間とかになるし、夜泣きもするし、今の暮らしなんて天国みたいなものなのよ」

「そうだよね」と僕は肯《うなず》いた。僕の頼んだアイスコーヒーと彼女が注文したレモンティーが運ばれてきて、ふたりともしばらく黙ったままそれを飲んだ。

「問題は」としばらくしてから彼女が言った。「なぜ、いつも、しんどさは楽しさをうわまわるのかってことなのよね」

さっきの話のつづきだけど、とでもいうように彼女が話をつづけようとしたので、何のことを言ってるのかはわからなかったけど僕は適当なあいづちを打ち、アイスティーの入ったグラスに反射する細切れの光をぼんやりと眺めていた。

「しんどい時間というのは、どうして、楽しかった時間のあとにやってくる仕組みになっているのかしら？」

「交互にやってくるのが問題なの？」

「そうじゃなくて、楽しいことのあとには、必ずしんどいことがあるでしょう？　わたしはそれを憂いているのよ」

「順序の問題？」

「そうじゃなくて、量の問題」

受け応えをしながらも、彼女が僕にむかって何の話をし、自分がそれについてどんな言葉を口にしているのか、いまいち理解することができなかった。目の奥からこみあげてくる眠気をごまかすために僕はアイスコーヒーをストローで勢いよく吸いあげ、音をたてながらぐるぐるとかきまわしていると、グラスの中には小さな渦ができた。

「あるいは――なんであれ、おなじ状態が長くはつづかないってことへの、あきらめなのかも」

僕はあいまいな声を出して肯き、残りのアイスコーヒーを飲みほした。


彼女が妊娠してしばらく経《た》ち、お腹が目立つようになるころから僕はなぜか睡魔に襲われるようになった。額の裏に濃い霧のような眠気がたちこめて、それまでそこに見えていたもの――今月のカードの支払い金額や、採点の残りや、つめ物がとれたままになっている左の奥歯のことや、そういったものにすっぽりと分厚い蓋を降ろしてしまう。そうなるとまぶたが一秒ごとに重くなって、そのまま目をあけていることができなくなる。手のひらから順番に熱が広がって体がしだいに熱くなり、空を覆うことができるくらいの巨大なカーテンを誰かがこちらにむかってゆっくりと引いているのが見えてくる。コーヒーを飲んでも効かないし、トイレに行って顔を洗ってみても変わらないし、時間を見つけて昼寝をはさんでみても無駄だった。職場でもぼんやりとしていることが多くなったので、あるとき見かねた同僚が話しかけてきた。けっこう眠ってるんだけど、眠いんだよ。ナルコレプシーかな。冗談交じりにそう言った僕を見ながら彼は、そういうのは寝ても治んないよ、たぶん、と言って、にやにやと笑ってみせた。何が言いたいのかわからなかったけれど、たしかにそれは眠ることで解消できるような眠さではないような気がした。それはこれまで僕が慣れ親しんだふだんの眠りとはまったく関係のないべつのところからやってきて、まったくべつのものを求めているような、それはそんな眠さだった。

案内された部屋は、かなり上の階の、大きくもなく小さくもない部屋だった。これであの値段だったら安いかもねと言って部屋を見まわしながら彼女は満足そうな顔を見せた。

「もう足が張って動けないわ。見てよこれ」

スーツケースを解かずにそのままクロゼットに入れて扉を閉め、僕らは靴を脱いでスリッパに履き替えた。ベッドに横になって膝を折りまげ、何かの儀式みたいにいつものようにふくらはぎを激しく叩き終わった彼女は、ソファに移動して、テーブルのうえできちんと畳まれていた新聞を手にとって広げた。僕の耳の奥には彼女のふくらはぎを叩く、あの鈍い音がまだ響いていた。どんどんでもなく、だんだんでもない、僕が発音できる言葉のどれにもあてはまらないそれは、淡いのか濃いのかもわからない、ただそこにまるく存在しているだけの暗闇を思い起こさせた。それから、触ってみてよ、と言われて伸ばした手のひらにずっと残っている、彼女のあの大きく大きく膨らんだお腹の何にも似ていない硬さを思いだしていた。

「パンダがくるんだって」面白くもなさそうに彼女が言った。

「こないだテレビで言ってたね」

「新聞でも言ってるわよ」

彼女はゆっくりとベッドに移動して、背もたれに積まれたクッションに身を沈め、携帯電話でメールのチェックをしているみたいだった。

「パンダって見てるといらいらする。笹《ささ》を食べてるの見てるだけで、いらいらする」

「どうして」

「食道に突き刺さってる感じがするからよ」と彼女は言った。

「君の喉じゃないのに」と僕は言った。

「自分の喉でなくちゃいらいらしちゃいけないってことはないでしょう」

僕は冷蔵庫から水を取りだして、グラスに注《つ》いで飲んだ。テレビの画面には、ようこそ、という文字が映しだされ、それからありきたりなウェルカムメッセージとともに僕の名前が浮かびあがってきた。しばらくそれらの文字を見るともなく眺めていると、画面はマッサージ・サービスの案内に移り、お勧めのレストランの料理の画像へ移り、無言のそれが何度でもくりかえされるのだった。

「東京にはいつもどれるの」

しばらくして彼女が言った。僕はため息をついて彼女を見た。これまで幾度となくくりかえされてきた話だった。彼女は携帯電話に目をやったまま、僕のため息をなかったことにするようなもっと大きな息を吐いてから、話をつづけた。

「今回は期限つきじゃないと、さすがに無理かも。半年住んでみてあの場所の限界が見えたわ」

「希望は出してるんだよ」と僕は言った。

「でもなにしろ数が少ないし、君も知ってると思うけど、今の学校だってやっとのことで漕《こ》ぎ着けたところだからね」

「東京で枠を見つけられる人とそうでない人の差は何なの？　何年も何年も、希望が聞き届けられないままの人と、そうでない人の差は？」と彼女がきいた。「運なの？」

「そうだね」と僕は答えた。

「タイミングだよ」

彼女はほら穴でも見つめるような顔をして僕をひとしきり眺め、それから携帯電話をサイドテーブルに置いて小さく首をふって笑ってみせた。そして見せつけるようにゆっくりとベッドから降り、腰をさすり、それから剝ぐようにしてベッドカバーをめくりあげて、シーツをひっぱり、そこに体を入れて再びベッドに横になった。短く何かをぼそぼそとつぶやいている声がしたけれど、僕の耳には何を話しているのかは聞こえなかった。


目が覚めたのは夕方の五時だった。

僕はソファに座ったまま眠りこんでいたようだった。目覚めた瞬間、自分がどこにいるのかがわからなくなったけれど、何度か瞬きをするうちに感覚がもどってきた。昼間にかいた汗が知らないあいだに冷えだしていたようで、頭を動かすと目の奥にかすかな痛みを感じた。

薄暗い部屋の真ん中にあるベッドが薄闇の中でぼんやりと白く浮かびあがっていた。シーツにくるまって横になっている彼女をしばらく見ていたけれど、それはまるで置物みたいに動かなかった。表面によった皺《しわ》や陰りに膨らんだそのかたまりは、見れば見るほどそれは人の輪郭をかたちどったものではなく、その膨らみの下には、本当はなにもないいんじゃないかというようなそんな気持ちがしてくるのだった。あの白く盛りあがった膨らみの中にあるのは何でもないただの暗さなんじゃないかと思えてくるのだった。拳で突けば簡単に沈んでしまう、あれはただの空洞なのじゃないか。

僕は立ちあがって窓のそばへ行き、カーテンをひいて、窓の向こうに広がる街並を眺めた。ビルや車の流れや空や何もかもが、夜に塗りかえられる直前の薄暮に沈んでゆく最中だった。

僕はテーブルの上に置かれたルームサービスのメニューを手にとって、ぱらぱらとめくってみた。昼食を済ませてから六時間以上が過ぎていて、空腹を感じてはいたけれど、どの写真を見ても不思議と何も食べる気がしなかった。僕はふたたびソファにもたれて腕を組み、それからまた立ちあがって今度は窓枠に腰かけ、色々な物の境目が数秒ごとにあいまいになってゆく夕暮れの街の色を見おろしていた。空調の音が静かに響いていた。その少しあとで彼女の携帯電話のメール受信を知らせるベルの音が一度だけ鳴った。そしてそのあとにはもう何の音もしなくなった。

どれくらいの時間そうしていたのかわからないけれど、ふと気配がしたのでふりむくと、横になったままの姿勢で彼女が僕を見ていた。体はシーツにくるまれたままで、顔だけがこちらへ向けられていた。薄闇の中ではっきりと開かれたふたつの目は、僕の目をまっすぐに見ていた。そのまましばらく目があっていたのに、彼女が目を覚まして僕のことを見ているのだということが理解できるまでに、しばらくの時間がかかった。

「夢ばっかりみてたの」

ずいぶん時間がたったあとで、彼女は独りごとみたいに言った。

「いろんな夢」

やけにはっきりとした口調であるにもかかわらず、彼女は自分が目を覚ましたことにまだ気がついていないような雰囲気だった。目ははっきりと見開かれているのに肝心のどこかがぼんやりと濁っていて、そのほかの部分はぴくりとも動かず、僕をただじっと見つめているのだった。

「子どもを生む夢よ」

「うん」僕は肯いた。

「子どもが生まれる夢だったの。毛糸で生まれてくるのよ」と彼女は言った。

「毛糸?」と僕はききかえした。

「そうよ」と彼女は静かに言った。

「その世界は、何もかもが毛糸でできているの。水も、人も、線路も、海も、何もかもが毛糸で、できあがってるのよ。地面も、コップも、お洋服も、手帳も、とてもやわらかくて、丈夫な糸で編みあがっているの。毛糸でできあがっているの。何もかもが」

僕は黙ったまま彼女を見ていた。

さっきよりも暗くなった部屋に、まるで特殊な光をあてられでもしたみたいに彼女の顔のところどころに奇妙な色が落ちているのに気がついた。まだらな模様をつくるそれは薄い紫にも見えたし、どうじに薄い緑にも見えるようなそんな色だった。この光はどこからやってくるのだろう。何かが反射しているのだろうか。僕は目で部屋を見まわしてみたけれど、それがどこからやってくる光なのかはわからなかった。

「いやなことがあったり、危険なことが起きたら一瞬でほどけて、ただの毛糸になってその時間をやりすごすのよ」

「うん」

「なにしろ、毛糸だから。ときにはセーターになって、手袋になって、そんなふうにして自分の身を守るのよ。なにか恐ろしいことがやってきても、みんなそうやってやり過ごすのよ」

「赤ん坊も毛糸なんだね」

「そうよ。毛糸のまま生まれてくるのよ。毛糸がまっすぐにするするのびて、完全に外に出てから赤ん坊の形に編みあがって、わたしは毛糸の赤ん坊の母親になったの。あなたは、毛糸の父親」

そう言うと彼女はそのまま黙りこんだ。ひとしきりの沈黙のあとに、さっき携帯電話が鳴ってたよと言ってみた。けれど彼女はそれには答えないままだった。

「そこでは三月ですら、毛糸なの」しばらくして彼女が言った。

「三月？」と僕はききかえした。

「そう。三月が」

「三月が毛糸って？」

「毛糸なのよ」と彼女は言った。

「その世界では、三月までもが毛糸でできあがっているのよ」

「よくわからないな」と僕はしばらくあいだをおいてから言った。

「なにがわからないの」

「本とか、鞄《かばん》が毛糸でできてるっていうんならわかるけど、三月は物じゃないだろう。三月は時間をそう呼んでいるだけのもので、区切りが毛糸でできあがってるって、どういうことなの」

彼女は何を言っているのかさっぱり理解できないというような目で僕を見た。

「だから、その世界では三月までもが毛糸でできあがっているって言ってるのよ」

「三月が毛糸ってどういうことだよ」と僕は言った。

「だから、三月が毛糸でできあがってるって、そう言ってるのよ」

僕たちはそのまましばらく黙りこんで、お互いになにも話さなかった。

ふたりがじっと黙りこんでいるあいだ、時計の音も、空調の音も、何の音もしなかった。悪い兆候だった。こんなふうに黙りこんでしまう場合には、僕のほうからできるだけはやく話題を変えてしまう必要があった。なにかべつの具体的な話題を投げてなにか具体的な反応をひきださないとまたいつものくりかえしになってしまう。うんざりだった。くりかえせばくりかえすだけ、どんどん悪くなってゆく。それは確実に摩耗してゆくやりとりのはじまりを告げる沈黙だった。

僕はため息をついてグラスに入った水を飲み干し、清水寺の近くで見た外国人の着ていたシャツについての話を切りだそうとしたときに、彼女の携帯電話が鳴った。彼女はゆっくりと身を起こして鞄に手を伸ばしたけれどそれはすぐに切れてしまった。着信画面を見て、知らない番号からだと言った。すぐにかけ直してみたけれどつながらなかった。呼び出し音も鳴らないし、何度かけてみても通じないと言って僕を見た。

「メールが来てた。小野ちんからだった。地震、だいじょうぶかって」

「地震?」

「そう書いてる」彼女は携帯電話の画面を見ながら答えた。

「地震があったの?」

「わからないけど、そうみたい」

「さっきの電話は彼女の?」

「違うと思う。知らない番号だし。誰なんだろう、気になる」

「高層階は電波が通じにくいんだよ。またあとでかけてみれば」

彼女は少し考えてみたあとにそうすると言って、またベッドのシーツに体をくるんで動かなくなった。

「お腹は減らない?」僕はきいてみた。彼女はそれには答えなかった。何でもあるし、体調がすぐれないんだったらルームサービスをとるという手もあるよと僕は言ってみた。ブイヤベースもメニューにあったよ。しかし彼女はそれにも答えなかった。僕はあきらめてソファに座り、腕を組んで目を閉じた。


しばらくすると、彼女の泣いている声が聞こえてきた。僕は胸の中でため息をつき、ベッドのへりに腰をおろした。空はさっきよりもずいぶんと暗くなり、西の空の奥にオレンジ色の夕日のきれはしがいくつもたなびいているのが見えた。彼女は僕に背をむけて、しばらく泣きつづけた。鼻をすすりあげる音が聞こえ、僕はサイドテーブルの上にあったティッシュケースから数枚抜きとって、いつものようにそれを手にしたまま、彼女が顔をこちらに向けるのを待った。

「さっき、血を流している人がいたでしょう、駅で」としばらくしてから彼女がかすれた声で言った。部屋はすっかり暗く沈んでいたけれど、鼻の下と口のまわりが鼻水でべっとりと濡《ぬ》れているのがわかった。

「いたね」と僕は肯きながら、ティッシュで彼女の鼻のまわりをぬぐった。

「階段のところで。きっと誰かに殴られたんだと思うの。あんなにたくさん血が出て、うずくまって。もうおじいさんだったのに」

「うん」

「何があったのかはわからなかったけど、家もないような人をよ、誰かが階段で殴ったのよ。殴っても殴らないでもいいような無力な人を、誰かが思いきり殴って、それであんなに血が出たのよ」

「でも、転んだだけかもしれないよ」僕は試しに言ってみたけど、彼女は首を何度かふって、ため息をついた。

「ああいう場面に遭遇するたびに、わたしは本当におそろしい気持ちになるのよ。人間が、もうどうしようもないものに思えるのよ。誰がっていうんじゃなくて、人間が、もうどうしようもないものに思えるの。そしてこの世界が本当に、もうどうにも救いようのない場所だっていうふうに思えてしかたがなくなるの。あのおじいさんも、それから殴ったやつも、いつか誰かから生まれてきて、それで、誰かが望んでも望まなくても、いつかあんなふうになってしまうのよ。ただ生きてるだけで、何かの加減で、ああいうことに巻き込まれてしまうのよ。毎日毎日、あんなふうにして必ずどこかで血が流れつづけているのよ。わたしたちの身にまだ何も起きていないのは、ただ順番がまわってきていないだけなのよ。今日わたしたちがあんなふうに血を流さずにすんでここでこうしていられるのは、まだその順番がきていないだけのことかもしれないのよ。わたしたちは、ただ、運がいいだけなのかもしれないのよ」

僕は涙と鼻水で湿りきったティッシュのかたまりを受けとって屑籠《くずかご》にいれ、新しいティッシュを何枚か重ねて彼女に手渡した。

「世界ではもっと最悪なことが起こりうるのよ。想像もできないくらい、ひどいことが起こりうるのよ。こんなところに生まれてくることは——それでも、素晴らしいことなの？　生まれてこなければ、最初からなにもないのに、こんなところにわたしは、これから」

「落ちついて」

「ねえ、わたしたち、とてもおそろしいことをしようとしているのじゃないかしら。何かとてもおそろしいことを、これまでわたしたちが思いもしなかった、何かおそろしいことをわたしたちはやろうとしているんじゃないのかしら。とりかえしのつかないことを。とてもおそろしいことをよ。そして、何かとんでもないことがわたしたちを待ち受けているんじゃないのかしら。もう後もどりすることもできない、なにか大変なことを、わたしはこれからやろうとしているんじゃないのかしら」

そう言うと彼女は両手で顔を覆い、体を震わせて泣いた。僕はベッドに入って彼女の隣に並んで肩を抱き、だいじょうぶだよと言った。

「悪いことばかりじゃないよ。おなじくらい、いいことだって起きてる。たしかに誰かに殴られて血を流している人はいるだろうし、そういうことはなくなることはないだろうけど、でも、血を流していない人もいるんだよ」

　彼女はティッシュで目を押さえながら僕の声に耳を傾けていた。

「それに、ほんとうに転んだだけなのかもしれないじゃないか」

「どうしてあなたはそんな前向きに考えられるの」

「前向きなんじゃなくて、曖昧なだけなんだよ」と僕は言った。

「君みたいに、あまり極端な感じかたをしないというだけのことなんだ。自分の身に起こることや、自分がしようとしていることを、つきつめて考えようと思わないんだよ」

「それは、最初からそうなの」

「そうだよ。悪いも良いもないと思ってるから、楽なんだよ」

　彼女は大きな音をたてて鼻をかみ、それから長いあいだ両手の甲をつかって目をこすっていた。そして仰向けになって、せりあがったお腹に両手を載せ、静かに呼吸を整えながらしばらく天井を眺めていた。

「わたし、さっきあの町がきついって言ったけど、でもあそこ、こないだでかけたあそこは好きなの。三陸の、何の船だったっけ、いっぱい海にきらきら散らばってたやつ」

「ほたるいかの船」

「旗の色がきれいだった」

「そうだね」

「あそこは、また行きたい」

「近いし、帰ったらまたすぐ行けるよ」

彼女は何度か肯いてみせ、僕の胸に頭をのせてそのままじっと動かなかった。そして何かを思いだしたみたいに、眠いな、とつぶやいた。あなたのが、うつったみたい。ゆっくり眠るといいよと僕は言った。おなかが減ってないんなら今日はこのまま眠って、明日の朝、何かおいしいものをたくさん食べよう、と言った。

「そうだね。そうする」

「おやすみ。明日は大変な一日だよ。眠れるうちに、ぐっすり眠っておいたほうがいいからね」


部屋には夜が満ちようとしていた。すべての輪郭を溶かしこんだ暖かな闇につつまれた僕たちは、まるでどこにも辿《たど》りつくあてのない漂流者のように、指先をにぎりあっていた。眠ってしまった彼女の大きく膨らんだお腹は、よく見るとベッドから数センチ浮かびあがって、水のうえのボールのようにぐらぐらとゆれているのだった。そのへそのあたりから飛びだしているのは一本の毛糸で、それがまるで意志をもった生き物のようにするすると上昇し、へそのまわりからどんどんほどけはじめているのが見えた。僕は眠りに溶けそうになりながらそれを眺めていた。彼女のお腹はゆれつづけ、眠りとそれ以外のさかいめがあやふやになってしまったこの部屋の、カーテンも壁も、それからクロゼットの扉もテレビの画面も、気がつけば何もかもが呼吸する海の肌のように波うっているのだった。世界中に存在している数えきれない眠りがいつのまにかひっそりとここへやってきて、それぞれにゆるやかな渦を巻いてそっとぶつかり、やがて巨大なうねりとなって、僕らを部屋ごと見知らぬどこかへ押し流そうとしていた。僕はベッドのふちをしっかりとつかみ、身を乗りだして、その渦の中心に何があるのかを、それがどこにつづいているのかを確かめなければならないと思うのだけれど、まぶたはあまりに重く、ほどけてゆく両手はあまりに弱かった。どこかでベルが鳴っていた。誰かをひきとめる声のように、何かを静かに責めるように、ベルはいつまでも鳴りつづけていた。彼女はもうどれくらいほどけてしまっただろう。ふたりはどれくらい、ここに残っているだろう。僕はかぞえることをやめ、今度こそ本当の眠りの底へ沈んでゆくために目を閉じた。

川上《かわかみ》未映子《みえこ》（一九七六〜）

大阪生まれ。〇五年「ユリイカ」に詩「先端で、さすわ　さされるわ　そらええわ」を発表。〇七年中篇小説「わたくし率　イン　歯ー、または世界」で注目される。同年第一回早稲田大学坪内逍遙大賞奨励賞、〇八年「乳と卵《らん》」で第一三八回芥川賞。同年第一回「（池田晶子記念）わたくし、つまりNobody賞」、MFUベストデビュタント賞、第四回「ヴォーグ・ジャパン」ウーマン・オブ・ザ・イヤー。〇九年詩集『先端で、さすわ　さされるわ　そらええわ』で第一四回中原中也賞、一〇年、映画『パンドラの匣《はこ》』出演で第八三回キネマ旬報新人女優賞、第五回おおさかシネマフェスティバル新人女優賞、長篇小説『ヘヴン』で第六〇回芸術選奨文部科学大臣新人賞、第二〇回紫式部文学賞、一三年詩集『水瓶』で第四三回高見順賞、『愛の夢とか』で第四九回谷崎賞、一六年『あこがれ』で第一回渡辺淳一文学賞。「マリーの愛の証明」にてGRANTA Best of Young Japanese Novelists 2016 に選出。小説に自我をめぐる思索を導入し、永井均の哲学を想起させる作風で知られる。他に長篇小説『すべて真夜中の恋人たち』など。

円城塔

The History of the Decline and Fall of the Galactic Empire

あらゆるものが銀河帝国と呼ばれ得る。

銀河帝国は光よりも速い観念の速度で銀河系全体に拡大し、蔓延《まんえん》し、繁栄し、衰亡する。

銀河帝国の構造は生成的で、支離滅裂で、そのくせ間違いなく抒情《じよじよう》的である。とりわけ幼帝という言葉が可愛《かわい》らしい。

43番の「油公《アブラハム》には七人の幼帝。一人はノッポであとはデブ」、世間には「一人は便秘であとは下痢」という替え歌がある。

銀河帝国はどこかでリチャード・ブローティガンの『アメリカの鱒《ます》釣り』に似ているが、あれほどセンティメンタルではない。

タイトルは言うまでもなくエドワード・ギボンの『ローマ帝国衰亡史』に由来する。

10番の「舷側《ふなばた》を叩《たた》いて柄杓《ひしやく》を渡すまでは引き下がらない」はこの全集の第十五巻『谷崎潤一郎』にある『乱菊物語』に登場する船幽霊《ふなゆうれい》に似ていなくもない。柄杓を渡すとどんどん水を注がれて船は沈む。この話はギリシャの「アレクサンドロス大王と人魚」という民話にも通じる。

銀河帝国は二〇一二年に「道化師の蝶《ちよう》」という作品で芥川龍之介《あくたがわりゆうのすけ》賞を受賞した。これは銀河帝国の栄誉であると同時に芥川賞の栄誉でもある。二〇〇七年に同賞の候補作になった「オブ・ザ・ベースボール」を受賞に導くことは当時まだ選考委員の一人だった旧銀河帝国（ぼく）の力の及ばないところであった。時代は変わる。

銀河帝国は増殖する。この解説がいい例である。ミイラになったミイラ取りだ。

The History of the Decline and Fall of the Galactic Empire

〈怪奇の章〉

00：銀河帝国は墓地の跡地に建てられている。

01：銀河帝国の誇る人気メニューは揚げパンである。これを以《もっ》て銀河帝国三年四組は銀河帝国一年二組を制圧した。

02：銀河帝国の誇る人気メニューはソフト麵である。出汁《だし》派によるカレー派の粛清が滅亡を促進したとの見解がある。

03：銀河帝国実験室には銀河帝国臣民の骨格標本が並んでいる。それぞれの故郷に夜が訪れる時間になると動き出す。

04：骨格を持たぬ臣民たちは、銀河帝国音楽室でピアノを鳴らして故郷の星の夜を知らせる。

05：銀河帝国の夜は果てまで続くことが知られている。従って銀河帝国はいつもどこかの星の夜に包まれている。

06：深夜の銀河帝国校庭には、旧銀河帝国が顕《あらわ》れることがある。旧銀河帝国の皇帝が旧銀河帝国臣民たちを治めている。

07：赤い銀河帝国がよいか青い銀河帝国がよいかと訊《き》かれた時は、引っこ抜くぞ引っこ抜くぞと唱えると良い。

08：銀河帝国皇帝の座への階《きざはし》では、グミ・チョコレイト・パインと遊ぶ幼帝たちの霊が目撃されることがある。

09：銀河帝国にまつわる七つの噂《うわさ》があるという噂がある。そういう噂はないという噂もある。

〈地勢の章〉

10：超空間通路をさまよう銀河帝国幼帝があり、舷側《ふなばた》を叩《たた》いて柄杓《ひしやく》を渡すまでは引き下がらない。

11：ここ百年で生まれた銀河帝国臣民の数は開闢《かいびやく》以来それまでの全人口を上回っている。

12：銀河帝国はあまりに広く、いまだに朝貢を果たせぬ地域も多い。編入の知らせの届かぬ地域も膨大である。

13：銀河帝国はあまりに広く、道に迷った者たちが肩寄せ合って建設したのが、いわゆる銀河帝国である。

14：銀河帝国は超空間通路で網目状に覆われている。それとも、超空間が銀河帝国で網目状に覆われている。

15：超空間通路を摑《つか》むことで、銀河帝国は持ち歩くことが可能である。これがいわゆる超空間航法である。

16：超空間通路網を底引く漁法がある。銀河はその漁火《いさりび》であるとも言われる。

17：超光速航法は年々進歩を遂げている。先発してもいつか追い越されてしまうので、誰も長旅に出ることがない。

18：双子の銀河帝国が不吉とされて羊飼いへと任される。羊飼いは双子を弑《しい》し奉り、自身の銀河帝国を献上する。

19：縊《くび》られて埋められた無数の銀河帝国幼帝たちは、柄杓を用いて銀河帝国に空白を注ぎ込み続ける。

〈巷間《こうかん》の章〉

20：今年の銀河帝国は発売後十五分で売り切れた。

21：銀河帝国の予約は受け付けられない。銀河帝国皇帝その人は、例年、三日前から店頭に天幕を張る。

22：初回限定特典を手に入れられた者は未《いま》だいない。この事実は銀河帝国が悠久であることの証拠であるとされている。

23：銀河帝国を二つ買うと、一つおまけについてくる。三つ揃《そろ》えると更に一つがついてきて、以下同文。

24：本人の許可なき銀河帝国の撮影は禁止されている。禁を破ると背後に銀河帝国幼帝が映る。

25：海外ではGINGA TEIKOKUとして知られている。青少年への影響を憂慮して規制の声が出始めている。

26：お忍びで銀河帝国を見回る幼帝が人気である。諸事情により幼女とされる。昨今は男児の幼帝も油断がならない。

27：そういう一部の臣民の趣味のせいでみんなが気味悪がられて迷惑するのでやめた方がいいと思います。

28：銀河帝国は時代遅れな上に現状を把握することもできない負け犬なので、死ねばいいと思います。

29：って、隣の銀河帝国が言っていました。それとも、そう言わないとお前を殴ると隣の銀河帝国が言っていました。

〈人倫の章〉

30：偽銀河帝国の髭《ひげ》は黒い。

31：銀河帝国さんは昼間っから酔っ払って踊り子さんにちょっかいを出してばかりなので嫌われ者だ。

32：越後の銀河帝国問屋で光衛門と名乗る男を見かけたら、すぐさま帝室顧問官へ申し出ること。

33：銀河帝国幼帝が林間学校から戻ったのは、銀河帝国一家の亡骸《なきがら》が荼毘《だび》に附された後のことだった。

34：おとっつぁんとおっかさんの仇《かたき》をとってくれるなら、この玉璽《ぎよくじ》をお渡しします。

35：贈答用重金属製最中《もなか》は、重水羊羹《ようかん》を抜いて過去最高の売り上げを記録している。

36：幼帝たちが水際に打ち上げられるのは、決して誰かの陰謀ではなく、方向感覚の喪失によるものだと言われている。

37：一体何を根拠にして、どの銀河帝国幼帝の無念を晴らしてやるのかを決めればいいんだい。

38：遊び人の銀河帝国さんなんて銀河帝国は見たことも聞いたこともありませんな。

39：銀河帝国臣民は聞きなさい。非銀河帝国臣民も聞きなさい。銀河帝国は必ず滅びるのです。

〈怪盗の章〉

40：今夜九時、銀河帝国を頂きに参上します。

41：包帯で変装とは古い手だぞ銀河帝国第二十代幼帝。いや、今は銀河帝国第四十代幼帝とお呼びした方がよいのかな。

42：銀河帝国は手紙差しから発祥したという俄《にわ》かには信じがたい考古学的見解がある。

43：油公《アブラハム》には七人の幼帝。一人はノッポであとはデブ。つまり、誰もいなくなることは避けられないのです。

44：あなたが私の銀河帝国を目当てに近づいたなんて考えてみもしなかった。あの時までは。

45：簡単なことだよ銀河帝国君。僕は銀河帝国の灰を残らず研究して論文を書いたことだってあるのだから。

46：お前が銀河帝国と密通していたことくらい知らないとでも思っていたのか。

47：そう、銀河帝国は銀河帝国という密室状態をつくりだした上で、銀河帝国を殺害したのです。

48：この世に銀河帝国なんていうものはありはしないのだよ、銀河帝国君。

49：木の葉を森に隠そうとした軍人白王帝の策謀により、銀河帝国は滅亡した。

〈質疑の章〉

50：「銀河帝国は発射されますか」
「その手はケリー・リンクが使用済みです」

51：「銀河帝国の全人口を教えてください」
「銀河帝国全人口の倍はあります」

52：「銀河帝国は誰のものですか」
「銀河帝国は決してあなたのものではありません」

53：「銀河帝国との熱愛が報道されています」
「お答えすることは何もありません」

54：「幼帝を亡くされた今のお気持ちを」
「非常に残念なことと言わざるをえません」

55：「銀河帝国は何度でも蘇《よみがえ》りますか」
「銀河帝国は何度でも蘇ります」

56：「銀河帝国は永遠に不滅ですか」
「銀河帝国は永遠に不滅です」

57：「銀河帝国ではないものを銀河帝国と呼んでいませんか」
「銀河帝国だけを正しく銀河帝国と呼んでいます」

58：「どうすれば銀河帝国に平穏が訪れるのですか」
「全ての執着を捨て、銀河帝国は存在せぬと知れ」

59：「こんなものを書いていて楽しいですか」
「ああ、楽しいね」

〈大戦の章〉

60：銀河帝国、あなただけが頼りです。

61：我々は銀河帝国である。抵抗は無意味だ。お前を銀河帝国化する。

62：機械の銀河帝国が欲しいんだ。たとえ螺子《ねじ》にされたって構わない。むしろ螺子やナットでいたい。

63：たかが幼帝如《ごと》きに今更何ができるというのかね。次はもう少し従順な幼帝を用意して頂きたいものですな。

64：逃げるったって何処《どこ》へ行こうって言うんだい。どっちを向いても銀河帝国が続くばかりなのに。

65：いい銀河帝国はみんな滅びる。お前さんもせいぜい気をつけておくがいいさ。

66：総員退銀河帝国せよ。私は銀河帝国と運命を共にする。何もかもがみな、懐かしい。

67：ダミー銀河帝国はあまりに精巧に作られたため、オリジナルがどれだったのか誰にも見分けがつかなかった。

68：銀河帝国を救いに行くのさ。お前も一度やってみたかったのじゃないのかい。

69：銀河帝国は九正面作戦の動乱の中に揉《も》まれ潰《つい》えた。すなわち、東西南北天地、現在過去未来の戦線の裡《うち》に。

〈卒業の章〉

70：先輩の第二銀河帝国が欲しいのです。

71：わたしたち、お別れしてもずっと銀河帝国同士でいようね。十年後も素敵な銀河帝国同士でいようね。きっとだよ。

72：銀河帝国部は、本日をもって廃部となります。あなたたちが、この地区最後の銀河帝国ということになるでしょう。

73：転校生の銀河帝国幼帝君は、結局三学期もみんなの前に姿を現さなかった。

74：そう、私たちはこうして一歩一歩、銀河帝国になっていくのだ。全てが無駄だったということは、ありはしないのだ。

75：最後に銀河帝国なんて迷惑だよね。わかってる。ただ自分の気持ちを晴らしたかっただけなの。だから、忘れて。

76：本当は自分こそが銀河帝国だったんじゃないかって、少し思ってたんだ。でもそんなことはないんだなって。

77：卒業したって、どうせまた次の銀河帝国に同じような顔ぶれが並ぶんだしさ。

78：春が来るたび、この銀河帝国のことを思い出すのだろうなと思う。そしていつか忘れてしまうのだろうなと思う。

79：人は銀河帝国を失って初めて、銀河帝国の意味を知ることができるのだと言われている。

〈残余の章〉

80：銀河帝国を開く者に永遠の呪いあれ。

81：家の前に野良銀河帝国が集まってきて敵《かな》わないので、ペットボトルを並べてみる。

82：そんなことばかりしていると銀河帝国が来るんだからね。どうなっても知らないから。ごめんなさい。ごめんなさい。

83：箱一杯に集めた銀河帝国の抜け殻を家人に捨てられた恨みは一生忘れない。

84：燃える銀河帝国は火曜日と金曜日、燃えない銀河帝国と資源銀河帝国は水曜日、大型銀河帝国は別途申し込みが必要。

85：巣から落ちた銀河帝国を拾ってくることは、必ずしも銀河帝国のためになるとは限らない。

86：銀河帝国のことは大好きなのだが、アレルギーで触《さわ》れないのが残念である。

87：そうくよくよするなって、銀河帝国なんて毎日そこらじゅうで滅亡してるんだからさ。

88：頻発する銀河帝国の不法投棄に関して、銀河帝国厚生院は、臣民の良識に期待すると表明しました。

89：我々の知る銀河帝国は、全銀河帝国の七分の一にすぎないと考えられている。

〈終局の章〉

90：蛇尾となるか蛇足となるか、それが問題だ。

91：結局、あんな子供たちに銀河帝国の命運を背負わせなければならないなんてな。

92：これはあなたのために残されていた、最後の銀河帝国なのです。

93：この銀河帝国は俺に任せて先に行け。最後くらい格好をつけさせてくれてもいいだろう。

94：よくぞここまで来た銀河帝国。選択肢は二つ。私の仲間になるか、ここで速やかに滅びるかだ。よかろう。

95：銀河帝国が呼ぶので行かねばならない。銀河帝国の歌声には何人《なんぴと》も抗《あらが》うことが叶《かな》わない。

96：私たち呪われし銀河帝国は、一体いつまでこんなことを繰り返さねばならぬのでしょう。

97：暗闇の中に目覚めた銀河帝国幼帝は、部屋の向こう側の椅子に座る人影を見る。

98：「またお前か」
「またお前さ」

99：心ある者は聞くが良い。かくて向き合う幼帝二人、かたみに銃爪《つめ》を引き絞り合い、而《しこう》して銀河帝国は滅亡せり。

円《えん》城《じょう》塔《とう》（一九七二〜）

札幌生まれ。東北大学理学部物理第二学科卒業、東京大学大学院総合文化研究科博士課程を修了。第七回小松左京賞最終候補作『Self-Reference ENGINE』が二〇〇七年に刊行される。同年「オブ・ザ・ベースボール」で第一〇四回文學界新人賞、一〇年『烏《う》有《ゆう》此《し》譚《たん》』で第三二回野間文芸新人賞。その後大阪に移住し、一一年第三回早稲田大学坪内逍遙大賞奨励賞、一二年第三〇回咲くやこの花賞、「道化師の蝶」で第一四六回芥川賞、一三年伊藤計《けい》劃《かく》の遺稿を完成させた『屍者の帝国』で第三三回日本SF大賞特別賞、第四四回星雲賞（日本長篇部門）、一四年『Self-Reference ENGINE』でフィリップ・K・ディック賞特別賞。数理SF的・言語行為論的メタフィクションを発表し、ときには言語遊戯や註、タイポグラフィ、カラーリングも多用する。他に長篇小説『エピローグ』『プロローグ』、小説集『Boy’s Surface』『後藤さんのこと』『バナナ剝きには最適の日々』『シャッフル航法』。

解説

池澤夏樹

「日本文学全集」の『近現代作家集』三巻を編んできて、この最後の巻に至って日本の小説は大きく変わったと実感した。

みんな本当に自由勝手に書くようになった。言い換えれば文学が文学そのものの主人になった。

明治維新以降、文学は社会正義やイデオロギー、私生活の赤裸々な吐露や、同時代史の解釈、新しい作風の開発などに奉仕してきた。その積み上げの時期がようやく終わって文学はすっかり解放され、のびのびと自在に飛翔《ひしょう》できるようになった。

今、文学は自立している。書くための理由は不要になった（その意味ではじめから無用の文を書いていた内田百閒《ひゃっけん》はとても新しかったのかもしれない）。

戦争が終わった後であの体験を総括するために書かれた作品は『近現代作家集　II』に収めた。それに比べると、同じように災厄を書くにしても三・一一（東日本大震災）を機に書かれたものは姿勢においても手法においてもずっと奔放であると思う。

本当を言えば、この巻の川上弘美《ひろみ》の『神様／神様２０１１』の次にぼくの長篇『双頭の船』の第一章を入れることも考えないではなかった。あれはクマを山に放す話で、そうすれば多和田葉子から三篇、クマの話が並んだのに。第二巻『口訳万葉集／百人一首／新々百人一首』の解説に引いた宇多田ヒカルの歌、「ぼくはくま」にも繋《つな》がって、「歩けないけど踊れるよ／しゃべれないけど歌えるよ」という文学の大事な原理をアピールして、無用の文を賞揚できたのだが、第三十巻の『日本語のために』に収めた琉歌《りゅうか》との連携を考えて『連夜』を選んだ。

文学が自由になった一つの成果として、近年とみに女性の作家が増えたことが挙げられる。ぼくはこの『近現代作家集』の三巻を編むに際して、また「日本文学全集」そのものを編むに際して、全体のバランスということは考えなかった。たくさん読んで、それぞれの作品を評価して、入れるに価すると思ったものを積み上げた。しかしその結果を振り返ってみれば、そこに傾向が見える。古代で言えば、日本人は恋愛が大好きで、弱者や敗者に同情することを好み、武張ったことを厭《いと》い、また女性の歌人や作家を多く輩出した。

この最後の項、女性の文学者が多かったことはある時期を境に変わった。第二巻の「新々百人一首」の後深草院二条《ごふかくさいんのにじょう》を最後に、その後は第十三巻『樋口一葉　たけくらべ／夏目漱石／森鷗外』の樋口一葉まで女性の名前はない。その理由として、この国の社会が応仁の乱の頃を境に母系制から父系制に変わったからと第九巻『平家物語』の解説に書いた——「高群逸枝《たかむれいつえ》によれば、天皇まで含めて男はみんな婿でしかなかった。母のもとで育ち、長ずればそこを出て妻のもとに通う。社会という織物の経糸《たていと》は女だったのだから、女たちを抜きにした物語など成立のしようがない。軍記物と呼ばれてはいても、戦闘と武勲の話に終始するわけではない。そこが例えば、女を戦利品としてしか扱わない『イーリアス』などとは違う。」

高群逸枝の説には少し留保が必要なのだが、それはそれとして女性を家に押し込める制度はずっと続いて、戦後になってもなかなか変わらず、今もこの国は女性の社会進出度において世界百四十四か国の中で百十一位という情けない位置にいる。

しかし、文学はここ二十年ほどの間、この不名誉な傾向に果敢に逆らってきた。ぼくが芥川《あくたがわ》賞の選考委員になった一九九五年、十二人のメンバーのうち女性は河野多恵子《こうのたえこ》と大庭《おおば》みな子の二人しかいなかった。今では選考委員の性比は女性四人、男性六人で、ここ数年の受賞者は男性が六名、女性が七名だ。

『近現代作家集　I』では女性は宮本百合子《ゆりこ》と高村薫《たかむらかおる》、岡本かの子の三人だけだった。このうち高村薫は作品が扱っている年代で選んだのであって活躍年代からすれば明らかにこの『近現代作家集　III』に属する人だ。『近現代作家集　II』では、実際に女性の作家は大庭みな子一人だった（坂口安吾《あんご》と太宰治で語り手が女性だったことを考慮に入れるとしても）。

この『近現代作家集　III』を編んだ後で数えてみれば、十八名のうちのきっちり九名、つまり半分が女性になっていた。繰り返すがそんなことを計算して選んだのではない。

文学だけは他に先んじてようやく平安朝の段階に戻ったのだ。

初収

・内田百閒「日没閉門」
『日没閉門』一九七一年四月　新潮社
・野呂邦暢「鳥たちの河口」
『鳥たちの河口』一九七三年九月　文藝春秋
・幸田文「崩れ（抄）」
『崩れ』一九九一年一〇月　講談社
・富岡多惠子「動物の葬禮」
『動物の葬禮』一九七六年二月　文藝春秋
・村上春樹「午後の最後の芝生」
『中国行きのスロウ・ボート』一九八三年五月　中央公論社
・鶴見俊輔「イシが伝えてくれたこと」
『鶴見俊輔コレクション1　思想をつむぐ人たち』二〇一二年九月　河出文庫
・池澤夏樹「連夜」
『きみのためのバラ』二〇〇七年四月　新潮社
・津島佑子「鳥の涙」
『私』一九九九年三月　新潮社
・筒井康隆「魚籃観音記」
『魚籃観音記』二〇〇〇年九月　新潮社
・河野多惠子「半所有者」
『半所有者』二〇〇一年一一月　新潮社
・堀江敏幸「スタンス・ドット」
『雪沼とその周辺』二〇〇三年一一月　新潮社

・向井豊昭「ゴドーを尋ねながら」
『21世紀文学の創造　9　ことばのたくらみ　実作集』二〇〇三年一月　岩波書店
・金井美恵子「『月』について、」
『21世紀文学の創造　9　ことばのたくらみ　実作集』二〇〇三年一月　岩波書店
・稲葉真弓「桟橋」
『海松』二〇〇九年四月　新潮社
・多和田葉子「雪の練習生（抄）」
『雪の練習生』二〇一一年一月　新潮社
・川上弘美「神様／神様2011」
『神様』一九九八年九月　中央公論社
『神様2011』二〇一一年九月　講談社
・川上未映子「三月の毛糸」
『それでも三月は、また』二〇一二年二月　講談社
・円城塔「The History of the Decline and Fall of the Galactic Empire」
『後藤さんのこと』二〇一〇年一月　早川書房

◎底本・表記について

一．本書は左記を底本としました。

内田百閒「日没閉門」……『内田百閒集成　19　忙中謝客』（ちくま文庫　二〇〇四年四月）

野呂邦暢「鳥たちの河口」……『鳥たちの河口』（集英社文庫　一九七八年二月）

幸田文「崩れ（抄）」……『崩れ』（講談社文庫　一九九四年一〇月）

富岡多恵子「動物の葬禮」……『富岡多恵子集　2』（筑摩書房　一九九八年一〇月）

村上春樹「午後の最後の芝生」……『中国行きのスロウ・ボート』（中公文庫　一九九七年四月）

鶴見俊輔「イシが伝えてくれたこと」……『鶴見俊輔コレクション1　思想をつむぐ人たち』（河出文庫　二〇一二年九月）

池澤夏樹「連夜」……『きみのためのバラ』（新潮文庫　二〇一〇年九月）

津島佑子「鳥の涙」……『私』（新潮社　一九九九年三月）

筒井康隆「魚籃観音記」……『魚籃観音記』（新潮文庫　二〇〇三年六月）

河野多惠子「半所有者」……『半所有者』（新潮社　二〇〇一年一一月）

堀江敏幸「スタンス・ドット」……『雪沼とその周辺』（新潮文庫　二〇〇七年八月）

向井豊昭「ゴドーを尋ねながら」……『21世紀文学の創造　9　ことばのたくらみ　実作集』（岩波書店　二〇〇三年一月）

金井美恵子「『月』について、」……『ピース・オブ・ケーキとトゥワイス・トールド・テールズ』（新潮社　二〇一二年一月）

稲葉真弓「桟橋」……『海松』（新潮社　二〇〇九年四月）

多和田葉子「雪の練習生（抄）」……『雪の練習生』（新潮文庫　二〇一三年一二月）

川上弘美「神様／神様２０１１」……『神様』（中公文庫　二〇〇一年一〇月）・『神様２０１１』（講談社　二〇一一年九月）

川上未映子「三月の毛糸」……『愛の夢とか』（講談社文庫　二〇一六年四月）
円城塔「The History of the Decline and Fall of the Galactic Empire」……『後藤さんのこと』（ハヤカワ文庫ＪＡ　二〇一二年三月）

一．本書は、各作品の底本を尊重しつつ、他の全集、単行本、文庫を参照し、次のような編集方針をとりました。

1　歴史的仮名遣いで書かれた口語文の作品は現代仮名遣いに改め、旧字で書かれたものは新字に改めました。ただし、文中に引用された詩歌などは歴史的仮名遣いのままとしました。
2　誤字・脱字と認められるものは正しましたが、いちがいに誤用と認められない場合はそのままとしました。
3　読みやすさを優先し、読みにくい漢字に適宜振り仮名をつけました。
4　送り仮名は、原則として底本通りとしました。
5　極端な当て字及び代名詞・副詞・接続詞等のうち、仮名に改めても原文をそこなうおそれがないと思われるものは仮名としました。

一．本文中、今日からみれば不適切と思われる表現がありますが、書かれた時代背景と作品価値とを鑑み、そのままとしました。

池澤夏樹（いけざわ・なつき）
一九四五年北海道生まれ。作家・詩人。八八年『スティル・ライフ』で芥川賞、九三年『マシアス・ギリの失脚』で谷崎潤一郎賞、二〇一〇年「池澤夏樹＝個人編集 世界文学全集」で毎日出版文化賞、一一年朝日賞、ほか受賞多数。一四年から「池澤夏樹＝個人編集 日本文学全集」を手がけ、『古事記』新訳を担当。

池澤夏樹＝個人編集

日本文学全集 28

近《きん》現《げん》代《だい》作《さっ》家《か》集《しゅう》 Ⅲ

編者＝池澤夏樹

二〇一七年七月二〇日　初版印刷
二〇一七年七月三〇日　初版発行

帯装画＝池田学
装　幀＝佐々木暁
発行者＝小野寺優
発行所＝株式会社河出書房新社
東京都渋谷区千駄ヶ谷二ノ三二ノ二
電話＝〇三・三四〇四・一二〇一（営業）
〇三・三四〇四・八六一一（編集）
http://www.kawade.co.jp/
印刷所＝株式会社亨有堂印刷所
製本所＝加藤製本株式会社

ISBN978-4-309-72898-8
Printed in Japan

池澤夏樹＝個人編集　日本文学全集　全30巻（★は既刊）

★01	古事記	池澤夏樹訳
★02	口訳万葉集	折口信夫
	百人一首	小池昌代訳
	新々百人一首	丸谷才一
★03	竹取物語	森見登美彦訳
	伊勢物語	川上弘美訳
	堤中納言物語	中島京子訳
	土左日記	堀江敏幸訳
	更級日記	江國香織訳
04	源氏物語 上	角田光代訳
05	源氏物語 中	角田光代訳
06	源氏物語 下	角田光代訳
★07	枕草子	酒井順子訳
	方丈記	高橋源一郎訳
	徒然草	内田樹訳
★08	日本霊異記	伊藤比呂美訳
	今昔物語	福永武彦訳
	宇治拾遺物語	町田康訳
	発心集	伊藤比呂美訳
★09	平家物語	古川日出男訳
★10	能・狂言	岡田利規訳
	説経節	伊藤比呂美訳
	曾根崎心中	いとうせいこう訳
	女殺油地獄	桜庭一樹訳
	菅原伝授手習鑑	三浦しをん訳
	義経千本桜	いしいしんじ訳
	仮名手本忠臣蔵	松井今朝子訳
★11	好色一代男	島田雅彦訳
	雨月物語	円城塔訳
	通言総籬	いとうせいこう訳
	春色梅児誉美	島本理生訳
★12	松尾芭蕉 おくのほそ道	松浦寿輝選・訳
	与謝蕪村	辻原登選
	小林一茶	長谷川櫂選
	とくとく歌仙	丸谷才一他
★13	樋口一葉 たけくらべ	川上未映子訳
	夏目漱石	
	森鷗外	
★14	南方熊楠	
	柳田國男	
	折口信夫	
	宮本常一	
★15	谷崎潤一郎	
★16	宮沢賢治	
	中島敦	
★17	堀辰雄	
	福永武彦	
	中村真一郎	
★18	大岡昇平	
★19	石川淳	
	辻邦生	
	丸谷才一	
★20	吉田健一	
★21	日野啓三	
	開高健	
★22	大江健三郎	
★23	中上健次	
★24	石牟礼道子	
★25	須賀敦子	
★26	近現代作家集 I	
★27	近現代作家集 II	
★28	近現代作家集 III	
★29	近現代詩歌	
	詩	池澤夏樹選
	短歌	穂村弘選
	俳句	小澤實選
★30	日本語のために	